# 녹두장군 10

지은이 ㅣ 송기숙
펴낸이 ㅣ 김성실
편집주간 ㅣ 김이수
책임편집 ㅣ 손성실
편집기획 ㅣ 박남주 · 천경호
마케팅 ㅣ 이동준 · 이준경 · 강지연 · 이유진
편집디자인 ㅣ 하람 커뮤니케이션(02-322-5405)
인쇄 ㅣ 중앙 P&L(주)
제본 ㅣ 대흥제책
펴낸곳 ㅣ 시대의창
출판등록 ㅣ 제10-1756호(1999. 5. 11)

초판 1쇄 인쇄 ㅣ 2008년 7월  1일
초판 1쇄 발행 ㅣ 2008년 7월  10일

주소 ㅣ 121-816 서울시 마포구 동교동 113-81 (4층)
전화 ㅣ 편집부 (02) 335-6125, 영업부 (02) 335-6121
팩스 ㅣ (02) 325-5607
이메일 ㅣ sungkiller@empal.com(책임편집자)

ISBN 978-89-5940-121-5 (04810)
         978-89-5940-111-6 (전12권)
값  10,800 원

녹두장군

10
농민천하를 꿈꾸다

송기숙 역사소설

시대의창

## | 일러두기

1. 이 책은 1994년 창작과비평사(현 창비)에서 완간한 《녹두장군》
   을 개정하여 복간한 것이다.
2. 지문은 원문을 최대한 살리되 현행표기법에 따라 표준말을 기
   준으로 바로잡았다. 대화에서는 사투리와 속어를 포함한 입말
   의 느낌을 살리기 위해 한글맞춤법에 맞지 않더라도 그대로 두
   기도 했다.
3. 외국인 인명人名은 외래어표기법에 따라 고쳤으나, 옛사람들이
   쓰던 발음과 크게 달라지는 경우 그대로 두었다.
4. 독자들에게 생소한 어휘와 사투리 및 속담은 어휘풀이를 달았
   다. 동사 및 형용사는 사전에 등재된 기본형을 표제어로 삼았으
   나, 그 밖의 용어나 사투리 및 잘못된 표현은 본문 표기를 그대
   로 표제어로 삼은 것도 있다.

# 차 례

1. '외군 군대만은 아니 되옵니다' · 10

2. 포탄 우박 · 43

3. 회선포 · 71

4. 감사 김학진 · 112

5. 전주화약 · 150

6. 이홍장과 이토 · 175

7. 집강소 · 212

8. 이용태를 잡아라 · 231

9. 경옥과 연엽 · 256

10. 농민천하 · 301

11. 김개남의 칼 · 337

12. 북도는 남원접이 쓸고
    남도는 보성접이 · 363

어휘풀이 : 389

◎ 제 1 권

비결/고부/형문/고산/아전삼흉/대둔산/민부전/황산벌/유월례/금강/백지결세

◎ 제 2 권

공주/밤길/방부자/강경/탈옥/당마루/사람과 하늘/삼례대집회/용천검/함성/전주

◎ 제 3 권

두령회의/늑탈/뿌리를 찾아서/만득이의 탈출/갈재의 산채/유혹/조병갑/임금님 여편네/첩자/새 세상으로 가는 길/오순녀

◎ 제 4 권

전창혁/지리산/화개장/만석보/두레/복합상소/장안의 대자보/산 자와 죽은 자/소 팔고 밭 팔아/얼럴럴 상사도야/사발통문

◎ 제 5 권

조병갑 목은 내가 맨다/궁중의 요녀/마지막 호소/대창/어둠을 뚫고 가는 행렬/추격/새벽을 나부끼는 깃발/배불리 먹여라/대동세상/아전들 문초/쫓기는 사람들/공중배미

◎ 제 6 권

꽃 한 송이/고부로 가는 사람들/탈출/지주와 소작인/장막 안의 갈등/그리운 사람들/감영군의 기습/방어대책/내 설움을 들어라/백산으로 가자/보복/별동대 총대장

◎ 제 7 권

너의 세상과 나의 세상/살살 기는 저 포수야/소는 내가 잘 몬다/하늘의 소리가 들린다/조정의 미소/감영군이 움직인다/우리 묘지는 백성의 가슴/전죄를 묻지 않는다/농민군 동요/어사 이용태/한 놈도 놓치지 마라/불타는 고부

◎ 제 8 권

쑥국새/통문/이용태는 들어라/탈옥/효수/음모/가보세 가보세/전봉준, 백마에 오르다/대창 든 사람들/함성은 강물처럼/고부탈환/앉으면 죽산 서면 백산

◎ 제 9 권

보부상/감영군 출동/유인/황토재의 새벽/조정군도 꾀어내자/고창을 거쳐 무장으로/초토사 홍계훈/장태/황룡강의 물보라/전주 입성/북관묘의 민비/전주 사람들

◎ 제 11 권

농민군대회/일본군, 경복궁을 짓밟다/전봉준, 선화당에 불길은 팔도로/나주성/대원군/김개남 봉기령/남북접 대립/다시 삼례로/동학 정토군/논산대도소/삼남대도

◎ 제 12 권

능티고개 전투/화약선/크루프포/피가 내가 되어/소작인들/마지막 술잔/우금고개 전투/양총과 화승총/공주대회전/여승/삭풍/최후의 불꽃

# 제10권  농민천하를 꿈꾸다

이 화약 조항은 우리 농민군하고 조정 사이에서 이루어진 약속입니다. 사실이 이런 까닭에 이 개혁을 하는 데도 우리 농민군하고 각 고을 수령이 같이 개혁을 해야 합니다. 우리는 총을 들고 고향으로 가서, 관아에 도소를 차리고 수령과 대등하게 폐정을 조목조목 개혁해나가야 할 것입니다.

# 1. '외국 군대만은 아니 되옵니다'

"민영준이 어째? 전주가 떨어지고 공주까지 떨어졌다는데 그 소리가 상감 귀에 들어갈까 싶어서 조신들 입을 처깔해 놨다고?"

"그래서 지금 상감은 전주가 떨어진 줄도 모르고 있다잖아?"

"허허, 그 작자가 천벌을 맞아도 몇 번이나 맞으려고 그러지?"

한양 남산골 골목에 모인 노인들이었다. 그때 저쪽 골목에서 나막신을 신은 노인이 다가왔다.

"공주까지 떨어졌다는 소리가 있는데 참말이오?"

이쪽 노인들이 다급하게 물었다.

"뭣이, 벌써 공주까지?"

바삐 오던 노인은 깜짝 놀라 되물었다. 매부리처럼 휘우듬하게 휘어진 코가 사뭇 씰룩거렸다. 노인들은 머쓱한 표정으로 매부리코를 보고 있었다.

"공주까지 떨어졌다는 소리는 너무 앞지른 소리 같구만."

매부리코가 고개를 절레절레 저었다. 조카가 조정 전보국에서 일하는 영감이었다.

"지금 정승 판서들 피난보따리가 한강으로 줄을 서고 있다는데 무슨 소리요?"

"뭣이, 정승 판서들 피난보따리가?"

매부리코는 깜짝 놀랐다.

"전봉준 그 사람 군사 부린다는 솜씨 들어보면 공주 떨어졌다는 소리가 헛소문이 아닐 게요. 황토재에서 감영군을 부순 담에 보름이 넘게 천연보살 충그리다가 홍계훈을 전주성에서 끌어내서 단판에 작살을 내놓고 전광석화같이 치달아 전주를 차지하는 솜씨 보시오. 쟁기질이나 도리깨질밖에 할 줄 모르는 무지렁이 오합지졸을 거느리고 진퇴완급이 그쯤 자유자재라면 공주쯤이야 식은 죽 먹기겠지요."

환갑이 조금 넘었을까 한 노인이 모지랑 수염을 쓰다듬으며 병담일석이 그럴 듯했다.

"잘한다. 어서 치달아 한강만 넘어라. 민가 저놈들 거꾸러지는 꼴 구경 한번 하자."

곁에 노인들이 맞장구를 쳤다.

"공주가 떨어졌다는 소리는 지나친 소리 같소. 전보가 있는 세상인데, 사람이 물어오는 소리가 전보보다 빠를 리가 없지요."

매부리코가 천연스럽게 말했다. 남산골 노인네들은 요사이 농민군 이야기로 살판이 났다. 한결같이 농민군이 한강을 넘어와서 조정을 와삭와삭 짓밟아 쑥대밭을 만들어버리기를 칠년대한 비 바라듯 바라는 사람들이었다. '남산골샌님들 역적 바라듯 한다'는 속담 그대로였다. 거의가 벼슬에 냠냠하면서 한평생을 늙어온 사람들이었다. 미관말직에서 달랑거리다가 권력의 부침에 떨려난 사람들이거나 벼슬길 타보려고 시골에서 논밭전지 팔아 올리다 거덜이 나서 여기 주저앉은 사람들이 태반이었다. '남산골샌님은 뒤지 하나와 담뱃대 하나면 나막신을 신고도 동대문까지 간다'느니, '남산골샌님은 신청안 고지기 시킬 재주는 없어도 뗄 재주는 있다'느니, 이런 소리들은 그들의 가난과 오기를 그대로 말해 주는 속담이었다. 딸깍발이란 나막신 신은 사람을 일컫는 말인데 '남산골딸깍발이'라면 오기밖에 남지 않은 가난한 선비를 이르는 말이 될 지경이었다.

여기뿐만 아니라 한양 장안이 발칵 뒤집혔다. 전보 덕분에 농민군 소식은 그날 소식이 그날 한양 장안에 퍼졌다. 더구나 남산골 노인들은 평소에도 소식이 빨랐지만, 요사이는 전보국에 근무하는 매부리코 조카 때문에 더 빨랐다.

이들 말은 농민군이 공주까지 올라왔다는 말만 빼고는 전부 사실이었다. 민영준이 임금한테 알리지 말라고 상하 조신들에게 함구령을 내린 것도 사실이었고, 조정 대신들 피난보따리가 한강으로 몰리고 있다는 말도 사실이었다. 서울 소식은 시골에서 듣더라고, 난세 때 위급을 가장 확실하게 알 수 있는 곳은 한강 나루터였다. 세상이 비뚝거린다 하면 한강 나루터에는 조정 대신들 피난보따리부터 몰려들었다. 작년 봄 동학도들이 광화문 앞에서 복합상소를 올릴 때도 전라도에서 동학도들이 쳐들어온다는 소문이 퍼져 장안 인심이 흥흉해지자, 한강 나루터에는 대신들 피난보따리가 제일 먼저 몰렸던 것이다.

그때 조정에서는 동부승지 조동윤趙東潤이 고종을 알현하고 있었다. 전에 대원군을 몰아내고 세력을 떨치다가 갑신정변 때 죽은 조영하趙寧夏 아들이었다.

"요사이 장안 인심이 어떠하냐?"

"온 장안이 소연하옵니다. 모두 일손을 놓고 난군들 소식에만 귀를 기울이고 있사오며 한강에는 대신들 피난보따리가 몰리고 있다 하옵니다."

조동윤이 침통한 표정으로 말했다. 그는 민영준의 함구령에 여러 조신들이 개탄하는 소리를 듣다 못 해 밤잠을 설치다가 크게 결심을 하고 임금 앞에 나선 것이다. 민영준의 단속이 서릿발 같았으므로 상하 조신들은 내놓고 말은 못 하면서 한숨만 푸푸 내쉬고 있었다.

"백성이 그렇게 겁을 먹고 있단 말이냐?"

고종은 한껏 놀라는 표정으로 되물었다.

"아뢰옵기 황송하오나……."

조동윤이 허두를 떼는 순간 누가 들어오는 것 같았다. 뒤를 돌아보던 조동윤은 깜짝 놀라 입을 다물었다. 민영준이 허겁지겁 들어오고 있었다. 민영준은 시퍼렇게 날이 선 눈으로 조동윤을 노려봤다. 무슨 말을 지껄인 게 아니냐고 지레 겁을 주는 눈초리였다. 민영준은 민비가 급하게 부른다는 전갈에 민비한테로 달려가다가 조동윤이 임금을 알현하고 있다는 말을 듣고 허겁지겁 이리 달려온 것이다. 조영하에 대한 의리 때문에 고종은 조동윤 말이라면 무슨 말이든지 막내둥이 응석 받듯 받자를 해주는데다 그는 말을 속에 담아놓고는 못 배기는 자라 임금한테 무슨 말을 어떻게 지껄일지 몰라 민영준은 더럭 겁이 났던 것이다. 민영준은 농민군이 일어난 뒤부터는 도무지 제정신이 아니었다. 더구나 요 며칠 동안은 홍계훈 전보 챙겨 응답해 주랴, 조신들 입 막으랴, 민비 성화에 만수받이하랴 불난 집 맏며느리 싸대듯 정신이 없었다.

"백성 피난보따리가 한강에 몰리고 있다는데 이게 어찌된 일이냐?"

임금이 노한 표정으로 민영준한테 물었다.

"그럴 리가 있사옵니까? 백성은 경군이 난군을 치러 내려간 뒤로는 모두 안심하고 자기 일에 여념이 없사옵니다."

민영준은 태연하게 대답해 놓고 조동윤을 힐끔 돌아봤다. 조동윤을 보는 민영준 눈에는 시퍼렇게 날이 서 있었다.

"동윤은 백성이 모두 일손을 놓고 걱정을 하고 있다는데, 너는 자기 일에 여념이 없다니 도대체 이게 어찌된 일이냐?"

임금이 어리둥절한 표정으로 물었다.

"시정잡배들이 거추없이 떠드는 소리를 듣고 아뢰온 것 같사온데, 동윤은 원래 소인배라 도를 어지럽혀 전하의 총명을 가린 것이옵니다. 시중 인심이 예나 다름이 없사오니 안심하십시오."

민영준은 태연자약하게 말하고 나서 또 조동윤을 노려봤다. 뭐라 더 아가리만 놀리면 단칼에 목을 날려버리겠다는 서슬이었다. 조동윤도 꼿꼿한 눈살로 민영준을 맞바로 보았다. 두 사람 눈에서 불이 튀었다.

"급히 아뢸 말씀이 있으니 나가주게."

민영준 말에서 쇳소리가 났다. 조동윤은 더 버티고 있을 수가 없었다. 그는 하릴없이 상관을 으등그리며 밖으로 나왔다. 밖으로 나와 몇 발짝 걷던 조동윤이 입을 앙다물며 돌아섰다. 주먹을 쥐고 숨을 씨근거리며 그 자리에 멈춰 섰다. 민영준이 나오면 주먹으로 볼따구니라도 한 대 갈겨버릴 것 같았다. 이내 민영준이 나왔다. 조동윤을 본 민영준 눈에서 불꽃이 튀었다.

"소인배 조동윤 민대감께 아뢰옵나이다."

조동윤은 민영준 앞에 정중하게 읍을 하며 목소리를 한참 늘여 뺐다. 민영준은 뭐냐고 잡아먹을 듯이 소리를 질렀다.

"전주가 함락되었다는 소문은 한양 장안에서 세살 먹은 어린아이도 다 알고 있는 일이옵고, 모르고 계시는 분은 상감마마 딱 한 분인 줄 아옵니다. 사실을 사실대로 말씀드리는 것이 상감마마 총명을 가려 도를 어지럽히는 일이온지, 상하 조신들 입을 틀어막는 것이 상감마마 총명을 가려 도를 어지럽히는 일이온지, 소인배 소견으로는 도무지 알 수가 없사옵기에 하교를 청하옵니다. 바쁘시더라도 조금 가르쳐 주시기 바라옵니다."

다시 정중하게 읍을 하며 말꼬리를 내서 가락으로 늘여 뺐다.

"이 때려죽일 놈, 가르쳐 줄 테니 기다려라. 네놈 대가리에다 귓구멍을 여남은 개 뚫어서 구멍마다 똑똑히 일러줄 테니 조용히 기다려!"

민영준은 갈아 마실 듯이 내뱉어놓고 숨을 씨근거리며 횅하니 돌아섰다. 민비한테 갈 일이 사뭇 바쁜 모양이었다.

"잘 알겠습니다. 목을 늘이고 기다리겠사옵니다."

조동윤은 조금도 기가 죽지 않고 말을 늘여 빼며 능청을 떨었다.

"음, 조용히 기다려라."

민영준은 잡아먹을 듯이 조동윤을 돌아보며 숨을 씨근거렸다. 당장 목을 치지 못해 환장하겠다는 표정이었다. 가쁜 숨을 사뭇 씨근거리며 정신없이 저쪽으로 내달았다. 민영준은 계단을 올라가려다 말고 또 조동윤을 노려봤다. 다시 돌아서서 숨을 씨근거리며 바삐 계단을 올라갔다.

"아이코!"

민영준은 그만 계단에 발부리가 걸려 앞으로 나가떨어지고 말았다.

"아이고, 아이고."

민영준은 무릎을 싸안고 땅바닥에서 버르적거렸다. 저만치 지나가던 내시 하나가 깜짝 놀라 허겁지겁 달려왔다.

"많이 다치셨습니까?"

"아이고."

민영준은 고개를 있는 대로 늘여 빼며 오만상을 찌푸렸다. 그는 닭 끌어안은 구렁이처럼 다리를 껴안고 몸뚱이를 위로 잔뜩 뻗질렀다. 내시는 어떻게 손을 써야 할지 몰라 똥마려운 강아지처럼 민영준 주변만 뱅뱅 돌고 있었다. 민영준은 미치겠다는 표정으로 일어서려 했다. 내시가 얼른 부축했다. 다른 내시들이 달려왔다. 민영준은 뼛속으로 스며든 통증에 내장까지 꼬여드는 것 같았다. 한참만에야 내시들 부축을 받으며 엉거주춤 일어섰다. 이마에 땀이 흥건했다. 내시가 수건을 내밀었다. 그는 가쁜 숨만 내쉬었다. 내시가 수건으로 땀을 닦아주었다.

"아이고, 아이고."

그는 한 발짝을 뗄 때마다 죽는 소리를 했다. 조금 걷다가 숨을 씨근거리며 뒤를 돌아봤다.

"오냐, 조가 이놈. 내가 네놈 간을 내서 씹지 않으면 성을 갈리라."

민영준은 *사금파리 씹는 소리로 이를 갈았다. 한참만에야 숨을 발라 쉬었다. 땀을 닦고 매무시를 가다듬었다. 다시 한참 동안 숨을 발라 쉰 다음에 마루로 올라섰다. 거기서도 한참 서서 숨을 바른 다음 조심스럽게 민비 방으로 들어갔다.

"난군들이 공주까지 짓밟았다는데 어찌된 일이냐?"

민비는 들이당짝 홍두깨 들이대듯 다그쳤다. 민영준은 태장에 몽둥이 맞은 꼴이었다.

"헛소문이옵니다. 난군은 지금 전주에 있사옵니다. 그놈들이 전주에 입성했다 하나 싸움이 제대로 붙으면 금방 쫓아내고 성을 탈환할 것입니다. 상감마마께 아뢰지 않은 것도 금방 성을 탈환하면 괜히 심려만 끼쳐드릴 것 같사와 아뢰지 않고 탈환 소식만 기다리고 있는 중이옵니다."

민영준은 숨을 씨근거리며 한 마디 한 마디 조심스럽게 말했다. 바로 어제 청나라 군대를 불러들여야 한다는 말과는 또 달랐다.

"그럼 네 생각에는 금방 탈환을 할 것 같다는 말이냐?"

민비는 윗몸을 내밀며 다그쳤다.

"회선포 하나만 가져도 까마귀 떼 같은 무지렁이들쯤 만 명도 당할 줄 알았사온데, 홍계훈이란 자가 원체 칠칠찮은 작자라 지금까지 저 꼴이옵니다."

"그자만 나무랄 일이 아니다. 네가 난군 놈들을 잘못 보고 있는 것이다. 전부터 큰소리만 탕탕 치더니 이게 무슨 꼴이냐? 황토재 싸움, 황룡강 싸움 판판이 지고 이번에는 전주성까지 내주지 않았느냐? 이러다가는 한양인들 무사하다고 어떻게 장담을 하겠느냐?"

민비는 종주먹을 댔다.

"면목이 없사옵니다."

"이제 와서 무슨 낯짝으로 면목 타령이냐? 어서 원통리한테 가서 의논을 하도록 하여라. 이제 믿을 데라고는 원통리밖에 없다. 지난번에 자기가 나서면 5일 안에 싹 쓸어버리겠다고 했다지 않았느냐? 어서 가서 우리 군대 지휘를 맡아달라고 하여라."

민비는 민영준 등이라도 떼밀듯 다그쳤다.

"하오나, 윤허도 없이 의논부터 하기가 난감하옵니다."

민영준이 시르죽은 소리로 말했다.

"그 무슨 정신없는 소리냐? 종묘사직이 위태로운 판에 나라를 구해준다면 불감청이언정 고소원인데 상감이 윤허를 내리시지 않을까닭이 무엇이란 말이냐?"

"대신들이 벌떼같이 반대를 할 것이옵니다."

"뭣이, 그자들은 어느 나라 신하이관데 나라를 지키자는 일에 반대를 한다는 게냐? 더구나 운현궁 귀신을 권좌에 앉히라고 날뛰는 난군 놈들 치자는 일에 반대하는 놈들 뱃속은 뻔한데 너는 그런 자들 아가리 하나 틀어막지 못한단 말이냐? 내가 임오년 꼴을 또 당해야 속이 시원하겠느냐? 뒷일은 나한테 맡겨라."

민비와 민영준은 어제와는 태도가 완전히 뒤바뀌고 말았다.

"다녀오기는 어렵지 않사오나……."

민영준은 난감했다. 고종은 지금 전주가 함락되었다는 사실도 모르고 있는데 원세개한테 군대 지휘를 의논하라니 일이 얽혀도 사정 없이 뒤얽히고 만 것이다.

"무얼 꾸물거리고 있느냐, 뒷일은 나한테 맡기라지 않았느냐?"

민비는 버럭 소리를 질렀다. 민영준은 알겠다며 자리에서 물러났다. 하는 수 없는 일이었다. 민영준은 청나라 통리아문으로 달려갔다. 그러나 원세개한테 가서 어디까지 이야기를 해야 할 것인가 가닥이 잡히지 않았다. 이제 와서 지휘만 맡아달라고 할 수는 없고, 청병을 한다는 것은 아무리 민비가 버티고 있다 하더라도 책임을 질 수가 없는 일이고, 민영준은 연방 고개를 갸웃거렸다. 아까 다친 다리가 쑤셔 미칠 지경이었으나 거기 정신 쓸 경황이 없었다.

"민대감이 웬일이시오?"

원세개는 놀러오는 이웃집 사람 맞듯 혼연스럽게 민영준을 맞았다.

"지금 난군들 기세가 만만찮아 어찌해야 할지 모르겠기에 각하 고견을 듣고자 왔사옵니다. 지금 전주가 난군들 손에 들어갔사옵고……."

민영준은 전황을 대충 설명했다.

"나도 듣고 있습니다마는 이제 조선군 힘으로는 난군 진압이 역불급이 아닌가 싶던데, 조정에서는 무슨 특별한 계책이라도 세우고 있소?"

원세개가 한발 앞질러 물었다.

"어떻게 특별한 계책을 세울 수 있겠습니까? 도무지 계책이 없사옵기에 고견을 듣고자 하옵니다. 난군들이 이만저만 방만하지 않아 불궤지언不軌之言도 기탄이 없사옵고, 장안 인심 또한 소연하여 난감하기 이를 데 없사옵니다."

불궤지언이란 농민군들이 대원군에게 국정을 맡기라는 소리를 가리킨 말이었다. 그것을 역모로 보고 있는 것이다.

"하하, 말을 왜 그리 어렵게 하시오? 우리나라 군대를 동원하여 토벌해달라는 말씀 같은데, 종주국의 의리로 보더라도 귀국이 처한 딱한 처지를 보고 어떻게 손 개얹고 있겠소? 상감 윤허는 받으셨겠지요?"

원세개는 두 발 세 발 앞질러 갔다. 그는 종주국이라는 말을 썼다.

"아, 아니올시다. 윤허를 내리신 것은 아니오나 달리 길이 없기로 먼저 의논을 드리고자 왔습니다."

민영준은 얼떨결에 말을 해놓고 보니 조선에 군대를 파견해 달라는 의논을 하러 왔다는 소리가 되어버렸다. 어떻게 말가닥을 추스려야 파병이 아니라 조선 군대 지휘를 맡아달라는 말로 바꿀 것인지 아뜩했다.

"더 의논하고 말고 할 게 있겠습니까? 내 뜻은 이미 밝혔으니 가서 윤허를 받아 청병 조회문만 가져오도록 하시오."

원세개는 자기 말에 아퀴를 지어버렸다. 민영준은 어리둥절했다.

"군대까지 불러들이는 번거로움을 상국에 끼쳐 드리는 것보다 지난번에 말씀하신 대로 각하께서 우리 군대 지휘를 맡아주실 수는 없사온지요?"

민영준은 용을 쓰고 겨우 말을 뒤로 돌렸다. 민영준은 종주국이라는 말에 대답이라도 하듯 상국이라는 말을 쓰고 있었다.

"허허, 어째서 큰길을 놔두고 샛길을 찾소? 호미로 막을 것을 가래로도 못 막는다는 조선 속담이 있다는 말은 지난번에 민대감이 하지 않았소? 나도 사정을 대충 듣고 있으니 말인데 조금만 더 가면 가래로도 못 막습니다."

원세개는 껄껄 웃었다. 민영준은 원세개 웃음소리에 눌려 그냥 바보같이 따라 웃고 말았다. 민영준은 벌떼같이 반대를 하고 나올 조정 대신들 얼굴이 떠올랐다.

"청나라 군대가 조선에 출병을 하면 일본은 어떻게 나올 것 같사옵니까?"

"그것은 조금도 염려할 것이 없습니다. 일본은 지금 내각하고 국회가 싸우느라고 조선에 정신 쓸 틈이 없습니다. 내각을 해산해야할 지경이라 정부는 발등에 불이 떨어져도 크게 떨어졌습니다. 제 발등에 떨어진 불을 놔두고 어떻게 남의 나라 일에 정신을 쓰겠소? 설사 출병을 한다 하여도 군대를 1백 명 이상 보낼 수가 없습니다."

원세개는 자신 있게 말했다.

"일본 내정이 그렇게 어렵사옵니까?"

"*이토 히로부미伊藤博文란 자가 너무 콧대를 세우다가 된통으로 걸린 모양입니다."

민영준은 알았다며 일어섰다. 그는 심부름 다녀온 아이처럼 또 허겁지겁 민비한테로 달려갔다. 민비는 북관묘에 가고 없었다. 대낮부터 굿을 하는 모양이었다. 그리 달려갔다. 북관묘 안에서는 징소리가 요란을 떨었다. 징소리, 북소리가 예사 때보다 훨씬 더 요란스러웠고, 진령군 넋두리 소리도 칼끝같이 앙칼졌다.

"어인 일이시옵니까?"

밖에 시립을 하고 있던 상궁이 민영준 곁으로 오며 낮은 소리로 물었다.

"긴하게 아뢸 말씀이 있는데, 굿이 얼른 끝나지 않겠는가?"

"굿이 지금 두 거리째 들어가고 있사옵니다. 늦게 끝날 것 같사온데 급한 일이오면 짬 보아서 여쭙겠사오니 저한테 말씀해 주십시오."

민비가 북관묘에 들어 있을 때는 상감이 찾아도 용납이 없었다. 민영준은 굿이 끝나거든 자기가 기다린다는 말을 여쭤라 하고 돌아섰다. 북관묘는 마치 전쟁하는 총포 소리처럼 징소리와 넋두리 소리가 요란을 떨었다. 저것이 전쟁하는 기세라면 농민군들 몇천 명이라도 요절을 낼 것 같았다.

그때 청나라 통리아문에서는 원세개가 비서를 불렀다.

"전보 문안이다. 곧바로 북양대신께 치도록 하여라."

원세개는 전보 문안을 비서에게 주며 빙긋 웃었다. 전보는 금방 전파를 타고 있었다.

조선군은 난군들한테 계속 패하고 무기를 빼앗기니 조선 사람들은 상하를 막론하고 모두 쓸개가 터진 듯하옵니다. 조선이 다시 중국의 품으로 되돌아와서 보호를 청할 듯하온데 그런다면 상국의 체면으로 물리치기 어려운 노릇이오니 깊이 헤아리시기 바랍니다.

여기서도 '다시 중국의 품으로 돌아와서'라거니 '상국의 체면'이니 하는 소리를 하고 있었다. 그런데 이 전보가 북양대신 이홍장 손에 들어가는 순간, 일본공사관 대리공사 스기무라杉村濬 손에도 들어갔다. 스기무라는 곧바로 본국으로 타전을 했고, 일본 조정에서는 외무대신 *무쓰陸奧宗光의 손을 거쳐 수상 이토 손에 들어갔다. 일본 공사관에서는 벌써부터 청나라 공사관에서 날아가는 전파는 하나도 놓치지 않고 다 붙잡고 있었다. 홍계훈과 조선 조정 사이에 오가는 전파도 마찬가지였다.

일본공사 *오토리大鳥圭介는 휴가를 얻어 본국으로 가고 없었으므로 대리공사 스기무라가 일을 보고 있었는데, 그는 농민군에 대한 조선 조정의 대처와 청나라에 대한 조선 조정의 움직임을 날카롭게 지켜보고 있었다. 스기무라는 홍계훈이 전주성을 떠나던 4월 18일, 그때 벌써 조선 정세를 소상히 분석하여 조선 정부가 농민군에 대해서 취할 수 있는 계책은 두 가지뿐이라고 본국에 보고한 적이 있었다. 제1책은 농민군 요구를 받아들여 폐정을 근본적으로 개혁하는 일이고, 제2책은 청나라에 원병을 청하여 진압하는 길이라는 것이었다.

> 제1책은 지금 정권을 잡고 있는 민씨들이 전혀 용납할 수 없는 일입니다. 비록 국왕이 영단을 내린다 하더라도 민씨들 때문에 쉽게 실시할 수 없을 것으로 생각되며, 난군들이 계속 기세를 보이면 반드시 제2책을 취하지 않을 수 없을 것으로 *추찰됩니다.

스기무라는 조선이 청나라에 원병을 청할 것이라는 사실을 '반드시'라는 말을 써서 거의 단정을 하면서, 일본은 청나라의 조선 출병에 미리 대책을 강구하여야 할 것이라고 촉구했다. 그리고 4월 24일에는 민영준이 청나라에 원병을 청하려 하지만 다른 대신들이 반대하여 아직 청병은 하지 못하고 있다고 보고했다. 24일은 황룡강전투에서 홍계훈이 패한 다음날이었다.

4월 29일 아침. 조정 전보국에 전주 함락을 알리는 김문현의 전보가 왔다. 김문현은 거지꼴로 이틀 뒤에야 겨우 노성 현아에 이르러 조정에 전보를 친 것이다.

민영준은 김문현한테서 정식 보고를 받자 임금에게 보고를 더 미룰 수가 없었다. 전보를 손에 든 고종은 얼굴이 돌처럼 굳어졌다. 고종은 이미 어제저녁 민비한테서 전주 함락 소식을 들었으나 정작 김문현의 전보를 받고 보니 새삼스럽게 앞이 캄캄한 모양이었다. 민영준은 진즉 알리지 않았던 변명부터 늘어놓은 다음 이제 대책은 청나라에 원병을 청하는 길밖에 없다고 했다. 고종이 어제 저녁 내내 민비한테 시달리던 소리였다. 고종은 멍청하게 허공에 눈길을 띄웠다.

"종묘사직을 난당들 발길 앞에 내놓든지 사직을 지켜 열성조 앞에 도리를 다하시든지 알아서 하십시오."

민비는 앙칼지게 다잡았다. 고종은 외국 군대를 불러오는 일이 그렇게 만만한 일이 아니라고 했다.

"만만한 일이 아니라니 그것이 무슨 말씀이옵니까? 난당들이 제 사날로 저렇게 날뛰겠습니까?"

고종은 그게 무슨 소리냐고 했다.

"난당들을 뒤에서 움직이고 있는 사람이 누구겠사옵니까? 난당

24

들이 운현궁 귀신을 권좌에 앉히라고 공공연히 떠벌리고 있다는 말씀 못 들으셨사옵니까? 제가 임오년에 당했던 그 수모를 또 당해야 한단 말입니까? 난당들이 수도에 들어오면 옥좌들 무사할 것 같사옵니까?"

민비는 시퍼렇게 대들며 정신없이 다그쳤다. 고종은 알았다며 민비를 달랬다. 임오년 이야기만 나오면 고종은 민비 앞에 기가 죽었다. 민비는 고종이 웬만큼 누그러진 듯하자 그동안 전주 함락 소식을 알리지 못하게 한 것은 자기라고 민영준을 감쌌다. 민영준의 말발을 세워주자는 수작이었다.

"못난 작자들 같으니라고."

전보를 손에 쥔 고종은 누구에게랄 것이 없이 혼잣소리로 중얼거리며 하염없이 먼 하늘만 바라보고 있었다. 푸른 나뭇가지 사이로 비를 머금은 하늘이 잔뜩 찌푸리고 있었다. 고종은 한참 말이 없었다. 그때 내시가 들어왔다. 민영준한테 무슨 종이쪽지를 건넸다. 홍계훈한테서 온 전보였다.

"초토사한테서 온 전보이옵니다."

민영준은 전보를 훑어보는 시늉을 하고 고종 앞에 조심스럽게 내밀었다. 고종은 전보를 한 자 한 자 새겨 읽었다. 실은 오늘 아침에 온 전보인데 여기 들어오면서 내시더러 금방 온 것처럼 가져오라고 일렀던 것이다.

전투가 붙으면 조정군은 한달음에 무너질 듯하여 전주 서쪽 완산에 진을 치고 방어만 하고 있사옵니다. 난군은 그사이 두 번 공격을 하여 우리 진지를 염탐만 하고 물러갔사온데 만여 명 군사가 제대로 공격을 해오면 조정군은 풍전등화이옵니다. 다시 아뢰거니와 이제 청나라에 청병을 하는 길밖에 다른 길이 없사옵니다.

민영준은 전보를 읽는 고종의 표정을 날카롭게 살피고 있었다. 홍계훈은 홍계훈대로 이렇게 엄살을 부려야 할 자기 나름의 이유가 있었다. 앞으로 패배에 대한 대비는 물론 지난번 황룡강전투에서 패한 것까지 변명하자는 것이었다.

"대신들을 모으도록 하시오."

고종은 힘없이 영을 내렸다. 대신들은 임금 거동에 귀를 쭈뼛거리고 있던 참이라 전갈이 가기가 바쁘게 모여들었다. 영의정 심순택, 좌의정 조병세, 우의정 정범조, 판부사 김홍집, 영돈령 김병시, 예조판서 이헌식 순으로 들어왔다. 고종은 침통한 말씨로 입을 열었다.

"호남 난민들이 세가 날로 드세어 초토사도 크게 힘을 쓰지 못하고 있소. 그곳 백성 고통도 고통이려니와 장안 인심 또한 소연하여 백성이 갈피를 잡지 못한다 하니 심히 민망스런 일이오. 병조판서가 전황을 말하시오."

고종은 그 자리에 찾아 내릴 것같이 힘이 없었다. 대신들은 쥐죽은 듯 조용히 고개를 숙이고 있었다.

"적세가 생각보다 호대하여 전주성이 난군 손에 들어가고 말았습니다. 적세는 날이 갈수록 불어나서 성 안팎이 역도들로 가득 찬 듯하옵니다. 초토사는 그동안 효유도 하고 위협도 하였으나, 역도들은 윤음을 가지고 간 선전관 목을 베는 등 난폭하기가 조정의 위의도 기탄이 없으며……."

민영준은 농민군 기세를 한참 늘어놓은 다음 목소리를 가다듬어 계속했다.

"적세가 이러하니 조정군 신식무기도 힘을 쓰지 못하여 우리 군대로는 도저히 초멸할 수가 없다는 초토사의 전보가 날마다 빗발치고 있사옵니다. 초토사 장계인즉 호남 모든 백성이 역도와 한패라 조정 군대는 바다 한가운데 떠 있는 외로운 섬과 같다고 하면서 청나라 도움이 아니면 막아낼 길이 없겠다고 하옵니다. 감사와 초토사 장계를 아울러 생각하건대, 호남 일대는 역도들 수중에 들어가 국토 한쪽은 이미 역도들한테 잃은 것과 같사옵니다. 이제 역도들을 초멸하여 적세가 더 번지지 못하도록 하는 길은 청나라에 원병을 청하는 길밖에 다른 길이 없는 줄로 아뢰옵니다. 청나라 병정들이라면 단한 번의 전투로 역도들을 격파할 수가 있을 것이옵니다."

민영준은 마지막 말에 힘을 주며 말을 맺었다.

"원병을 청하는 일은 깊이 생각하셔야 할 일인 줄로 아뢰옵니다."

좌의정 조병세가 조용히 말문을 열었다. 말소리는 낮았으나 만만찮은 힘이 들어 있었다.

"난도들이 아무리 수가 많고 드세다 한들 모두가 지금까지 흙만 주물러오던 농사꾼들이요, 모두가 성은으로 농사를 지어 밥을 먹으며 자식을 낳고 살아온 이 나라 백성이옵니다. 그들 세가 크고 흉포하다 하여 그것만 보고 놀랄 것이 아니라 그들이 일어난 까닭이 무엇인가, 그것을 헤아리면 그들을 달래서 물리칠 단서는 금방 잡힐 줄로 아옵니다. 그들이 일어난 것은 탐학에 견디다 못하여 일어난 것일 뿐 더 이상 불온한 생각을 가진 것은 아닌 줄 아옵니다. 탐학을 금한다는 약속을 하고 달래면 금방 흩어질 것이온데 외국 군대를 불러오면 난도들이야 진압을 할 수 있겠지만, 그 다음에는 바로 외국 군대가 난도들보다 우리한테 몇 배나 더 큰 짐이 될 것이옵니다. 통촉하시옵소서."

조병세는 또박또박 말을 했다. 길을 두고 뫼로 간다는 표현부터가 만만찮은 기세였다. 그리고 민영준은 농민군을 역도라 했으나 그는 난도라고 했다. 조병세 말이 끝나자마자 정범조가 나섰다.

"외국 군대를 불러온다는 것은 이만저만 큰일이 아니옵니다. 우리 백성을 남의 나라 군대를 불러다 친다는 것도 도리에 어긋나는 일이려니와 그보다 우선 청나라 군대를 불러오면 청일 양국 사이에 맺은 천진조약에 따라 일본 군대도 곧바로 들어올 것인즉 일본 군대도 함께 불러들이는 것이 되옵니다. 두 나라 군대가 들어오면 서로 공을 다투어 물불을 가리지 않고 토벌을 할 것이오니 난도들은 난도들이라 하더라도 죄 없는 백성이 어육이 되고 말 것이옵니다. 그들이 난도를 토벌하고 나면 그 공을 내세워 우리 조정에 대한 횡포가 어떠하올지 그것도 불을 보는 듯하오며, 더구나 지금 청일 양국은 우리나라를 두고 서로 세를 다투어 눈에 보이지 않는 전쟁을 하고 있는 판국이라 난도들을 토벌한 다음에는 그들끼리 우리 국토에서 싸움을 벌일지도 모르는 일이옵니다. 그렇게 되면 우리 조정의 체면은 무엇이 되며 백성은 또 얼마나 고통을 당하겠습니까? 난도들이 지금 기승을 부리고 있사오나 그들은 원래 양같이 순한 백성이오니

28

한편으로는 위협을 하고 한편으로는 달래면서 평정을 하는 것이 온당한 일인 줄로 아뢰옵니다."

조병세와 정범조는 다른 대신들이 다 그렇듯 그들도 민씨들 꼭두각시였으나 농민전쟁이 확대되면서부터 그런 대로 자기들 목소리를 웬만큼 내고 있었다. 영의정 심순택도 그들과 뜻을 같이하고 있었으므로 고종이 웬만큼만 중심을 잡으면 이 전쟁을 계기로 민가들 콧대를 꺾을 수가 있을 법도 했다. 그러나 고종은 대신들이 사리를 따져 말을 할 때는 어김없이 동조를 하면서도 마지막에는 종잡을 수 없을 만큼 엉뚱한 결정을 내렸다. 그래서 조병세나 정범조는 이런 정도의 말을 하면서도 목숨을 걸다시피 비장한 각오를 하지 않을 수 없었다.

"깊이 헤아려야 할 줄로 아옵니다."

영의정 심순택이 조심스럽게 동조했다.

"통촉하시옵소서."

다른 대신들도 조심스럽게 허리를 주억거리며 동조했다. 너무도 중대한 일이고 사리가 반듯했으므로 정승들 기세에 얹혀 동조를 한 것 같았다. 근래에 없던 일이었다. 민영준은 상판을 으등그리며 다시 나섰다.

"여러 대신들께서 서정을 개혁하면 역도들이 물러갈 것이라 했사온데, 그것은 사정을 전혀 모르고 하시는 말씀입니다. 역도들은 상감마마께옵서 내리신 윤음을 봉행하고 간 선전관과 내탕금을 가지고 간 조신들 목을 베었습니다. 더구나 그들은 오만방자하기가 국태공을 모셔다가 국권을 맡기라는 불궤지언까지 기탄이 없을 지경입니다. 역도들을 선량한 백성이라 하셨사온데, 그들은 조정에서 좌도로 단속하는 동학을 믿는 동학 난당들입니다. 부적을 지니고 다니며 주문을 외우고 무수한 참언으로 혹세무민하여 난을 일으킨 것이옵니다. 선전관 목을 베어 상감마마 위의를 거침없이 훼손하고 국태공 운운하여 불궤지심을 드러내고 있는 그들을 어찌 선량한 백성이라 하겠습니까? 그들이 한강을 넘어오면 선전관 목을 벤 칼이 어디를 향하겠으며, 국태공 운운하는 방자한 소리가 어디까지 갈지 그것은 너무도 뻔한 일인 줄 아옵니다."

민영준은 숨을 씨근거리며 주워섬겼다.

"선전관 목을 벤 자들이나 국태공 운운한 자들은 수괴들입니다. 백성이 그들을 따라나선 것은 삼정문란과 수령들 늑탈에 고통을 더 견딜 수 없기 때문입니다. 삼정을 바로잡고 수령들 늑탈만 철저하게 금한다고 윤음을 내리시면 바로 그것은 수괴들이 농민들을 꾀는 줄을 끊어버리는 셈입니다. 철저히 *서정개혁을 한다고 약속하시면 백성이 어찌 그들을 따르겠습니까? 그때 수괴들은 수괴들대로 처치하면 그만입니다."

조병세가 두령들과 일반 백성을 분리시켜 그 요구가 다르다는 점을 역설했다. 선전관 목을 벤 것은 변명할 여지가 없었고, 대원군을 추대하란 소리는 민가들한테는 그들더러 죽으라는 소리였기 때문에 그런 일은 어디까지나 수괴들이 한 짓이라는 점을 강조했다.

"수괴들은 모두가 동학 접주들이며, 따라나선 백성도 거의가 동학도들입니다. 동학도들이 내세운 후천개벽이란 소리가 무슨 소리입니까? 개벽이라고 했습니다. 천지개벽이라는 소리에나 쓰는 개벽입니다. 삼정을 개혁하고 누구를 추대하는 정도가 아니라 개벽입니다. 선전관 목을 벤 것은 바로 그런 불궤지심이 그대로 드러난 것이 아니고 무엇입니까? 이런 일에 동조하는 사람이 있다면 그 사람도 똑같은 무리로 볼 수밖에 없사오니 통촉하시옵소서."

민영준은 목청을 높였다. 동조하는 자도 역적으로 다스려야 한다는 공갈이었다.

"하하, 어찌 난도들한테 동조하는 사람이 있겠소?"

고종은 껄껄 웃으며 자리를 수습했다. 정범조가 지지 않고 다시 나섰다.

"개벽이란 소리는 처음부터 허황된 소리입니다. 무슨 종교든지 극락이니 천당이니 허황된 소리를 하는 것이 종교입니다. 동학도들도 천주학쟁이들처럼 최제우가 물 위로 말을 타고 걸어다녔다느니 어쩌느니 허황된 소리를 하듯이 후천개벽이란 소리도 천당이니 지옥이니 하는 소리하고 똑같이 허황된 소리일 뿐입니다. 불교에서 이따금 요란을 떠는 미륵신앙이란 것만 하더라도 미륵이 이 세상에 내려오면 용화세계란 지상천국이 이루어진다는 것인데, 미륵이 언제 오냐 하면 56억 7천만 년 뒤에 온다는 것입니다. 종교란 것은 모두가 그런 것입니다. 국태공을 추대하라고 하는 소리만 하더라도 우리가 그 소리를 받아들이자는 것이 아니라, 그런 소리를 하는 바로 그것이 종묘사직을 어쩌자는 불궤지심을 지니고 있지 않다는 소리로 보아야 할 것으로 아뢰옵니다."

대원군 추대 문제는 너무나 민감한 소리였으므로 정범조 말소리가 떨리고 있었다. 이마에 땀방울이 보송보송 솟았고, 다른 대신들도 가쁜 숨을 내쉬고 있었다.

"저도 그런 것으로 아뢰옵니다."

조병세가 큰소리로 동조를 했다. 정범조는 말을 이었다.

"청나라 군사들을 불러 난민을 토벌하라는 것은 남의 나라 군대
더러 우리 백성을 총칼로 죽여달라는 소리이온데, 종묘사직을 넘보
지 않는 바에야 백성의 어버이로서 어찌 그럴 수가 있단 말씀입니
까? 신라가 당나라 군사를 불러 동족을 친 일이 있으나 그것은 임금
을 달리하고 있던 때라 *용혹무괴이오나, 나라 안에 일어난 분란에
외국 군대를 불러 백성을 친 일은 단군 이래 전례를 상고키 어려운
일이옵니다. 그런 일은 상감마마 치적으로 말하면 천추에 씻지 못할
오점이 될 것이오며, 후대에 제 권좌만 생각하는 소인배들이 쉽게
선례로 삼아 건듯하면 기탄없이 외국 군대를 불러들일 것인즉 자손
만대에 원망을 들을 일인 줄로 아뢰옵나이다. 통촉하시옵소서."

"통촉하시옵소서."

정범조가 거의 울먹이는 소리로 말하며 고개를 두 번 세 번 주억
거리자 조병세도 큰소리로 동조를 하며 같이 고개를 주억거렸다. 정
범조는 도포 자락으로 이마의 땀을 닦았다.

"바라옵고 바라옵건대, 상감마마께옵서 남의 나라 군대를 불러다
가 상감마마 백성을 치셨다는 오명만은 남기지 말도록 하시옵소서.
다시 말씀드리거니와 청나라 군대가 난도들을 쳐서 난을 평정하면
그 위세로 나라를 좌지우지하려고 할 것인즉 그렇게 되면 상감마마
위엄은 어찌될 것이며, 조정 대신들이며 만백성은 어느 나라 백성이
라 해야 하겠사옵니까? 통촉하시옵소서."

정범조는 내놓은 역적으로 막말을 하고 나왔다.

"위협을 하는 것이오?"

민영준이가 버럭 소리를 질렀다.

"오로지 종묘사직과 상감마마 위엄을 걱정하는 충정일 뿐인 줄로 아옵니다."

조병세가 거들고 나왔다.

"여러 경들의 생각도 모두 같으시오?"

"그렇사옵니다."

대신들은 모깃소리만 하게 말하며 고개를 주억거렸다. 다른 대신들의 생각은 어떠냐고 묻는 것이 아니라, '그렇다'는 말을 유도해내는 소리였다. 고종도 이미 생각이 그쪽으로 기울었다는 의중을 드러낸 것 같았다.

"잘 알았소. 청나라에 청병은 하지 않도록 하겠소."

"황공무지로소이다."

대신들은 살았다는 듯이 고개를 주억거리며 한숨을 푹 내쉬었다. 정범조는 도포 자락으로 거듭 이마에서 땀을 닦았다.

"그러나 우리나라 조신 가운데는 난도들을 토평할 장재가 없으니 원세개 통리로 하여금 전주로 하왕케 하여 조정군을 지휘하도록 하면 어떻겠소?"

고종은 한발 물러서며 절충안 비슷한 제안을 했다. 아무도 말이 없었다. 정범조나 조병세도 말이 없었다. 청나라 군대를 청하지 말자는 것은 무력에 의존해서 진압하지 말고 내정을 개혁하여 농민들 요구를 들어주자는 주장인데 고종은 개혁 쪽으로 태도를 바꾼 것은 아니었다.

"달리 길이 없는 듯하옵니다."

심순택이 고개를 주억거렸다.

"그러면 원세개 통리에게 우리 군대 지휘를 맡기기로 하겠소. 민 대감은 원통리한테 가서 조정의 뜻을 전하고 한시라도 빨리 내려가 도록 하시오. 지금 바로 가시오."

고종이 조용히 영을 내렸다.

"분부대로 거행하겠사옵니다."

민영준은 소태 씹은 상판으로 마지못해 대답했다. 회의가 끝나자 민영준은 훌쩍 일어나서 자리를 떠버렸다. 대신들은 어디 저승에라 도 다녀온 것같이 살았다는 표정들이었다. 조병세와 정범조는 좀 허 탈한 표정이었다. 심순택이 빙그레 웃어주고 나갔다. 다른 대신들도 가볍게 목례를 했다.

민영준은 곧바로 청나라 통리아문으로 갔다. 발걸음이 바빴다. 그는 무엇인가 따로 결심을 한 표정이었다. 통리아문으로 들어섰다.

"각하께서는 지금 심기가 매우 좋지 않사옵니다. 청병조회문은 가져오셨겠지요?"

민영준을 맞은 통리 비서가 낮은 소리로 조심스럽게 물었다.

"사정이 조금 달라졌습니다. 뵙고 말씀드리겠습니다."

비서가 혼자 원세개 방으로 들어갔다.

"조회문을 가져오지 않았답니다."

비서는 낮은 소리로 속삭였다. 원세개는 기다리게 하라고 했다. 비서는 알았다고 씽긋 웃으며 문을 열었다.

"잠깐 기다리십시오. 본국하고 좋지 않은 사단이 있어 통리 각하께서는 심기가 여간 불편하지 않습니다."

비서는 원세개 앞에서 교활하게 웃던 얼굴을 싹 바꾸고 싸늘하게 말했다. 민영준은 무료하게 앉아서 차를 홀짝거렸다. 차를 다 마시고 나도록 안에서는 아무 말이 없었다. 전에 없던 일이었다. 민영준은 벽만 쳐다보고 있었다. 한참만에 비서가 다시 원세개 방으로 들어갔다 나왔다. 좀 더 기다리라는 눈짓을 했다. 다시 한 식경이나 기다려도 들어오라는 말이 없었다. 민영준은 일어서서 창밖을 내다보며 서성거렸다. 다시 앉아 손수 차를 한잔 더 따라 마셨다. 그래도 말이 없었다. 그사이 비서가 두 번이나 들락거렸다.

"어흠."

민영준은 헛기침을 하며 다시 일어서서 창밖을 내다보았다. 한참 그렇게 서 있자 또 비서가 들어갔다 나왔다.

"들어가십시오."

민영준은 상전댁 안방에 들어가듯 조심스럽게 들어갔다. 원세개는 의자 등받이에 몸을 잔뜩 파묻은 채 창 쪽으로 향하고 있던 의자를 반쯤 돌리며 민영준을 건너다봤다. 처음 보는 사람처럼 표정이 없었다. 바로 어제 그렇게 살갑던 사람이 전혀 다른 사람이 되어버린 것 같았다.

"일간 기체 강녕하십니까?"

민영준이 정중하게 인사를 했다.

"어제 그 이야기신 것 같은데 조회문은 가져오셨겠지요?"

원세개는 턱으로 앉으라는 시늉을 하며 역시 싸늘한 목소리로 물었다.

"말씀드리기 황송하오나 오늘 대신회의에서 차병 문제는 좀 더 생각해볼 일이라고 뒤로 미루었사옵니다. 그 대신 각하께 호남에 내려가 있는 우리 군대 지휘를 맡아주십사고 청을 드리기로 했사옵니다. 우리나라에는 군대를 제대로 지휘하여 난도들을 칠 만한 장재가 없기로 각하 힘을 빌리고자 한 것이옵니다. 상감마마의 이런 뜻에 모든 대신들은 쌍수를 들어 환영을 했사오며, 지금까지 난도들 발호에 염려해 주신 각하의 후의에도 입을 모아 칭송을 했사옵니다."

민영준은 무슨 죄라도 지은 사람처럼 원세개 눈치를 살피며 정중하게 말했다. 원세개는 민영준을 빤히 건너다보고 있었다. 민영준이도 멍청하게 원세개를 건너다보고 있었다.

"허허."

원세개는 가볍게 웃으며 의자를 저쪽으로 돌려버렸다. 민영준은 쥐구멍에 들어온 벌처럼 덩둘하게 앉아 원세개를 보고 있었다. 무거운 침묵이 흘렀다. 원세개 의자에서 삐걱 소리가 났다. 작은 소리였으나 마치 들보가 부러지는 것같이 크게 들렸다. 이내 원세개가 의자를 제자리로 돌리고 바로 앉았다.

"국사를 논의한다는 사람들이 그게 국사를 논의하는 것이요, 어린애들이 장난을 하는 것이오? 일이란 때가 있는 법인데, 일을 그르칠 대로 다 그르쳐놓고 이제 와서 나더러 지휘를 맡아달라니 그런 것도 말이라고 대신 체신에 여기까지 전하러 온단 말이오? 나는 그런 어린애 장난 같은 소리를 듣고 있을 만큼 한가한 사람이 아니오."

원세개는 아주 조용한 목소리로 냉랭하게 쏘아붙였다.

"하오나, 어제 말씀드렸던 차병 문제는 여러 대신들 반대가 너무 거세어서……."

"여보시오."

원세개는 상체를 벌떡 일으키며 손바닥으로 책상을 탕 쳤다.

"당신네 집안 이야기를 하려고 여기 왔소?"

원세개는 눈알을 까뒤집고 고래고래 악을 썼다. 기어들어가는 소리로 대꾸하던 민영준은 몽둥이 피하듯 몸뚱이를 뒤로 젖혔다. 민영준이 눈은 금방 튀어나올 것 같았다. 원세개는 코를 씩씩 불었다.

"죄송하옵니다. 다시 의논을 하겠사오니 고정하십시오."

"고정이나마나 여기는 그 따위 소리나 가지고 번거롭게 드나드는 데가 아니오."

원세개는 간 떨어질 소리로 고함을 질렀다. 민영준은 예예 하며 건성으로 허리를 굽히고 엉덩이 차인 강아지처럼 방을 뛰쳐나왔다. 궁중으로 돌아온 민영준은 고종한테로 가지 않고 민비한테로 달렸다. 민비는 들어오는 민영준을 날카롭게 보고 있었다.

"어찌 되었느냐?"

민영준이 표정을 보고 사태를 짐작한 민비는 싸늘하게 물었다.

"우리 군대로 토벌하기에는 이미 때가 글렀다며 이제 와서 그런 소리를 하는 것은 어린애 장난이라고 핀잔입니다."

민영준은 시르죽은 소리로 뇌었다.

"그럼 어쩌겠다는 거냐?"

"청나라 군사를 데려오는 것밖에 길이 없다는 것이겠지요."

"자기 나라 군사를 데려다 토벌해 주겠다면 우리가 할 소리를 원통리가 하고 있잖느냐? 그런 고마운 말씀을 하시는데 너는 왜 그렇게 우거지 상판이냐?"

민비는 눈을 오꼼하게 뜨고 민영준을 쏘아보았다.

"오늘 대신들 말하는 것을 못 들으셔서 하시는 말씀입니다. 대신들이 모두가 이구동성으로 반대를 합니다. 한 사람도 찬성하는 사람이 없었사옵니다."

"나라 사직이 역도들 발에 짓밟힐 판인데 반대를 하다니 그 대신들은 어느 나라 대신들이란 말이냐? 신식 대포로도 못 막는 역도들이 한강을 넘어오면 그 알량한 아가리로 막겠다더냐? 모두가 운현궁 귀신하고 한 패거리임이 틀림없다. 그 일은 나한테 맡겨라."

민비는 이를 악물었다.

"임오군란 때 그 수모를 생각하면 자다가도 벌떡증이 나서 밤잠을 설치는 내 심정을 모르느냐? 더구나, 그 영감태기를 다시 권좌에 앉히자는 역도들을 비호하다니 모두 한통으로 놀아나는 것이 아니고 무엇이냐? 모든 것을 나한테 맡기고 너는 지금부터 청병할 절차를 밟도록 하여라. 청병조회문이라 했느냐, 아무 걱정 말고 어서 그런 것부터 준비를 하여라. 어서!"

민비는 이를 악물고 결의를 보였다.

"분부대로 거행하겠사옵니다. 하오나, 일은 아주 은밀하게 해야 할 것이옵니다. 만에 하나 대신들이 낌새를 채면 벌떼같이 일어날 것이오니 그 점 각별히 유념하셔야 할 줄로 아옵니다."

민영준이는 각별히에다 힘을 주었다.

"그런 걱정은 말고 어서 가서 너 할 일이나 하여라."

민비는 여걸답게 단호했다. 민영준은 바쁜 걸음으로 민비 앞을 나왔다. 그는 곧바로 그런 일에 밝은 심복 외무독판 조병직을 불렀다. 청병조회문을 작성하라고 은밀하게 영을 내렸다. 조병직은 눈을 크게 떴으나 민영준의 단호한 태도에 주눅이 들어 아무 말도 묻지 못했다. 민영준은 역시 심복인 내무독판 신정희와 내무참의 성기운을 불렀다.

"지금 나라 사직이 역도들 발길에 짓밟힐 판이오. 대신들은 아무것도 모르고 입만 살아 있소. 당신들은 지금부터 대신들 가운데서 사리 분별이 웬만한 사람들부터 골라 설득을 하시오."

민영준은 엄격한 표정으로 영을 내렸다. 그들은 한참 동안 귓속말로 속삭였다.

"다녀와서 하나하나 나한테 보고를 하시오."

모두 알겠다며 일어섰다. 그들이 나간 뒤 한참만에 조병직은 부랴부랴 청병조회문 초를 잡아가지고 왔다.

조회하는 일은, 전라도 태인과 고부 등지는 예로부터 민습이 흉악해서 다스리기가 여간 어렵지 않더니 근래 동학 비도들 만여 명이 10여 개 고을을 짓밟고 전라도 수부 전주를 함락했습니다.

이런 소리로 시작된 조회문은, 그동안 관군들은 계속 패하여 대포 등 무기도 많이 잃었으며, 역도들이 웅거하고 있는 전주는 한양에서 4백 수십 리밖에 되지 않는 곳이라 한양이 크게 염려되는 형편인데 우리나라 군대는 전부 모아보아야 겨우 한양을 호위할 정도이며 그나마 전투 경험도 없어 난도들을 진압하기 어려우니, 임오군란과 갑신정변 때 크게 은혜를 베풀어주신 점을 생각하시어, "바라건대 통리께서는 빨리 서둘러 급박함을 구제하여 주시기 바라오며 이에 조회하는 바입니다"로 끝을 맺었다.

"여기 임오군란 앞에다 말이지, '이런 일이 오래 가면 상국 조정에 걱정을 끼칠까 염려된다'는 말을 정중하게 한마디 더 집어넣으라고."

초안을 읽고 난 민영준은 손가락으로 그 부분을 짚으며 지시를 내렸다. 조회문 정서가 끝나자 민영준은 그걸 가지고 민비한테로 갔다.

"가 있다가 부르거든 오너라."

민비는 조회문 초안을 대충 훑어본 다음 민영준을 내보냈다. 민비 얼굴은 잔뜩 굳어 있었다. 고종한테 옥새를 찍으라고 닦달을 할 모양이었다.

다음날 오전 민비가 민영준을 불렀다.

"조회문이다. 바로 가거라."

민비가 조회문을 내밀었다. 민영준은 조회문을 받아 펴보았다. 조회문 아래편에 아직도 옥새 인주발이 벌겋게 살아 있었다. 민영준은 민비 앞에 절을 하고 물러섰다. 그는 조회문을 들고 늦참한 상주제청에 뛰어들듯 청나라 통리아문으로 달려갔다. 조회문을 받은 원세개는 회심의 미소를 지으며 조회문을 펴들었다.

"고생하셨소. 곧 조처를 할 터인즉 오늘부터 모두 발 쭉 펴고 지

내시오."

원세개는 껄껄 웃었다. 그는 곧바로 비서를 불러 천진에 있는 북양대신 이홍장에게 조회문을 타전하라 했다. 조회문을 받은 이홍장은 대번에 입이 함지박만 하게 벙그러졌다. 조회문을 한 번 더 읽어본 다음 빨리 조정의 결제 받을 준비를 하라고 서둘렀다.

바로 그 순간 이홍장보다 입이 더 크게 벙그러진 사람이 있었다. 일본 수상 이토였다. 각의를 소집해놓고 개의 시간이 다가오자 상판을 잔뜩 으등그리고 있는 참인데 조회문이 날아들었다.

"하하, 이것은 우리나라 국운이오."

외무대신 무쓰가 내민 전보지를 읽은 이토는 크게 소리내어 웃었다. 평소 별로 웃는 법이 없던 이토는 얼굴이 여름 아침 이슬 머금은 꽃봉오리였다.

이날 각의는 내각과 국회의 알력이 파국에 이르러 내각 해산을 결의하려는 회의였다. 내각 해산은 문제의 해결이 아니라 일본 정국이 소용돌이에 감겨드는 새로운 출발이나 마찬가지였다.

"참모총장하고 차장을 바로 각의에 참석시키시오."

이토는 다급하게 지시를 내린 다음 조회문을 들고 회의장으로 들어갔다. 그는 개회를 선언하고 나서 조회문을 들어 보이며 입을 열었다.

"오늘 조선 조정은 청나라에 원병을 청하는 조회문을 발송했습니다. 청나라 군대가 조선에 출동하여 난군을 토벌하고 나면 그 다음 두 나라 관계가 어떻게 된다는 사실은 여기서 길게 설명할 필요를 느끼지 않습니다. 이때 우리가 조선에 대군을 파견하지 않으면 우리는 앞으로 조선에 발붙일 틈이 없을 것입니다."

각료들이 웅성거리기 시작했다. 내각 해산 문제로 잔뜩 긴장해 있던 각료들은 새로운 흥분에 휩싸이고 있었다. 조선 출병 문제에 대한 논의가 일사천리로 진행되었다. 한 사람도 이의가 없이 조선 출병을 결의하고, 모든 문제는 군부에 전부 맡기기로 했다. 내각 해산 문제는 거론조차 하지 않았다. 이 사실은 극비에 부쳤으므로 일본 언론기관도 까맣게 모르고 있었다.

일본은 이미 4월 18일 대리공사 스기무라가 조선은 청나라에 군대를 청할 수밖에 없는 형편이므로 그에 대비를 하기 바란다고 했던 건의에 따라 치밀하게 대비를 해오고 있었다. 일본군 참모본부는 육군 소좌 이지치伊地知幸介를 조선에 파견하여 농민군 동태를 파악하는 한편 이미 출병 준비를 은밀하게 진행하고 있었던 것이다.

# 2. 포탄 우박

5월 1일(양력 6월4일). 농민군이 전주에 입성한지 5일째 되는 날이
었다. 어제까지 농민군과 조정군 사이에 아무 일도 없었다. 홍계훈
이 효유문을 한번 보냈을 뿐이다.

조병갑 첩 매선이 아침밥을 다 먹은 다음 거울을 보며 머리를 빗
고 있었다. 오늘도 어디를 갈 모양이었다. 감영 행수기생 작은 방이
었다. 유월례는 매선이 머리 빗는 것만 무료하게 보고 있었다.

"사내놈들은 다 도적놈들이여. 계집을 꼬실 적에는 제 살이라도
깎아줄 듯이 별의별 소리 다 하지마는, 한발 돌아서면 언제 봤냐라
구. 호방인가 호박인가 그 작자도 보라구. 고부서 여기까지 끌고 왔
으면 제 놈 목숨 도모가 아무리 다급하더라도 사람 시켜 어디로 오
라는 소리 한마디 전하지 못하냐 이 말이여. 전주 천지에서 거기 아
는 사람은 하나도 없는 줄 뻔히 암시로."

벌써 열 번도 더 한 소리였다. 이용태한테 붙잡혀 옥에 갇혔던 호방을 비롯한 고부 아전들은 농민군이 입성하던 날 모두 방면되어 산지사방으로 도망쳐버렸다.

"안부한테 기러기 안겨 검은 머리 마주 풀고 홀기 불러 초례청 차린 조강지처도 헌신짝같이 버리는 것이 사내놈들인데, 거기 얼굴 하나 욕심나서 헐떡거리던 작자 더 기다려서 뭘 해? 꿈에 도적놈 만난 셈 치라구."

매선은 유월례가 호방을 못 잊어서 수심에 싸여 있는 줄 알고 있었다. 유월례는 그날 매선을 따라 이 집으로 왔다. 매선은 수다스런 여자였으나 수다스런 만큼 쌉쌉하기도 하여 유월례 사정을 듣자 대번에 자기하고 같이 지내자고 끌었다. 기생집이라는 게 꺼림칙했으나 원을 만나든지 시주를 받든지 해야 할 판이라 쌀밥 보리밥 가릴 경황이 없었다. 유월례는 이슬 가릴 데가 생기자 우선 살 것 같았다. 매선은 밥만 먹고 나면 어디로 쏘다니는지 집에 붙어 있지 않았다. 유월례도 거리를 쏘다녔다. 처음에는 먼발치로나마 만득이 얼굴이라도 한번 더 보고 싶어 정처 없이 쏘다니다가 농민군과 경군 사이에 싸움이 벌어져 부상병들이 밀려오자 가슴을 졸이며 부상병들 사이를 누비고 다녔다. 그러나 만득이는 거리에서도 볼 수 없었고, 부상병들 사이에서도 볼 수 없었다.

―쿵.

그때 느닷없이 벼락 치는 소리가 났다.

"오매 오매, 이것이 먼 소리란가?"

작은 거울을 들어 뒤태를 보던 매선이 거울을 내동댕이치고 벌떡 일어섰다. 방문을 열고 뛰쳐나갔다.

─쿵.

저 멀리서 기와집 지붕이 하늘로 솟아올랐다. 지붕이 풍비박산이 나서 기왓장과 흙덩어리와 서까래가 하늘로 퉁겨 올라갔다.

"오매 오매, 경군들이 인자 성안에다 포를 쏘는갑네."

매선은 겁에 질려 새파래졌다. 또 쿵 소리가 났다. 저 멀리서 기왓장이 하늘 높이 솟구쳐 오르고 아름드리 들보도 한참 공중으로 올라가다가 땅으로 떨어졌다. 행수기생도 튀어나오고 행랑채 사람들도 마당으로 뛰어나왔다. 행랑채에 든 사람들은 서문 밖에서 집을 잃은 행수기생 친척이었다. 서문 밖에서 크게 가게를 내고 있다가 가게와 상품이 잿더미가 되자 이 집으로 들었다. 식구 다섯이 한 방에 오물오물 박혀 지내며 드나나나 김문현 욕설로 지새고 있었다.

─쿵.

"아이고매."

바로 서너 집 앞에서 지붕이 날아갔다. 행랑채에서 뛰어나왔던 서문밖 상인은 얼결에 마루 밑으로 기어들어갔다. 매선도 방 안으로 뛰어들었다. 유월례도 뒤따라 뛰어들어왔다. 매선은 벽장에서 이불을 끌어내려 무작정 그 속에다 머리를 처박았다. 유월례도 덩달아 이불 속에 고개를 처박았다. 기왓장과 서까래 쏟아지는 소리가 우박 쏟아지는 소리였다. 포 소리는 계속 울렸다.

"오매 오매, 이러다가는 성안에 집 한 채도 안 남겠네."

포탄 터지는 소리가 좀 멀어지자 매선이 고개를 내밀며 쫑알거렸다. 포는 계속 터졌다.

"아부지 아부지, 할무니가 할무니가."

예닐곱 살배기 서문밖 상인 아들 소리였다. 상인이 마루 밑에서 기어나오는 것 같았다. 매선이 문을 열었다. 아이는 할머니가 골목에 쓰러져 있다고 소리를 질렀다. 사내가 뛰어나갔다. 좀 만에 피투성이가 된 할머니를 부축하고 들어왔다. 할머니는 이마에서 피가 흘러내렸다. 기왓장이나 흙덩어리에 머리를 다친 모양이었다.

"오매 오매, 우리 식구들 다 죽었네. 동네 사람들 어서 조깨 나와 보소."

저쪽 골목에서 여인이 숨넘어가는 소리로 악을 썼다. 그러나 아무도 나가는 사람이 없는 것 같았다. 포만 성안 여기저기서 계속 쿵쿵 터졌다.

포 소리가 그쳤다. 한참 기다려도 나지 않았다. 골목에서 사람들이 웅성거리는 소리가 났다. 매선과 유월례도 밖으로 나갔다. 여기저기서 불길이 올랐다. 포가 터지면서 불까지 붙은 것 같았다. 동네 사람들이 골목으로 몰려나와 포탄에 박살이 난 집으로 몰려들어 기둥나무를 치우며 떠들썩했다.

"오매!"

앞서 가던 매선이 갑자기 비명을 지르며 손으로 얼굴을 가렸다. 흙더미 속에서 다리가 잘린 몸뚱이를 뽑아내고 있었다. 두 여자는 겁에 질려 다시 집으로 뛰어들었다. 한참 동안 숨을 발라 쉰 다음 다시 골목을 나섰다.

전주 성안은 그대로 지옥이었다. 불을 지른 것과는 또 달랐다. 포탄에 부서진 집 꼴은 너무도 처참했다. 부서진 집도 집이지만, 사람들이 엄청나게 죽고 부상을 당했다. 팔이 잘린 사람, 머리가 으깨진 사람, 상체가 땅속에 묻힌 사람, 기둥나무 밑에 눈만 멀겋게 뜨고 있는 사람, 도무지 눈 뜨고는 볼 수가 없었다.

저쪽에서 머리를 풀어헤친 할머니가 두 어깨를 벌려 춤을 추며 소리를 지르고 달려왔다. 할머니는 얼핏 무슨 신나는 일이라도 있어 감격에 겨운 꼴이었다.

"허허, 우리 식구는 다 죽었네, 다 죽었어."

할머니는 신발도 한쪽은 맨발이었다.

"우리 식구 다 죽었네. 우리 식구 다 죽었어."

할머니는 연방 같은 소리를 지르며 춤을 추고 다녔다. 부서진 집 곁에 몰려 있는 사람들은 멍청하게 구경만 하고 있었다. 모두 정신이 나가버린 것 같았다. 이 근처에서만도 서너 채가 불타고 있었다. 불이 옮겨 붙으면 그 피해도 엄청날 것 같았다. 사람들은 실없이 이리저리 몰려다니고 있었다.

"농민군이다."

"쳐죽여라."

저쪽 거리에서 사람들 아우성 소리가 났다.

"저놈들 다 쳐죽여라. 씨도 남기지 말고 다 죽여."

사람들 악다구니가 쏟아졌다. 농민군들이 달려가고 있었다. 어느새 전열을 가다듬었는지 농민군 전부가 몰려가는 것 같았다. 김개남이 말을 타고 맨 앞장을 서서 거리를 가로질렀다. 농민군들은 총과 창을 메고 정신없이 달려갔다. 모두 눈에 불이 붙은 것 같았다.

"이놈들아, 느그들도 나가거라. 멋 할라고 들어와서 전주 사람들다 죽이냐?"

저쪽에서 할머니 하나가 농민군들을 향해 악을 썼다.

"나가거라. 나가. 나가. 나가."

할머니는 아까 그 실성한 할머니처럼 농민군들한테 삿대질을 하며 버럭버럭 악을 썼다. 다른 할머니들도 덩달아 고함을 질렀다. 그 곁에 서 있는 사람들 눈초리도 곱지 않았다.

"시끄럽소."

나이가 지긋한 사내가 할머니들을 향해 버럭 악을 썼다.

"어디서 함부로 그 따위 입을 놀려요?"

사내는 시퍼렇게 쏘아댔다. 할머니들은 뭐라고 대들었으나, 사내가 거푸 우악스럽게 쏘아대자 숙어들고 말았다.

—쿵.

그때 또 포탄이 터졌다. 골목에 나왔던 사람들은 정신없이 자기 집으로 도망쳤다. 이번에는 여남은 발이 터지다 말았다. 포탄 맞은 집 수십 채가 여기저기서 불길을 내뿜고 있었다.

"전부 쓸어버리자!"

"다 죽이자."

농민군들은 악다구니를 쓰며 남문을 향해 내달았다. 농민군은 2천여 명씩 크게 두 부대로 나누어 한 부대는 김개남이 지휘를 맡고 한 부대는 손화중이 지휘를 맡아 출동하고 있었다. 전봉준은 나머지 부대를 거느리고 뒤에 있다가 전황에 따라 임기응변, 위급에 대처하기로 했다.

농민군이 남문을 향해 정신없이 빠져나갔다. 농민군의 공격 목표는 완산 투구봉 서쪽에 높이 솟은 검두봉이었다. 그동안 김개남은 경군 포진 상태를 자세히 정탐한 다음 작전계획을 세워놓고 있었다. 오늘 공격하려고 세운 것이 아니라 경군 움직임을 보아 공격할 필요가 있을 때 곧바로 공격을 하려고 계획을 세워놓고 있었는데, 경군들이 성안에다 포격을 하자 곧바로 군사를 모아 그 계획대로 출동을 한 것이었다.

김개남 부대는 금구, 임실, 진안, 장수, 무주 농민군을 합친 혼성부대이고 손화중 부대는 정읍, 무장, 장성, 담양, 창평, 보성, 장흥, 강진, 해남 부대를 합친 혼성 부대였다. 손화중 부대에는 고부 별동대와 이싯뚜리 부대 등 정예부대도 편입되었다. 손화중 부대에 소속된 장흥 부대는 김학삼이 지휘를 하고 이방언은 뒤에 남았다. 지금 경군은 완산과 다가산과 황학대 세 군데에 포진을 하고 있었다. 오늘은 완산에 있는 본진부터 공격할 계획이었다. 이 부대를 격파하면 그 다음에는 북쪽으로, 다가산과 황학대로 밀고 올라갈 참이었다.

두 부대는 다 같이 풍남문을 나가 미전교(전주교)를 건넌 다음 거기서부터 두 부대가 투구봉까지 따로 진격하기로 했다. 김개남 부대는 순창 가는 길로 나가다가 남고천을 건너 완산 칠봉의 하나인 곤지봉 서쪽 계곡으로 붙어 공격목표인 검두봉을 공격하고, 손화중 부대는 전주천 왼쪽 기슭을 타고 북진하여 완산동을 거쳐 곤지산 동북쪽 계곡으로 붙어 투구봉을 공격한 다음 검두봉을 공격할 참이었다.

최경선이 거느린 손화중 부대 제1진은 고부 별동대와 이싯뚜리 부대와 장흥 부대였다. 나머지는 제2진으로 손화중이 거느렸다. 오늘 싸움은 갑자기 시작되기는 했지만 치밀한 작전계획에 따른 싸움이라 지난번 황룡강전투처럼 경황없는 싸움은 아니었다. 고부 별동대는 황토재와 황룡강에서 빼앗은 양총이 70여 자루나 되고 반수 이상이 화승총이었으므로 어느 부대보다 무기부터 앞섰다. 고부 별동대는 정월 봉기 때부터 조련을 많이 했고, 동진강에서 기습병을 붙잡은 경험까지 합치면 실전 경험도 세 번이나 되었다. 별동대원들은 전에 없이 눈에 빛이 번쩍였고 장진호, 송늘남, 고미륵, 김장식 등 별동대 대장들도 기세가 등등했다.

이싯뚜리 부대도 기세가 만만찮았다. 그들도 양총이 달주 부대와 비슷했고 사기도 달주 부대 못지않았다. 이싯뚜리 부대 가운데 고달근이 거느린 영광 별동대와 강삼주가 거느린 순천 별동대도 기세가 대단했다. 장흥 부대도 별동대와 만득이 부대가 눈에 빛이 번쩍거렸다.

성안에서는 포 소리가 멎었다. 최경선이 거느린 선봉은 계획대로 곤지산 동북쪽 계곡으로 붙어 천천히 진격을 했다. 달주 부대가 가운데서 진격을 하고 오른쪽은 이싯뚜리 부대, 왼쪽은 김학삼이 거느린 장흥 부대였다. 장흥 부대 가운데 만득이 부대도 양총을 대여섯 자루 가지고 있었다. 지난번 황룡강전투 때 빼앗은 것이었다. 만득이 부대는 달주 부대 바로 옆에 붙어서 진격을 했다. 제2진은 제1진을 따라 저만치 뒤에 진격해왔다.

경군 진영은 조용했다. 농민군은 다른 부대와 서로 간격을 유지하며 너무 앞으로 내닫지 않도록 천천히 수풀 속을 헤쳐 갔다. 떡갈나무 잎사귀며 물푸레나무 개암나무 잎사귀가 탐스럽게 피어올라 따가운 햇살에 기름기가 번득이고 소나무에서는 송진 냄새가 싸하게 내질러왔다.

달주 부대는 곤지봉 능선을 조심조심 돌아 투구봉 봉우리를 향해 올라갔다. 그러나 투구봉 꼭대기 가까이 가도 경군은 아무 기척이 없었다. 이상한 일이었다. 부대가 숨을 죽이고 잠시 멈추었다. 저쪽에서 이싯뚜리 부대도 멈춘 것 같았다.

"진격!"

달주가 투구봉 꼭대기를 향해 진격 명령을 내렸다.

―깽깽 깽깽 깽깽.

"진격이다."

부대원들이 소리를 지르며 꼭대기를 향해 기어올라갔다.

"어라?"

꼭대기까지 올라가도 적은 없었다. 꼭대기를 빙 둘러 참호만 수십 개 파여 있었다. 가슴 깊이로 서너 사람씩 들어가서 총을 쏠 수 있는 크기였다.

"이놈들이 금방 내뺀 것 같다."

여기저기 나뭇가지만 수북이 널려 있었다. 나뭇가지는 금방 꺾어 팔팔한 것도 있었다. 나뭇가지로 호를 가리고 총도 가렸던 것 같았다. 이싯뚜리 부대가 올라왔다. 뒤따라 올라온 손화중과 강경중이 주변을 살펴보고 맞은편 검두봉을 건너다보았다. 김개남 부대도 서쪽 등성으로 붙은 것 같았다.

"모두 검두봉으로 도망친 것 같습니다."

최경선이 말했다.

"참호를 잘들 보시오."

손화중이 참호 하나를 들여다보며 말했다. 참호는 산봉우리를 빙 둘러 팠는데 그냥 한 줄로 판 것이 아니고, 지형에 따라 어떤 것은 한참 아래쪽에 파고 어떤 것은 꼭대기 가까이 파고 들쭉날쭉이었다. 겹으로 치면 두 겹 세 겹이었다.

"여기서 이렇게 내려다보고 총을 쏘면 밑에서 올라오면서 총을 쏘기는 이만저만 어렵지 않겠소?"

손화중이 참호 속으로 들어가서 아래로 총 겨누는 시늉을 하며 말했다.

"저 건너 검두봉에도 참호를 이렇게 팠을 것 같소. 대원들한테 참호 모양을 모두 잘 보라고 하시오."

손화중이 참호에서 나오면서 말했다. 모두 참호를 구경했다.

"김개남 장군 부대도 저 아래로 붙은 것 같습니다. 검두봉을 향해서 저쪽으로 길게 포진을 하고 공격 준비를 하시오."

손화중이 명령을 내렸다. 손화중 부대 2개 부대 2천여 명은 검두봉을 향해 한 줄로 늘어섰다. 달주 부대는 산봉우리에서 조금 내려가서 늘어섰다. 포진을 한 병사들은 나무 뒤에 모습을 숨기고 숨을 죽이고 있었다.

"진격 신호를 울려라!"

손화중이 영을 내렸다.

─징징 징징 징징.

"진격!"

농민군이 검두봉을 향해 골짜기로 물밀듯이 달렸다. 김개남 진에서도 진격 신호가 났다. 여남은 개 징이 양쪽에서 정신없이 울려댔

다. 달주 부대와 이싯뚜리 부대는 미끄러지듯 골짜기로 쏟아져내려
가서 저쪽 산발치에 붙었다. 적군 쪽에서는 아무런 기척이 없었다.
검두봉을 향해 올라붙기 시작했다.

—드드드드.

검두봉 쪽에서 회선포 소리가 났다. 총소리는 났으나 경군 모습
은 보이지 않았다. 투구봉에 파났던 참호로 보아 검두봉에서도 참호
속에 박혀 고개만 내놓고 회선포를 갈기는 것 같았다. 참호에 박혔
으므로 아래서는 보일 리 없었다.

"진격해라, 달려라."

대장들 악다구니가 쏟아졌다. 이쪽 화승총은 사거리가 짧기 때문
에 되도록이면 가까이 붙어야 했다. 녹음이 제대로 우거져 다행이었
다. 잡목 사이로 몸을 숨기며 올라갔다. 달주는 진격해 가면서도 적
군 모습을 찾으려고 눈을 희번덕거렸으나 전혀 보이지 않았다. 적이
보이기만 하면 양총 가진 병사들이 엄호를 하고 화승총 부대가 진격
을 하도록 할 참이었다.

—빵 빵 빵.

—드드드득. 드드드득.

갑자기 양총과 회선포 소리가 산을 울렸다.

"아이고매."

농민군은 여기저기서 비명을 지르며 쓰러졌다.

"저기다."

송늘남이 손가락질을 하며 소리를 질렀다. 산꼭대기 한쪽에 회선
포 포대가 보였다. 나뭇가지 밑에서 불이 쏟아져 나오고 있었다.

"조금만 더 올라가서 갈겨라."

달주가 김승종한테 소리를 질렀다. 김승종 부대 대원들이 올라가며 바위 뒤로 몸을 숨겼다.

"양총 부대가 쏠 때 화승총 부대는 진격을 해라."

달주가 소리를 질렀다.

"양총 부대 쏴라!"

양총이 불을 뿜기 시작했다. 양총은 김승종 부대가 제일 많았다.

―빵 빵 빵.

―드드드득. 드드드득.

이쪽에서 양총을 쏘자 회선포가 바로 양총 부대를 향해 응사를 했다. 회선포 총알은 일정한 간격으로 먼지를 일으키며 선을 그어갔다. 바위 조각이 떨어져나가고 물렛돌만한 돌이 동강이 났다.

"진격. 진격. 달려라. 달려!"

"죽여라."

화승총 부대는 고함을 지르며 내달았다. 김승종 부대는 회선포 포대를 향해 침착하게 조준을 해서 한 발 한 발 쏘았다. 포대에서는 풀썩풀썩 먼지만 났다. 화승총 부대는 계속 올라갔다. 총소리가 콩 볶는 소리였다.

"회선포가 맞았다. 가자!"

김승종이 소리를 질렀다. 회선포 사수가 맞았다는 소리 같았다. 대원들이 정신없이 올라갔다. 제2진도 산비탈에 붙어 올라붙고 있었다. 산비탈에는 농민군들이 하얗게 올라붙고 있었다. 달주는 맨 앞으로 날래게 기어올랐다.

―드드드드.

느닷없는 데서 총소리가 났다. 뒤를 돌아봤다. 금방 지나온 투구
봉 꼭대기였다. 회선포가 이쪽으로 사정없이 불을 뿜고 있었다. 아
까는 한 사람도 없었는데 어디서 나타났는지 여남은 대가 불을 뿜고
있었다. 아까 농민군이 그리 진격할 때는 어디로 숨었다가 제자리로
와서 공격을 한 것 같았다. 전혀 예상하지 못한 일이었다. 농민군들
은 투구봉에서 쏘는 회선포에 수없이 쓰러졌다. 등 뒤에서 쏘는 데
는 어떻게 대처할 방법이 없었다. 숲 속으로 피하는 길밖에 없었으
나 그들은 제대로 조준도 하지 않고 무작정 갈겨댔으므로 속수무책
이었다.

더구나 꼭대기 쪽은 잡목보다 소나무가 많아 투구봉에서 보면 모
두 훤하게 몸뚱이가 드러났다. 앞뒤에서 갈겨대자 농민군들은 어쩔
줄을 몰랐다. 바위 뒤에 몸을 숨긴 병사들은 앞에서 쏘는 총은 피할
수 있었으나 투구봉에서 쏘는 회선포는 피할 길이 없었다. 여기저기
서 비명을 지르며 쓰러졌다. 달주도 꼼짝 못하고 바위 뒤에 숨어 있
었다.

―드드드드.

회선포가 양쪽에서 맷돌질 소리를 냈다.

"아이고매."

"워매."

농민군이 수없이 쓰러졌다. 달주 곁에서 별동대원 하나가 다리를
맞았다.

"다리를 묶어라."

달주가 소리를 질렀다. 숲 속에 은신해서 다리를 묶었다.

─드드드드드.

회선포는 양쪽에서 계속 맷돌질 소리를 냈다. 회선포 탄환이 우박 쏟아지듯 했다.

"돌진!"

저쪽에서 소리를 지르며 앞으로 내닫는 부대가 있었다. 만득이가 거느린 천민 부대가 참호를 향해 돌진했다. 조그마한 등성이께로 돌출한 참호였다.

"돌격!"

만득이가 작두칼을 들고 맨 앞에 내달았다. 만득이 뒤에서는 여남은 명이 양총을 갈기며 올라붙었다.

"죽여라."

만득이 부대는 참호 하나를 덮쳤다. 그 곁에 있는 참호도 덮쳤다. 거기 있던 경군들을 모두 죽인 것 같았다.

"진격!"

달주도 진격 명령을 내렸다. 앞뒤에서 총알을 퍼붓는 바람에 *굽도 절도 할 수 없으므로 이판사판이었다. 앞장서 달리던 대원들이 그대로 땅바닥에 엎드렸다. 참호에서 집중사격을 하는 바람에 더 갈수가 없었다. 그때 만득이 부대가 차지한 참호에서 이쪽 참호로 총을 갈겼다. 아래로 총을 쏘던 경군이 그대로 참호 위에 고개를 처박았다. 그러나 만득이 부대도 더 총을 쏘지 못했다. 저 위쪽 참호에서 총을 갈기는 바람에 참호 속에 엎드려 있는 것 같았다.

달주는 숨을 헐떡거리며 바위 뒤에 숨어 있었다. 저쪽에는 대원

두 명이 죽어 있고 한 사람은 다리에 총을 맞고 피를 쏟고 있었다. 곁에서 다리를 처매주고 있었다.

— 빵빵빵.

— 드드드득. 드드드득.

농민군들은 도무지 더 전진할 수가 없었다. 달주 부대도 어떻게 맥을 출 수가 없었다. 달주도 더 움직이지 못하고 그대로 바위 뒤에서 숨만 헐떡이고 있었다. 뒤에서는 다행히 떡갈나무가 가려주고 있었다. 산 중턱을 올라오던 제2진은 밑으로 쏟아져 내려가는 것 같았다.

"징 징 징 징 징."

후퇴 신호였다.

"후퇴하라."

대장들이 악을 썼다.

"별동대는 옆으로 돌아라."

달주가 뛰어나오며 소리를 질렀다. 별동대원들이 산비탈을 옆으로 돌아 도망쳤다. 다른 부대도 밀물처럼 비탈로 쏠려 내려갔다. 산사태가 난 것 같았다. 농민군들은 미끄러지고 뒹굴고 정신없이 아래로 아래로 쏠려 내려갔다.

"옆으로 돌아라, 옆으로!"

달주가 연방 소리를 지르며 달려갔다. 그쪽은 잡목 숲이 울창했다. 별동대는 본대에서 한참 떨어져 잡목 숲에 몸을 숨기며 저쪽 산줄기 쪽으로 붙었다. 회선포는 사람들이 많이 몰리는 곳으로만 집중 사격을 하고 있었다.

"아이고 나 조깨 살려줘."

부상당한 대원이 소리를 질렀다. 발목에 총상을 입은 것 같았다. 달려가던 대원이 부상자를 업으려고 등을 돌렸다.

"다리를 묶어서 업어라."

달주가 소리를 질렀다. 바삐 수건을 찢어 다리를 묶었다. 발목에서 피가 쿨쿨 쏟아지고 있었다.

"윽!"

다리를 묶던 대원이 앞으로 푹 고꾸라졌다. 부상당한 병사도 같이 맥을 놨다. 그 총알이 두 사람을 한꺼번에 꿰뚫은 것 같았다.

"달려라!"

어느새 만득이가 달주 부대 뒤로 대원들을 끌고 달려왔다. 잡목 숲을 따라 달주 부대와 함께 능선을 돌았다. 투구봉에서 쏘는 회선포는 사람들이 많이 몰려가는 곳에다만 쏘아댔으므로 두 부대는 별로 피해 없이 안전지대로 피했다. 참호를 점령했던 만득이 대원들은 참호 속에서 안전하게 피하고 있다가 산꼭대기 경군들이 김개남 부대 쪽으로 몰려가자 그 틈을 타서 튀어나왔던 것이다.

─징 징 징 징 징.

저쪽 김개남 부대 쪽에서도 후퇴 신호가 울렸다. 산봉우리에서 총격이 그쪽으로 집중되었으므로 견디지 못한 것 같았다. 경군들은 참호 속에서 목만 내놓고 사격을 하는 바람에 올라가면서 공격을 하는 농민군은 이만저만 불리하지 않았다. 경군들은 거리가 멀 때는 회선포로 갈기다가 사거리가 가까워지면 소총으로 갈겨댔다. 농민군들은 참호 속에 있는 경군을 쳐다보고 쏘아야 하므로 양총으로도 어려웠는데 김개남 부대는 그나마 양총이 몇 자루 되지 않았다. 황

58

토재 전투에서는 거의 챙기지 못했고, 황룡강전투에서도 30여 정을 챙겼을 뿐이었다. 김개남 부대는 화력이 약했으므로 그 점을 배려해서 그쪽을 맡게 한 것인데 이쪽이 무너지자 그쪽도 하릴없이 물러선 것 같았다.

—쿵.

이번에는 포가 터지기 시작했다. 농민군은 풍비박산으로 정신없이 내달았다. 숲속으로 숨은 사람도 있고 성문을 향해 달리는 사람도 있었다.

—쿵 쿵 쿵.

포가 정신없이 터졌다. 모두 성문 안으로 쏠려 들었다. 농민군들은 다리를 절며 도망치고 부상자들을 업고 달렸다. 먼저 도망친 농민군들은 밀물처럼 성문으로 쏠려 들어갔다. 포가 성문 주변에서도 터졌다. 김개남 부대는 성문으로 들어오지 않고 저 아래쪽으로 피했다.

이내 포 소리가 뚝 그쳤다. 온 세상이 숨을 그친 것 같았다. 농민군은 계속 성안으로 몰려들었다. 부상을 당한 사람들이 수없이 부축을 받거나 업혀오고 있었다.

처참한 패배였다. 성문 안 광장 주변과 골목에는 부상자들이 허옇게 누워 있었다. 부민들이 멍석과 섬을 가져다 깔고 그 위에 부상자들을 눕혔다. 지산 영감 등 의원들은 눈코 뜰 새가 없었다.

유월례는 눈을 희번덕이며 부상자 사이를 누비고 다녔다. 비명소리 아우성 소리가 낭자한 부상자들 사이를 유월례는 정신없이 눈을 번뜩이고 다녔다. 만득이는 없었다. 숨을 발라 쉬며 새로 떠메오는 부상자들을 보고 있었다. 아까 집에서 나와 부내를 돌아다니던 유월례는 완산 쪽에서 총소리가 콩 볶듯 하자 이리 달려왔고 매선은 자기 아는 집이 무사한지 모르겠다며 그쪽으로 달려갔다.

"이것 좀 잘라주시오."

의원이 서성거리고 있는 유월례한테 금건 자락과 가위를 내밀었다. 유월례는 헝겊과 가위를 받아 시킨 대로 잘라주었다.

"여기 좀 잡아주시오."

피가 범벅이 된 부상자 어깨를 잡으라고 했다. 유월례는 처음에는 깜짝 놀라 무춤하다가 엉거주춤 팔목을 잡았다. 의원은 능란한 솜씨로 붕대를 처맸다.

"여기를 이렇게 단단히 묶어주시오."

유월례는 시킨 대로 붕대를 돌려 마무리를 지어 묶었다. 의원은 유월례한테 계속 일을 시켰다. 유월례는 날랜 솜씨로 일을 거들었다. 처음에는 뼈가 튀어나오고 살이 찢긴 부상자는 보기만 해도 끔찍했으나 어느새 한 사람이라도 더 거들어야 한다는 생각뿐이었다. 옷에 피가 묻었으나 아랑곳할 경황이 없었다. 유월례는 치료를 거들면서 자꾸 새로 들어오는 부상자들한테로 눈을 희번덕거렸다.

"아이고, 유월례 아녀?"

유월례는 깜짝 놀라 뒤를 돌아봤다. 강쇠네였다.

"경옥 아가씨도 저그서 거들고 있구만."

유월례는 강쇠네가 가리키는 쪽을 얼핏 봤다. 경옥도 의원을 거들고 있었다. 그도 달주가 걱정되어 나왔다가 치료를 거든 모양이었다.

"감역 나리 댁은 시방 큰일났어. 감역 나리는 성 밖 의원 친척집에 피접을 하고 있어서 찾았는데, 마나님은 어디로 갔는지 안직 못 찾았어. 첫날부터 죽은 송장은 다 뒤지고, 별 군데를 다 가보고, 입달렸다는 사람한테는 다 물어봐도 꿩 귀먹은 자리여."

강쇠네는 애달픈 소리로 주워섬겼다. 유월례는 대구하지 않고 붕대만 자르고 있었다.

"달주 도령한테까지 말해서 찾아도 없어. 꼭 먼 일을 당한 것만 같은데, 이 일을 으쩨사 쓰까?"

이주호 병세는 상처는 나았으나 살아도 온전한 사람 노릇 못할 것 같다고 했다. 숨은 붙어 있지만 아직도 사람을 못 알아본다는 것이다. 그때 의원이 유월례한테 부상자 다리를 묶으라고 했다.

"이따 아가씨한테 인사나 드려. 내가 거그 말을 잘 했등마는 부모들 일도 있고 한게 많이 풀어진 것 같어."

묶어놓고 바로 오라며 강쇠네는 팔랑팔랑 경옥 쪽으로 달려갔다. 유월례는 강쇠네 말에 한마디도 대꾸하지 않았다. 강쇠네가 경옥한테 뭐라 하는 것 같았으나 경옥은 부상자 손을 잡고 부상자 얼굴만 내려다보고 있었다. 부상자가 뭐라고 경옥한테 말을 하는 것 같았다.

"오매, 충청도 애기씨!"

강쇠네가 깜짝 놀랐다. 강쇠네가 수선을 피우자 경옥이 돌아봤다. 연엽이 경옥 곁으로 다가섰다. 경옥은 군은 표정으로 연엽한테 고개를 까닥하고 부상자한테로 고개를 돌렸다. 연엽 뒤에는 젊은 여자들이 여러 명 따르고 있었다. 길례 등 사당들이었다. 그들도 부상자 속을 서성거리다가 이리 온 것 같았다.

"나한테도 꼭 거그같이 이쁘게 생긴 누님들이 있구만."

부상자는 힘겹게 말을 하고 있었고 경옥은 그를 내려다보며 고개를 끄덕여주고 있었다. 경옥은 피가 범벅이 된 손으로 부상자 손을 꼭 잡고 말을 듣고 있었다. 사내 손을 잡고 있는 게 곁에서 보기에도 민망스러웠으나 경옥은 스스럼없이 손을 잡은 채 부상자 말을 듣고 있었다. 연엽과 길례도 곁으로 가서 부상자를 내려다보았다. 부상자는 벌써 하얗게 사색을 뒤집어쓰고 있었다.

"나는 누님이 여럿인데 내 이름은 이쪼르르여. 성은 이가고 이름이 쪼르르여."

무릎 위쪽에 붕대를 잔뜩 감은 이쪼르르는 착 가라앉은 소리로 힘겹게 말을 하고 있었다. 관통상을 입었는지 겹겹이 묶은 붕대에 피가 흥건하게 내배고 있었다. 피를 너무 많이 흘린 모양이었다.

"우리 동네는 고창이여."

이쪼르르는 띄엄띄엄 자기 동네를 댔다.

"꼭 우리 집에 가서 내 이야기를 쪼깨 전해 줘."

이쪼르르는 게슴츠레한 눈자위에 힘을 주며 말했다.

"꼭 전해 드리리다. 틀림없이 전해 드릴 테니 어서 말씀하시오."

경옥은 이쪼르르 손에 힘을 주며 귀를 가져다 댔다.

"고맙구만. 우리 집은 가난해서 굶다 묵다 하고 살았는데, 이렇게 죽을랑게 우리 누님들한테 젤로 면목이 없구만. 나는 누님만 넷인데 아들이 나 한나라고 양식이 떨어져가면 우리 어무니는 나한테만 밥을 먹였어. 우리 누님들은 곁에서 침을 꿀떡꿀떡 생킴시로 구경만 했구만. 나는 속없이 자랑까지 함시로 맛있게 먹었제."

이쪼르르 눈에서 눈물이 흘러내렸다.

"내가 밥 묵는 것을 보고 있던 우리 딸매기 누님 머루같이 까만 눈이 지금도 선하구만. 우리 누님들한테 면목 없다더라고 그 말만 쪼깨 전해 줘."

이쪼르르 눈에서 눈물이 꿈틀거리듯 굵게 흘러내렸다. 초점이 흐려가는 눈이 멍하니 하늘을 향하고 있었다.

"아가씨도 배고파 봤제? 지주들이랑 관속붙이들 다 쫓아낼라고 나도 일어났등마는 내가 먼저 죽구만."

이쪼르르 입가에 웃음이 얄궂게 일그러졌다. 그의 말은 점점 힘이 없어져 갔다. 가래 끓는 소리도 나는 것 같았다. 또 입술을 들썩였다. 경옥은 손에 더 힘을 주며 이쪼르르 입에다 귀를 바싹 가져다 댔다.

"우리 어무니보고도 죄송하다고……."

이쪼르르는 미처 말을 맺지 못하고 고개에 힘이 빠졌다. 멀겋게 뜬 눈이 하늘을 보고 있었다. 경옥의 눈에서 눈물이 주르르 흘러내렸다. 연엽과 길례도 눈물을 흘렸다. 강쇠네도 눈물 콧물 범벅이 되었다. 경옥은 이쪼르르 손을 잡은 채 그대로 눈물을 흘리며 한참 그의 얼굴을 내려다보고 있었다. 이내 손을 놓고 양쪽 눈을 감겨준 다음 이쪼르르 두 손을 가슴 앞에 가지런히 얹어주었다. 이쪼르르는 손마디가 유난히 컸다.

유월례는 지금도 저쪽에서 부지런히 의원들을 거들고 있었다. 그 사이 이쪽으로 올 법도 했으나 오지 않았다. 그는 성문에서 들것이 들어와 놓일 때마다 그리 뛰어갔다가 도로 제자리로 가서 이쪽으로는 등을 돌린 채 의원을 거들고 있었다. 그때 강쇠네가 유월례한테로 또 팔랑팔랑 달려갔다.

"얼른 가서 아가씨한테 인사드려!"

강쇠네가 옆구리를 찔벅했다. 그러나 유월례는 들은 척도 않고 손만 놀리고 있었다. 강쇠네는 애가 달아 경옥 쪽을 힐끔거리며 한참 지분거렸으나 유월례는 들은 척도 않고 의원만 거들었다.

그때였다. 경옥이 갑자기 두 손으로 입을 가리며 구역질을 했다.

"아니, 왜 이래?"

연엽이 깜짝 놀라 물었다. 경옥은 양손으로 입을 가리고 또 어깨를 크게 들썩였다. 그러나 무얼 토해내지는 않았다. 모두 놀라 경옥을 보고 있었다. 유월례한테 갔던 강쇠네도 달려오다 경옥을 보고 깜짝 놀라 발을 멈췄다. 얼굴이 벌겋게 달아오른 경옥은 손으로 입을 막은 채 가쁜 숨을 내쉬고 있었다. 경옥이 손을 내리고 가슴을 쓸며 숨을 발라 쉬었다. 그러다 또 손을 입으로 가져가며 허리를 굽히고 어깨를 크게 들썩였다. 모두 어쩔 줄 모르고 보고만 있었다.

"오매 오매."

강쇠네는 갑자기 뭐가 생각난 듯 입안엣 소리로 탄성을 지르며 연엽을 봤다. 강쇠네 눈이 금방 튀어나올 것 같았다. 연엽은 강쇠네 눈을 피해버렸으나 그도 몹시 놀라는 표정이었다. 연엽은 경옥을 보며 혼자 무얼 생각하는 눈초리였다. 역졸들한테 당한 달수를 세어보는 것 같았다.

그때 서문으로 농민군들이 들어오고 있었다. 사람들이 그쪽으로 몰려갔다. 부상자들이 아니라 농민군 부대였다. 농민군이 힘없이 들어왔다.

"오매. 저그 오요."

64

강쇠네가 경옥의 옆구리를 꾹 찔렀다. 달주가 별동대 앞장을 서서 들어오고 있었다. 별동대원들도 힘이 없었다. 경옥이 뚫어지게 달주를 보고 있었다. 고부 별동대 뒤에 만득이가 자기 부대를 거느리고 들어왔다.

"오매 오매, 저그."

강쇠네는 이번에는 뒤쪽으로 희번덕거렸다. 그러나 유월례는 보이지 않았다. 만득이는 큼직한 작두칼을 어깨에 메고 장흥 천민부대 앞장을 서서 당당히 들어오고 있었다. 강쇠네는 연방 주변을 두리번거렸으나 유월례는 보이지 않았다. 유월례는 저쪽에서 혼자 사람들 틈에 끼여 만득이를 보고 있었다.

"작두장사다. 오늘도 많이 죽였는갑다."

구경꾼들은 만득이를 보며 속삭였다. 만득이는 칼이 크고 유별났으므로 어디서든지 얼른 눈에 띄었다. 종 출신에다 황토재전투와 황룡강전투 소문이 널리 나서 만득이만 나타나면 사람들은 작두장사 작두장사였다. 유월례 눈에서는 눈물이 흘러내렸다. 만득이가 을러멘 작두칼 칼날이 햇빛을 받아 유난히 눈부시게 번뜩였다. 만득이는 오늘도 그가 이끈 부대가 제일 먼저 적진에 뛰어들어 네댓 명을 베었으므로 누구보다 공이 컸다. 만득이는 제일 먼저 진지를 점령했으나 뒤가 끊기는 바람에 제대로 힘을 쓰지 못했다. 만득이는 후퇴를 할 때도 형편을 날카롭게 살펴 숲이 짙은 데를 골라 다람쥐처럼 도망쳐 나왔다.

"아이고매."

연엽 곁에 섰던 길례가 소리를 질렀다. 저쪽에서 사당패 거사들이 들것을 떠메고 왔다. 사당들이 달려갔다. 길례가 맨 앞에 뛰어갔다.

"오매 오매."

길례가 들것을 들여다보며 비명을 질렀다. 정판쇠였다. 그는 거의 사색을 뒤집어쓰고 들것에 누워 있었다.

"여보시오. 정신 차리시오."

길례가 정판쇠 어깨를 흔들며 소리를 질렀다. 정판쇠는 옷이 온통 피범벅이고 다리를 잔뜩 처매고 있었다.

"얼마나 다쳤소?"

길례는 따라온 거사들한테 다급하게 물었다. 거사들은 대답하지 않았다. 한쪽 멍석 위로 눕혔다. 의원이 왔다. 의원은 정판쇠 맥을 짚으며 한 손으로 눈을 까보았다. 고개를 저으며 손을 놨다.

"살려주십시오. 의원님 제발 살려주십시오."

길례는 의원 손을 잡고 매달렸다.

"아이고, 꼭두쇠님!"

사당들은 정판쇠를 에워싸고 통곡을 터뜨렸다. 연엽과 경옥은 멍청하게 구경만 하고 있었다. 한참만에 연엽과 경옥이 돌아섰다.

"어머님을 못 찾고 있다는 이얘기 들었구만. 어떻게 된 거여?"

연엽이 물었다.

"첫날 상인들한테 당한 것 같은데 아무리 뜯고 찾아도 찾을 수가 없소."

경옥이 차근하게 말했다.

"아버님은 좀 어떠시고?"

그저 그렇다고 했다. 남문 밖에서 한참 떨어진 동네에 있다고 했다. 연엽은 그 동네가 어디쯤인지 물은 다음 한번 가겠다는 말을 남기고 경옥과 헤어졌다.

농민군 도소에는 두령들이 침통한 표정으로 모여들었다. 오늘 전투에서 농민군은 사상자가 수백 명이었다. 경군은 얼마나 죽었는지 알 수 없었다. 김개남 부대가 여남은 명을 죽였고, 손화중 부대도 만득이가 벤 수를 합쳐 열 손가락을 꼽기 어려웠다.

오늘 전투에 실패한 첫째 원인은 경군의 화력을 과소평가한 것이고, 두 번째는 전술의 실패였다. 이 두 가지 원인은 맞물려 있었다. 그 어마어마한 화력 앞에 정면 공격을 한 것은 무모한 일이었다. 더구나, 농민군 전술을 눈치 챈 강화병들이 투구봉에서 모습을 숨겼다가 뒤에서 공격을 하자 맥을 출 수가 없었다. 처음부터 웬만큼 희생은 각오했으나, 뒤에서 공격해 올 줄은 전혀 예상 못한 일이었다. 그것이 결정적인 패인이었다.

그때 홍계훈한테서 글발이 날아왔다. 경군이 북문 앞에 던져놓고 달아났다는 것이다. 전봉준이 방바닥에 종이를 펴자 두령들이 모두 고개를 디밀었다.

"너희들은 모두 국가의 적자赤子이거늘 전명숙의 거짓 수작에 속아 용서받기 어려운 죄를 범하게 되었으니 가엾도다"로 시작된 글은 협박과 효유로 일관하고 있었다. 너희들은 윤음을 가지고 온 관리를 죽여 스스로 난적이 되었다고 한 다음 모두 회개하고 전명숙을 잡아 바치면 용서하고 상을 주겠지만 끝까지 버티면 모두 죽일 수밖에 없다고 했다.

전명숙은 전봉준의 아명인데 낮추어 부르느라고 일부러 그런 이름을 쓴 것 같았다. 두령들은 멀쩡게 웃었다. 내용이나 표현이 너무 유치했기 때문이다.

"성안에다 포격을 한 것을 보면 우리가 여기서 농성하려는 의도를 짐작한 것 같은데 이 글발을 보면 또 포격을 할 것 같지 않습니까? 외곽에 있는 부대를 가까이 불러들여 사방에서 포위를 하고 총공격을 하는 것이 어떻겠소?"

김개남이 말했다.

"그렇습니다. 이제 막고 품는 재주밖에 없겠습니다. 우리는 무기로는 저자들하고 맞상대를 할 수가 없습니다. 사람 수로 결판을 내는 수밖에 없습니다."

최경선이 동조를 했다.

"오늘 저녁에 파발을 띄워 외곽부대가 완산으로 죄어들도록 영을 내립시다. 쉰 다음에 또 포격을 하면 그때 총공격을 하지요."

항상 신중하기만 하던 전봉준이 쉽게 아퀴를 지었다. 더 논의할 여지가 없으므로 금방 결단을 내린 것 같았다. 도소에서는 즉시 외곽에 있는 각 고을 농민군들에게 파발을 띄웠다.

오늘 홍계훈은 성안에다 5백여 발이나 무차별 포격을 했다. 부서지고 불에 탄 집이 5백 채가 넘었다. 농민군이 입성하던 날 김문현이 태운 서문밖 집이 1천여 채, 서문밖 상인들과 관노들이 불 지른 관속들 집이 2백여 채, 홍계훈이 태운 남문밖 집이 8백여 채, 오늘까지 2천5백여 채가 불에 타거나 부서졌다. 불 지르고 부숴야 할 만한 꼬투리가 있는 집이라면 관속들 집 2백여 채였고 나머지는 정말 어처구니없는 날벼락이었다. 전주 사람들 피해는 이루 말할 수가 없었다. 피난보따리가 길을 메웠다. 성안이 텅텅 빌 것 같았다.


　이 무렵 청나라와 일본 두 나라는 조선에 출병 준비를 하느라 정
신이 없었다. 조선 조정의 청병조회문을 받은 이홍장은 즉시 조정의
결재를 얻어 곧바로 수사제독 정여창丁汝昌으로 하여금 군함 제원호
와 양위호를 이끌고 인천으로 출발하게 했으며, 직례총독 섭지초葉
志超와 태원진의 총병 섭사성聶士成에게 1천5백 명을 인솔하고 출발
하게 했다.

　5월 2일. 정여창은 조선 조정으로부터 정식으로 출발 요청을 받
았다고 출병 숫자까지 공개하며 떵떵거리고 출발했다. 그러나 일본
은 극비에 극비로 대본영을 설치한 다음, 히로시마에 있는 제5사단
에 동원령을 내려 출발 준비를 완료하고 출동 명령만 기다리고 있었
다. 일본의 이런 움직임은 조선 조정은 물론 청나라도 까맣게 모르
고 했다.

　이토는 휴가를 받아 본국에 와 있던 주조선공사 오토리를 불러
한참 동안 무얼 지시하고 있었다. 외무대신 무쓰를 곁에 앉혀놓고
심각한 표정으로 이야기를 했다.

　"백금이 두, 두 수레란 말씀입니까?"

　이토 말을 듣고 있던 오토리가 깜짝 놀라 물었다.

　"그렇소. 두 수레요. 조선 땅덩어리 값으로는 헐한 것이지요. 귀관
이 천진에 가면 일본공사관에서 백금을 준비해 놓고 있을 것입니다."

　이토는 껄껄 웃고 나서 다시 말을 이었다. 오토리는 벌어진 입을
닫지 못하며 이야기를 듣고 있었다.

"조선 땅덩어리가 우리 손아귀에 들어오느냐 청나라 손아귀에 들어가느냐, 이것은 오로지 귀관의 수완에 달렸소. 귀관이 조선에 가서 해야 할 일도 중요하지만, 특히 이홍장과의 담판이 중요합니다. 그 담판 결과가 이번 일본군 출동의 성패를 좌우하는 열쇠입니다. 이홍장만 제대로 구워삶으면 그 다음 일은 다 된 것이나 마찬가집니다. 이 일만 제대로 성사시킨다면 귀관의 이름은 이 일 하나로 일본 역사에 찬란하게 빛날 것이오. 청사에 이름을 빛낼 기회라는 사실을 잊지 마시오. 행운을 빕니다."

이토가 오토리 손을 잡으며 말했다.

"신명을 바쳐 임무를 수행하겠사옵니다."

오토리는 옛날 영주 앞에 군령 다짐하는 무사처럼 마른 나무 꺾듯 절도 있는 소리로 외치며 절도 있게 절을 하고 절도 있게 돌아서서 이토와 무쓰 앞에서 물러섰다. 그는 말에 오르자 말 엉덩이에서 불이 나게 채찍을 휘둘러 요코스카 항에 도착, 이미 기관을 달궈놓고 기다리던 팔중산호에 올랐다.

# 3. 회선포

5월 2일. 농민군들은 포격당한 성안 집 고치는 일을 거들고 성문에서는 기찰을 하고 있었다.

"당신 농민군 아니오?"

풍남문에서 강쇠가 장정 하나를 붙잡고 야무지게 다그쳤다. 얼핏 좀 미욱하게 생긴 사내는 큼직한 피난보따리를 짊어지고 있었다.

폭격에 놀란 부민들이 봇물 쏟아지듯 성을 빠져나가고 있었고 농민군들도 한두 사람씩 피난민들 속에 끼여 몰래 빠져나가고 있었다. 농민군들이 너무 많이 빠져나가고 있는 것 같아 고부 별동대와 민회패 젊은이들이 성문에서 엄하게 기찰을 했다. 풍남문은 김승종 패 20여 명이 기찰을 하고 있었다. 강쇠는 기찰하는 것 구경을 하다가 사람들이 너무 많이 밀리자 그도 나선 것이다.

"내가 농민군은 먼 농민군이라우? 남의 집 사는 사람인데, 쥔네

하고 한 꾼에 피난가요."

같이 가던 사람들이 멈춰 서서 돌아보고 있었다.

"당신 살던 동네 이름이 뭣이오?"

"그런 것은 알아서 어디다 쓸라고 그런 것을 다 묻소?"

"그 사람 우리 집 머슴이오, 머슴!"

보따리를 이고 같이 가던 아낙네가 나섰다.

"거짓말 마시오. 내뺄라면 첨부텀 멀라고 나왔어? 당신같이 멀쩡한 사람이 마포바지에 방구 새나가대끼 솔솔 새나가불면 누가 싸우냐 말이여? 한번 나왔으면 죽어도 같이 죽고 살아도 같이 살아사제, 집에 일 바쁘다고 새나가고 포탄 터진다고 새나가면 같이 나온 사람들이 얼매나 맥이 풀리냐 말이여? 나 같은 빙신도 안 내빼는데 참신이 빙신만도 못해! 참신이 빙신만도 못하면 사대육신 썽썽하다고 그것이 참신이여?"

강쇠가 야무지게 닦달을 했다.

"나는 농민군이 아니고 저 집 머슴이란 말이오."

사내도 지지 않고 소리를 질렀다. 곁에 섰던 아주머니도 자기 머슴이라고 연방 역성을 들었다.

"허허, 그 따위 거짓말 해봤자 한 발도 못 가서 들통이 나부러. 한 가지만 더 물어보까? 당신은 가만 있으시오잉. 그러면 당신 쥔 이름이 뭣이여? 어디, 내 귀에다 대고 말해 봐."

강쇠는 주인이라는 여자한테 가만있으라고 을러놓고 사내한테 자기 귀를 가져다 댔다. 여기서 금방 배운 가락수였다.

"남의 집 사는 사람이 시키는 일이나 하제 쥔 이름은 알아서 멋

할라고 쥔 이름을 다 챙긴다요."

사내는 지루퉁한 표정으로 쏘아붙였다.

"남의 집 산다는 사람이 쥔네 이름도 몰라? 어디 그라면 쥔네 성은 멋이오?"

강쇠가 눈알을 부라리며 거듭 다그쳤다. 동네서는 위아래가 모두 상전이라 어른 아이 할 것 없이 두루 만수받이만 하며 좁혀 살던 강쇠가 이런 데 나오자 하루아침에 용이 된 것 같았다. 강쇠한테도 저렇게 당찬 *알심이 있었던가 싶을 지경이었다.

"쥔네 성은 또 멋에다 쓸라고 챙긴다요? 남의 집 삼년 살고 쥔네 성 묻는다는 소리도 못 들어봤소?"

작자는 시치미를 뚝 따고 엉뚱한 소리를 했다.

"아따 육두문자가 진서라면 공자님 뺨치겠네. 남의 집 산다는 사람이 사는 동네도 모르고 쥔네 이름도 모르고 성도 모른단 말이여. 그람 한 가지만 더 물어보까? 쥔네가 멋하고 사는 사람이여?"

"아따, 멀라고 그런 것은 자꼬 물어쌌소? 실은 말이요, 오늘 저녁이 우리 어무니 제사요. 당신은 부모 없소? 한 번만 눈감아주시오."

사내는 금방 낯빛을 바꾸고 비굴하게 웃으며 눈을 끔적였다.

"오늘 저녁에는 먼 제사가 이렇게도 많고, 효자는 또 왜 이렇게 많은가 모르겠네."

강쇠는 다 들으란 듯이 큰소리로 왜장을 쳤다.

"아이고, 왜 그래싸시오. *사침에도 용수가 있더라고, 이것으로 이따 막걸리나 한잔 하시고……."

사내는 강쇠 옆구리를 꾹 찌르며 손바닥을 폈다. 언제 꺼냈는지 손바닥에 엽전 서너 닢이 놓여 있었다.

"워매, 그러고 본게 이 사람이 틀려묵어도 사정없이 틀려묵었네. 농민군 나온 사람이 농민군한테 인정을 써? 당신 농민군을 뭣으로 알고 농민군 나왔어? 당신 같은 사람은 혼 한번 나사 쓰겄구만. 이리 오시오."

강쇠는 크게 소리를 지르며 사내 어깨를 잡고 야무지게 끌었다. 사내는 이러지 말라고 버텼으나 강쇠는 눈알을 부라리며 사정없이 어깨를 끌어당겼다.

"당신 저리 가서 고부 별동대장한테 혼 한번 나사 써."

강쇠는 악을 쓰며 김승종한테로 사내를 끌고 갔다. 그때 김승종이 저쪽을 보며 깜짝 놀라 자세를 가다듬었다.

"나오십니까?"

보성 두령 김치걸이었다. 김치걸 뒤에는 괴나리봇짐을 진 사람들이 서너 명 따르고 있었다.

"고생하네. 내가 전부터 가슴앓이가 있는데 어제부터 도져갖고 갱신을 못하겠네."

김치걸이 오만상을 찌푸리며 말했다.

"그럼 돌아가십니까?"

김승종이 놀라 물었다. 김승종 곁에 섰던 병사들도 눈이 둥그레졌다.

"돌아간다기보다 내가 여그 있어갖고는 짐만 되겠네. 고생들 하게나."

김치걸은 패거리를 달고 휑하니 성문을 나가버렸다. 김승종과 병사들은 벼락 맞은 꼴로 김치걸 뒷모습을 보고 있었다. 곁에 섰던 강쇠도 멍청한 표정으로 김치걸을 보고 있었다.

강쇠는 기어코 그 사내를 붙잡고 있다가 김승종한테로 끌고 갔다. 김승종은 몇 마디 묻더니 사내를 그냥 내보내버렸다. 강쇠는 왜 보내느냐고 펄쩍 뛰었으나 김승종은 그냥 웃기만 했다. 가려고 기를 쓰는 사람들을 잡아놓을 필요가 없다고 생각하는 것 같았다. 실은 장흥 이방언 동네 이태주도 오늘 아침에 빠져나가버렸다.

그때 뒤쪽이 어수선했다. 모두 뒤를 돌아봤다. 전봉준을 비롯한 송희옥 등 두령들이 여럿 오고 있었다. 기찰하던 농민군들이 절을 했다.

"고생들 하네. 어떤가?"

송희옥이 김승종한테 물었다.

"기찰에 걸려 되돌아간 농민군이 30여 명쯤 됩니다. 금방 보성 김치걸 두령님도 가슴앓이가 도졌다고 돌아가셨습니다."

"뭣이 김치걸이가?"

송희옥이 깜짝 놀라 전봉준을 보았다. 전봉준은 아무 말도 하지 않았다.

"그 작자 황룡강 싸움 때부터 조금 이상하더니……."

송희옥이 혼잣소리로 뇌었다. 전봉준은 잠시 기찰하는 광경을 보고 있다가 침통한 표정으로 돌아섰다. 일행은 골목으로 들어섰다. 가는 데마다 꼴이 말이 아니었다. 어제부터 줄을 서던 피난보따리는 지금도 끊이지 않았고, 부서진 집터에서는 아직도 살림을 파내고 있었으며, 아직도 가족 이름을 부르며 실성한 사람들처럼 돌아다니는 사람도 있었다.

성안을 한 바퀴 돌아본 전봉준 일행은 객사로 들어섰다. 객사에서는 점심을 먹느라 어수선했다. 농민군들이 들어 있던 집도 포격을 당한 집이 많아 그런 집에 들었던 사람들까지 객사로 몰려 난장판이었다. 강쇠도 점심을 안 먹었던지 어느새 와서 금산사 불목하니와 점심을 먹고 있었다.

연엽과 천원댁 등 여자들이 여남은 명 밥 수발을 하고 있었다. 전봉준이 들어서자 연엽이 맨 먼저 보고 꾸벅 절을 했다. 바로 객사 곁에 있는 집에서 농민군 옷을 짓고 있던 여자들도 이리 밥을 먹으러 왔다가 사람들이 너무 북적거리는 바람에 잠시 차례를 양보하고 수발을 하고 있는 참이었다. 고부봉기 때와는 달리 밥은 농민군들이 하고 여자들은 계속 따라다니며 옷만 지었다. 길례는 어제 정판쇠 장지에 따라갔다 와서 그때부터 넋 나간 사람처럼 집에 앉아 있었다. 다른 사당들도 눈물로 지샜다. 정판쇠가 죽자 사당들은 부모 죽은 것보다 더 서러워했다. 길례는 지금가지 밥도 먹지 않고 먼산바라기만 하고 있었다.

"거기도 별일 없겠지?"

전봉준은 연엽을 보며 물었다.

"예."

연엽이 귀밑을 붉히며 대답했다.

"우리도 폭탄이 터질 때는 다 죽는 줄 알았소."

천원댁이 끼어들었다. 천원댁 곁에는 아이들이 셋이나 줄레줄레 치마 귀를 잡고 서 있었다. 전봉준은 여기서도 거의 날마다 옷 짓는

76

집에 들렀다. 그때 김개남이 두령들 여남은 명을 달고 들어왔다.

"다 됐습니까?"

전봉준이 물었다.

. "다 짰습니다. 가서 말씀드리겠습니다."

김개남은 작전계획을 짜고 있었는데 다 짜놓고 그도 성안을 한번 돌아보고 오는 모양이었다.

—뻥.

그때 저쪽에서 포탄이 터졌다.

"워매 저놈들이 또!"

—뻥.

이번에는 객사 가까이서 터졌다. 밥을 먹고 있던 사람들은 밥그릇을 내던지고 쥐구멍을 찾았다. 포탄은 계속 터졌다. 객사 마당에 장꾼처럼 북적거리던 사람들이 모두 소리개 마당에 병아리 꼴이었다. 삽시간에 마당에는 아무도 없었다. 전봉준과 김개남만 마당 한가운데 덩둘하게 서 있었다. 곁에 따르고 있던 두령들이나 호위병들도 어디로 박혀버렸는지 하나도 없었다. 두 사람만 빈 묏벌에 식물처럼 멍청하게 서 있었다.

"아이고, 장군님 어서 피하십시오."

그때 연엽이 저쪽 나무 벼늘 뒤에서 내다보며 두 손을 끌어 쥐고 혼잣소리를 하고 있었다.

—뻥.

그때 바로 객사 서너 집 저쪽에서 포탄이 터졌다. 연엽은 새파랗게 질린 얼굴로 숨을 씨근거리며 어쩔 줄을 몰랐다. 포는 계속 터졌다. 연엽은 발발 떨며 곁에 서 있었다. 전봉준과 김개남은 포탄 터지는 쪽으로 고개를 돌리고 서 있었다.

마당에는 밥그릇, 국그릇, 숟가락, 신발, 밥바구니 등이 어지럽게 나뒹굴고 국 옹배기는 뒤집혀 국을 쏟고 있었다. 여기저기 보이는 것은 사람 엉덩이뿐이었다. 섶나뭇단이나 장작더미 밑에 머리를 처박고 엉덩이를 공중으로 추켜올리고 있는 사람, 물항아리와 돌담 사이에 고개를 처박은 사람, 간장동이를 부처님 다리 안듯 껴안고 있는 사람, 모두 추켜들고 있는 엉덩이만 보였다. 마루 밑에는 사람들이 들어가다 못해 토방까지 엉덩이가 밀려나왔다. 포탄은 멀리 가까이 계속 터지고 있었다. 포탄 터지는 소리가 멎었다.

그때 송희옥이 쭈뼛거리며 전봉준 곁으로 왔다. 변왈봉과 김만수도 새파랗게 질린 얼굴로 다가왔다. 모두 하얗게 질려 있었다.

"저기 불!"

전봉준이 김만수한테 소리를 질렀다. 마당 한쪽 아궁이에서 섶나무 불이 밖으로 번져나와 섶나뭇단으로 옮겨가고 있었다. 연엽이 먼저 달려가서 불을 아궁이로 걷어 넣었다.

— 뻥 뻥.

다시 객사 여남은 집 건너에서 네댓 발이 터졌다. 기와집 지붕이 하늘로 솟아올랐다가 떨어지는 소리가 우박 쏟아지는 소리였다. 전봉준과 김개남 곁에는 송희옥과 변왈봉 등 몇 사람만 새파랗게 질린 얼굴로 서 있었다.

이내 포탄 소리가 멎었다. 아직도 모두 그대로 고개를 처박고 있었다. 한참만에야 여기저기서 고개를 쳐들고 주변을 두리번거렸다.

한 사람씩 나오기 시작했다. 모두 저승에라도 갔다 온 사람들같이 넋 나간 꼴이었다. 이내 자기 밥그릇과 신발을 챙겼다. 전봉준과 김개남 수행원들도 모두 나와 곁으로 모여들었다.

전봉준은 연엽을 한번 돌아본 다음 일행을 거느리고 김개남과 함께 바삐 객사를 나섰다. 연엽은 손을 모아 쥐고 멀어지는 전봉준을 보고 있었다. 모아 쥔 연엽의 손이 부르르 떨었다. 전봉준 장군을 굽어 살피라고 천지신명께 축원이라도 하고 있는 것 같았다.

"야, 너는 뭣하고 자빠졌냐?"

강쇠가 장작더미 곁에 있는 가마솥을 툭툭 차며 소리를 질렀다. 가마솥이 움직였다. 사람 다리 둘이 가마솥 밑에서 버르적거리고 있었다. 꼭 거북이가 뚜껑 밑에서 발만 버르적거리고 있는 것 같았다. 머리와 몸통은 가마 속에 박혀 있고 두 다리만 나와 있었다.

"저것이 뭣이여?"

사람들이 모두 그리 모여들었다.

"나와!"

강쇠가 소리를 지르며 다시 가마솥을 찼다. 다리를 버르적거리며 가마솥 안에서 뭐라고 소리를 질렀다. 금산사 불목하니였다.

"들어갈 때는 어뜨코 들어갔어?"

강쇠가 가마솥 안을 들여다보며 소리를 질렀다. 안에서 뭐라고 징징 우는 소리를 했다. 얼결에 가마솥을 뒤집어썼던 모양인데, 몸뚱이가 안에 박혀서 빠져나오지 못하고 있었다.

"허허, 투구 치고는 단단한 투구 한번 썼네. 대포알이 떨어져도 끄떡 없겠구만."

모두 와 웃었다.

"기왕 뒤집어썼은게 그대로 있제 멀라고 나올라고 그래, 대포알이 자꼬 터지는데?"

또 웃었다.

"웃지만 말고 조깨 뒤집읍시다."

강쇠가 가마 *전두리를 잡으며 주변 사람들을 둘러봤다. 여럿이 달려들어 솥을 조심스럽게 뒤집었다. 솥이 뒤집히자 이번에는 두 다리가 공중으로 올라가 허우적거렸다. 사내는 고개를 외로 튼 채 몸뚱이가 가마솥 안에 가득 담겨 꼼짝을 못했다. 괴상스런 꼬락서니를 보고 모두 배를 쥐었다.

"잡아댕깁시다. 누가 뚜껑 조깨 잡으시오."

강쇠가 다리를 하나 껴안으며 소리를 질렀다.

"아따, 옴팍하니 들어앉았네. 거북이매이로 영락없이 제 집 속에 들어앉았구만."

사내 하나가 가마솥 전두리를 잡으며 웃었다.

"조심해사 쓰겄어. 이대로 다리를 잡아당겨버리면 허리가 부러지겄구만."

강쇠 곁에서 다리를 잡던 사내가 고개를 갸웃거렸다.

"고개를 틀어서 나와봐."

"못 나가겄소. 못 나가."

불목하니는 징징 울었다.

"머리빡부텀 뽑아내봐."

"머리빡을 뽑아내다가는 모가지가 부러지겄는디라우."

강쇠가 말했다.

"허허 참. 들어갈 때는 들어가도 못 나오는 구멍도 있구만잉."

"그러고 있으면 편안하겠구만 멀라고 자꼬 나올라고 그래?"

모두 한마디씩 했다. 그때마다 웃음이 터졌다. 그러나 불목하니는 미치겠는지 징징 울었다. 다리도 잡아당겨 보고 고개를 틀어도 봤으나 도무지 옴나위를 못했다.

"허리를 이리 틀고 고개를 돌려봐."

누가 소리를 질렀다. 그러나 어림도 없었다.

— 뻥.

바로 몇 집 건너에 또 포탄이 터졌다. 모두 후닥닥 도망쳤다. 순식간에 마당이 또 휑하니 비어버렸다. 순간 가마 속에 들었던 불목하니가 가마 속에서 훌쩍 빠져나왔다. 불목하니는 나오자마자 저쪽 섶나무 벼늘로 달려가 고개를 처박았다. 포탄은 네댓 발 터지다가 말았다. 사람들이 또 한 사람씩 나오기 시작했다.

"나와부렀네. 어디 갔어?"

강쇠가 가마솥을 보고 주변을 두리번거렸다. 그때 불목하니가 저쪽에서 고개를 만지며 다가왔다.

"언제 나왔어?"

불목하니는 고개를 만지며 웃고 있었다.

"아따, 폭탄이 무섭기는 무섭네. 사람을 솥에다 집어넣다 빼냈다 별 조화를 다 부리는구만."

잔뜩 놀랐던 사람들이 금방 또 호들갑스럽게 웃었다. 불목하니는 손으로 고개를 만지며 바보처럼 웃고만 있었다.

"밥 안 자신 이들은 싸게싸게 자시고 가시오."

언제 왔는지 이싯뚜리가 소리를 질렀다. 모두 바삐 움직였다. 이싯뚜리는 젊은이 몇을 거느리고 객사를 한 바퀴 돌아보고 나갔다.

"웬 사람들이지?"

감영 앞을 지나던 이싯뚜리가 눈이 둥그레졌다. 감영 홍살문 앞에 사람들이 몰려 소리를 지르고 있었다. 그들 앞에는 김덕명 등 두령 몇 사람이 난처한 표정을 짓고 있었다. 모인 군중은 50여 명이었다.

"당신들 때문에 전주 사람들 다 죽소. 시방 전주서 집이 얼마나 날아가고 사람이 얼마나 죽었는지나 아요?"

"당장 저놈들을 작살을 내든지 전주서 나가시오!"

"싸울라면 다른 데로 가서 싸워라."

"어서 나가. 전주 사람들 다 죽는다."

악다구니가 서릿발 같았다. 사람들 눈에는 벌겋게 핏발이 서 있었다.

"죄송합니다. 잠깐만 제 말씀을 들으시오."

김덕명이 손을 들며 소리를 질렀다.

"들을 것도 없어. 어서 나가. 당신들만 나가면 저놈들이 포를 안 쏠 것 아녀?"

"전봉준 나오락 해라!"

군중의 악다구니는 중구난방이었다. 김덕명이 몇 번이나 손을 들고 내 말 들으라고 하자 잠시 조용해졌다.

"죄송합니다. 조금만 참아주십시오. 저놈들을 모조리 처부숴서 여러분 앞에 홍계훈의 목을 달아매겠습니다."

김덕명이 큰소리로 자신 있게 말했다. 군중은 점점 불어났다. 삽시간에 1백여 명이 되었다.

"싸워도 나가서 싸우시오. 으째서 불쌍한 백성 그늘에 들어서 애먼 사람들 다 죽이냐 말이오?"

"나가, 당장 나가. 우리는 집도 절도 다 날리고 식구들까지 죽었어."

"전봉준 나오락 해라."

사람들은 점점 많이 몰려오고 도무지 걷잡을 수가 없었다. 처음에는 홍계훈한테 이를 갈던 사람들이 사뭇 험하게 당하자 농민군한테다 노골적으로 주먹을 휘두르고 나왔다. 이러다가는 우선 전주 사람들부터 몽둥이를 들고 농민군한테 대들 것 같았다. 기세가 이만저만 거세지 않았다. 더 모이면 아무래도 무슨 일이 일어날 것만 같았다.

— 뻥.

또 포탄이 터졌다. 얼마 멀지 않은 곳이었다. 소리를 지르던 전주 사람들은 대번에 쥐구멍을 찾았다. 포탄은 계속 터지고 있었다.

"오매, 경기전이 맞았네."

경기전 골목에 숨어 있던 사람들이 깜짝 놀랐다. 경기전 한쪽이 부서지자 포탄이 뚝 그쳤다. 경군 쪽에서도 본 것 같았다. 경군으로서는 이만저만 큰 실수가 아니었다. 태조 영정을 모시고 조정에서 제일 크게 제사를 지내는 곳인데 오폭을 한 것이다. 다 부서지지는 않고 한쪽만 어긋났다. 홍계훈은 행군대죄에다 죄를 하나 더 보탠 셈이었다.

5월 3일. 농민군은 전주 서쪽 산 전체를 포위하고 대대적인 공격을 하기로 했다. 성 밖에 머물고 있는 손여옥과 고영숙 부대는 이미 부대를 이동해서 삼천천 쪽을 포위하고 있었다. 전주성 서쪽 성벽을 따라 흐르는 전주천과 저 너머 삼천천 쪽을 포위하면 전주성 서쪽 산 전부를 포위할 수 있었다. 지금 경군은 그 안에 있는 산봉우리 세 군데에 포진을 하고 있었다.

맨 북쪽에는 제일 높은 산봉우리 유연대에 한 부대가 주둔하고 있고, 거기서 3마장쯤 남쪽에 있는 다가산에 한 부대가 주둔하고 있으며, 다가산에서 5마장쯤 남쪽 완산에는 본진이 있었다. 외곽에 있는 손여옥 부대는 벌써 어제 와서 완산 서남쪽을 포위하고, 고영숙 부대는 완산과 다가산 서쪽으로 삼각점을 이루는 지역을 포위하고 있었다. 성안에 있는 부대는 지금부터 나가 완산 동남쪽은 김개남 부대가, 북쪽과 동쪽은 전봉준 부대가 포위하기로 한 것이다.

전투는 전봉준 부대가 유연대를 짓밟고 다가산을 공격한 다음 거기 있는 적을 완산으로 몰아붙이면 그때 김개남 부대와 손여옥 부대가 양쪽에서 들이쳐 세 부대가 삼면에서 총공격을 하기로 한 것이다. 서쪽을 포위하고 있는 고영숙 부대는 공격하지 않고 그대로 있다가 형편에 따라 나서기로 했다. 그쪽으로 퇴로를 열어놓자는 것이다. 손화중은 성안에서 기다리다 대처하기로 했다.

제1차 전투를 벌일 전봉준 부대는 달주 부대와 이싯뚜리 부대가 북쪽 유연대부터 격파하기로 했다. 적은 거기서 쫓기면 다가산으로 몰려와 다가산에 있는 경군과 합류할 수밖에 없으므로 그때 전봉준 본대는 다가산 동북쪽 강가에 진을 치고 있다가 북쪽에서 밀고 내려오는 부대와 다가산을 양쪽에서 총공격하여 적을 완산으로 몰아붙인다는 계획이었다. 제2차 전투는 다가산에서 쫓긴 적이 완산으로 몰려들면 그때부터 김개남 부대와 손여옥 부대가 나서서 삼면에서 총공격을 하자는 것이었다. 전봉준 부대는 전투 부담이 많았으므로 3천5백 명으로 대부대를 편성했다.

"오늘은 저놈들 한 놈도 남기지 말고 몰살을 시키자."

"완전히 씨를 말려."

사시(오전 10)경 고부 별동대와 이싯뚜리 부대는 먼저 북문으로 나가 장대보 봇둑을 건너 유연대 북쪽 산자락에 포진을 했다. 최경선이 거느린 본대는 서문으로 나가 사마교를 건너 유연대와 다가산을 양쪽으로 건너다보는 산자락 아래 강가에다 진을 쳤다. 달주 부대와 이싯뚜리 부대가 북쪽에서 유연대를 공격하여 적이 다가산으로 몰려오면 그들이 전열을 정비할 틈을 주지 않고 본대가 나선다는 포진이었다.

김개남 부대는 남문으로 나가 남고산성을 왼쪽으로 끼고 남고천을 따라 올라가다가 산등성이를 넘어 적덕골에서 양지뜸으로 흘러내리는 산줄기에 진을 쳤다. 완산 주봉이 서북쪽으로 3마장 거리로 보이는 곳이었다. 손여옥 부대는 청도원고개를 넘어 산기슭에 진을 쳤다. 주봉이 동북쪽으로 보이는 곳이었다.

강가에 진을 친 전봉준과 최경선 등 두령들 얼굴은 모두 돌같이 굳어 있었다. 이번 싸움은 그만큼 중요했다. 농민군은 그동안 몇 가지 작전을 검토했으나 뾰족한 수가 없었다. 야습작전도 검토해 보았으나 야습은 지난번에 홍계훈이 영광으로 올 때도 시험을 해보았고 여기서도 시험을 해보았지만 경군은 충분한 대비를 하고 있었다. 경군은 밤이 되면 본진도 옮기는 것 같고, 2,3명씩 산자락 요소요소에 숨어 있다가 이쪽에서 접근하면 정신없이 갈겨댔다.

오늘 전투도 그제처럼 강요된 것이나 마찬가지였으므로 특별한 전술을 쓸 만한 여유가 없었다. 경군은 성안에다 야포만 쏘아대는 것이 아니라 어제 저녁나절부터는 회선포까지 갈겨댔다. 길 가는 사람들한테 장난하듯 쏘아대는 바람에 길거리에 사람들이 다닐 수가 없었다. 견디다 못한 전주 사람들은 농민군 물러가라고 눈에 불을 켜고 덤벼들었다. 길을 가다가 부민들한테 붙잡혀 곤욕을 치른 두령들이 한둘이 아니었다. 일반 병사들도 마찬가지였다. 지금 싸우지 않을 수 없는 또 한 가지 이유는 농민군들이 자꾸 도망치고 있으므로 시일을 더 끌고 있을 수가 없었다. 성안에서는 단속을 단단히 했으므로 좀 덜했으나 성에 들어오지 않은 부대는 더 심하다는 것이다. 날이 조금만 꾸물해도 집안일을 못 잊어 발싸심을 하던 사람들이 포탄에 놀라자 제정신이 아니었다. 포탄에 갈가리 찢긴 시체를 본 농민군들은 *횟물 먹은 메기처럼 고개를 살래살래 저었다. 자다가 가위눌려 악을 쓰는 사람도 한둘이 아니었다.

파란 하늘에는 뭉게구름이 솜덩이처럼 한가하게 떠 있고 산과 들에는 녹음이 따가운 햇볕을 받아 한껏 싱그러웠다. 들판에는 보리가 누렇게 익어 보리 베기가 한창이고 모판에는 모가 파랗게 자라고 있었다. 멀리서 보리 베던 사람들은 일손을 놓고 구경을 하다가 다시 보리를 베기 시작했다. 농민군들은 자기들도 저렇게 들판에서 일을 해야 할 사람들이 지금 엉뚱한 짓을 하고 있는 것 같았다. 보리 베는 모습이 다른 세상 광경처럼 한가하게 보이기도 했다. 무논에는 해오라기들이 하얀 몸매를 자랑하며 껑충껑충 긴 목을 늘어뜨리고 먹이를 찾고 있었다.

"진격 신호를 울려라!"

본대 포진이 끝나자 전봉준이 명령을 내렸다.

―징징 징징 징징.

"진격!"

달주가 명령을 내렸다.

"가자!"

고부 별동대는 소리를 지르며 유연대 서북쪽에서 진격을 하고 이싯뚜리 부대는 북쪽에서 진격을 했다.

"씨를 말려. 저놈들이 성안에다 포를 갈긴 놈들이다!"

대원들은 정신없이 내달았다. 잡목에 가려 앞이 안 보일 지경이었으나 대원들은 잡목 사이를 다람쥐처럼 날렵하게 올라갔다. 삽시간에 중턱까지 올라붙었다. 봉우리에 있는 적은 조용했다. 분명히 적정이 있었는데 좀 이상했다. 달주는 모두 멈추게 한 다음 김승종 양총 부대만 먼저 진격하도록 했다.

―빵빵.

―드드드드.

양총 소리와 회선포回旋砲 소리가 산을 찢었다. 김승종 부대는 그대로 땅에 엎드렸다. 뒤에 있던 화승총 부대가 올라왔다.

"쏴라. 양총은 한 발씩만 쏴!"

달주가 소리를 질렀다. 양총이 불을 뿜었다. 천보총과 회룡총도 대포 소리를 냈다. 화승총 부대가 올라붙었다.

"도망친다. 진격!"

달주가 고함을 질렀다.

"진격!"

달주가 계속 고함을 질렀다. 저쪽에서 이싯뚜리 부대가 먼저 올라왔다. 대번에 유연대 봉우리를 점령했다. 경군들은 제대로 싸우지도 않고 다가산 서쪽 산줄기로 도망쳤다. 수에 당할 수가 없어 도망치는 것인지 전술인지 알 수가 없었다. 산봉우리에는 그제 투구봉처럼 참호가 수십 개 파여 있었다.

"다가산 서쪽으로 진격한다. 진격!"

달주가 고함을 질렀다. 달주 부대는 도망치는 경군을 쫓아 다가산 서쪽 산줄기로 쫓아갔다. 이싯뚜리 부대는 다가산을 정면으로 보고 진격을 했다.

─징징징징징징.

본대도 전원 다가산을 향해 밀물처럼 내달았다.

"모두 완산 쪽으로 내빼요."

정탐병들이 달려와서 소리를 질렀다. 경군은 완산을 향해 정신없이 후퇴했다. 너무 싱겁게 도망쳤다. 좀 어이가 없었다. 전봉준 부대는 다가산도 싸우지 않고 쉽게 점령했다.

"쫓아라."

전봉준이 명령을 내렸다.

─깨갱깽깽 깨갱깽깽.

풍물패가 기승을 부렸다. 전봉준 부대는 도망치는 경군을 쫓아다가산 자락을 물밀듯이 쏠려 내려갔다. 달주 부대는 서쪽을 돌아 들판을 무질렀다. 이싯뚜리 부대도 달주 부대와 앞을 다투었다. 본대도 정신없이 내달았다. 풍물패가 사정없이 두들겨댔다. 완산까지는 5리쯤 되었다.

군사들을 뒤따라 내닫던 전봉준이 걸음을 멈추고 전주성 쪽을 보았다. 성벽 위에서 큼직한 기 두 개가 성벽 아래로 깃발을 늘어뜨리고 있었다.

"기를 흔들어라."

전봉준이 곁에 있는 기수에게 명령을 내렸다. 기수가 성벽을 향해 기를 흔들었다. 성벽에서 아래로 내려뜨리고 있던 기가 훌쩍 공중으로 올라갔다. 남쪽을 향해 깃발을 마구 흔들어댔다. 큼직한 깃발 두 개가 정신없이 허공을 휘저었다. 김개남 부대더러 진격하라는 신호였다.

풍물이 기승을 부리며 내달았다. 전봉준 부대는 풍물 소리에 얹혀 둥둥 떠가듯 완산을 향해 오두리 앞 들판을 가로지르고 있었다. 병사들은 함성을 지르며 쏜살같이 들판을 내달았다. 그때였다.

— 뻥.

— 뻥.

들판에 포탄이 터졌다. 엄청나게 큰 흙구덩이가 파이며 길길이 흙이 튀어오르고 병사들 몸뚱이도 튀어 올랐다. 포탄은 정신없이 쏟아졌다. 병사들은 포탄 속을 죽을 동 살 동 모르고 내달았다. 들판에는 삽시간에 시체가 허옇게 널렸다. 병사들은 포탄 속을 그대로 내달았다. 포탄이 계속 터졌다. 선두가 완산 주봉 산자락에 붙었다. 포가 멎었다.

"부상자는 성안으로 옮겨라!"

최경선이 소리를 질렀다. 병사들이 몰려가서 부상자를 성안으로 옮겼다. 사상자가 1백여 명도 더 난 것 같았다.

"이놈들이 이것을 노렸구나."

최경선은 이를 갈았다. 유연대와 다가산에 포진하고 있던 경군들이 싸우지 않고 도망친 까닭이 바로 이것인 것 같았다. 주봉에서는 미리 이 들판에다 포를 조준해 놓고 기다렸던 것 같았다.

"주봉을 향해서 공격 태세로 포진을 하시오."

들판에 널려 있던 부상자들을 거진 옮기자 전봉준은 두령들에게 영을 내렸다. 두령들과 전령들이 뛰어갔다. 전봉준은 주봉을 쳐다보았다. 주봉과 바로 옆 봉우리 두 개는 산꼭대기가 민틋했다. 봉우리 근처 나무를 전부 베어버린 것 같았다.

"저자들이 저기 참호에 박혀 결판을 보자는 것이겠지요?"

최경선이 전봉준한테 말했다. 전봉준은 고개를 끄덕였다. 경군 전술을 짐작할 수 있을 것 같았다. 경군은 모두 주봉 봉우리로 몰려 거기서 싸우다가 그 봉우리를 빼앗기면 전부 죽자는 각오를 한 것 같았다. 농민군이 사방을 포위하고 공격하면 퇴로가 없기 때문에 기왕 퇴로가 없을 바에는 한 군데로 밀집해서 옥쇄작전을 펴자는 것 같았다.

"경군은 꼭대기에서 한참 아래까지 나무를 베고 있소."

정탐병들이 달려와서 보고를 했다. 농민군 은폐물을 없애 시야를 그만큼 넓히자는 것이었다.

"진격!"

양지뜸 산줄기 뒤에 포진하고 있던 김개남은 진격 신호를 받자 주봉을 향해서 돌진 명령을 내렸다. 매두리 산자락에 포진하고 있던 손여옥 부대도 돌진을 했다. 김개남 부대에서 진격 연락을 받은 것이다. 두 부대가 산자락을 벗어나 들판으로 내달았다. 뒤에서는 풍물 소리가 하늘을 찔렀다.

— 뻥 뻥.

포탄이 터지기 시작했다. 양쪽 부대는 포탄 속을 바람같이 내달았다. 여기서도 흙구덩이가 파이고 흙무더기가 튀어오르고 사람이 튀어 올랐다.

"달려라!"

김복용이 이끈 기마부대 20여 명은 맨 먼저 들판을 가로질렀다. 변왈봉 부대가 바로 뒤따랐다.

"가자!"

김개남도 말을 타고 포탄 속을 질주했다. 김개남 앞에는 호위병 여남은 명이 장군기를 휘날리며 내달았다. 병사들은 조금도 당황하지 않고 포탄 속을 정신없이 돌진했다. 용장 밑에 약졸 없다는 말 그대로였다. 김개남 부대 병사들은 노소 할 것 없이 고부 별동대나 이싯뚜리 부대 병사들보다 기세가 더 등등했다. 자기들은 김개남 부대 대원들이라는 자부심이 대단했다. 김개남 부대는 거진 산자락으로 붙었다. 포가 멎었다.

"그대로 돌진!"

김개남이 명령을 내렸다.

―징징깽깽 징징깽깽 징징깽깽.

징소리와 꽹과리 소리가 다급하게 울렸다. 김개남은 포탄 속을 달려간 병사들에게 숨 돌릴 겨를도 없이 진격 명령을 내렸다. 대원들은 주봉을 향해 돌진을 했다. 포탄에 진이 흩어졌으나 각 부대 두령들은 부대기를 휘두르고 들판을 달려왔으므로 병사들은 그 기만 보고 올라붙었다. 저쪽 손여옥 부대도 주봉 산자락으로 붙었다.

김개남은 산으로 올라가지 않고 뒤돌아 달렸다. 저만치 숲 속에 자리를 잡아 섰다. 주봉이 한눈에 보이는 곳이었다. 대원들이 거의가 산중턱 쯤에 붙고 있었다. 가운데로 올라가고 있는 부대는 남주송이 이끄는 남원 부대이고 남원 부대 맨 앞장을 서서 올라가는 부대는 변왈봉 부대였다. 오른쪽은 담양 남응삼 부대, 왼쪽은 무주 진안 부대였다. 변왈봉 부대가 꼭대기 가까이 갔다. 그들은 산꼭대기 나무를 베어버린 언저리까지 육박했다. 김복용 기마부대는 보이지 않았다. 저쪽에 붙어 기회를 기다리고 있는 것 같았다. 김개남은 숨을 죽이고 보고 있었다.

―드드드드드.

산꼭대기에서 회선포가 불을 뿜었다. 숨어 있던 병사들 두서너 명이 비명을 지르며 쓰러졌다. 회선포도 계속 갈겨댔다. 변왈봉은 울창한 잡목 숲속에서 살금살금 앞으로 기어갔다. 적진을 자세히 보던 변왈봉이 깜짝 놀랐다. 참호가 아니라 산꼭대기를 빙 둘러 도랑을 파고 파낸 흙을 쌓아올려 그 위로 얼굴만 내놓고 총을 겨누고 있었다. 그런 도랑이 30여 보 간격으로 위쪽에 또 하나 있고 그 사이사이에 따로 참호가 있었다. 거기서 총구를 내밀고 있는 것은 회선포였다. 둑 위는 나뭇가지로 잔뜩 가리고 그 사이로 총을 겨누고 있으므로 얼굴이 제대로 보이지 않았다. 찬찬히 보니 병사들이 어깨를 맞대듯이 촘촘히 늘어서서 총을 겨누고 있었다. 그 사이에 일정한 간격으로 회선포가 총구를 내밀고 있었다. 나무를 베어버린 숲 언저리에서 거기까지는 150보가 넘을 것 같았다. 화승총 사거리를 계산하여 화승총이 한참 못 미칠 만큼 나무를 베어 버린 것 같았다.

"허!"

변왈봉은 벌린 입을 다물지 못했다. 경군 1천5백여 명이 총구를 고슴도치 바늘처럼 내밀고 산꼭대기에다 철옹성을 쌓고 있는 셈이었다. 저리 내닫는다는 것은 그대로 자살 행위일 것 같았다. 그러나 달려가서 바로 둑 밑에만 붙으면 될 것 같기도 했다. 그러나 그 사이 얼마나 많은 사람이 죽어야 할까 생각하니 아뜩했다.

"왜 기가 오르지 않지?"

아래 있던 김개남이 기다리다 못해 한마디 했다. 그때 기가 하나 올랐다.

"남원 부대 깁니다."

김개남 곁에 있던 비서가 말했다. 산꼭대기에서 기가 하나 올라 흔들어댔다. 돌진할 준비가 되었다는 신호였다. 담양 부대 기도 올랐다. 무주 진안 부대에서도 기가 올랐다.

"됐다. 돌진이다."

김개남이 명령을 내렸다.

—징징 징징 징징.

다급하게 징이 울렸다.

"진격!"

변왈봉이 악을 쓰며 뛰어나갔다. 모두 함성을 지르며 내달았다.

— 빵-빵-빵- 빵-빵-빵.

— 드드드드드드.

양총과 회선포가 불을 뿜었다. 농민군은 픽픽 무더기로 쓰러졌다. 회선포가 한번 갈기고 가면 줄줄이 쓰러졌다. 회선포와 양총에 농민군은 정신을 차릴 수가 없었다. 경군 총 수백 자루가 미친 듯이 불을 뿜었다. 내닫던 군사들이 뒤돌아 도망치기 시작했다.

"물러서라!"

변왈봉이 악을 썼다. 그러나 물러서던 사람들도 거의 등에 총을 맞고 쓰러졌다. 총소리와 회선포 소리가 멎었다. 순식간에 눈앞에는 50여 구 시체가 널려버렸다. 숲 속에 있던 병사들은 서로 건너다보기만 할 뿐 말을 잊고 있었다. 가까운 거리에서 당해보니 양총과 회선포 위력은 어마어마했다.

"음."

김개남도 눈이 튀어나올 것 같았다.

— 빵-빵-빵- 빵-빵-빵.

— 드드드드드드.

그때 서쪽에서 양총과 기관포 소리가 하늘을 찢었다. 화승총 소리와 천보총 회룡총 소리도 하늘을 찢었다. 손여옥 부대가 공격을 하고 있었다.

"후퇴해라!"

저쪽에서 악다구니가 쏟아졌다. 한참 동안 하늘을 찢던 총소리와 회선포 소리가 멎었다. 그쪽에서도 김개남 부대 쪽과 똑같은 광경이 벌어졌다. 하늘과 땅을 짓이기는 것 같던 총소리가 멎자 땅이 푹 꺼진 것같이 조용했다. 한밤중 같은 적막이 감돌았다. 앞에 쓰러져 있는 부상병들의 비명소리만 적막을 깨뜨리고 있었다.

"쏘아라!"

전봉준 부대 쪽에서 이싯뚜리 부대가 총을 쏘았다. 이싯뚜리 부대는 앞으로 나가지 않고 양총만 갈겨댔다.

—빵빵빵 빵빵빵.

—드드드드드드.

경군들은 무지막지하게 갈겨댔다. 농민군 양총도 계속 불을 뿜었다. 경군은 참호 속에서 고개만 내놓고 쏘았으므로 농민군은 겨냥하기가 이만저만 어렵지 않았다. 머리만 조금 보이는 경군을 그나마 쳐다보고 겨냥을 하자니 눈 어두운 사람 바늘귀 꿰기였다. 기껏 겨냥해서 쏘아보아야 참호가에서 먼지만 펙펙 피어올랐다. 회선포에 이쪽 대원들만 계속 쓰러졌다.

"오매, 탄알이 떨어졌네."

양총을 쏘던 병사들이 절망적인 소리를 질렀다. 그제 전투에 반을 쏘아버리고 10발에서 많아야 15발씩 남았는데 그나마 바닥이 난 것이다.

"물러서라!"

이싯뚜리가 고함을 질렀다. 병사들은 모두 밑으로 내려와 나무 밑동이나 바위 뒤에 숨어서 숨을 헐떡이고 있었다.

—드드드드.

경군은 나뭇잎만 움직여도 갈겨댔다. 이 봉우리를 빼앗기면 옥쇄하자는 각오로 배수진을 친 경군 기세는 궁지에 몰린 쥐였다. 그들이 이를 악물고 퍼부어대자 어떻게 대처할 방법이 없었다.

"이거 안 되겠습니다."

최경선이 전봉준한테 말했다.

"도무지 재간이 없습니다."

송희옥도 전봉준을 보며 고개를 저었다. 농민군은 모두 땅바닥에 딱 붙어 있었다.

"물러서라."

전봉준이 침통한 표정으로 영을 내렸다.

─징 징 징 징 징.

후퇴 신호가 울렸다. 농민군들은 돌담 무너지듯 아래로 몰려 내려왔다. 경군들은 호에서 나와 총을 쏘아댔다. 저쪽에서 김개남도 징을 울렸다. 산 위에서는 계속 회선포와 소총을 갈겨댔다. 농민군들은 산사태가 난 것처럼 몰려 내려왔다. 경황 중에도 부상자들을 업고 내려왔다. 업힌 사람보다 업은 사람이 더 피범벅이었다. 다리가 덜렁거리는 사람, 얼굴을 온통 싸맨 사람, 눈 뜨고는 볼 수 없는 광경이었다.

농민군들은 모두 서문으로 쏠려 들어갔다. 전봉준은 한쪽에 서서 완산을 건너다보고 있었다. 김개남이 다가왔다.

"저놈의 회선포!"

김개남이 주먹을 쥐었다.

"가서 선후책을 의논합시다."

전봉준이 조용히 말하며 앞장을 섰다. 서문 안 광장에는 그제처럼 부상자들이 엄청나게 누워 치료를 받고 있었다. 전봉준이 부상자들 사이로 발을 옮겼다.

"그냥 갑시다."

최경선이 전봉준 옷소매를 끌었다. 부상자들 모양이 너무나 처참했기 때문이다. 부상자들을 보면 아무리 전봉준이나 김개남이라도 싸울 엄두가 나지 않을 것 같았다. 최경선이 그냥 가자고 거듭 채근했으나 전봉준과 김개남은 침통한 표정으로 부상자들을 돌아봤다. 너무도 처참했다.

"대충 보고 갑시다."

이번에는 송희옥이 채근했다. 전봉준과 김개남은 자꾸 발걸음을 멈추었으나 두 사람은 떼밀듯이 재촉을 했다.

"작두장사도 부상을 당했소."

젊은이 하나가 전봉준한테 소리를 질렀다. 전봉준이 돌아봤다. 곁으로 갔다.

"장군님, 저는 괜찮습니다. 많이 안 다쳤습니다."

왼쪽 어깨를 처매고 누워 있던 만득이가 벌떡 윗몸을 일으키며 곁에 있는 작두칼로 손이 갔다. 피를 많이 흘려 누워 있으라고 한 모양이었다. 유월례가 곁에서 거들고 있었다.

"알겠네. 치료를 잘 하게."

전봉준이 등을 두드려주며 유월례를 한번 돌아보고 발걸음을 옮겼다. 전봉준과 김개남은 말없이 도소로 향했다. 뒤따르는 두령들도 말이 없었다. 이쪽은 화력이 절대적으로 약한 까닭에 전술로 이겨야 하는데 관군의 무지막지한 화력 앞에서는 어떤 전술도 맥을 출 수가 없었다. 오늘도 사상자가 수백 명이었다.

그때 멀쩡하던 하늘에서 먹구름장이 몰려왔다. 소나기라도 한 줄기 쏟아놓을 기세였다. 먹구름장이 남쪽 하늘을 시커멓게 뒤덮으며 위협적으로 몰려오고 있었다. 일행이 도소 골목으로 들어설 때였다.

— 뻥.

또 성안에 포탄이 터졌다. 부민들이 정신없이 피했다. 일행은 그대로 도소로 향했다. 전봉준 일행이 도소 가까이 이르렀을 때였다.

— 뻥.

바로 전봉준 일행 앞에 포탄이 터졌다. 담이 박살이 나며 돌멩이가 튕겼다. 서너 명이 나동그라졌다. 전봉준도 나동그라졌다.

"아이고, 장군!"

김개남이 전봉준을 껴안았다. 최경선과 송희옥도 달려들었다.

"장군!"

김개남이 전봉준 머리를 받쳐 들며 소리를 질렀다. 전봉준은 눈은 뜨고 있었으나 반응이 없었다. 김만수와 호위병들은 어쩔 줄을 몰랐다. 호위병들도 저쪽에 둘이나 나동그라져 있었다.

"장군님, 장군님!"

김개남한테 안긴 전봉준을 최경선이 다급하게 흔들었다. 전봉준은 이내 주변을 살피며 움직이려 했다. 머리에서 피가 흘러내리고 있었다.

"장군님, 괜찮으십니까?"

최경선이 다급하게 물으며 수건으로 머리 한쪽을 처맸다.

"괜찮아."

전봉준이 몸을 움직이며 윗몸을 일으켰다. 날아온 돌에 머리가 맞아 그 충격에 잠시 멍했던 것 같았다.

"그대로 계십시오."

최경선이 수건을 찢어 머리를 처매며 다급하게 소리를 질렀다. 머리를 단단히 처맸다. 전봉준이 일어섰다.

"아이고, 다리도."

전봉준 다리에서도 홍건하게 피가 흐르고 있었다. 다시 땅에 앉혀 바짓가랑이를 걷어올렸다. 종아리 한쪽이 크게 파여나갔다. 상처가 여간 깊지 않았다. 파편에라도 맞은 것 같았다. 최경선이 바삐 다리를 처매며 김만수한테 얼른 가서 의원을 데려오라 했다. 전봉준은 다시 일어섰다. 최경선이 부축을 했다. 골목에서 사람들이 보고 있었다.

"부축하지 마시오."

전봉준은 최경선을 밀어냈다. 전봉준은 제대로 걸었다. 호위병들도 두 사람이 어깨를 꽤 많이 다쳤으나 나머지는 대수롭지 않았다. 전봉준은 의젓하게 골목으로 들어서고 있었다.

"아이고, 장군님!"

골목에 몰려 있던 동네 사람들이 소리를 질렀다.

"괜찮소."

전봉준이 손을 들며 웃어주었다. 일행은 도소로 들어섰다. 뒤따라 들어온 두령들이 소식을 듣고 놀라 전봉준한테로 달려들었다.

"괜찮소. 염려들 마시오."

전봉준이 태연하게 말했다.

"의원이 올 때까지 잠깐 누워 계십시오."

김개남이 말했다. 전봉준은 잠깐만 눕겠다며 옆방으로 들어갔다. 방으로 들어가는 전봉준 다리가 휘청하는 것 같았다. 최경선이 달려가서 부축을 했다. 자리를 깔고 눕혔다. 그때였다.

—쿵 쾅.

두령들은 깜짝 놀라 뛰어나갔다. 포탄 소리가 아니었다. 뇌성벽력이었다. 연거푸 뇌성 번개가 쳤다. 하늘이 쩍쩍 갈라지는 것 같았다. 장대 같은 소나기가 쏟아지기 시작했다. 뇌성은 연거푸 꽝꽝거리고 번갯불에 하늘은 수십 갈래로 찢어지고 있었다. 도무지 정신을 차릴 수 없었다. 도대체 이렇게 어마어마한 뇌성 번개도 있었던가 싶을 지경이었다. 소나기는 마치 하늘에서 물을 퍼붓는 것 같았다. 흙탕물이 흥건하게 마당을 돌아 흘러나갔다. 소나기는 계속 퍼부었다. 한참만에 번개 소리가 조금씩 멀어지며 간격이 뜸해졌다.

"오매 오매."

천원댁이 옷 짓는 집으로 뛰어들었다. 쫄딱 젖은 천원댁을 보고 여인들이 깔깔 웃었다. 꼭 물에 빠졌다 나온 생쥐 같았다.

"오매 오매. 장군님이, 장군님이, 포탄에 맞았다네. 포탄에."

"멋이유?"

연엽은 깜짝 놀랐다. 여인들도 벼락 맞은 꼴이었다.

"도소 들어가는 골목에서 맞았대여. 돌아가시든 안했는데……."

연엽이 벌떡 일어섰다. 쏜살같이 대문으로 뛰어나갔다. 천원댁도 뒤따라 달렸다. 연엽은 장대 같은 소나기 속으로 정신없이 뛰어갔다. 뇌성 번개는 북쪽으로 옮겨가며 계속 꽝꽝 울려댔다. 도소 골목에 이르자 빗줄기가 조금 가늘어졌다. 연엽이 도소로 뛰어들었다.

"저런!"

최경선이 깜짝 놀랐다.

"어떻게 됐어유?"

연엽이 최경선한테 대들듯이 물었다. 비에 쫄딱 젖은 연엽은 얼굴이 새파랬다. 비에 젖어 더 새파랗게 보였다. 천원댁이 눈알을 뒤룩거리며 뒤에 서 있었다.

"괜찮아. 대단찮소."

최경선이 전봉준 방문을 열었다. 연엽이 숨을 씨근거리며 방 안을 들여다봤다.

"아무렇지도 않은데 벌써 소문이 거기까지 갔구만."

전봉준이 윗몸을 일으키고 내다보며 가볍게 웃었다.

"아이고."

연엽은 그제야 안심이 되는 듯 한숨을 후유 내쉬며 가슴을 쓸었다.

"좀 올라오지."

최경선이 마루로 손짓을 했다.

"아녀유."

연엽은 전봉준 모습만 연방 살피며 고개를 저었다. 뚫어지게 전봉준을 보고 있었다. 정말 대단찮은 것 같았다.

"천만 다행이네유."

연엽이 다시 한숨을 내쉬었다. 저쪽 방에서 두령들이 연엽을 보고 있었다. 최경선이 다시 올라오라고 하자 연엽은 새삼스럽게 자기 모습을 내려다보았다. 비에 젖은 모시 저고리가 가슴에 찰싹 붙어 살이 비치고 치맛자락이 종아리에 감겨 있었다. 꼴이 말이 아니었다. 자기 꼴을 내려다본 연엽은 그제야 소스라치게 놀랐다.

"갈래유. 조섭 잘 하셔유."

연엽이 도망치듯 대문으로 내달았다. 마당에 흥건한 빗물을 철벅거리며 정신없이 달아났다.

"오매 오매. 내 꼬락서니도 이것이 멋이란가."

천원댁도 덩달아 허겁을 떨며 달려갔다. 언제는 얼마나 알뜰하게 몸단속을 하고 다녔던 것처럼 오매 오매 소리를 연발하며 달렸다. 집에 이르자 비도 멎고 뇌성 번개 소리도 아득히 멀어졌다.


도소에서는 저녁밥을 먹은 다음 두령회의가 시작되었다. 전봉준은 머리를 싸매고 두령회의를 주재했다.

"오늘 우리는 크게 패했습니다. 오늘 싸움에서 진 까닭을 한번 돌아보고 앞으로 계책을 의논합시다."

전봉준이 무겁게 입을 열었다.

"그제와 오늘의 패전 원인은 백성을 밥으로 아는 자와 백성을 위하는 자의 차이에 있습니다."

김개남이 주먹을 쥐며 큰소리로 말문을 열었다. 두령들은 허탈한 표정으로 김개남을 건너다보았다.

"저놈들은 평소에도 백성이 밥이고, 이럴 때도 백성이 밥이오. 조정군은 이미 우리를 칠 덫을 논 다음에 성안에 무차별 포격을 하여 백성으로 하여금 우리를 몰아내게 했습니다."

김개남 입에서는 말이 아니라 불이 쏟아지고 있었다. 그는 주먹을 휘두르며 계속했다.

"우리는 오늘 얻은 교훈을 뼈에 아로새겨야 할 것입니다. 우리를 전주에서 내몰려고 무고한 백성한테 잔인무도하게 포격을 한 것은 홍계훈입니다마는 그러나 그것은 홍계훈이 유독 흉악해서 그런 것이 아닙니다. 백성 피를 밥으로 먹고 사는 관속배들 전부가 홍계훈하고 똑같다는 것을 똑똑히 알아야 합니다. 조병갑이 그렇고 이용태가 그렇고 조필영, 김창석, 김문현이 다 그렇고 저 위에 민영준 등 조정 대신들이 다 그런 자들이며 임금 또한 마찬가집니다. 그자들 가운데 어느 놈이라도 지금 홍계훈 자리에 있었다면 홍계훈하고 똑같은 짓을 했습니다. 지난번 김문현이 백성 집에 불을 지른 것을 보십시오. 그자들만 백성한테 그렇게 잔인무도한 것이 아니라 그자들 권력을 업고 설치는 부호며 양반들도 똑같습니다. 이 사실을 뼈에다 새겨야 합니다."

김개남의 거쿨진 목소리가 폭포처럼 쏟아졌다.

"좋은 말씀 하셨습니다. 그러면 이다음에는 어떻게 대처하는 것이 좋겠습니까?"

전봉준이 조용하게 물었다. 김개남이 다시 나섰다.

"저 작자들이 성안에 포격을 한 것은, 첫째는 부민들로 하여금 우리를 몰아내게 하여 치자는 계책이지만, 둘째는 우리한테 포위되어 그만큼 초조했기 때문이기도 합니다. 저자들을 더 단단히 포위를 하고 며칠간만 버티면서 움직임을 지켜보는 것이 좋을 것 같습니다. 포탄도 거진 떨어졌을 것이고 식량도 바닥이 났을 것입니다."

"포탄이 얼마나 남았을까요?"

이방언이 물었다.

"아무리 많이 가져왔다 하더라도 그렇게 많이 쏘았으면 거진 떨어지지 않았겠소? 김두령 말씀처럼 포위망을 단단히 조이고 며칠간 지켜보지요."

김덕명이었다.

"사실은 우리도 군량이 문제입니다."

손화중이 말했다. 전주로 들어오면서는 군량 걱정을 하지 않고 들어왔는데 지금 이삼일 치밖에 남지 않았다고 했다. 두령들은 눈이 둥그레졌다. 군량까지 바닥이 난다면 이만저만 난감한 일이 아니었다.

"군량이야, 피난 간 집을 털어오더라도 경군하고는 다릅니다."

김개남이 말했다. 모두 잠시 말이 없었다. 그러나 두령들은 도무지 자신이 서지 않는 표정들이었다. 무지막지한 화력에는 어떻게 해볼 재간이 없었다. 농민군들이 가만히 있으면 부내에다 무차별 포격을 하고 농민군이 공격을 하면 참호 속에 틀어박혀 갈겨댔다. 무기가 우수하더라도 움직여만 준다면 어떻게 계책을 생각해 볼 수도 있겠는데 전혀 움직일 생각을 하지 않으니 길이 없었다.

"이제 막고 품는 재주밖에는 없습니다. 홍계훈은 틀림없이 포탄이나 총탄도 동이 났을 것입니다. 우물고누 외통수로 김장군 말씀처럼 철통같이 포위를 하고 며칠만 버팁시다."

최경선이었다.

"다른 의견이 없는 것 같습니다. 장기전에 들어갈 태세를 갖추도록 합시다. 그러자면 우리 병사들에게 우리가 틀림없이 이긴다는 확신을 심어주어야겠습니다. 병사들이 더 빠져나가지 못하게 하고 승리에 대한 확신을 심어주십시오."

전봉준은 무거운 목소리로 아퀴를 지었다.

그때 임군한이 낯선 사람들을 데리고 왔다.

"경천점 사는 박성호라고 임용배 양부올시다."

임군한이 소개를 하자 전봉준은 반색을 했다. 옆방으로 데리고 들어갔다. 박성호는 주머니에서 무슨 종이쪽지를 꺼냈다.

"노성 현아 전보국에서 일하는 동학도가 가져왔길래 달려왔습니다. 조정에서 신임 감사한테 보낸 전보입니다."

전보를 받아 적은 초고 같았다. 감사한테는 정서를 해서 보내고 초고를 빼돌린 모양이었다.

"신임 감사가 오늘 노성을 지날 테니 전하라고 했답니다. 감사 행차가 오늘 노성을 지났는데 지금쯤 삼례에 당도하지 않았는가 싶습니다."

조병세가 신임 감사 김학진한테 보낸 전보였다. 조정에서 청나라에 은밀하게 청병을 하여 청나라 군대가 5월 1일 이미 천진항을 출발했다 한다. 이 일은 대신들도 모르게 비밀로 추진된 일이다. 이제 나라를 건지는 일은 청나라 군대가 우리나라에 상륙하지 못하도록 하는 것이다. 그러자면 난군을 해산시키는 길밖에 없다. 난군의 요구를 가능한 대로 다 들어주고 화약을 맺어 해산시키도록 해라. 촌분이 급하니 최선을 다하라. 이런 내용이었다.

전보를 읽은 전봉준은 어리둥절한 표정이었다. 조정에서 청나라에 청병을 하여 청군이 출발했다는데, 조정에서 청병을 했다면서 대신들도 모르는 일이라니, 그것도 알 수 없는 일이려니와 조병세가 신임 감사한테 이런 전보를 보낸 것도 알 수 없는 일이었다. 전봉준은 두루 어리둥절하기만 했다. 그리고 무엇보다 중대한 일은 청나라 군대가 벌써 출발했다는 사실이었다. 청나라 군대가 1일 천진항을 출발했다면 2,3일 사이에 군산포에 당도할 판이었다. 공주에 가 있는 김덕호한테서 아직 그런 소식이 없어 안심하고 있는 참인데 이런 날벼락이 떨어진 것이다. 김덕호는 농민군이 전주에 입성하자 바로 공주로 가서 거기 사비정 군자란을 통해 조정의 움직임을 염탐하고 있었다.

"고맙소. 아주 중대한 일을 알려주었소. 전부터 임처사한테서 말씀 많이 들었소. 용배가 생부를 찾았다니 다행한 일이오."

전봉준은 여유 있게 치사를 했다.

"감사합니다. 앞으로도 그 아이를 잘 거들어주시기 바랍니다. 이 사람은 장억쇠라고 우리 고을 기둥이올시다. 모내기만 끝나면 노성에서도 바로 군사를 일으키려고 지금 동분서주하고 있습니다."

장억쇠가 전봉준한테 고개를 숙였다. 전봉준은 앞으로 같이 싸우자고 장억쇠 등을 두드려 준 다음 바삐 옆방으로 갔다. 전봉준이 두령들 앞에 전보지를 펴놨다.

"세상에 이런 날벼락이 어디 있단 말이오?"

손화중이 좌중을 돌아봤다.

"민가들은 자기들 권좌밖에는 눈에 보이는 것이 없는 자들인데 무슨 짓인들 못 하겠습니까?"

김개남이 말했다.

"서문밖 남문밖 모두 불 처지르고 성안으로 포탄까지 짓이기더니 이제는 나라를 통째로 작살을 내자는 것이구만."

김덕명이 탄식을 했다. 두령들은 한참 말이 없었다. 이미 함평에서 폐정개혁에 대한 요구를 했는데, 그런 쉬운 길을 놔두고 외국 군대를 끌어들이다니 도무지 어안이 벙벙해서 말이 나오지 않는 모양이었다.

"조정 대신들도 모르게 청병을 했다면 민가 일당이 제 놈들끼리 임금을 끼고 저지른 음모가 분명합니다. 그런데 조병세는 조병세대로 김학진한테 이런 전보를 치는 걸 보면 민가 일당과 조병세 일파가 맞서 조정은 지금 두 조각이 난 게 아닐까요? 신임 감사로 온다는 김학진은 민가들 사람이 아니라, 조병세하고 한패 같소."

김개남이 눈을 게슴츠레하게 뜨고 가닥을 추렸다. 두령들은 가볍게 고개를 끄덕였다.

"이판에 전라도 감사를 그런 사람을 보내는 것을 보면 벌써 민가들 세가 밀리고 있다는 소리가 되겠지요?"

이방언이 말을 받았다.

"그럼 당장 홍계훈하고 지금 오고 있다는 감사는 서로 다른 패라는 소리가 되는데, 가만 있자, 그럼 그저께부터 홍계훈이 그렇게 무지막지하게 포격을 한 것은 민영준 일당이 지시한 일 같고, 그것은 차병 문제하고 상관이 있다는 이야기가 되지 않겠습니까?"

김개남 추리에 두령들은 긴가민가하는 표정으로 고개를 가볍게 끄덕였다.

"더 말씀해 보시오."

손화중이 눈을 크게 뜨며 김개남을 다그쳤다. 전봉준도 김개남을 보고 있었다.

"민가들은 지금 청나라 군대가 오고 있으니, 우리하고 싸움을 크게 벌여 우리 농민군이 깨지든 경군이 깨지든 결판을 내려고 그런 무지막지한 짓을 한 것 같습니다. 우린 농민군이 깨지면 그 이상 다행한 일이 없고, 경군이 깨지면 청나라 군대를 부른 명분이 그만큼 서지 않겠습니까? 그러니까 어느 쪽이든 자기들 권세 유지에는 유리한 일이지요."

"그런 것 같습니다. 그런 일이 아니고서야 경기전까지 부숴가며 양민들한테 그토록 무지막지하게 포격을 할 수가 없을 겝니다."

손화중이 김개남 말에 크게 고개를 끄덕였다. 전봉준 등 다른 두령들도 마찬가지였다. 두령들이 한참 이야기를 하고 있을 때 오거무가 달려왔다. 오거무는 이마에서 땀을 훔치며 김덕호 편지를 내밀었다. 박성호가 가지고 온 전보와 같은 내용이었다. 조정에서는 이미 청나라에 원병을 청하여 청나라 군대가 출발했다는 것 같다. 청나라 군대가 출동을 했다면 천진조약에 따라 일본 군대가 올 것은 불을 본 듯 뻔한 일이다. 청나라 군대보다 일본 군대가 오는 것이 더 큰일이다. 이런 점 깊이 생각하여 대처하라. 이런 내용이었다.

"양쪽 군대가 몰려온다면 어떻게 될 것 같소?"

김덕명이 놀라는 눈으로 좌중을 둘러보며 물었다.

"제 나라 군대도 제 나라 백성을 파리 목숨보다 더 험하게 짓밟는데 *황차 남의 나라 군대야 말해 무엇하겠소? 임금이 제 나라 백성을 쳐달라고 청해서 온 군대라면 바로 그 군대는 임금한테서 이 나라 백

108

성을 도륙하라는 허락을 받은 군대입니다. 더구나 두 나라 군대가 경쟁을 하기로 하면 백성 재산이 남아나겠소, 여자들이 남아나겠소?"

손화중이 침통한 표정으로 말했다.

"그렇게 되면 백성에 대한 우리 농민군 처지는 어떻게 되겠소? 외국 군대를 불러온 덤터기를 몽땅 우리가 뒤집어쓰지 않겠습니까? 여기 전주 사람들 보십시오. 처음에는 우리를 환영하다가 홍계훈이 사뭇 험하게 나오자 나중에는 우리 때문이라고 대들었습니다."

오시영이었다. 두령들은 전봉준과 김개남의 표정을 살폈다. 두 사람은 입을 꾹 다물고 있었다.

"세상에 만백성 어버이라는 임금이 제 나라 백성을 치라고 외국 군대를 불러온단 말이오?"

송희옥이었다.

"무슨 그런 새삼스런 말씀을 하고 계시오? 임금이란 자는 백성 피를 빨아먹고 사는 조병갑, 이용태, 김문현 같은 날강도들 물주요. 우리는 이 사실을 똑똑히 알아차려야 합니다. 우리는 이미 폐정개혁을 하라고 요구를 했는데도 개혁을 하여 백성과 나라를 살릴 생각은 하지 않고 외국 군대를 불렀습니다. 자식이 부모의 잘못을 지적하여 고치라 했다고 불한당을 불러 자식을 죽이라고 한다면 그것이 부모겠습니까? 우리는 임금이 우리 임금인 줄 알고 있지만 우리 원수이고 우리 적입니다. 이제 온 나라 백성이 전부 들고일어나서 청나라 군대건 일본 군대건 맞서 싸우는 길밖에는 방도가 없습니다."

김개남은 전혀 흥분하지 않고 담담하게 말했다.

"우리는 기껏 화승총인데 그런 군대하고 어떻게 싸우지요? 당장 홍계훈이 쏘아댄 대포나 회선포만 보아도 엄청나지 않습니까?"

이방언이었다.

"싸우지 않으면 우리는 그대로 죽습니다. 우리가 물러서면 조병
갑이나 이용태 같은 놈들이 다시 힘을 쓰고 나올 텐데 그때는 여기
나온 농민군 목숨이 하나라도 붙어 있을 것 같습니까? 이제 우리는
어차피 죽습니다. 새롭게 죽기를 각오하고 싸워야 합니다. 싸우면
우리도 살고 백성도 살길이 열릴 수도 있지만, 물러서면 우리도 죽
고 백성도 죽고 모두 죽습니다."

김개남이 주먹을 쥐고 말했다. 그러나 두령들은 모두 고개를 가
웃거렸다.


농민군 두령들이 이런 회의를 하고 있는 바로 5월 3일 밤, 청나라
군대 2천5백여 명을 실은 청나라 군함과 일본 군대 6천여 명을 실은
일본 군함이 조선을 향해 기세 좋게 물살을 가르고 있었다.

청나라 군대는, 섭사성이 거느린 청군 910명을 실은 도남호가 아
산만을 향해 인천 앞바다를 항해하고 있었으며, 섭지초가 거느린
1천5백 명은 군함 2척에 나눠 타고 천진항을 출발하여 대동강 하구
를 지나고 있었다.

일본군은, 일본 상비함대 사령관 이토伊東祐亨와 육군 소장 오시
마大島義昌가 거느린 15척의 함대가 육해군 6천 명을 싣고 인천을 향
해 요코스카 항을 출발해 전속력으로 현해탄 물살을 가르고 있었다.
일본 함대는 군함 7척, 포함 2척, 체신선 1척, 상선 5척, 도합 15척이
나 되는 대선단이었다.

청나라 군대는 대포 8문을 포함 각종 최신 무기로 무장을 하고 있었으며 일본 군대는 최신 크루프포와 회선포 등 청나라 군대와는 비교가 되지 않을 정도로 엄청난 무기를 싣고 내닫고 있었다.

일본 군대의 출동 사실은 아직도 조선 조정이고 청나라 조정이고 까맣게 모르고 있었다. 더구나 출동을 하더라도 이렇게 엄청난 군대가 출동하리라고는 꿈에도 생각하지 못하고 있었다.

## 4. 감사 김학진

신임 감사 김학진金鶴鎭은 삼례역에 당도하여 여장을 풀었다. 황룡강전투에서 경군이 패한 다음날 임금에게 사폐를 올린 김학진은 9일 만에 오늘 삼례에 도달한 것이다. 김학진은 오는 길에 공주에서 김문현이 서문 밖에 있는 민가 1천여 채에 불을 질렀다는 사실과 홍계훈이 남문 밖에 불을 지르고 전주 성안에 무차별 포격을 하여 민가가 1천여 채가 결딴나고 경기전까지 한쪽이 부서졌다는 말을 들었다. 그리고 노성을 지나다가 조병세 전보도 받았다. 그는 노성을 출발할 때 미리 파발마를 띄워 홍계훈더러 삼례로 오라고 영을 내렸다.

나는 편의종사便宜從事의 어명을 받았은즉 호남 난도 처치를 포함한 모든 일은 내 권한에 속한다는 사실을 알리고 곧바로 삼례로 대령토록 하라.

112

김학진이 추상같이 영을 내렸다. 편의종사란 임금이 사자를 보낼 때 무슨 일을 이러이렇게 하라고 일일이 정해서 보내지 않고, 현지에 가서 형편에 따라 좋을 대로 조처하라고 전권을 맡기는 일이었다. 이것은 주로 외교사절한테나 내리는 것으로 국내 일에는 내리는 일이 별로 없으며 더구나 한 도의 감사에게 이런 엄청난 권한을 내린 일은 전례가 없는 일이었다. 특수한 일에 임무를 띠는 외교사절과는 달리 감사는 관할하는 일이 너무 광범위했기 때문이다. 그러나 그때가 황룡강전투에서 경군이 패한 바로 그 다음날인데다 김학진이 임금 앞에 버티고 앉아 거의 떼를 쓰다시피 했기 때문에 임금은 하는 수 없이 편의종사의 윤허를 내렸던 것이다.

해거름에 홍계훈이 달려왔다. 치열한 전투가 끝난 다음이라 홍계훈은 얼굴이 상기되어 있었다. 홍계훈은 예를 갖추고 자리를 잡아 앉았다.

"어려운 일을 맡아 염려가 많소이다. 오늘도 전투가 있었다는데 어찌 됐소?"

김학진은 의례적인 인사치레를 하고 나서 지극히 사무적인 말투로 물었다. 김학진 곁에는 종사관 김성규金星圭만 앉아 있었다. 김성규는 여러 방면에 박식한 사람으로 4,5년 전에는 서양 여러 나라 즉 영국, 독일, 러시아, 벨기에, 불란서를 총괄하는 공사의 서기관으로 구라파를 돌고 왔으며 요사이는 상의원 주부직을 맡고 있다가 이번에 김학진한테 종사관으로 발탁된 사람이었다.

"난군이 총공격을 했으나, 사력을 다하여 격퇴를 시켰습니다."

홍계훈이 굳은 얼굴로 딱딱하게 말했다. 그는 농민군 토벌은 자

기 소관인데다 민비와 민영준이라는 든든한 뒤가 있으므로 김학진
한테 호락호락 굽히고 들지 않았다. 두 사람 사이에는 팽팽한 긴장
이 감돌았다.

"그제부터 오늘까지 연 사흘간에 걸쳐 전주 성내에다 무차별 포
격을 하여 양민들이 수없이 죽고 민가가 천여 채 파괴되었다는데 사
실이오?"

김학진이 차근한 목소리로 물었다.

"사실입니다. 난도들이 민가에 박혀 있는 까닭에 그렇게 하지 않
으면 그들을 초멸할 방법이 없습니다. 포격을 하기 전에 전주 부민
들에게는 성 밖으로 나가라는 경고를 했습니다."

홍계훈은 뒤가 꿀리는지 경고를 했다고 슬쩍 둘러댔다.

"그래서 양민들이 나간 다음에 포격을 했단 말이오?"

"전투란 때가 있는 것이라 언제까지 기다릴 수는 없습니다."

"민가가 천여 채나 부서졌을 적에는 양민은 또 얼마나 많이 죽었겠
소? 어찌 그런 엄청난 일을 조정의 허락도 없이 할 수 있단 말이오?"

김학진은 말꼬리를 빠듯 추켜올렸다.

"경군은 지금 농민군한테 완전히 포위되어 있습니다. 난군들은
전주성 밖에도 남아서 우리를 포위하고 금방 쳐들어올 기세입니다.
그런 판이라 허락을 받을 경황도 없었거니와, 이미 경고를 했던 까
닭에 그럴 필요도 느끼지 않았습니다. 더구나, 전라도 사람들은 모
두가 농민군하고 한통속이므로 전주 부민들도 대창만 안 들었지 모
두가 난군들입니다."

홍계훈은 단호하게 말했다. 그런 어마어마한 짓을 민영준의 지시

114

없이 했을 까닭이 없었다. 민영준은 김학진이 자기 사람이 아닌데다 편의종사의 특권까지 받아가지고 내려갔으므로 그가 당도한 다음에는 마음대로 할 수 없을 것이라 생각하고 그런 영을 내렸기 십상이었다. 김학진은 속이 환히 들여다보였다.

"경기전도 상했다는데 사실이오?"

"조심을 했으나 그만 오폭을 하고 말았습니다."

"장계는 띄웠겠지요?"

"경황 중에 그만."

"허허, 도대체 경기전이 어떤 곳이오? 국태조 영정을 모시고 나라에서 제일 큰 제사를 모시는 묘당인 줄 모르시오? 이 나라에서 태조 묘당보다 더 성스러운 곳이 어디 있단 말이오? 만백성이 다 보는 앞에서 그런 일을 저지른 것만도 황공무지한 일이거늘 대죄의 장계도 띄우지 않았다니 당신은 어느 나라 신하이며 도대체 국태조를 어떻게 아는 거요?"

김학진이 벼락같이 소리를 질렀다. 홍계훈은 놀란 토끼처럼 눈만 멀뚱거리고 있었다. 김학진은 숨을 씨근거렸다. 한참만에야 숨을 발라 쉬고 말을 이었다.

"내가 감사 부임하기 이전에 일어난 일은 내가 따질 권한 밖인 까닭에 그 문제는 더 따지지 않겠소. 그러나 이제부터 난군 토벌이며 난군에 대한 모든 조처는 모두가 내 권한에 속한 일인즉 모든 일은 내 명령에 따르시오. 다시 말하거니와 나는 전라도 감사로서 난군에 대한 모든 조처뿐만 아니라 여타 모든 일에 편의종사의 어명을 받았소. 전투하는 일이며 군량 한 가마 징발하는 일에 이르기까지 모두 내 명령에 다르고 허락을 받아서 시행하시오."

김학진은 준엄하게 말했다. 그는 백면서생의 선비풍으로 얼핏 심약하게까지 보였으나 말소리가 대쪽같이 날이 서 있었다.

"알겠습니다."

홍계훈은 고개를 주억거렸다. 그는 처음 태도와는 달리 기가 죽은 것 같았다. 홍계훈은 편의종사 따위가 무서워서가 아니라 김학진의 예사롭지 않은 태도로 보아 권력의 축이 민씨들한테서 흔들리고 있다는 것을 직감하고 기가 죽은 것 같았다. 농민군들이 국태공에게 나라 일을 맡기라고 하는 것만 보더라도 농민군의 타도 대상은 일차적으로 민씨 일당인데 바로 그 농민군들과 전쟁을 하고 있는 전라도에 민가 패거리가 아닌 엉뚱한 사람을 감사로 내려보냈다는 것도 그렇거니와 그런 사람에게 편의종사의 권한까지 주었다는 것을 보면 더 그랬다. 벌써 자기한테는 행군대죄의 조처가 내려진데다가 민가들의 권력까지 흔들리고 있다면 자칫하다가는 모가지가 날아가도 몇 개가 날아갈지 모를 일이었다.

"지금부터 차후 조처에 대한 영을 내리겠소. 잘 들으시오."

김학진은 곁에 놔뒀던 종이를 펴들었다.

"첫째, 일체 난군을 공격하지 말 것이며 난군이 공격을 하면 방어만 하시오. 둘째, 난군이 이미 내세운 폐정개혁에 대한 요구 중 웬만한 것은 다 들어준다는 조건으로 화약을 맺으시오. 셋째, 난군이 듣지 않으면 폐정개혁 조건을 더 내세우라 하여 한시라도 이른 시일 안에 화약을 맺으시오."

김학진은 말을 마치며 종이를 홍계훈한테 내밀었다. 홍계훈은 벼락 맞은 표정으로 김학진을 건너다보고 있었다. 김학진이 종이를 내밀고 있자 홍계훈은 마지못해 받았다.

"화약을 맺어야 할 까닭을 말하겠소. 지금 조정에서는 청나라에 원병을 청하여 이미 지난 1일 청나라 군대가 천진항을 떠났소. 청나라 군대가 오면 일본 군대도 같이 따라 들어오고 그렇게 되면 조선 땅덩어리는 두 나라 가운데 어느 나라에든지 먹히고 말 것이오. 아시다시피 지금 우리나라 군대는 거의 이리 내려와 버리고 한양은 평양 기영병 1천4백 명이 지키고 있을 뿐이오. 그들이 상륙하지 못하도록 하는 길은 난군을 해산시키는 길밖에 다른 길이 없소. 시가 급합니다."

김학진은 시가 급하다는 말에 힘을 주었다. 홍계훈은 멍청하게 듣고 있었다.

"청나라 군대가 온다는 소문은 금방 날 것이므로 그 소식을 들으면 난군들도 태도가 전하고 다를 것이오. 당장 자기들이 격파당할 것은 불을 보듯 뻔한 일이고, 청나라 군대가 들어오면 나라가 어떻게 된다는 것도 알 것이기 때문이오. 이 일은 한시가 급한 까닭에 모든 방법을 다해서 화약을 맺어야 합니다."

김학진은 한 마디 한 마디 또박또박 말했다.

"이 일은 내가 나설 수도 있으나, 기왕 초토사가 여기 와서 온갖 어려움을 무릅쓰고 염려를 했으니 초토사가 마무리를 지으시고. 이것은 지금 받아논 행군대죄를 씻을 기회가 될지도 모릅니다. 기회라면 이것이 마지막 기회가 될 것이오. 이번 일을 수행하는 공과에 따라 지난 일에 대한 문책이나 특히 경기전 훼손에 대한 조정의 문책에 대하여 나도 한마디 거들 수가 있을 것이오."

"감사합니다."

홍계훈은 아까보다 훨씬 더 깊이 고개를 숙였다. 김학진의 협박
과 회유에 기가 죽은 것 같았다.

"전진을 오래 비워서는 안 될 터이니 그리 가보시오. 시시각각 나
한테 파발을 띄워 사정을 알리시오."

김학진은 말을 마치며 자기가 먼저 자리에서 일어섰다. 김학진은
홍계훈이 말에 오르는 것을 보고 돌아섰다.

"내 말대로 할 것 같소?"

김학진이 방으로 들어오며 김성규한테 물었다.

"민영준 태도에 달렸습니다마는 겁을 먹은 것 같습니다. 이번 일
에 대한 공과에 따라 조정에 한마디 거들 수 있다는 말씀은 아주 잘
하신 말씀 같습니다."

"강아지한테는 뭣밖에 안 보일 것 같아서 한마디 던져놨소."

김학진은 껄껄 웃었다.

"난군 토벌은 자기 소관인데 아무리 편의종사의 어명을 받았다
하더라도 거기까지 각하 영을 받아야 하는가 그게 긴가민가하는 눈
치 같았습니다. 양호순변사에 염찰사까지 내려온다니 그럴 법도 하
지요."

김학진 스스로도 그 한계를 알 수 없었으나, 그것이 말썽이 되어
조정에서 선을 그을 때까지는 그렇게 밀어붙일 작정이었다. 민영준
을 견제하는 방법은 그것뿐이었다.

"시시각각 파발을 띄우라 했습니다마는, 앉아서 파발을 기다릴

것이 아니라 여기서 사람을 보내 *독찰을 해야 할 것 같습니다. 내일은 제가 가겠고, 모레는 마침 단오절이니 각하께서 위봉산성에 모셨다는 태조 영정 앞에 다례를 올리는 것이 어떻겠습니까? 지금 홍가는 경기전 어긋낸 것이 마음에 한 짐일 테니, 다례 올릴 때 축문에는 처음부터 끝까지 그 일만 구구절절 백배사죄하는 말로 일관하는 것이 좋을 것 같습니다. 그런 소리를 읽어가면 가슴이 철렁철렁할 것입니다. 그래놓고 네놈 목은 내 장계 하나에 달렸다는 서슬로 목을 죄면서 야무지게 다그쳐야 할 것 같습니다."

"좋은 생각이오. 홍계훈 가슴에 비수가 꽂히게 축문을 한번 잘 써보시오. 무식한 자들 놀라게 하는 방도는 그런 일이 제일일 게요."

김학진은 가볍게 웃으며 지시를 내렸다.

청렴강직하다는 평판 때문에 전라감사로 임명을 받은 김학진은 처음 그 소식을 들었을 때는 도무지 내키지가 않았다. 그 험악한 전쟁판에 들어갔다가 무슨 꼴이 될 것인가 겁이 났기 때문이다. 그러나 곰곰이 생각해 보고 바로 그 판이야말로 나라를 바로잡을 단서가 꿈틀거리고 있는 판이라는 데 생각이 미치자 자신의 안위만 생각할 때가 아니라는 생각이 들었다. 18일 날 임명을 받은 그는 7일 동안이나 여러 가지로 생각에 생각을 거듭하다가 마침내 부임하기로 비장한 각오를 했다. 이번 농민봉기를 계기로 민씨 척족들을 몰아내고 서정을 개혁하는 단서를 만들어내자는 생각이었다. 그는 각오를 단단히 하고 지난 24일에 임금 앞에 나가 임지로 내려간다는 사폐辭陛를 올렸다.

"이 근래 백성이 난을 일으킨 것은 참으로 놀라운 일이오. 경은 부임하거든 한편으로는 효유하고 한편으로는 토벌하도록 하시오."

임금은 강온 양면 전략을 지시했다.

"아뢰옵기 황송하오나 백성의 괴로움이 오늘과 같은 때가 없었사
옵니다. 지방관들이 성상의 명을 받들어 성의聖意를 백성에게 제대
로 펴지 못한 것이 난을 기른 근본 원인인 줄로 아옵니다. 지금까지
성상께서 백성을 가엾게 여기시고 빈틈없이 마음을 쓰신 대로, 그
자애로우신 은교恩敎를 목민관들이 제대로 백성한테 시행을 했더라
면 비록 목석과 짐승이라 할지라도 감복하여 따르지 않는 자가 없었
을 것이옵니다. 순순하신 성교를 높이 받들어 취임하는 대로 있는
힘을 다하여 난군들을 귀화하도록 효유를 하겠사옵니다."

김학진은 한 마디 한 마디 또렷또렷하게 말했다. 임금은 한편으
로는 효유하고 한편으로는 토벌하라고 했으나, 김학진은 토벌은 빼
고 귀화하도록 효유하겠다는 소리만 했다. 임금의 말을 한쪽만 받아
들여 자기 뜻을 드러낸 것이다.

"백성이 정신없이 움직이다가 농사 시기를 잃게 되지 않을까 생
각하면 불쌍한 마음이 앞섭니다. 강경한 부류들은 말할 것이 없지마
는, 혹시 그자들 위협에 못 이겨 따라나섰다가 뉘우치고 귀화하는
자들은 안심하고 농사를 짓도록 따뜻하게 조처를 하시오. 무명잡세
를 심하게 거두는 일이 많이 있다고 들었소. 국법으로 정해진 것도
내기가 어려울 터인데, 하물며 과외로 걷는 것이 있으면 백성이 그
것을 어떻게 견디고 살아갈 수가 있겠소? 일일이 조사하여서 철저
하게 고쳐나가도록 하시오."

임금은 수령들 늑탈에 구체적인 관심을 보였다.

"무명잡세 가운데서 큰 것은 장계를 올려 허가를 얻겠사옵고, 작은 것은 신이 요량하여 마땅히 혁파하겠사옵니다."

"여러 고을이 소란했기 때문에 공납을 낼 수가 없어서 적체된 것이 있을 것 같으니, 그런 것은 나누어 내도록 하면 어떻겠소? 하나하나 엄격하게 조사해서 보고하도록 하시오."

"난이 일어난 고을은 그럴 것 같사오나, 난이 일어나지 않았던 고을은 어찌 난을 핑계로 공납을 적체할 수 있겠사옵니까? 그런 데는 영을 내려 기한 안에 내도록 하겠사옵니다."

"경에게 이런 직을 예사로 맡긴 것이 아니오. 경은 백성에 대한 나의 고심을 깊이 헤아려 백성에게 나의 뜻을 펴는 데 있는 힘을 다하기 바라오."

"삼가 심신을 돌보지 아니하고 소신에게 맡기신 임무를 만분의 일이라도 보답하겠사옵니다. 하오나……."

김학진은 말꼬리를 달아놓고 다음 말을 하지 않은 채 고개만 숙이고 있었다.

"더 할 말이 있는 것 같은데 무슨 말이오?"

임금은 김학진의 심상찮은 태도에 눈을 둥그렇게 뜨고 내려다보았다.

"전라도 형편이 두루 꼬이고 얽힌 듯하오니, 난군 우두머리들을 처리하는 일이며 농민들이 원하는 바를 처리하는 일 등 그런 일을 현지 형편에 따라 소신이 알아서 처리하도록 하여주시기 바라옵니다."

김학진은 또렷또렷하게 말했다.

"난군 우두머리를 처리하는 일까지 현지 형편에 따라 맡겨달라면 편의종사를 말하는 것이오?"

임금은 눈을 둥그렇게 뜨고 김학진을 내려다보았다.

"황공하옵니다."

김학진은 크게 고개를 주억거렸다.

"비록 전쟁을 하고 있다 하더라도 요사이는 전보가 있지 않소?"

임금은 웃으며 완곡하게 거절했다. 김학진은 그대로 고개를 숙이고 있었다. 고개를 숙이고 있는 자세가 완강했다.

"하하하."

임금은 다시 소리 내서 웃었다. 거절한다는 뜻을 그렇게 드러낸 것 같았다. 김학진은 그래도 고개를 숙인 채 버티고 있었다. 저만치 높다랗게 앉은 임금과 그 아래 부복하고 있는 김학진 사이는 꽤나 멀었다. 침묵이 흐르자 그 거리가 점점 더 멀어지는 것 같았다. 침묵은 그 거리를 꽉 메우고 있었다. 이내 임금이 껄껄 웃었다.

"허허, 정히 그렇다면 경의 뜻대로 하시오."

이내 허락이 떨어졌다.

"황공무지로소이다. 신명을 돌보지 않고 성상의 뜻을 백성에게 고루고루 펴겠사옵니다."

그제야 김학진은 깊숙이 고개를 숙이고 일어섰다. 김학진에게 편의종사의 윤허가 내렸다는 소문은 금방 조정 안에 퍼졌다. 대신들은 입이 떡 벌어졌다. 조정에 대적하고 나온 농민군 처리에 대한 권한까지 감사 한 사람한테 주다니 이만저만 놀라운 일이 아니었다. 누구보다 놀란 것은 민영준이었다. 그러나 그는 지금 실책을 거듭하고 있었으므로 감히 이의를 달고 나서지 못했다.

122

5월 4일 이른 아침이었다. 농민군 도소에 홍계훈의 글이 왔다. 두령들은 새벽까지 의논을 하다가 눈을 붙이는 둥 마는 둥 하고 아침밥을 먹으러 가려던 참이었다. 모두 눈을 밝혔다. 그러나 내용은 기대한 것과는 전혀 딴판이었다. 지난 1일 보낸 것보다 더 강경했다.

당장 무기를 가져와 바치고 항복하지 않으면 다시 포격을 하여 전주 성안이 너희들 무덤이 될 것이라는 협박이었다. 너희들은 무기를 탈취하는 불법을 저질렀을 뿐만 아니라 임금의 윤음을 가지고 간 선전관을 죽였으며 대원군으로 하여금 어쩌라는 따위 불궤의 말까지 기탄없이 하고 있으니 그 죄가 어떠한 줄 아느냐는 것이다.

두령들은 고개를 갸웃거렸다. 그때 김개남이 나섰다.

"어제저녁에 제가 말씀드린 대로 민가 일당과 조병세 같은 대신들이 따로 놀고 있는 것입니다. 나라를 걱정하는 조병세 같은 대신들은 농민군이 원하는 바를 받아들여 화약을 맺으라고 김학진한테 지시를 내린 것 같고, 청나라 군대를 이미 불러논 민가 일당은 나라야 어찌 됐든 청나라 군대로 하여금 농민군을 소탕하여 우환의 뿌리를 뽑자는 생각인 것 같습니다. 지금 홍계훈이 이런 소리를 한 것은 민가 일당의 지시에 따른 것이 틀림없습니다."

"그럼 김학진이 벌써 삼례에 왔다는데 뭘 하고 있을까요? 감사가 초토사는 마음대로 못하는 것일까요?"

손화중이 자문자답을 하며 고개를 갸웃거렸다. 모두 말이 없었다. 도대체 두루 알 수 없는 일이었다.

"홍계훈 이 작자 진의를 알 수 없으니 우리도 홍계훈 죄과를 들어 맞대매로 성토를 하고 나서는 것이 어떻겠습니까?"

이방언이었다. 한번 그래보는 것이 좋겠다고 했다. 몇 사람에게 초를 잡아보라 했다. 내용은 누가 잘못인가를 따지는 것으로 일관했다.

우리보고 무기를 탈취하여 기병을 했다고 탓하지만 감사부터 생민을 도살하지 않았는가? 국태공을 받들어 나라를 맡기자는 것이 어찌 불쾌인가? 선전관은 죽음을 자초한 것이다. 전쟁판에 나온 사람이 글은 보여주지도 않고 우리를 협박만 하였으니 스스로 죽음을 자초한 것이 아니고 무엇인가? 전주에 무차별 포격을 하여 증민을 수없이 죽이고 경기전을 파괴한 것은 옳은 일인가? 마땅히 징치해야 할 탐관오리를 조정에서 징치를 않으니 백성이 살기 위해서 징치하자는 것인데 그것이 무슨 죄란 말인가? 전주성은 국가에서 소중히 여기는 곳인데 성안에다 포격을 하고 봉산封山을 파서 유진하고 있으니 조정군으로 할 짓인가? 속죄하는 방법은 우리가 기왕에 바라는 바를 임금에게 제대로 올려 선처하는 것뿐이다. 그렇게 하면 생민이 기뻐할 것이다. 할 말은 이뿐이다.

대충 이런 내용이었다. 마지막 '우리가 기왕에 바라는 바'란 지난번 함평 현감을 통해서 보낸 폐정개혁에 대한 내용이었다. 이 말을 비추어 홍계훈의 뜻을 떠보자는 것이었다.

다음날인 5월 5일 아침 일찍 답신이 왔다. 두령들이 눈을 밝히며 몰려들었다.

무릇 백성이 억울하면 호소하고 호소하면 신원이 될 것이다. 신원할 방도가 없는 것도 아니거늘 군기를 탈취하여 관청을 부수고 인가를 태우고 백성 재산을 겁탈하고 가는 곳마다 범하지 않는 곳이 없으니 어찌 죄가 없다고 하겠는가? 더구나 윤음을 받들고 선유하러 간 관원을 죽였으니 어떤 죄로 다스려야 합당한가? 그러나 괴수 전명숙이 죽었다 하니 군기를 가져와 바치고 성문을 열어 관군을 맞이하면 관대한 처분으로 너희들 생명은 보존하여 줄 것이다. 민폐는 개혁해야 할 것은 개혁하겠다. 기왕에 기록하여 올린 조목들은 혼잡하고 이치에 맞지 않으므로 어리석은 백성을 현혹시키는 계략으로밖에 볼 수 없다. 관군을 맞아 조정의 호생지덕에 감복하기 바란다.

전봉준이 죽었다는 소리는 그제 부상을 당했을 때 성안에 잠시 떠돌았던 소문이었다.

"생명은 보장하여 주겠다는 말은 이번 봉기에 문책을 않겠다는 것이고 민폐를 개혁하겠다는 말은 우리가 요구한 것을 들어주겠다는 말이겠는데, 이것은 어제 왔던 글에 비하면 하늘과 땅 차입니다. 이런 말은 홍계훈이 독단적으로 할 수 없는 소리일 것입니다. 조정의 영을 받고 한 소리가 틀림없습니다."

최경선이 대목대목을 짚으며 두령들을 둘러봤다. 고압적인 표현은 여전했으나 그것은 관의 체통상 상투적인 소리인 것 같고, 내용은 최경선이 말한 대로 어제 보낸 글과는 커다란 차이가 있었다.

"그런 것 같습니다. 조정의 말을 얼마나 믿을 수 있을지는 모르겠으나, 어쨌든 조정에서 방침을 바꾼 것은 분명한 것 같습니다. 조병세 전보에서도 드러났듯이 민가 일당은 엉겁결에 외국 군대를 청해 놓고 겁이 난 것입니다. 그래서 우리한테 고압적으로 나왔다가 먹혀들지 않자 하는 수 없이 굽히고 나오는 것 같습니다."

손화중이 말했다. 두령들은 모두 고개를 끄덕였다. 그때 이싯뚜리가 종이뭉치를 하나 들고 뛰어왔다.

"이것을 경군들이 성벽에다 붙여놓고 달아났습니다."

홍계훈 이름으로 붙인 방이었다.

> 너희들은 전명숙한테 속고 있다. 성문을 열고 나오면 결
> 코 추격하거나 체포하지 않을 것이며 각 고을 수령들에
> 게 명하여 해를 끼치지 않게 하겠다. 이런 효유는 왕명을
> 받아 하는 것이니 어찌 거짓말이겠느냐. 듣지 않으면 곧
> 성을 부수고 들어가 초멸하겠다.

"농민군 군사들하고 우리 두령들 사이를 이간시켜 우리 내부를 교란시키자는 수작입니다. 단속을 철저히 해야겠습니다."

김개남이 말했다. 농민군들은 대포에 놀라 빠져나가는 사람이 많았으므로 그 약점을 이용하자는 속셈 같았다.

"여기서도 왕명을 받았다고 했는데, 이렇게 서두는 것을 보면 벌써 왕명을 받아놓고 강공책을 쓰다가 뜻대로 안 되자 지금 몹시 다급해진 것 같소."

손화중이 말했다. 점심때쯤 또 글이 왔다. 다시 성문을 열고 나오라고 한 다음, "충청도 양반들은 모두 귀화했다. 나라를 위해서 다행한 일이다. 끝내 듣지 않고 버티면 오늘 안으로 일대 접전을 할 것이다"고 역시 으름장으로 끝을 맺었다. 충청도에서 양반들이 일어났던 것은 아니고 충청도 사람들을 높여 부르는 말이었다. 충청도 여기저기서 산발적으로 일어났던 사람들이 보리 베기 철이 되자 기세가 잦아지고 있었다.

"조정이나 경군의 뜻은 충분히 드러났습니다. 이제 우리가 어떻게 대처해야 할 것인지 그 결정을 내려야 할 것 같습니다. 조병세가 신임 감사한테 말했듯이 지금 조정은 몹시 다급한 것 같습니다."

손화중이 말했다.

"조금만 더 기다려봅시다. 더 굽히고 나올지 모르겠소."

전봉준이 말했다.


그때 홍계훈의 방문을 본 농민군들은 여기저기 몰려 앉아 떠들썩했다.

"일판이 이렇게 되았으면 물러갔다가 다시 계책을 세우는 것이 좋잖으까?"

장흥 농민군 가운데서 나이 지긋한 사내가 한마디 했다.

"홍계훈이 물러가락 한다고 물러가자고라우? 시방 홍계훈이 똥줄이 땡개서 발싸심인데, 그렇게 매가리 없이 물러가려면 대창 들고 장흥서 여그까지 멀라고 왔소?"

장흥 묵촌 총각대방 이또실이었다. 어제 저녁부터 끼리끼리 귓속말로 속삭이던 이야기가 이제 한 고을 단위로 공론이 커지고 있었다.

"이얘기를 그렇게 맥을 톡톡 끊어서 해사 맛이여? 그럼 자네만 싸우러 오고 우리는 장흥서 여기까지 대창 들고 놀러왔단 말인가? 모두가 싸우러 왔제마는 형편이 형편인게 형편 따라서 일을 하자 이 것이여."

"형편이 형편인게, 첨이나 지금이나 형편이 달라진 것이 멋이오? 처음에 나설 때부터 한양으로 쳐들어가자고 나섰고, 경군하고 붙을 지도 알고 나섰고, 포탄이 떨어지면 죽을 각오도 하고 나섰지라우. 청나라 놈들이 온다고 하는데 청나라 놈들이라고 대가리가 둘 달리고 코가 열 개 달렸다요?"

이또실이 거세게 대들었다.

"내가 한마디 할 것인게 들어보시오. 아까 저쪽에 갔다가 순천 사람들 말하는 것을 들어봤는데, 그 사람들 말하는 것이 생각이 솔찮이 깊은 것 같습디다. 멋이냐 하면……."

화승총을 무릎에 놓고 앉은 사내가 차근하게 말머리를 잡았다. 젊었을 때부터 사냥꾼으로 늙은 사내로 장흥 농민군들한테 총질을 가르친 사람이었다.

"시방 홍계훈이 설사 난 강아지매이로 발싸심을 하는데, 진짜로 배탈이 나서 발싸심을 하는 놈들은 홍계훈이 아니라 조정 놈들이라 이 소리드만이라. 으째서 조정 놈들이 배탈이 나서 발싸심이냐 하면, 우리 넝민군이 장성서 홍계훈을 쳐부셨다는 말을 듣고 겁결에 청나라에다 원병을 청했느디, 원병을 청해놓고 찬찬히 생각을 해본게 청나라 군대가 들어와서 넝민군을 물리치고 나면 청나라 놈들이 콧대가 높아져갖고 조정 대신들을 종놈 부리듯 할 것 같거든이라."

사내는 풍성한 구레나룻을 쓰다듬으며 구수하게 이야기를 엮어나갔다.

"청나라 놈들 행티로 봐서 삼정승 육판서를 말짱 종 부리듯 할 판인데, 거기다가 일본 군대까지 들어와노면 상전을 모셔도 두 상전을 모시잖겠소? 한몸으로 두 상전을 모실라면 이 상전 눈치 볼라, 저 상전 눈치 볼라 안팎곱사가 될 판이오그랴. 그런게 이 미친놈들이 우리 넝민군한테 놀래갖고 술덤벙 물덤벙 호랭이 만난 놈 어미 부르듯이 때국 놈들한테 날 살려주씨오 해놓고 본게 일판이 넝민군 쫓을라다 늑대 불러들이는 꼴이 되아부렀소그랴. 늑대를 불러들여도 두 늑대를 불러들이게 되아부렀지라."

구레나룻은 말이 구수했다. 모두 헤벌쭉 웃으며 귀를 쫑그리고 있었다.

"그래서 시방 때국놈에다 왜놈까지 두 상전을 뫼시고 종노릇하는 것보담 넝민군들을 달래는 것이 좋겄다, 요렇게 의논이 돌아갖고 시방 발싸심이 난 것이라 이것이오. 우리 넝민군이 물러나도 때국 놈들이 배에서 내리기 전에 싸게 물러나 줘사 넝민군이 다 물러가 부렀은게 내리지 말고 돌아가시오, 이럴 수 있잖겄소? 형편이 이렇게 다급하게 생겨논게 발싸심을 해도 시방 정신없이 발싸심을 하겄지라."

"그런게 우리는 더 드세게 저놈들을 쳐부서사제라."

이또실이 거 보란 듯이 끼어들었다. 곁의 젊은이들도 그렇다고 맞장구를 쳤다.

"순천 사람들도 그런 소리를 하는데 그것이 말같이 쉬운 일이 아니네."

구레나룻은 절레절레 고개를 저으며 아까 빨다 만 곰방대를 물고 부시를 쳤다. 부싯깃을 대통에 누르고 한참 뻑뻑 빨았다. 자줏빛 연기가 구수하게 피어올랐다. 모두 숨을 죽이고 구레나룻을 보고 있었다.

"으째서 쉬운 일이 아니냐 하면, 청나라 군사에다 일본 군사까지 들어와노면 조선 땅덩어리가 몽당 그놈들 아가리에 들어가불지 모른다 이것이여. 그놈들이 들어오면 우리 넝민군이 인자 그놈들하고 싸워사 쓸 것인데, 우리가 싸워서 이기면 다행이제마는 지는 날에는 나라꼴이 뭣이 되겠는가? 조정 대신들만 그놈들 종이 되는 것이 아니라 우리 백성꺼정 전부가 그놈들 종이 되잖겄어? 그러면 빈대 잡을라다 초가삼간 태우는 꼴이 되잖을까, 으짠가, 내 말이?"

구레나룻은 곰방대를 빼들고 이또실을 향해 물었다.

"우리가 지기는 으째서 진단 말이오? 조선 팔도 사람들이 전부 일어나면 그 수가 얼만데 지기는 으째서 저라우?"

이또실이 소리를 질렀다. 옳은 소리라고 곁에서 덩달아 소리를 질렀다.

"안 봤는가? 장흥서 나설 때는 호랭이라도 잡을 듯이 큰소리 꽝꽝 치던 사람들이 시방 여럿이 신짝 뒤집어 신었잖은가? 나왔던 사람들도 이 꼴인데, 안 나온 사람들이 나올 턱이 있겄어? 그러면 우리만 달랑 남아서 싸워야 할 판인데 양총에다 대포에 회선포를 쏘아대면 우리가 무엇으로 막을 것인가? 나는 떠꺼머리 때부터 사냥에 미쳤던 사람이라 다른 것은 몰라도 총 속은 쪼깐 아네."

구레나룻은 곁에 놔두고 있던 화승총을 집어들었다.

"툭 까놓고 말인데, 양총에 비하면 이것은 총도 아니네. 양총 열 발 쏠 때 이것은 한 발 쏘기도 바쁜데, 사슬이 나가기를 얼마를 나가고 또 총이 맞은 자리는 어쩌던가? 더구나 회선포 보게. 거기다 대포는 으짜고?"

구레나룻은 고개를 절레절레 저었다. 총 맞은 자리를 말하자 지레 진저리를 치는 사람이 있었다. 화승총은 성능 자체가 약하기도 하지만 직방으로 맞아도 그냥 뚫고만 나가는데 양총이나 회선포는 그게 아니었다. 총알이 들어가는 구멍은 총알 크기인데 나온 구멍은 여남은 배나 컸다. 소총 발달사에서 일대 획을 그은 조우선 때문이었다. 모제르 소총이나 회선포는 총열 안의 조우선을 따라 총알이 회전을 하면서 나가므로 공기 저항이 적어 나가기도 멀리 나가지만 맞으면 휘젓고 나가므로 나가는 구멍이 몇 배 컸다.

"쌈을 총만 갖고 한다요? 황토재에서는 어떻게 이겼고, 장성서는 어떻게 이겼관데 총 타령만 하시오? 그런 소리 하실라면 혼자 돌아가시오."

저쪽에서 젊은이 하나가 소리를 내질렀다.

"맞네. 나는 총만 갖고 살아온 사람이라 오로지 총만 갖고 하는 소린게 그로코 치부를 하고 내 말을 더 듣고 이얘기가 다 끝나거든 말을 하게."

구레나룻은 능청맞게 받아넘겼다. 모두 비슬비슬 웃었다.

"하여간, 갈 사람은 싹 가고 남을 사람만 남읍시다. 갈 사람은 가는데, 갈라면 좋게 가제 남은 사람 맥 풀리게 쓰잘데없는 소리 하지 말고 가시오잉."

이또실이 을러댔다.

"같이 와갖고 갈 사람만 가다니 그것은 또 먼 소리여?"

"피양 감사도 자기 싫으면 마는 것인데, 가는 사람을 발목을 묶어 놓잔 말이오?"

"가는 사람 발목을 묶어놓자는 소리가 아니라, 이얘기를 조근조 근 해본 담에 가사 쓰겄으면 다 같이 가고, 싸워사 쓰겄으면 다 같이 싸우자 이 말이여. 의논을 할 때는 조근조근 의논을 하제 자네가 뭣 이관대, 이얘기를 툭툭 짜름시로 독장을 쳐?"

저쪽에서 나이 지긋한 사내가 소리를 질렀다.

"독장을 치기는 누가 독장을 쳐라우? 혼자 가기는 어섯없은게 우 물귀신 한 짝으로 발목을 끌어댕기는 소린데 그런 소리를 멀라고 듣 고 말고 해라우. 핑계 없는 묏등 있간데라우? 가고 싶으면 암말 말고 들 가시오."

"뭣이여, 누구한테 가라고 했냐?"

사내가 소리를 버럭 지르며 일어섰다. 곁에서 말렸다. 어디서나 비슷한 광경이 벌어졌다. 주먹다짐까지 벌어진 데도 있었다.

그때 전주 접주 서영두가 노인들 대여섯 명을 데리고 도소로 들 어섰다. 서문밖 상인들과 전주 노인들이라고 했다. 상인들은 모두 크게 도가를 내고 있던 사람들이고 노인들도 모두가 부민들 신망이 있는 사람이었다. 전봉준, 손화중, 김개남 등 네댓 사람이 앉아 있다 가 그들을 맞았다.

"우리는 이번에 집을 날린 사람들이오. 지금 경군이 싸움을 그만

132

하자고 나오는 것 같은데 농민군은 어찌할 참이오?"

간단하게 수인사가 끝나자 일행 가운데서 김가라는 노인이 차분하게 물었다.

"전주 사람들이 너무 크게 피해를 입어 우리도 할 말이 없습니다. 그러나 관속들은 거짓말을 밥 먹듯 하는 자들이라 관속들 소리는 믿을 수가 없습니다. 기왕 일어났으니 이번에 결판을 보아야 합니다."

김개남이 단호하게 말했다.

"농민군이 원하는 것을 개혁한다고 하는데 그래도 결판을 낸다면 멋을 결판을 낸단 말이오? 그러면 우리 전주 사람들은 모두 죽으란 소립니다. 더구나, 지금 청나라 군대가 온다는데 외국 군대까지 와 노면 전주는 무슨 꼴이 되겠소?"

"더 싸우려면 전주에서 나가서 싸우시오. 전주 사람들이 더 죽을 수는 없소."

노인들 말에는 시퍼렇게 날이 서 있었다. 그때 손화중이 나섰다.

"전주 사람들한테는 정말 면목이 없습니다. 우린들 저자들이 저렇게 험하게 나올 줄을 짐작이나 했겠습니까? 지금 농민군은 경군을 완전히 포위하고 있습니다. 지금 싸움은 중대한 고비에 이르렀습니다. 경군은 포탄이 다 떨어진 것 같으니 전주 사람들한테는 더 피해가 없을 것입니다. 그저게 성안에다 회선포를 쏘는 것 보면 짐작할 수가 있습니다. 그리고 지금까지 전주 사람들이 입은 피해는 나중에 오지그릇 하나까지 전부 변상을 하도록 할 작정입니다. 그러자면 전쟁에 이겨야 합니다. 조금만 기다려 주십시오."

손화중은 그럴 듯한 계책이라도 있는 것 같이 말을 했다. 노인들한테 한 말은 그대로 경군의 귀에 들어갈지 모른다는 생각 때문에 뒤를 두고 그만큼 자신 있게 말한 것이다.

"당장 청나라 군대가 몰려오고 일본 군대도 몰려올 것이라는데 농민군이 두 나라 군대를 물리칠 자신이 있단 말이오?"

"물리치든 어쩌든 전주에서 더 싸워서는 안 돼요."

"하여간, 조금만 기다려 주시오."

"안 됩니다. 당장 포격을 하면 우리는 언제 죽을지 모르오. 당신들이 원하는 것이 뭣이오? 우리가 중간에 들어서 중재를 하리다."

김가 노인이 타협적으로 나왔다.

"우리대로 계책이 있습니다. 영감님들께서 중재를 하시겠다면 저자들한테 가서 우리한테 항복을 하고 목숨을 빌라고 하십시오. 홍계훈한테 그때까지만 시간을 주겠습니다."

손화중이 자신만만하게 말했다. 노인들은 서로 돌아봤다. 손화중이 너무 자신 있게 나오자 노인들은 긴가민가하는 표정이었다.

"하여간, 한번 가보겠소. 그렇지만 앞으로 성안에는 포탄이 한 방이라도 더 떨어져서는 안 돼요."

노인들은 자리에서 일어섰다.


5월 5일. 농민군들은 감영 근처 부잣집에서 점심을 먹은 다음 널찍한 마당에 빽빽이 모여 앉아 담배를 피우거나 잡담을 하고 있었다. 홍계관 남사당패는 여기에서 판을 벌이기로 했다.

경군은 어제와 오늘 성안에 포를 한 발도 쏘지 않았으나 언제 변덕을 부리는지 몰라 객사를 피해 이 집에서 밥을 먹은 것이다. 두령들은 밤낮없이 모여 조정과 화약을 하느냐 그대로 싸우느냐로 의견이 크게 나눠져서 날카롭게 대립하고 있었다. 전봉준과 손화중 등은 화약을 하고 잠시 물러서자는 주장이었고, 김개남 등 몇 사람은 화약을 철저하게 반대하며 이대로 싸우자는 주장이었다. 김개남 태도가 이만저만 거세지 않았다. 간혹 큰소리가 오가기도 했다. 어제 다녀간 전주 노인들은 아직 오지 않고 있었으나 김개남은 조정에서 어떤 태도로 나오더라도 화약을 해서는 안 된다는 태도였다.

전주성 밖에서 경군을 포위하고 있는 농민군은 어제저녁부터 포위망을 좁히고 있었다. 손여옥이 거느린 원평 쪽 부대는 두 부대로 나누어 한 부대는 청도원고개를 넘어 완산 서남 방면을 물샐틈없이 에워싸고, 한 부대는 동남방 임실과 순창에서 오는 만마관을 중심으로 에워싸고 있었으며, 고영숙이 거느린 부대는 서북쪽에서 개미새끼 한 마리 빠져나가지 못하게 포위망을 두 겹 세 겹으로 싸고 있었다.

마당에 멍석을 깔고 앉은 농민군들은 오랜만에 느긋한 기분이었다. 자리가 모자라 담 위에까지 올라앉았다. 2천여 명은 모인 것 같았다.

"경군 첩자들이 성안에 득실거릴 텐데 이거 너무 위험하잖어?"

달주가 이싯뚜리한테 속삭였다.

"나도 그 생각을 하고 있는 참이구만. 골목에 파수를 더 세우고 단속을 잘해야 쓰겠어."

만약 경군들이 여기를 겨냥해서 포격이라도 한다면 큰일이었다. 두 사람은 바삐 골목으로 나갔다.

남원 변왈봉이 마당 한가운데서 자리를 정리했다. 이내 광대 명
창 배의근이 웃으며 마당 가운데로 들어섰다. 양이 멍석만한 갓을
쓰고 옥색 두루마기를 낭창하게 차려 입은 배의근이 부채를 들고
들어서자 군중은 환성을 지르며 박수를 쳤다. 고수가 따라와서 함
께 자리를 잡고 앉았다. 배의근이 대번에 소리가락을 힘차게 내질
렀다.

　　오림 산곡 양편으로 고성화광이 충천. 한 장수 나온다.
　　한 장수가 나온다. 얼골은 형산 백옥 같고 눈은 소상강
　　물결 같고, 큰 소래로 호령하되, 상산 명장 조자룡을 아
　　는다, 모르는다. 조조는 내빼지 말고 내 장창 받아라.

배의근은 목도 풀지 않고 대번에 엇모리 가락으로 질풍노도같이
내질렀다. 군중은 '좋다' '잘 넘어간다' 하고 추임새가 흐드러졌다.
　배의근이 한 대목을 정신없이 뽑고 나서 부채를 쭉 펴들며 한발
앞으로 썩 나섰다.
　"저그 완산에 굴 파고 들어앉은 홍계훈이란 놈은 금방 조조가 내
빼는 것매이로 내빼지도 못하고 시방 눈 오는 날 굴속 너구리 신세
가 되어서 발발발 떨고 자빠졌구만이라. 이놈이 며칠 뒤에는 우리
농민군한테 정신없이 쫓겨갈 판인데, 그 쫓겨가는 꼬라지가 꼭 조조
가 화용도로 내빼가는 꼬라지하고 영락없이 한 짝이것다. 이것은
《적벽가》 가운데 새타령인데. 적벽강에서 죽은 군사들이 그새 원조
가 되어갖고 조조를 보고 원망을 하는디……"

산천은 험준하고 수목은 총잡헌데, 만학에 눈 쌓이고 천
봉에 바람이 칠 적에…….

배의근이 우람한 중모리 가락으로 차근하게 뽑았다. 대목대목 새
소리 흉내가 일품이었다. 그때마다 농민군들은 '좋다' '잘 넘어간
다'며 신명이 났다.

소탱 소탱 저 흉년새…… 히삐죽 히삐죽 저 삐쭉새……
꾀꼬리 수르르 저 꾀꼬리새…… 까욱 까욱 울고 가는 저
가마귀, 장료는 활을 들고 살이 없다 서러 마라 수루루루
루 루루루루 저 호반새…… 화병아 우지마라 노고지리
노고지리 저 종달새…… 황개 호통에 겁을 내어 벗은 홍
포를 내 입었다. 따옥 따옥 저 따오기…….

배의근은 조조가 탄식하다가 갑자기 웃는 대목에서 소리를 끝냈다.
"하여간에 시방 조선 팔도가 농민군으로 들썩들썩 들썩이는데,
그 들썩이는 것이 겨울잠 자고 난 곰이란 놈이 흙구뎅이를 등으로
지고 일어나는 것매이로 땅덩어리가 바다부터 욱신거리구만이라.
그 들썩이는 속은 저 홍처사가 구시월 귀뚜라미 속인게 그 소식을
한번 들어보는데……."
저쪽에서 웃고 있는 홍계관이 웬 젊은이 두 사람을 거느리고 들
어섰다. 젊은이들은 수더분하게 생긴 것이 남사당패는 아닌 것 같은
데 웃으며 따라나오는 것이 그럴 듯한 사연이 있는 모양이었다.

"저는 남사당패 꼭두쇠 홍계관올시다. 내가 모시고 나온 이 어른들이 누구냐, 남사당패냐, 아니지라. 그라면 홍계훈 첩자냐, 아이고, 그럴 리가 있습니까? 그라면 엊그저께 북문에서 김문현이란 놈이 성을 넘어갈 적에 김문현 돈주머니 떼 갖고 내뺀 놈이냐?"

농민군들은 와 웃었다.

"주머니를 떼기는 뗀 어른들인데, 돈주머니가 아니라 양반 놈 씨주머니, 그런게 사람이 씨를 담고 댕기는 그 주머니 말이오. 그 주머니를 그냥 요렇게 잡아당겨갖고 칼로 요렇게 에어서 싹 발라놓고 불원천리 우리 농민군을 찾아온 어르신들이오."

홍계관은 이를 악물고 칼로 불알 바르는 시늉을 하며 익살을 떨었다. 군중이 배를 쥐고 웃었다.

"시원하게 잘해부렀소."

"난 사람은 당신들이 난 사람들이오."

농민군들은 박장대소를 하며 함성을 질렀다.

"그런게 이 두 분은 저그 충청도 음성 어느 참판인가 개판인가 하여간 어느 양반 놈 집에서 살다가 주인 놈 붕알을 까놓고 달려온 분네들인데, 이분은 문천검이란 이고 이분은 이승범이란 이오. 인사드리시오."

홍계관이 소개를 하자 두 사람은 웃으며 군중을 향해 앞뒤로 절을 했다. 군중은 소리를 지르며 박수를 쳤다.

"그런게 시방 조선 팔도가 농민군으로 들썩들썩하는데, 유독 충청도 사람들은 요새 양반하고 부자 놈들 붕알 까는 재미가 한 재민 것 같소. 그 사람들은 우리가 황토재로 몰려가던 날부터 청산이란 고을에 수천 명이 모아갖고 문의, 옥천, 진잠, 보은, 목천 등지를 짓밟고 지금도 한창 충청도 천지를 쓸고 댕기는 중이고, 경상도 사람들도 시방 진주에서 일어나고 하여간 한강 이남은 몽땅 농민군 세상이 되어버렸는데……."

홍계관은 농민군들이 관을 습격하여 관속들을 징치하고 토호와 양반들 집을 습격, 돈과 곡식을 빼앗아 가난한 사람들에게 나누어준 일들을 한참 소개했다.

"그중에서 유독 충청도 사람들은 양반들 붕알 까느라고 정신이 없는 모양인데, 이러다가는 충청도 양반들 씨가 마를 판이그만이라. 그 통에 수령이 겁을 집어묵고 담을 넘다가 다리가 부러지고, 저그 충청도 끄트머리 예산 군수란 놈은 땅나구를 거꾸로 타고 내빼다가 떨어져서 골통이 깨지고, 난리도 이런 난리가 없소. 땅나구에서 떨어져 골통이 깨진 예산 군수란 놈은, 아, 이놈이 얼마나 다급해부렀등가 변학도 생일잔치에 나갔던 수령들이나 적벽강 조조 한 짝으로 겁결에 말을 거꾸로 탔는데."

홍계관이 소리가락으로 내질렀다.

여봐라 정욱아, 날 살려라 날 살려라 날 살려라 날 살려, 조조가 겁집에 말을 거꾸로 타고, 여봐라 정욱아, 어찌 오늘은 이놈의 말이 퇴불여전하여 적벽강으로만 뿌드등 뿌드등 돌아가는구나…… 승상 말을 꺼꾸로 탔소. 언제 옳게 타겠느냐 머리만 떼어다 똥구멍에 박아라 박아라 박아라.

홍계관은 휘모리 가락으로 정신없이 주워섬기고 나서 부채를 펴며 웃었다. 군중은 배를 쥐고 따라 웃었다. 이 대목은 언제 들어도 통쾌한 대목이었다.

"그런게 예산 군수란 작자도 농민군이 들이닥친다는 소리에 정신없이 내빼다가 짐 싣고 가는 땅나구를 빼앗아서 홀딱 올라탔그만이라. 얼마나 겁을 묵었던가 땅나구를 타고 거꾸로 타고 제깐에는 사정없이 몬다고 양쪽 발로 땅나구 뱃구레를 콱 질렀소그랴. 땅나구를 꺼꾸로 타고 뱃구레를 질러버렸으면 어디를 질렀겠소. 지른다고 지른 것이 땅나구 양쪽 눈탱이를 팍 질러버렸소그랴. 워매, 한쪽 눈탱이도 아니고 양쪽 눈탱이에서 불이 난게 땅나구가 천장만장 뛰어오르는데, 그 통에 이 작자 대가리가 땅나구 뒷다리 사이로 물구나무를 서서 내리박힘시로 입은 땅나구 꼴랑지 밑에 뒷간을 지나갔그만이라."

"아따, 그놈 선하게 잘 되아부렀다."

군중은 폭소를 터뜨리며 악다구니를 썼다.

"이것이 내가 재담으로 하는 소리가 아니고 사실인게 거짓말 같으면 그것은 난중에 예산 사람들한테 물어보시고, 오늘은 이 두 사람이 참판 아들놈 붕알 깐 이애기부터 들어봅시다. 붕알을 깔 적에 어떻게 깠소? 너 이놈 이리 나오너라. 이래 갖고 아까 내가 숭내낸 것매이로 칼로 이래부렀소?"

홍계관이 왼손으로 불알을 툭 까는 시늉을 했다. 군중은 폭소를 터뜨렸다.

"그놈이 못 되아묵어도 아주 못 되아묵은 놈이그만유."

키가 껑충한 문천검이 떠듬떠듬 말했다.

"우리는 그 집 종인데유, 진잠서 양반 붕알 깠다는 소문을 듣고유, 우리 동네 소작인들도 그놈 붕알을 까사 쓴다고 의논을 합디다유. 그러글래 당신들은 가만있으라고 말래놓고 우리 두 사람이 나섰그만유."

문천검이 어색하게 웃으며 말했다.

"음, 소작인들이 깔라고 의논을 하고 있는데 소작인들보고 가만있으라 해놓고 당신들 두 사람이 깠다 이 말씀이구만이라. 가만 있자, 작인들이 나선 것 본게 그 작자 보나마나 소작료 짜기가 소태 같은 놈이었구만. 그래서 어떻게 깠소?"

"그놈은 예사로 험한 놈이 아닌데 저녁에 마누래 다루는 심은 시언찮았든가 마누래는 또 머슴하고 눈이 맞아갖고 내빼분 놈인데유, 우리도 그놈한테 이를 갈고 있던 참이라, 이놈을 할딱 벳개서 꽁꽁 묶어갖고유, 백 년도 더 된 대추나무에다 달아매놓고 깠지유."

그때 군중 속에서 웃고 있던 왕삼과 막동이 서로 건너다보며 눈을 밝혔다. 전에 삼례집회 때 마누라 찾으러 나섰던 작자가 아닌가 싶었다. 그도 고향이 음성이라 했고 참판 아들인가 뭐라 했다.

"아이고, 대추나무라우? 아니, 그 까시가 앙상한 대추나무 말이오? 워매 백년도 더 되었으면 까시가 송곳같이 모질 것인데, 할딱 벳긴 몸땡이를 그 대추나무에다 달아매놓고 일판을 시작했단 말이오?"

홍계관이 진저리를 치자 군중도 진저리를 치며 웃었다. 두 사람은 멋쩍게 웃고 있었다.

"할딱 벳갰으면 그냥 아무것도 안 입히고 여그도 덜렁 내놓고 그냥 할딱 벳개부렀소?"

홍계관은 요란스럽게 손짓을 하며 능청을 떨었다.

"아랫도리는 수건으로 싸줬그만유."

군중은 비슬비슬 웃었다.

"그놈은유 소작인덜이 잘못한 일이 있으면 잡아다가유, 그 대추나무에다 달아매놓고 매를 때리구유, 우리 종들도 잘못하면 거그다 달아매놓고 매를 때렸그만유. 그래서 우리도 그놈을 대추나무에다 묶었지유. 묶어놓고 동네 사람들을 모두 불렀그만유. 이놈아, 까시 맛이 으짜냐, 동네 사람들 앞에서 말을 한번 해봐라, 이런게 한번만 용서해 달라고 징징 울더만유."

"허허, 그 때려죽일 놈."

"그래서 내가 물었지유. 이놈아, 내 이름이 뭣이냐, 너는 유식한 게 잘 알 것이다. 내 이름은 하늘 천天 자, 칼 검劍자, 문천검이다. 그런게 이 칼은 하늘에서 내린 칼이다. 이러고 배코칼을 그놈 눈앞에다 들이댔지유."

문천검은 그사이 말길이 제대로 터졌다. 그는 칼을 겨누는 시늉까지 하며 웃었다.

"옳거니, 형장 이름이 하늘 천 자 칼 검 자, 하늘에서 내려온 칼이구만유. 허 참, 이름 한번 희한하네유. 어떻게 되어서 그런 이름을 짓게 되었소? 바쁘제마는유 그 까닭부터유 조깨 알고 갑시다유."

홍계관이 충청도 사투리를 흉내 내며 익살을 부렸다.

"그것은 저도 모르겠이유. 어렸을 적부터 천개미 천개미 그랬는데, 저는 천개미란 소리가 천한 개미란 소린 중 알고, 천한 개민게

142

개미매이로 부지런히 일만 해사 쓰는 중 알았구만유. 그런데 나중에 유식한 사람들 말을 들어본게 하늘 천 자 칼 검 자라지 않겠이유. 그래서 나이를 묵음시로 우리 아부지가 그런 이름을 지어준 뜻을 곰곰이 생각해 봤구만유."

군중은 고개를 끄덕였다.

"훌륭한 아버님을 두셨구만유. 그것은 그렇고 어떻고 붕알을 깠소?"

"그놈을 대추나무에 달아매놓고 여그 이승뱀이허고 지허고 둘이 동네 사람들 앞에 나란히 서서 동네 사람들헌티 말을 했지유. 이놈은 종자가 못된 종잔게 이런 종자가 더 퍼지잖게 우리 둘이 이놈 붕알을 까겠다. 당신들은 처자식도 있고 집도 있고 걸린 것이 많은게 오늘은 굿이나 보고 그대로 이 동네서 눌러살아라. 우리는 달랑 몸뚱이 하나씩뿐인게 우리가 일을 저지르고 동네를 떠날 참이다. 이놈이 붕알을 깐 담에도 정을 못 다시거든 그때는 당신들이 나서서 밤중에 몽뎅이로 패죽여부러라. 이러고 나서유 저 사람이 쥅놈 다리를 잡고 내가 붕알을 깔라고 헌게 주인 놈이 눈물 콧물 징징 움서 한번만 용서해 달라고 절절 빌더만유. 그래서 너 같은 놈은 용서해 줄 수 없다고 두말 않고 붕알을 발랐지유. 그 집에서 개를 두 마리 키우고 있는데 개들도 꼴랑지를 흔듬시로 귀경을 허드만유. 그래서 붕알을 개한테 던져줄라다가 그것은 너무 심한 것 같아서 대추나무 밑에다 파묻었지유. 그라고 나서 동네 사람들한테 존 세상 되면 다시 만나자고 하고 그 동네를 떠나왔구만유."

문천검이 웃으며 말을 맺었다. 군중은 잘했다고 악다구니를 썼다. 웃지 않고 숙연한 표정으로 듣고 있는 사람들도 있었다.

"허허, 그런게 양반 놈 붕알을 까서 개한테 던져줄라다가 말았구만이라우. 그런 놈 붕알은 개나 묵어사 쓸 것이오마는 하여간 그것도 잘했소. 나기는 참말로 당신들이 난 사람들이오."

홍계관이 다시 치사를 했다.

"우리가 잘나서 그런 것이 아니구유, 전라도 사람들이 이러고 싸운게 우리도 그 운김에 떠서 그 심으로 그런 일을 했지유. 충청도 사람들은 시방 부자놈들하고 양반 놈들을 닦달하느라고 모두 야단들인데유, 모두 이쪽 심 믿고 그러지유. 우리도 인자 여러분네들 속에 들어가서 싸울 것이구만유."

홍계관이 다시 치사를 하자 군중은 미친 듯이 고함을 지르며 박수를 쳤다. 문천검과 이승범은 얌전하게 절을 하고 나갔다.

충청도에서 양반 붕알 바르는 일이 유행하게 된 것은 진잠에서 신응조 손자 불알을 바르면서부터였다. 신응조는 척사위정파로 판서를 두루 거치고 나중에는 좌의정까지 오른 권신인데, 그 손자 신영일이란 자가 못된 짓을 많이 하여 농민들이 이런 도둑의 씨를 남겨서는 안 된다고 불알을 바른 것이 계기가 된 것이다.

그때 군중 속에서 왕삼과 막동이 두 사람 곁으로 갔다.

"한나 물어봅시다. 그 참관이란 작자가 머슴한테 마누래 뺏긴 작자라고 했는데 그 작자가 한때 마누라를 찾아댕긴 적 없소, 김말석인가 박말석인가 그런 작자 데리고?"

막동이 물었다.

"어떻게 그걸 아서유? 머슴헌티 마누래를 뺏기고 나서 환장을 해갖고 반년도 넘게 찾아댕겠그만유."

왕삼과 막동이 크게 웃었다.

"전에 그놈이 삼례집회 때 마누라 뺏어간 머슴을 찾으러 왔다가 우리한테 된통으로 한번 혼이 났소."

"그 소리는 우리도 말석한테서 들었구만유. 그것이 형장들이구만유. 말석이 그러는데, 그때 혼이 나도 되게 났다고 합디다. 그 머슴이 무주 적상산 화적패가 되었다고 해서 그 근처에서 얼씬거림시로 염탐을 하다가 화적들한테 걸려갖고 무지막지하게 얻어맞았더레요."

왕삼과 막동은 배를 잡고 웃었다. 그때 그 머슴이 적상산 화적패 속에 끼어들었다고 거짓말을 한 것인데, 제대로 걸려들었던 모양이다.

"마누라는 지금도 못 찾았소?"

"어디로 깊이 백힌 모양입디다유."

모두 웃었다. 놀이판은 사당패 재줏가락으로 판이 제대로 어우러지고 골목에는 별동대들이 저 멀리까지 늘어서서 눈을 밝히고 있었다. 달주와 이싯뚜리는 조바심이 나서 놀이판과 골목을 들락거리고 있었다.

"우리 광대들은 놀이판에 매여 사는 사람들이라 이렇게 판이 벌어지면 부모 죽은 설움이 있대도 제 설움은 뒷전에 두고 웃어야 하는 사람들입니다. 아시다시피 사당패 꼭두쇠 정판쇠씨가 저 세상으로 갔소. 오늘은 그 패 사당들이 나와서 고인의 극락왕생을 비는 뜻으로 한판 벌이겠소."

홍계관은 침통한 어조로 말했다. 사당들이 나왔다. 군중은 물을 뿌린 듯이 숙연해졌다. 길례도 끼여 있었다. 저쪽 담 밑에는 박성삼이 앉아 있다가 길례를 보자 얼굴이 돌덩이처럼 굳어버렸다. 사당들이 노는 자리는 언제나 피해버렸는데 오늘은 그들이 나타날 줄 모르고 있다가 길례를 본 것이다. 바로 그제 정판쇠 장례를 지냈으므로 설마 오늘이야 판을 벌이랴 싶었던 것이다. 사당들은 성주풀이 등 애조를 띤 노래를 몇 자리 합창했다. 판이 숙연했다. 다른 사당들은 모두 들어가고 길례만 남았다.

자리가 웅성거리기 시작했다. 정판쇠가 죽자 새삼스럽게 길례 집안 이야기며 박성삼 이야기까지 농민군들 사이에 화제가 되었는데 바로 화제의 주인공이 나타나자 청중은 한참 귓속말을 속삭였다.

쑥대머리 귀신 형용…….

길례는《춘향가》가운데 쑥대머리 대목을 불렀다. 박성삼은 그대로 앉아서 노래를 듣고 있었고 곁에 앉은 사람들이 박성삼을 힐끔거렸다.

적막 옥방의 찬 자리에 생각난 것이 임뿐이라. 보고지고 보고지고 한양 낭군 보고지고. 오리정 작별 후로 일장서를 내가 못 봤으니 부모봉양 글공부에 겨를이 없어서 이러는가? 연이신혼 금슬우지 나를 잊어 이러는가?

장중한 중모리가락을 애절하게 후려넘겼다.

손가락으로 피를 내어 사정으로 편지할까. 간장의 썩은 눈물로 임의 화상을 그려볼까. 녹수부용의 연 캐는 부용 녀와 채롱망채엽의 뽕 따는 여인네도 낭군 생각은 일반이라. 옥문 밖을 못 나가니 뽕을 따고 연 캐겠나. 내가 만일에 임을 못 보고 옥중 원귀가 되거드면 무덤 근처 있는 돌은 망부석이 될 것이요, 무덤 앞에 섰는 나무는 상사목이 될 것이요, 생전 사후의 이 원통을 알어줄 이가 뉘 있드란 말이냐.

소리를 끝낸 길례는 곱게 절을 하고 돌아섰다. 박성삼은 들어가는 길례 뒷모습을 멍청하게 보고 있었다. 청중들은 그제야 잠에서 깨어난 듯 박수를 치며 잠시 웅성거렸다. 노래 사설이 죽은 정판쇠를 그리는 소리도 같고 박성삼을 못 잊는 소리도 같아 어리둥절한 모양이었다. 박성삼은 넋 나간 사람처럼 그대로 앉아 있었다.

"그러면 이것으로 오늘……."

홍계관이가 그치겠다는 말을 하려 할 때였다.

"가만있으시오."

청중 속에서 소리를 지르며 성큼성큼 앞으로 나서는 젊은이가 있었다. 진도 장대가리였다.

"이만한 판에 진도 아리랑이 빠져사 쓰겄소. 우리 진도 사람들이 먹일 것인게 모두 같이 한판 얼립시다."

아리아리랑 스리스리랑 아라리가 났네에
아리랑 응응 아라리가 났네


장대가리가 어깨를 벌려 춤사위를 잡으며 소리를 내질렀다. 홍계관이도 같이 춤을 추며 얼렸다. 여러 사람이 어깨판을 벌리고 판으로 뛰어들었다. 주로 진도 젊은이들이었다. 여남은 명이 얼려 돌아갔다.


춥냐 더웁냐 내 품안에 들어라
베개가 높고 낮거든 내 팔목을 베어라


장대가리가 목청껏 뽑아댔다. 장대가리는 청이 제법이었다.


아리아리랑 스리스리랑……


청중들이 모두 일어서서 목청껏 소리를 지르며 어우러졌다.


산천에 맹감은 볼 받을라 말라 큰애기 젖통은 생길라 말라.
아리아리랑 스리스리랑……
씨엄씨 잡년아, 건기침 말어라
느그 아들이 웬만하면 내가 밤마실 돌까


청중들은 크게 웃으며 숫제 악다구니를 썼다. 고부 설만두와 김판돌도 나와서 우쭐거렸다.

씨엄씨 잡년아, 잠 깊이 들어라
담 너메 섰는 낭군이 밤이슬을 맞는다
아리아리랑 스리스리랑……
노다 가세 노다 가세 저 달이 떴다 지도록 노다나 가세

　노랫가락이 서툰 젊은이들도 좋아서 어쩔 줄을 모르고 무작정 뛰며 버럭버럭 악을 썼다. 마당이 둥둥 떠서 하늘로 올라가는 것 같았다.

# 5. 전주화약

　전주 접두 서영두가 어제 왔던 노인들과 함께 바쁜 걸음으로 도
소로 들어갔다. 몹시 긴장된 표정들이었다. 그들은 전봉준더러 따로
좀 만나자고 했다. 그러지 않아도 두령들은 회의를 하다가 잠시 쉬
는 사이 모두 나가고 없었다. 전봉준이 한쪽 방으로 맞아들였다.
　"지금 신관 김학진 감사 각하를 만나뵙고 오는 길입니다."
　김가는 낮은 소리로 속삭이듯 말했다.
　"감사를 만났단 말이오?"
　"예, 오늘 각하께서 위봉산성에 납시었습니다. 단오라 국태조 영
정을 모시고 다례를 지냈습니다."
　위봉산성은 전주 동북쪽에 있는 산이었다. 그들은 적잖이 흥분한
표정으로 말을 이었다. 그들은 홍계훈보다 감사가 백성 사정을 더
살펴줄 것만 같아 감사를 만나기로 하고 오늘 새벽같이 삼례로 갔더

니 위봉산성으로 다례를 모시러 갔다고 하여 그리 찾아가서 만났다는 것이다. 홍계훈도 다례에 참석을 했다는데 그들이 갔을 때는 이미 가고 없더라는 것이었다.

"신임 감사는 듣던 대로 민씨들 떼거리가 아닌 것이 분명했으며 진정으로 나라를 염려하시는 것 같았습니다. 경군이 불을 지르고 성 안에다 포격을 하는 통에 우리 전주 백성이 살 수가 없어 호소를 하러 왔다고 했더니, 앞으로 더는 그런 일이 없을 거라며 이제 나라를 건지는 길은 관과 민이 화해를 하는 길밖에 없다고 하십디다. 청나라 군대가 오늘 낼 사이에 군산포에 당도하지 않을까 싶다고 하시면서 외국 군대가 출동을 하기는 했지마는 관군하고 민군이 화약을 맺어 민군이 해산을 해버리고 나면 그들이 상륙할 구실이 없어지지 않겠느냐며 한시가 급하다고 하셨습니다."

전봉준은 고개를 끄덕이며 노인 말을 듣고 있었다.

"각하께서는 전봉준 장군님을 뵙고 간곡히 전하라고 이런 말씀을 하십디다. 국태공을 받들어 정사를 맡기라는 일은 어려운 일이니 그것만 빼고 백성이 원하는 것을 조목조목 내세우라고 하십디다. 그래서 알았다고 나오는데 감사 각하 종사관이라는 김성규란 이가 따라나오면서 하시는 말씀이, 국태공 받들라는 조목만 빼면 감사 각하께서는 무엇이든지 다 들어줄 것이니 입 벌어지는 대로 요구를 하라고 하십디다. 조정에서도 지금 민가들이 잔뜩 몰리고 있는 판이라 농민군이 해산만 한다면 웬만한 것은 다 들을 수밖에 없다는 것입니다."

김가는 김성규가 하더라는 말을 계속했다. 청나라 군대가 출동을 했으니 금방 일본군이 들어올 것은 빤한 일이다. 두 나라 군대가 들어오면 농민군이 풍비박산되는 것은 두말할 것도 없고, 나라 사직까지 온전할 것 같지가 않다. 청나라 군대와 일본 군대 무기는 지금 홍계훈 무기하고도 다르다. 감사 각하는 오늘 홍계훈을 욱대기다시피 하여 화약을 맺도록 다그쳤으니 이제 나라 앞날은 농민군이 어떻게 나오느냐에 달렸다. 대충 이런 소리를 하더라는 것이다.

"고맙소. 그렇지만 백성이 관리들한테 하도 많이 속아온 까닭에 저 사람들 말을 어디까지 믿어야 할지 알 수가 없습니다. 그러나 우리는 저 사람들보다 백성과 나라를 더 걱정을 하고 있습니다. 여러분께서는 우선 그 점을 믿어주시고 가서 기다리고 계십시오. 의논을 한 다음에 다시 부르겠습니다."

전봉준이 조용하게 말했다.

"좋은 소식을 기다리겠습니다. 우리도 농민군을 열 번 믿습니다. 그러나 전주 사람들 형편을 생각해 보십시오. 우리가 무슨 죄가 있습니까? 당장 이 사람만 하더라도 전주에서 둘째가라면 서러울 만큼 좋은 집이 잿더미가 되었고, 곳간에 천장만장 쌓아두었던 곡식과 포목 또한 잿더미가 되었으며, 심지어 어음 쪽이며 돈 한 푼도 못 챙기고 몽땅 재가 되어버렸습니다."

김가는 한참 동안 하소연을 한 다음 제발 화약을 맺으라고 간곡히 당부를 하고 물러갔다.

김학진은 오늘 위봉산성에서 태조 영정을 모시고 단오제를 지낸 다음 홍계훈한테 한시바삐 화약을 맺으라고 불같이 독촉을 했다. 홍계훈은 예예 했으나 도대체 어떻게 해야 할지 어리둥절했다. 민영준은 어제와 그제는 농민군들한테 폐정개혁을 약속하고 회유를 하라

152

고 하더니 오늘은 다시 공격할 준비를 하고 기다리라는 명령을 내려 보낸 것이다. 민영준은 병조판서이므로 그의 명령은 바로 조정의 명령인데 감사는 감사대로 화약을 맺으라고 닦달을 하고 있으니 홍계훈은 어느 장단에 춤을 추어야 할지 몰랐다. 군대의 위계로 보거나 사적인 관계로 보거나 당연히 민영준 명령에 따라야겠지만 김학진 말도 무시할 수가 없었다. 지금 조정에서는 권력이 공중에서 줄타기를 하고 있는 것 같은데, 자기한테는 황룡강전투 패전 책임에다 경기전에 오폭한 죄가 있었기 때문이다. 김학진 스스로 말했듯이 경기전 오폭은 그의 붓끝 하나가 어떻게 돌아가느냐에 따라 자기 모가지가 왔다갔다할 판이었다. 더구나 전투에 대한 전망도 비관적이었다. 병사들은 사기가 크게 떨어져 갈수록 군기가 풀어져 통솔이 어려운 판인데, 성안에 있는 농민군보다 밖에 있는 농민군 배후세력의 위협이 만만치 않았다. 남원과 순천에서 농민군이 몰려들고 있다는 정보까지 있었다.

김가가 물러간 뒤 전봉준은 혼자 생각에 잠겨 있는데 마침 손화중이 들어왔다. 전봉준은 손화중한테 김가가 한 말을 그대로 했다.

"잠깐 기다리십시오."

김성규가 하더라는 말을 듣고 난 손화중은 갑자기 전봉준 말을 멈춰놓고 얼른 밖으로 나갔다. 마당에 서성거리고 있는 파수병을 시켜 방금 나간 서영두와 노인들을 불러오라고 한 다음 다시 들어왔다.

"실은 그동안 두령들 몇 분하고 화약조건을 의논해 봤습니다. 김개남 두령하고는 더 이야기를 해봤자 김두령이 수그러들 것 같지 않으니 우리가 결단을 내려야 할 때가 된 것 같습니다. 마침 전주 노인들이 나섰으니 그 사람들을 시켜 화약조건을 보냅시다. 그동안 김덕명 두령, 이방언 두령 등 의논할 만한 분들하고는 거진 의논을 했습니다. 장군님과 의논을 하지 않은 것은 화약조건을 나 혼자 독단으로 제시한 것으로 해두려고 그랬습니다. 화약조건은 이것입니다."

손화중은 주머니에서 종이를 꺼내 전봉준 앞에 펼쳐 놨다. 너무 갑작스런 일이라 전봉준은 어리둥절한 표정이었다. 손화중이 자기 혼자 한 것으로 해두려 했다는 것은 전봉준과 김개남 관계를 생각해서 자기가 덤터기를 쓰겠다는 소리였다.

"사실은 조정보다 더 다급한 것은 우리 아닙니까? 화약은 사실상 우리가 물러날 명분을 얻자는 것입니다. 빠진 것이 많을 것입니다마는 이번에는 대충 이 정도만 요구합시다."

전봉준은 말없이 화약 조목을 훑어봤다. 12개 조목이었다. 대원군을 추대하라는 조목은 빼고, 농민들 생활과 관계되는 것이 주요 내용이었다.

1. 도인과 정부 사이에 *숙혐宿嫌을 *탕척하고 서정을 협력할 것.
2. 탐관오리는 그 죄목을 사득査得하여 일일이 엄징할 것.
3. 횡포한 부호배는 엄징할 것.
4. 불량한 유림과 양반배는 *징습할 것.
5. 노비문서는 소각할 것.
6. 칠반천인七般賤人의 대우는 개선하고 백정 머리에서 패랭이를 벗길 것.

7. 청춘과부는 개가를 허락할 것.

8. 무명잡세는 시행하지 말 것.

9. 관리 채용은 지벌을 타파하고 인재를 등용할 것.

10. 왜와 밀통한 자는 엄징할 것.

11. 공사채를 막론하고 모든 부채는 갚지 말 것.

12. 토지는 평균적으로 분작分作할 것.


"화약조건은 이 정도면 되겠습니다. 그런데 이런 중대한 일을 편법으로 해서야 되겠소? 좀 파란이 있더라도 공의에 부칩시다."

전봉준이 말했다.

"그러다가는 때를 놓칩니다. 한시가 급합니다."

전봉준은 한참 동안 고개를 갸웃거렸다.

"이런 일은 어차피 경위가 밝혀지기 마련입니다. 김장군한테 나도 모르게 손장군 혼자 했다면 너무 궁색스럽습니다. 터놓고 의논을 합시다."

"밝힐 때는 밝혀지더라도 우선 제가 한 것으로 해두시고 얼마간은 모른 척하고 계십시오."

전봉준이 안된다고 단호하게 말렸다. 지금 당장 두령들을 모아 회의를 열자고 했다. 손화중은 하는 수 없이 밖에서 기다리고 있는 노인에게 다시 연락할 테니 가서 기다리고 있으라 했다.

두령들이 모였다. 전봉준은 서문밖 김가가 한 말을 그대로 두령들한테 했다.

"모두가 얕은 수작입니다."

김개남이 단호하게 잘라 말했다.

"국태공 조목만 빼라는 소리를 들어보더라도 진심인 것 같지 않소?"

손화중이 나섰다.

"우리가 저 작자들을 하루 이틀 겪어봤소? 고부에 이용태가 올 때 벌였던 수작을 보시오. 어제도 말했지만, 우리가 여기서 물러서면 물러서는 순간이 바로 죽는 순간입니다. 지난번 고부보다 더 험한 꼴이 벌어집니다. 그런 꼴이 한두 고을이 아니라 이번에는 전라도 모든 고을에서 벌어집니다. 지금 홍계훈은 우리한테 완전히 포위되었습니다. 이미 군량이 떨어졌을 것이고 포탄과 총탄도 바닥이 났을 것입니다. 오늘부터 우리가 산발적으로 공격하여 실탄을 소모하도록 하면서 저자들 동태를 살피다가 총공격을 하면 충분히 승산이 있습니다. 산발적인 공격은 모두 내가 맡겠습니다."

김개남은 어느 때보다 침착하고 확신에 차 있었다.

"군량과 실탄이 바닥이 났을 것이라고 하지만 이번에 보니 홍계훈은 그렇게 무모한 뚝장이 아닙니다. 설사 김장군 말씀대로 여기서 홍계훈 군을 몰살시킨다고 합시다. 그러면 틀림없이 청나라 군대가 상륙할 텐데 그때는 어떻게 대처를 합니까? 그들을 대항해서 싸우려면 적어도 10만 명은 모여야 할 텐데 농사꾼들이 천장만장 쌓여 있는 농사일을 놔두고 더 나올 리가 만무합니다."

손화중이 반박을 했다.

"싸움은 무기만 가지고 하는 것이 아닙니다. 황토재와 황룡강에서 우리가 무기로 이겼습니까? 우리가 지금 경군을 제압하면 외국 군대도 우리를 섣불리 볼 수 없을 것이고, 외국 군대하고 싸움이 붙으면 지금 나오지 않고 있는 백성 태도도 달라집니다. 임진왜란 때나 병자호란 때 보십시오. 막판에는 거의 의병들이 싸웠습니다."

김개남은 백성에 대한 신뢰가 확고했다.

"싸움은 싸우지 않고 이기는 것이 최선이고, 애초에 싸움의 사단을 피해서 싸움을 벌이지 않는 것이 더 좋은 일입니다. 외국 군대하고 어려운 싸움을 하기보다는 처음부터 싸움의 사단을 없애자는 것입니다. 우리가 조건을 단단히 내세우고 화약을 하되 화약을 한 다음 우리는 무기를 들고 고을로 돌아가는 것입니다. 무기를 들고 우리 손으로 폐정을 개혁합시다. 지금 고부에서 김도삼 씨가 하고 있는 것같이 우리 농민군이 모든 일을 주장해서 고칠 것은 모두 우리 손으로 고치는 것입니다. 지난번 고부 같은 일을 염려하시지만 우리는 총과 창을 들고 있는데 그자들이 어떻게 맥을 춥니까? 하여간 농사일 끝날 때까지만 시간을 번다 생각하고 물러섭시다. 농사일만 끝나면 사정은 달라집니다. 그때는 5만 명, 10만 명도 일어날 것입니다."

"일을 너무 쉽게 보시는 것 같습니다. 지금 우리가 물러간다고 한번 출동한 외국 군대가 돌아갈 것 같습니까? 청나라나 일본이 우리 조정이 오란다고 오고 가란다고 갈 리가 만무합니다. 더구나 민가 일당들이 우리가 총을 들고 고을 일을 좌지우지하는 꼴을 보고 있겠습니까? 기왕에 내논 역적, 외국 군대를 불러온 김에 뿌리를 뽑고 말 것입니다. 설마 그러기야 하랴고들 생각하시는 것 같은데, 당장 이번에 양쪽 성문밖에 불 지르고 성안에 포탄 퍼부은 것 보십시오. 그런 일을 누가 꿈엔들 상상이나 했습니까? 저자들은 사람이 아닙니다. 여기서 물러서면 우리는 그대로 죽고 맙니다. 우리만 죽는 것이 아니라 전라도 일대가 전주성 서문 밖, 남문 밖 꼴이 되고 맙니다. 지금 조병세나 김학진 같은 자들한테 한가닥 희망을 거는 것 같은데, 그자들도 민가들 밑에서 굽실거리며 벼슬길을 타고 올라온 작자들입니다. 그자들이 설사 선의가 있다 하더라도 지금 하는 짓은 지난번 고부봉기 때 고부 군수 박원명이 한 짓하고 똑같습니다."

김개남이 입침을 튀겼다. 그때 전봉준이 나섰다.

"두 분 말씀 잘 들었습니다. 다른 분들도 말씀을 해보십시오. 중대한 일인 만큼 기탄없이 말씀을 하십시다."

전봉준은 두 사람 사이에서만 치닫고 있는 분위기를 누그러뜨렸다. 모두 한마디씩 하라고 한 사람씩 지적을 하자 두령들은 자기 나름대로 한마디씩 했다. 두령들이 사태를 보는 태도와 의견을 아우르면 대충 다음 여섯 가지였다.

첫째, 모두가 똑같이 외세의 개입에 대한 위기의식을 느끼고 있었다. 크게는 빈대 잡으려다가 초가삼간 태울지 모른다는 국가적 차원이었고, 작게는 당장 무기의 열세 때문에 승산에 확신이 서지 않은 데서 오는 것이었다.

둘째, 북접의 호응이 없이는 일이 어렵겠다는 생각들이었다. 북접은 호응은커녕 남접의 봉기를 극렬하게 비난하고 있었다. 충청도에서는 동학 접주들이 꿈쩍을 하지 않기 때문에 농민들이 자발적으로 일어나고 있으나, 구심점이 없어 조직도 규율도 엉망이라 떼 몰려다니며 양반 불알을 까는 따위 원한풀이를 하는 폭민이 되어가고 있었다. 수원이나 죽산, 안성같이 동학도 아닌 사람들이 앞장서서 상당히 조직적으로 결집을 한 곳도 있으나 지명도가 낮아 동학 두령들이 움직이는 것에 비할 수가 없었다.

셋째, 농민군이 크게 동요하고 있었다. 군사 훈련이 없고 조직이 약한 농민군은 홍계훈이 무차별 포격을 하자 겁을 먹고 도망치는 사람이 속출했으며, 홍계훈이 방문을 붙이자 지난번 고부 농민군이 해산하기 직전 박원명의 방문을 보고 그랬듯이 싸우자는 패와 물러가자는 패로 갈려 격렬하게 입씨름이 벌어지고 있었다.

넷째, 지금은 농번기라 시기가 최악이라는 점을 모두 지적했다. 지금 일손은 가을 추수 때와도 달리 시각을 다투었으므로 농민군은 하늘만 조금 꾸물해도 하늘을 쳐다보며 집안 걱정이었고, 거기에 포격에 대한 공포가 겹쳐 도망자가 더 많았다. 특히 외곽에 있는 부대에서는 더 심했다. 남원과 순천 등지에서 농민군이 몇백 명 오고 있다는 소식이 왔으나 전체 분위기를 돌리는 데는 영향을 주지 못할 것 같았다.

다섯째, 군량이 부족했다. 전주 밖에서 움직일 때는 부자들이 다투어 군량을 내놓아 군량 걱정은 없었는데, 지금은 외부와 연락이 여의치 않아 군량을 조달할 방법이 없었다. 전주 사람들이 거의 피난을 가버렸으므로 그런 집 식량을 가져올 수도 있으나 그것도 얼마 되지 않을 것 같았다.

여섯째, 전봉준의 부상이 농민군 사기에 크게 영향을 주고 있었다. 여태까지 갖가지 비결과 참언에 들떴던 농민군들은 그 연장선에서 전봉준이 부상당한 것이 불길한 조짐이 아닌가 고개를 갸웃거리고 있었다. 비결과 참언에 들떴던 만큼 전봉준의 부상이 농민군 사기에 주는 영향은 상상 이상으로 컸다. 더구나 전봉준이 부상을 당할 때 뇌성벽력이 쳤던 것하고 연결시켜 얼굴들이 더 어두웠다.

"말씀들 감사합니다. 이야기는 할 만큼 했습니다. 이제 화약을 하느냐, 이대로 항전을 하느냐 가부간에 결정을 내려야겠습니다. 화약을 하면 어떤 조건을 내세우고 화약을 할 것인가, 항전을 하면 어떻게 항전을 할 것인가, 세세한 방법을 놓고 따져본 다음에 결정을 해야 할 것 같습니다."

전봉준이 정리를 했다. 날은 진즉 어두워졌으나 두령들은 저녁밥도 먹지 않고 회의를 계속했다.

"우선 화약을 하면 어떻게 할 것인가 화약 조목을 놓고 이야기를 해보는 것이 좋겠습니다."

전봉준 말이 떨어지자 손화중이 나섰다.

"지난번에 함평에서 제시했던 조목을 바탕으로 그동안 사사로이 다른 두령들하고 의논한 것을 아우러서 내가 정리를 해보았습니다. 한번 보시고 의논을 합시다."

손화중이 차근하게 말하며 두령들 앞에 아까 전봉준한테 보였던 종이를 펴놨다. 두령들이 모두 들여다봤다. 김개남이 대충 훑어보고 고개를 돌렸다. 두령들은 화약 조목을 읽고 나서 김개남 얼굴부터 살폈다.

"지금까지 죽은 군사가 얼마고 전주에서 불타고 부서진 집이 몇천 채인데 이제 와서 이런 종이쪽지에 도장이나 받자는 게요? 여태까지 일판을 그르칠 대로 그르쳐놓고 도대체 이게 뭐요? 황토재 전투 끝나고 곧바로 홍계훈을 치자고 할 때 말린 것이 누구고, 황룡강

전투 뒤에 쓸어버리자고 할 때 말린 것이 누구요? 그때 홍계훈을 치지 않아야 민가 일당이 청나라 군사를 불러들일 구실을 주지 않을 것이라고 했소. 그런데 지금 어떻게 되었습니까? 그때 홍계훈을 없애버렸더라면 전주가 이 꼴이 되었겠으며, 경군 무기를 빼앗았더라면 지금 농민군 꼴이 이 지경이 되었겠소? 그런데 이제 와서 화약이오? 도대체 이런 꼴로 물러터지려면 처음부터 무엇 때문에 일어났소?"

김개남이 방바닥을 꽝꽝 치며 버럭버럭 고함을 질렀다.

"김두령, 황룡강 전투 뒤에 홍계훈을 쳤더라면 그들을 몰살시켰다고 어떻게 장담을 할 수 있소? 바로 그날 법성포에 증원군이 당도해서 저녁에 합류를 했지 않소? 조정군은 썩어빠졌지만, 그들이 가져온 무기는 여기서 보셨다시피 썩지 않았소."

손화중도 지지 않고 큰소리로 내질렀다.

"하여간, 절대로 화약은 안 됩니다. 몇 번이나 말을 해야 알겠소? 지난 번 고부에서 물러서자 바로 그런 험한 꼴이 벌어져서 백성이 섭산적이 되었소. 저자들은 사람이 아닙니다. 여기서 물러나면 파리 죽이듯 전라도 사람들을 전부 쓸고 맙니다. 그것은 개죽음이오. 농민군은 농민군대로 개죽음을 당하고 백성은 백성대로 작살이 나고 조정은 조정대로 외국 군대 손아귀에 들어가고 말아요."

김개남이 버럭버럭 고함을 질렀다. 손화중은 더 대거리하지 않고 입을 다물었다. 김개남이 너무 화를 내고 있었으므로 누그러지기를 기다리는 것 같았다. 다른 두령들도 말이 없었다.

"갈 사람들은 다 돌아가시오. 지금 농민군 가운데는 끝까지 싸울 사람이 얼마든지 있소. 나는 그 사람들과 청나라 군대건 일본 군대건 마지막 한 사람이 남을 때까지 맞받아 싸우겠소. 팔도에는 눈이 제대로 박힌 사람들이 얼마든지 있소."

김개남 입에서는 말이 아니라 불이 쏟아지는 것 같았다.

"고정하시고 의논을 더 해봅시다. 의논을 해보고 화약을 말자는 김두령 생각이 옳다면 나도 따르겠소."

이방언이 차근한 목소리로 달래고 나섰다. 김개남은 옆으로 고개를 돌리고 있었다.

"내 생각은 이렇습니다. 지금 외국 군대를 불러온 것은 민씨 일당이지만, 그 안다미를 우리 농민군이 뒤집어쓰게 생긴 판입니다. 그런데 다행히 조정 대신들 가운데는 농민군이 물러가면 이제라도 청나라 군대가 상륙할 구실이 없어지겠다고 서두르는 사람들이 있습니다. 그 사람들은 지금 민가 일당들한테 맞서서 지푸라기라도 잡아보려고 버둥거리고 있습니다. 그런 사람들 말발을 세워주고 힘을 돋아주기 위해서라도 우리가 잠깐 물러서자는 것입니다. 그랬다가 일판이 제대로 돌아가지 않으면 다시 일어섭시다. 그때는 농민들도 보리타작이며 모내기며 바쁜 일에서 손이 빠집니다. 지금하고는 사정이 다릅니다. 우리가 내세운 화약 조건을 조정이 들어준다면 우리는 그만큼 승리를 한 것입니다. 그만큼이라도 이겼으니 우리 체면도 서고, 다음에 일어날 명분은 명분대로 남겨놓는 셈입니다. 하여간 사태가 여의치 않으면 다음에 다시 일어서자는 것이니, 결국은 김장군 생각하고 크게 차이가 나지 않습니다."

이방언이 마디마디 힘을 주어 말했다.

"손바닥만한 동네 사람들도 한번 흩어지면 모으기가 어려운데 다시 모으기가 쉬운 일입니까? 더구나 민가들이 다시 모으라고 그냥 두겠습니까?"

김개남은 조금도 태도를 누그리지 않았다. 그때 김만수가 문을 열었다. 노성에서 박성호가 가져온 것이라며 종이쪽지를 하나 내밀었다. 종이를 읽은 전봉준 얼굴이 굳어졌다.

"일본 군대가 인천에 당도했습니다."

전봉준이 종이쪽지를 방바닥에 펴놓으며 말했다. 조병세가 김학진한테 보낸 전보였다. 일본군 선단 15척이 인천에 당도했다. 선단 규모로 보아 군사는 1만여 명이 넘을 것으로 추측되며 대포며 소총이며 최신 무기로 무장한 것이 틀림없다. 청나라 군대는 이미 아산만에 정박 중이다. 빨리 화약을 성사시키라. 이런 내용이었다.

"1만 명?"

두령들은 입이 떡 벌어졌다. 김개남도 허탈한 표정이었다. 실제 일본 군대는 6천 명이었으나 조정에서는 선단의 규모를 보고 그렇게 추측했던 것이다.

"아직 상륙은 하지 않은 모양입니다. 일본 군대는 우리 조정이 청한 바가 없으니 아무리 무뢰배들이라도 조정의 승낙 없이는 상륙하지 못할 것입니다. 1만 명이라면 얼마나 많은 군대입니까? 썩어빠질 대로 썩어빠진 조정군 천여 명도 만만치 않았습니다."

이방언이 김개남을 보며 간곡하게 말했다.

"이제 일은 갈대로 가버렸습니다. 조정의 허락 없이는 상륙을 못할 것이라고 하셨는데, 저자들이 우리 조정을 조정으로 보는 줄 아십니까? 1만 명이나 군대를 싣고 몇천 리 바닷길을 달려온 사람들이 상륙하지 말라 한다고 상륙하지 않고 돌아갈 것 같소? 이제부터 우리가 싸워야 할 적은 바로 일본입니다. 나는 이제부터 혼자 싸우겠소."

김개남은 말을 마치며 자리에서 훌쩍 일어서버렸다. 남응삼 등 다른 두령들도 따라나섰다.

"다음을 위해서라도 당장 우리가 백성 원망은 듣지 말아야지 않겠습니까?"

이방언이 간곡하게 말했다. 그러나 김개남은 대꾸도 하지 않고 문을 박차고 나가버렸다. 김개남은 바쁜 걸음으로 대문을 나섰다. 밖에 있던 남주송, 변왈봉 등 부하들이 뒤를 따라갔다.

"이제부터 결단코 저런 소심한 책상물림들하고는 상종을 않을 것이다."

김개남은 씹어뱉듯 혼잣소리를 하면서 자기 부대가 있는 쪽으로 바삐 갔다. 두령들은 허탈한 표정으로 앉아 있었다. 김개남보다 일본군 1만 명이란 소리에 몽둥이 맞은 표정들이었다. 전봉준은 저녁을 먹고 잠깐 쉬었다 회의를 계속하겠다고 했다.

"김장군은 어디로 가셨지요?"

이방언이 근심스런 표정으로 손화중한테 속삭였다.

"설마 홍계훈이야 치러 갔겠습니까?"

손화중은 대수롭지 않게 말했으나 얼굴은 굳어 있었다. 저녁을 먹고 난 두령들은 아까 회의 때 했던 이야기는 한마디도 하지 않았다. 모두 김개남이 어디로 갔는가 그게 궁금한 모양이었으나 그 말도 하지 않았다. 한참만에 이방언이 돌아왔다.

"김개남 장군님은 군사들을 이끌고 남문을 나갔습니다."

이방언이 말했다.

"완산으로 쳐들어갔단 말이오?"

전봉준이 깜짝 놀라 물었다.

"남원으로 간 것 같소."

두령들은 말없이 서로를 봤다.

"김개남 장군은 나중에 내가 한번 만나겠소. 이대로 회의를 계속합시다."

손화중이 말했다.

"너무 중대한 일이라 모두가 의견이 합쳐지기는 어려운 일입니다. 그럼 김개남 장군은 손화중 장군께서 맡아서 이야기하기로 하고 다시 회의를 하겠습니다."

전봉준이 김개남 문제를 정리한 다음 회의를 계속했다. 회의는 일사천리로 진행되었다. 화약 조건을 보내기로 한 것이다. 다음날 아침 서문밖 노인을 불러 화약 조건을 들려 홍계훈 진으로 보냈다. 두령들은 초조하게 결과를 기다렸다. 김가 노인은 점심때가 되도록 오지 않았다.

"조정에다 알리고 조정에서는 상감 윤허를 받자면 시간이 걸리겠지요."

손화중이가 여유 있게 말했다.

그날 저녁 밤중이 넘어서야 김가가 달려왔다. 그러니까 5월 7일(양력 6월 10일)이었다.

"홍대장께서 이걸 주셨습니다."

김가가 전봉준 앞에 봉투를 하나 내놨다. 전봉준은 봉투를 뜯어 두령들 앞에 폈다. 두령들은 튀어나올 것 같은 눈으로 읽어내려갔다.

우리가 다 한가지로 성상의 적자이면서 한 집안에서 총 칼을 겨누는 것은 형제간에 서로 싸우는 것과 다름이 없는 일이로다. 동학이 적어올린 여러 가지 조목은 모두가 우 리 뜻과 다름이 없는 바, 성상께 바로 주청하여 실시케 하리라.

두령들은 글발을 읽고 나서 서로 얼굴을 봤다. 같이 읽고 난 김가 는 이상하다는 듯이 고개를 갸웃거렸다.

"이것을 직접 홍계훈이 주던가요?"

손화중이 물었다.

"그렇습니다. 홍대장께서 우리더러 기다리라 해놓고 하루 종일 초조하게 기다리는 것 같더니 홍대장께서 손수 그걸 건네주셨습니 다. 그런데 그것을 건네면서 우리한테 하신 말씀하고 여기 적힌 말 씀하고 조금 다른 것 같습니다. 우리한테 말씀하실 때는 우리더러 고생한다고 치하를 하신 다음에 동학도들이 적어올린 대로 조정에 서 다 들어주기로 했다고 하셨습니다. 그래서 그사이 조정으로 전보 가 왔다갔다하느라고 그런 줄 알았더니, 여기에는 조정에다 상주를 하겠다고 씌어 있그만요."

김가는 고개를 갸웃거렸다.

"허락을 받아놓고도 뒤를 두는 것 같소."

손화중 말에 김가는 고개를 끄덕이고 나서 말을 이었다.

"홍장군께서는 동학군들이 돌아갈 때 관에서 붙잡을 것이 염려되면 물침표를 만들어주겠다고 하셨습니다."

"우리 가운데 누구를 만나자거나 그런 말은 없었소?"

"없었습니다."

"잘 되었습니다. 만나서 도장 찍고 어쩌고 해보았자 나중에 관에서 파기를 하기로 들면 도장이 말하겠습니까? 더구나 우리는 물러가더라도 총을 들고 개혁을 할 판인데 총은 관에 돌려주어야 한다는 소리라도 나오면 골치 아프겠지요."

손화중이 웃었다.

"이제 화약은 이루어졌습니다. 경군하고 다시 만나서 이러쿵저러쿵 번거롭게 이야기할 필요도 없을 것 같습니다. 주청하겠다고 했으나 감사와 합의가 이루어진 것도 틀림없고 전체 문면으로 보아 상감의 윤허가 내린 것도 틀림없으니 주청하겠다는 말에 개의할 것이 없습니다. 그런 표현은 민을 상대로 하는 관속배들의 잔졸한 행티에 불과합니다. 이제 우리가 내세운 폐정개혁 조항은 상감이 재가를 하신 것인 만큼 이 화약 조항은 우리 농민군하고 조정 사이에서 이루어진 약속입니다. 조정 쪽에서 보면 이렇게 개혁을 하라는 어명이고, 우리 농민군 쪽에서는 이렇게 개혁을 한다는 선포입니다. 사실이 이런 까닭에 이 개혁을 하는 데도 우리 농민군하고 각 고을 수령이 같이 개혁을 해야 합니다. 우리는 총을 들고 고향으로 가서, 관아에 도소를 차리고 수령과 대등하게 폐정을 조목조목 개혁해나가야 할 것입니다."

전봉준은 화약 조건의 성격과 실행에 대한 원칙을 말했다.

"지금 농촌 일손은 시각을 다투고 있습니다. 내일 아침 일찍 각 고을별로 돌아갑시다."

"돌아가더라도 여기서 폐정개혁 조항을 놓고 하나하나 개혁 범위와 시행 방법을 의논해야 하지 않겠소?"

송희옥이 말했다.

"하나하나 세밀하게 따지자면 한이 없을 것 같습니다. 이대로 돌아가서 고을 형편에 따라 고을별로 시행을 해봅시다. 그사이 전봉준 장군께서는 각 고을을 돌아다니며 문제점이 있으면 이렇게 하라고 대장 명의로 통문을 띄워 알리는 것이 어떻겠습니까?"

손화중이 제의를 했다. 전봉준한테 화약 조목 시행에 대한 재량권을 주자는 것이었다. 전봉준의 위상을 새롭게 정립하자는 제안이기도 했다. 군사 조직으로의 대장의 권한을 화약 조목 시행에까지 그 권한을 확대하자는 것이었다.

"좋습니다. 각 고을을 도시다가 문제가 있으면 그 근방 두령들하고 의논을 해서 대장 명의로 고을에 통문을 띄워 영을 내리시지요."

김덕명이 동조를 했다. 모두 좋다고 했다.


5월 7일. 일본공사 오토리는 육전대 420명과 일본 순사 20명을 이끌고 한양을 향해 진군했다. 대포까지 4문이나 앞세운 오토리의 기세는 마치 자기 군대들이 이미 점령해놓은 나라에 들어오는 개선장군 같았다. 일본기와 고적대까지 앞세우고 한강을 건너 거침없이 남대문으로 들어섰다. 한양은 무방비 상태였다. 한양을 수비하던 군대는 농민군을 진압하러 거의 남하하고, 장위영병 일부와 평양에서 온 기영병이 한양을 지키고 있었다. 그들은 너무도 당당하게 들어오는 일본군 기세에 눌려 멍청하게 보고만 있었다. 저렇게 당당히 들어올 적에는 조정의 허락이 있었으리라 생각하는 것도 같았다.

어제 조병세가 김학진한테 보낸 전보대로 일본 함대는 인천에 도착했다. 일본 군대는 거침없이 부두에 군함을 대고 상륙을 시작했다. 일본군은 배에서 내리는 모습도 당당하고 규율도 일사불란했다. 인천 사람들은 모두 벼락 맞은 사람들처럼 말없이 일본 군대가 상륙하는 것을 구경하고 있었다. 대포 수십 문과 군수품이 산더미처럼 부두에 쌓였다.

"제1진 출발! 목표는 막영 예정지."

일본군 장교가 명령을 내렸다. 제1진이 한양 쪽을 향해 행군을 시작했다. 그러나 나와서 웬 군대냐고 묻거나 항의하는 조선 관원들은 아무도 없었다. 일본군은 여남은 대로 나누어 나팔소리도 요란스럽게 인천 시가지를 행진했다. 대포 수십 문을 앞세우고 뒤에는 엄청난 군수품을 끌고 시가지를 가로질렀다. 누런 단추가 두 줄로 촘촘히 번쩍거리는 옷에 칼을 꽂은 총을 메고 일사불란하게 대오를 지어 당당하게 시가지를 지나 한양 쪽으로 갔다. 그들은 한양 쪽으로 한참 가다가 부천에 멈추었다. 들판에 막영을 설치하기 시작했다.

조정은 일본군 선단 15척이 인천에 도착했다는 인천 전보국의 전보를 받은 뒤부터 도무지 갈팡질팡 어찌할 줄을 몰랐다.

넋 나간 사람처럼 입만 벌리고 있던 민영준은 떨리는 소리로 예조에 전화를 걸었다.

"일본공사관으로 사람을 보내 알아보시오."

대신들은 민영준 방으로 몰려들어 군대가 얼마나 왔는가, 조정의 허락도 없이 상륙을 하다니 이럴 수가 있단 말인가, 푸념도 아니고 개탄도 아닌 소리만 씨월거렸다. 예조에서는 *네미룩내미룩하다가 한참만에 참의가 일본공사관으로 달려갔다.

청나라 통리아문도 역시 인천서 친 전보를 받고 조선 조정하고 똑같이 호떡집에 불난 꼴이었다. 천진으로 전보를 쳐라, 조선 조정에 사람을 보내 경위를 알아봐라, 야단법석이었다.

예조 참의가 일본공사관으로 들어갔다. 어찌된 일이냐고 따졌다.

"지금 공사 각하께서 한양으로 오고 계십니다. 전하를 직접 배알하고 말씀드릴 것입니다."

참의는 어리둥절했다.

"도대체 군대는 어찌된 것이오?"

"그것도 공사 각하께서 전하께 말씀드릴 것입니다."

일본공사관 관리는 웃으며 말했다. 참의는 벼락 맞은 꼴로 돌아섰다.

한양에 들어온 일본공사 오토리가 임금을 알현하러 온다는 전갈이 왔다. 조선 조정은 위로는 임금에서 아래로는 궁녀에 이르기까지 모두가 비 맞은 겨울 장닭처럼 썰렁한 표정으로 넋이 나간 꼴들이었다. 오토리는 당당하게 궁중으로 들어섰다.

"남도 인민들이 강성하여 한양 함락 또한 조석에 달려 외국 군대를 청하신 줄로 아옵니다. 우리 정부도 황제 폐하 유지를 받들어 특별히 사신에게 명하여 군사를 이끌고 가라 하옵기에 달려왔습니다.

우리 군대가 출동한 것은 우선 우리 공사관과 상인들을 보호하자는 것입니다. 그러나 만일 귀국 요구가 있으면 같이 난도들을 쳐서 귀국과 친목을 돈독히 하고자 합니다."

오토리는 자기가 군대를 끌고 온 것이 자기네 공사관과 상인들을 보호하기 위한 것이라고 구실을 들이댔다. 임오군란과 갑신정변 때 그들이 피해를 본 일이 있으므로 이 소리는 조선 정부로서는 여간 아픈 곳이 아니었다. 그는 계속했다.

"하오나 난군들이 도망하여 전주를 회복하기에 이르렀다 하오니 경송하여 마지않는 바이올시다."

고종은 듣고만 있었다. 오토리는 농민군이 오늘 새벽부터 전주성을 빠져나가고 있다는 사실을 벌써 알고 있었다.

"대체로 우리나라와 귀국은 동방에 가까이 있어 서로 도와야 할 사이입니다. 세계 열방의 대세를 보건데, 정치와 교육과 재정, 그리고 농사를 권하고 장사를 장려하는 일 등 어느 것 하나 스스로 부강해지려고 노력하지 않는 나라가 없으며 나아가 천하를 응시하지 않는 나라가 없습니다. 이런 대세를 보지 못하고 옛날의 법에 얽매여 눈앞에 닥친 어려움만을 그때그때 벗어나려고 한다면 어떻게 열강에 낄 수 있겠습니까? 우리 정부는 사신에게 명하여 귀 정부와 좋은 방법을 강구하여 서로 돕고 의지하도록 하라고 하셨습니다. 엎드려 바라옵건데, 칙령을 내리시어 우리 조정에서 지난번에 올리신 건의를 여러 대신들로 하여금 깊이 의논하게 하시면 우리 대황제께서 이웃을 생각하시는 뜻을 저버리지 않는 일이 될 것입니다."

일본의 도움으로 내정을 개혁하라는 소리였다. 일본은 얼마 전에 조선이 고쳐나가야 할 내정개혁 내용을 5장 16조로 정리해서 조선 정부에 건의한 일이 있었다. 오토리는 난도들이 일어났다고 해서 난도들 소란만을 진압하려고 외국 군대를 불러오는 따위 눈앞에 닥친 불만 끄려고 할 것이 아니라 일본이 건의한 대로 내정을 개혁하면 난도들 불만도 스스로 가라앉을 것이고 나라가 부강해질 게 아니냐는 가락이었다. 그런 개혁을 하는 데 자기들이 거들어주겠다는 것이다.

"고마운 말씀입니다. 이제 난도들이 퇴거하였으니 청나라 군대도 돌아갈 것입니다. 외국 군대가 우리나라에 주둔하면 백성이 놀라고 다른 나라도 의심하는 눈초리로 볼 것입니다. 귀국의 군대도 같이 돌아가도록 조처하시기 바랍니다."

고종이 떨리는 목소리로 말했다.

"난도들이 일시 물러갔다 하나 그들은 전부터 이합집산이 무상하였으며 그때마다 유독 우리나라 공사관과 상인들에게 적의를 보였사옵니다. 전과 같이 우리가 또 난도들 피해를 입는다면 난도들 때문에 두 나라 사이에 여러 가지로 말썽이 생길 듯하여 우리 정부는 그것을 크게 염려하고 있사옵니다."

오토리는 자기 공사관과 자기 나라 상인의 보호를 물고 늘어졌다.

"그런 일이 없도록 우리 조정에서 여러 가지로 조처를 할 것이오."

"그런 염려가 없어지기를 바라겠습니다."

오토리는 끝내 물러가겠다는 말은 하지 않고 자리에서 일어섰다. 고종은 허탈한 표정으로 돌아서는 오토리의 뒷모습만 보고 있었다.

일본이 조선 조정에 건의한 개혁 조항은 그 내용만 놓고 보면 조선으로서는 모두가 시급하게 개혁을 해야 할 것들이었다. 그들은 조선의 내부 사정을 너무도 정확히 보고 있었고 개혁내용 또한 정곡을 찌르고 있었다. 그러나 민씨들은 처음부터 거들떠보지도 않았고, 다른 대신들은 이런 건의를 한 일본의 속뜻을 의심하고 있었다.

1. 쓸데없는 관원을 감하고 문벌의 차별 없이 재덕이 있는 인재를 뽑아 쓴다.
2. 안팎의 대권은 모두 정부에 돌리고 그 아래 6부를 둔다.
3. 왕궁과 정부는 구별하여 서로 간섭하지 못하게 한다.
4. 8도가 현으로 너무 세분되었으니 서로 합쳐서 경비를 줄인다.
5. 뇌물로 벼슬한 자는 내쫓고 봉급을 넉넉히 주어 재물을 탐하지 않게 한다.
6. 뇌물을 받은 관원은 엄하게 다스린다.
7. 경향의 관리는 상업을 경영하지 못하게 한다.
8. 전국의 재정을 세세히 밝혀서 들어오고 나가는 것을 규제하는 법을 정한다.
9. 국내의 토산을 일일이 조사해서 세법을 정한다.
10. 도로를 평탄하게 넓히고 한양에서 통상하는 항구까지 철도를 놓는다.
11. 각 해관은 정부가 관리하며 외국의 간섭을 받지 않는다.
12. 법을 정하여 죄인을 공정하게 처리한다.
13. 군대를 증원하고 무관도 글 읽는 사람을 써서 문무의 재능을 갖추게 한다.

14. 도성과 각 요소에 *순포방을 설치한다.

15. 학교 설립규칙을 제정, 각 도에 유학당幼學堂과 중학
    교와 전문학교를 세워 서양의 예를 좇는다.

16. 학교에서 우수한 인재를 뽑아 외국에 보내 학업을 익
    혀 후일에 올려 쓴다.


　황현黃玹 같은 유생도 일본이 건의한 개혁 내용에 대해서, 이런 개
혁을 미리 했더라면 어찌 오늘 같은 화를 당하겠느냐면서, "나라는
반드시 제 손으로 망하게 한 다음에 남이 공격한다"고 개탄했다.

# 6. 이홍장과 이토

5월 7일 오전이었다. 임군한은 졸개들을 거느리고 함열로 달리고 있었다. 장호만 패와 김확실 패 등 갈재 패 두 패와 김갑수 패 등 대둔산 한 패, 그리고 배농지기 등 함열 젊은이들 다섯 명이었다.

길이 먼 농민군들은 새벽에 전주를 떠났으나 함열 등 가까운 고을 농민군들은 뒷수습을 하고 떠나느라 아직 오지 않고 있었다. 임군한 일행은 그들보다 한발 앞서 달려가고 있었다.

"함경도 길주라면 2천 리나 된다니 하루에 1백 리씩을 가도 20일이 걸리겠는데……."

임군한이 김확실을 돌아보며 말했다.

"조병갑이라면 2천 리가 아니라 2만 리라도 쫓아갈 것인게 그것은 걱정 마시오."

김확실이 이를 악물었다.

"강경 가서 *삯마를 내시오. 처음에는 천천히 가면서 말을 익히시
오. 김갑수가 말 다루는 솜씨가 뛰어납니다."

"말을 빌린단 말이오?"

김확실이 머쓱한 표정이었다. 임군한은 졸개들을 풀어 조병갑과
이용태 뒤를 쫓을 참이었다. 조병갑은 함경도 길주로 유배를 가고,
이용태는 경상도 남해, 김문현은 거제로 유배를 갔다는 것이다. 그
리고 전운사 조필영은 바로 여기 함열이 유배지라고 했다. 조병갑은
이미 한양으로 잡혀갔으므로 언제 길주로 떠났는지 알 수 없었으나,
나머지는 모두 공주에 있다가 5일 전에 떠났다는 것이다. 공주에서
김덕호가 전해온 소식이었다.

공교롭게 조필영 *배소가 가까운 함열이었다. 조필영부터 붙잡아
이용태와 김문현이 배소로 떠났는가, 떠났으면 어떤 행색으로 떠났
는가, 소상한 내막을 알아본 다음에 뒤를 쫓을 참이었다.

전봉준한테 말을 하면 틀림없이 말릴 것 같아 임군한 혼자 결정
을 한 일이었다. 조정을 굴복시킨 것이 아니라 화약을 맺은 것이므
로 이제부터는 국법을 지켜야 하기 때문에 전봉준이 알면 말릴 것은
빤한 일이었다. 조필영은 잡아놓은 것이나 마찬가지이므로 조병갑,
이용태, 김문현을 잡을 참이었다. 함열 사람들은 조필영을 잡는 데
거들어달라고 동행을 하고 있었다.

"조병갑은 살려서 고부까지 끌고 오기가 어려울 테니 목만 잘라
소금에 절여 가지고 오시오. 고부 삼거리에서 효수를 합시다. 서둘
면 실수할 염려가 있습니다. 날짜 걸리는 것은 걱정 말고 이번에는
실수가 없어야 합니다. 그 작자 배소를 알아내거든 그자 목을 베기

전에 안전하게 빠져나올 계책부터 마련해놓고 일을 시작하시오."

"이번에는 실수가 없을 것인게 염려 마십시오."

김확실은 주먹을 쥐며 다짐을 했다. 그는 지난번 고부봉기 때 조병갑 놓친 이야기만 나오면 어금니에서 돌멩이 으깨는 소리부터 냈다. 임군한은 텁석부리를 향했다.

"김문현은 소리가 나게 잡아오면 말썽이 클 것 같소. 그 작자도 모가지만 잘라오시오."

이번에는 장호만을 향했다.

"이용태는 기어코 살려서 잡아와야 한다. 광양에서 배를 타고 가면 남해는 한나절 뱃길도 되지 않는다. 배소를 알아내거든 앞뒤를 잘 잰 다음에 가까운 데다 배를 대놓고 일을 시작해라. 왕삼은 고향에 가서 배 주인부터 믿을 만한 사람을 골라야 한다. 이용태를 잡아서 배에 싣고 광양에만 당도하면 안심이다."

장호만도 잘 알았다며 입을 앙다물었다. 광양서 배질하고 갈 사람이 믿을 만한 사람이어야 했으므로 광양 바닷가가 고향인 대둔산 왕삼을 장호만 패로 합류시켰다.

"이번 길은 우선 오고갈 때 말썽이 생기면 안 됩니다. 모두 면례꾼 행색으로 꾸미고 가시오. 길주 가는 패는 강경 용암사에서 석작을 찾아가지고 가시오."

기찰을 피하는 데는 상주 차림보다 더 안심할 수 있는 차림이 면례꾼 차림이었다. 해골 담은 석작을 짊어지고 이장하러 간다고 뼈 석작을 기찰포교 쪽으로 돌려대면 아무리 서릿발치던 포교들도 기겁을 하며 뒤로 물러섰다. 재작년 임군한과 김갑수가 원산 갈 때도 그 차림으로 갔다. 언젠가 또 써먹을 때가 있을 거라며 그때 지고 갔던 뼈 석작을 꽁꽁 묶어서 강경 용암사에 숨겨두었다.

함열 사람들은 배농지기를 우두머리로 두 사람은 현아 아전들한테 줄을 대어 조필영 거처를 알아낼 사람들이고, 나머지는 배농지기처럼 힘꼴이나 쓰는 사람들이었다. 김갑수가 배농지기와 줄이 닿았던 것이다. 전에 이름과거에 나왔던 배농지기는 이름처럼 귀골이 아니고 산적들보다 더 우락부락했다. 함열은 고을 단위로는 봉기를 하지 않았고 배농지기 등 젊은이들이 1백여 명을 끌고 나갔을 뿐이었다.

일행이 함열 읍내에 들어서려 할 때였다. 묏벌에 사람들이 잔뜩 모여 소리를 지르고 있었다. 배농지기가 달려갔다.

"웬일이오?"

"전운산가 강도 놈인가 조필영이란 놈 아시지라우? 그놈을 잡았소."

일행은 깜짝 놀랐다. 바삐 그리 갔다. 둘러선 군중을 헤집고 안으로 고개를 디밀었다.

"어!"

조필영 꼬락서니를 본 임군한 입에서 가벼운 비명이 비져나왔다. 옷을 홀랑 벗은 조필영이 묏벌에 꿇어앉아 있었다. 두 손은 뒷결박이 지어졌고 상투가 풀어져 봉두난발이었다. 사타구니께만 떨어진 잠방이로 궁색스럽게 가리고 발도 맨발이었다. 붙잡히며 얻어맞았는지 볼따구니는 메주볼이었으며 여기저기 피가 묻어 있었다.

"고개를 들어, 이놈아!"

장정 두 사람이 대창을 들고 닦달하고 있었다. 조필영 곁에는 보

178

자기 위에 하얀 일화 은자가 수북하게 쌓여 있었다. 한 되는 너끈할 것 같았다. 가지고 다니다가 빼앗긴 모양이었다.

"금방 돌 땡긴 사람이 누구요?"

대창을 들고 지키던 키다리가 군중을 향해 버럭 악을 썼다.

"구경만 하제 돌을 땡기거나 때리지 마시오. 이런 놈은 죽이더라도 지지리 고생을 시킨 담에 죽여사 쓴게 잡아논 괴기 눈깔 빼지 말고 귀갱만 하시오잉. 시방 진짜 사냥 나간 농민군들은 따로 있소. 그 사람들이 돌아올 때까지 우리는 이놈을 지키고 있어사 쓰요."

키가 장승만한 키다리가 익살을 부렸다.

"저 새끼 살쪘는 것 봐. 잘 처묵은게 되야지매이로 살이 투실투실 쪘그만. 옷을 벳길라면 아래까지 활랑 벗겨불제 으째 벗기다 말았소?"

모두 까르르 웃었다. 조필영은 오늘 아침 현아에서 붙잡혔다. 그가 현아에 왔다는 말을 듣고 수백 명이 몰려가서 붙잡았다. 물론 농민군에 나가지 않은 사람들이었다. 그 싸개통에 현감도 잔뜩 얻어맞고 담을 넘어 도망치고 이속들도 몽둥이에 머리가 터지고 코피를 쏟으며 도망쳤다.

"시방 이놈 몸뚱이에다 참기름을 발라놨은게 뙤약볕에 몸뚱이가 따끈따끈할 것이오. 농민들이 오뉴월 뙤약볕에 비지땀 흘림시로 농사짓는 맛이 으짠가 농사짓는 맛을 한번 보라고 귀한 참기름을 발라놨소."

키가 몽땅한 땅딸보가 키다리와 나란히 대창을 들고 서서 익살을 부렸다. 군중이 와 웃었다. 그러고 보니 몸뚱이에 번들거리는 것이 땀이 아니라 참기름인 것 같았다.

"그 새끼를 저 솔나무 가지든지 어디다 달아매 놔사 더 맛을 알지라우."

"달아매시오."

여기저기서 소리를 질렀다.

"으째서 그렇게 성질들이 급하요. 저녁에 모기 맛도 뵈고 고루고루 맛을 뵐라면 그렇게 급하게 해서는 안 돼요. 오늘 저녁에는 되아지막에다 재움시로 모기 맛을 지대로 한번 보일 참이오. 이놈은 사람이 아니고 짐승인게 되아지나 보듬고 되아지하고 입도 맞추고 장난도 치고 의논 좋게 잠시로 모기 맛을 한번 보라고 합시다."

키다리 말에 또 와 웃었다.

"이러고 있을 일이 아닐세."

임군한이 배농지기를 앞세우고 키다리와 땅딸보한테로 갔다. 간단히 사정을 말하자 키다리는 고개를 끄덕이며 조필영 곁으로 갔다.

"이 양반들 묻는 말에 똑똑히 대답해라잉. 한 마디만 빗나가면 등짝에서 불이 날 것이다."

키다리는 조필영이 코앞에 대창을 들이대며 을렀다. 임군한은 조필영 앞에 쭈그리고 앉았다. 키다리와 땅딸보는 대창을 들고 곁에 버티고 서서 바른 대로 대답하라고 거듭 을러댔다.

"당신도 이용태, 김문현하고 공주에 같이 피해 있다가 이리 왔지요?"

임군한이 낮은 소리로 물었다. 조필영은 잡혀온 날짐승처럼 눈알을 뒤룩거리며 그렇다고 했다. 둘러선 군중은 귀를 쫑그렸으나 들리지 않았다.

"두 사람은 어디로 갔소?"

"이부사는 남해로 가고 감사는 거제로 갔소. 조군수도 함경돈가 어디로 갔다고 합디다."

조필영은 애처로운 눈길로 임군한을 보며 대답했다. 턱이 달달 떨고 있었다.

"맞소. 조병갑은 함경도 길주요. 세 사람은 바로 배소로 떠났겠지요?"

"조군수는 모르겠고, 이부사하고 감사는 나하고 같이 배소로 떠났기는 떠났는데……."

조필영이 말끝을 흐리며 힐끔 두 사람 눈치를 봤다.

"떠났는데 어쨌단 말이오?"

임군한이 다그쳤다.

"이부사는 제대로 갔을 것이오마는, 감사는 배소로 갔는지 잘 모르겠소."

조필영이 역시 눈치를 보며 말을 더듬거렸다.

"제대로 말을 하면 이 사람들한테 사정을 두라고 말 한마디라도 해주겠소마는, 그렇잖으면 좋지 못해."

임군한이 위압적인 소리로 을렀다.

"감사는 배소를 다른 데로 옮겨달라고 조정에 전보를 친 것 같소."

조필영은 눈을 깔며 대답했다.

"조병갑은?"

"조군수는 진즉 한양으로 가고 같이 안 있어서 잘 모르겠소. 그 사람은 의금부에 갇혀 있다가 영을 받았을 텐데, 그 사람도 배소로 가지 않았을 것 같소."

조필영이 떠듬떠듬 말했다.

"조정의 영인데 마음대로 가고 말고 한단 말이오?"

"그래도 고부 사람들한테 잡혀서 죽는 것보다 낫겠지요. 전에 고부에서 도망칠 때 얼마나 혼이 났는가 고부 소리만 나오면 치를 떨었소. 귀양을 가더라도 고부 사람들이 그리 쫓아올 것이라고 고개를 젓습디다."

임군한은 눈살을 모았다.

"이용태는 배행꾼을 몇이나 데리고 갔소?"

"책실만 한 사람 따라간 것 같소."

임군한은 조병갑 사정 등 몇 가지를 더 묻고 일어섰다. 임군한은 졸개들을 한쪽으로 모았다.

"조병갑하고 김문현은 십중팔구 배소로 가지 않았을 것 같소. 더구나 여기서 조필영이 잡혀 저 꼴이 되었다는 소리가 조정에 들어가면 그런 사람들한테도 달리 조처를 취할 것 같소."

임군한이 입술을 빨며 말했다.

"그러면 세 놈 다 겁을 먹고 영영 겨울 오소리 꼴이 될 것 같단 말씀이오?"

김갑수가 물었다.

"귀양간 데로 가봐야 그놈들이 왔는지 안 왔는지를 알겠지라우."

김확실이 튀겼다.

"그래도 안 갔을 것이 뻔한데 2천 리나 헛걸음을 칠 필요가 없소.

조병갑하고 김문현은 놔두고 이용태만 쫓읍시다."

임군한이 결정을 내렸다.

"워매, 그 때려죽일 놈을 이번에는 기어코 잡아다가 모가지를 확 비틀어불라고 했등마는 환장하겠네잉."

김확실이 주먹을 쥐며 입술을 깨물었다.

"여기서도 할 일이 많소. 그놈들은 간 곳을 차근하게 알아본 다음에 나섭시다."

임군한은 장호만 패거리를 데리고 한쪽으로 가서 이용태 잡을 지시를 했다. 그때 무슨 일인지 김확실이 뭇벌로 갔다.

"우리는 시방 조병갑 잡으러 갈라다가 만 사람들인데라우, 부애난게 이 새끼 뺨따구라도 한 대 확 돌러부러사 부애가 풀리겠소. 한 대만 돌립시다."

김확실이 키다리와 땅딸보한테 조필영을 가리키며 웃었다.

"그라겄소. 죽지만 않게 한 대 돌려부시오."

키다리가 히죽 웃으며 허락을 했다. 김확실이 조필영 곁으로 가서 상투를 잡고 고개를 뒤로 발딱 젖혔다.

"야, 이 떡을 칠 놈아, 권세가 그렇게도 빨랫줄 같던 놈이 으짜다가 시방 이 꼬라지가 되아갖고 더운 여름날 오한이 들어서 발발 떨고 자빠졌냐? 이랄 때는 니 눈구먹에 백성이 뭣으로 뵈냐? 지금도 눈 아래로 삼천리나 강아지 새끼로 내려다뵈냐, 할애비로 쳐다뵈냐? 어디 대답 한번 들어보자."

조필영은 눈을 내리깔고 있었다.

"어서 대답해라. 이 주먹이 니 볼딱지로 들어가는 날에는 이쪽 깡

냉이가 몽땅 어긋나서 입으로 한나가 될 것이다. 어서 대답해라.”

김확실은 상투를 잡고 주먹을 볼따구에 대며 을러멨다. 조필영이
뭐라고 우물거렸다.

“저 사람들도 다 듣게 똑땍히 말해, 큰소리로!”

상투를 잡힌 조필영은 낯을 하늘로 치켜들고 가쁜 숨만 내쉬고
있었다.

“이놈 새꺄, 내 상판 봐라. 너를 고이 놔둘 것 같냐? 죽기 전에 어
서 말해라. 강아지로 뵈냐 할아부지로 뵈냐, 양단간에 한나만 말해!”

김확실은 제물에 화가 나서 얼굴이 시퍼레졌다. 금방 죽여버릴
것 같았다.

“할아부지로 뵈요.”

조필영이 들릴락말락한 소리로 우물거렸다.

“더 크게!”

김확실이 상투를 사정없이 흔들며 버럭 악을 썼다.

“할아버지로 뵈요.”

조필영은 잔뜩 겁을 먹고 큰소리로 말했다. 군중이 와 웃었다.

“더 크게!”

“할아버지로 뵈요.”

좀 더 크게 말했다. 군중이 또 와 웃었다. 김확실도 웃었다.

“예끼, 이 못난 놈, 주먹 한나가 그렇게 무섭냐?”

김확실이 손등으로 조필영이 볼을 슬쩍 치고 나서 군중을 돌아봤다.

“이 자석 주먹 한나가 무솨서 하는 꼬라지 봤지라우? 이런 것들
은 원래 이런 종자들이오. 이런 못난 것들한테 당하고 살아온 것을

생각하면, 아이구, 너 같은 놈 때리면 내 손이 더러워질 것 같아서 못 때리겠다."

김확실은 잔뜩 경멸하는 표정으로 조필영 상투를 뒤로 홱 밀어버렸다. 조필영은 뒤로 발랑 뒤집어졌다. 모두 와 웃었다.

"온다. 농민군 온다."

군중 속에서 소리를 질렀다. 저쪽 들판에 아득히 농민군들이 몰려오고 있었다. 깃발을 휘날리고 풍물을 치며 왔다. 조필영 곁에 모였던 사람들이 고함을 지르며 정신없이 뛰어갔다. 기껏 1백여 명이었으나 기세가 요란스러웠다.


그때 전주에서는 오기창 일행이 바삐 남문을 빠져나가고 있었다.

"이놈의 새끼, 내가 너를 못 쥐이면 성을 갈 것이다."

오기창이 이를 악물며 내달았다. 일행은 발이 공중으로 붕 떠가는 것 같았다. 최낙수와 설만두 그리고 여태 오기창을 따라다니던 뚝전 점박과 눈끔벅 등 다섯 사람이었다.

"남해가 틀림없지야?"

오기창이 설만두를 돌아보며 물었다.

"전봉준 장군하고 최경선 씨가 말하는 것을 들었은게 틀림없을 것이오."

설만두가 대답했다.

"그런데, 우리 다섯 갖고는 으짜겄어? 수가 적잖으까?"

최낙수가 고개를 갸웃거리며 뇌었다.

"여럿이 떼 몰려댕기다가는 대번에 들통이 나요. 남해는 경상돈게 물도 설고 낯도 설고 말도 선 데요. 그놈이 귀양 살고 있는 데만 알아내면 우리 다섯만 가도 그런 놈 하나 잡기는 *난장이 턱 차기요. 염려 말고 갑시다."

오기창이 숨을 씨근거리며 앞장을 서서 내달았다. 오늘 아침 설만두가 도소에 들어갔다가 이용태가 남해로 귀양을 갔다는 말을 우연히 들은 것이다.

"오냐, 네놈 눈에서도 피 한번 나봐라. 잡기만 잡으면 고이 죽이지 않을 것이다."

앞장을 선 오기창은 연방 혼자 씨월거리며 내달았다. 최낙수는 숨 안 죽은 풋장같이 나대는 오기창이 조금 불안했으나 내색은 하지 않고 따라갔다.


그때 만득이 내외는 선화당에서 적잖이 흥분한 표정으로 이방언 앞에 서 있었다. 왼손을 처맨 만득이는 작두칼을 을러메고 사천왕처럼 눈을 뒤룩거리고 이방언을 보고 있었다. 만득이는 뭉청한 봇짐을 등에 지고 있었다. 길양식이었다. 도소에서는 길이 먼 농민군들한테는 남은 군량을 나누어주며 되도록이면 민가에 폐를 끼치지 말도록 했다.

"손여옥 두령은 오늘 새벽에 갔네. 이 편지를 가지고 정읍 가서 손두령한테 보이면 잘 조처를 해줄 걸세. 먼저 가게. 나는 한 이틀 뒤에 갈 걸세."

이방언은 껄껄 웃으며 봉투를 하나 내밀었다.

"감사합니다요."

유월례는 이방언한테서 편지를 받으며 고개가 땅에 닿게 절을 했다.

"사시하관에 오시발복이라더니 이번 전쟁에 보람이 젤로 먼저 나는 사람들은 이 부부구만."

곁에 섰던 송희옥이 유쾌하게 웃었다. 사시에 묘를 써서 두 시간 뒤인 오시에 효험이 난다는 소리였다.

"자네 칼솜씨는 구경만 해도 속이 시원하더구만. 가서 상처 치료 잘 하고 칼솜씨도 더 익히게."

전봉준도 기분이 좋은 모양이었다.

"예, 잘 익힐랍니다요."

만득이는 전봉준 앞에도 코가 땅에 닿게 절을 했다. 전봉준은 돌아서려는 내외를 잠깐 멈춰놓고 돌아서서 주머니를 끌렀다. 종이에다 은자 여남은 닢을 쌌다.

"자네한테는 상을 주어도 크게 주어야 할 것인데 그럴 경황이 없었네. 얼마 안 되네마는 노자에 쓰고 집에 가거든 살림이라도 하나 장만하게."

전봉준이 은자 싼 종이를 내밀었다.

"멋을 이라고 주시오?"

만득이는 무서운 것 피하듯 무춤무춤 뒤로 물러서며 손을 저었다. 이방언이 받으라고 하자 마지못해 손을 내밀었다.

선화당을 나온 만득이 내외는 바람같이 내달았다. 장흥 부대는 벌써 가고 만득이 내외만 남은 것이다. 농민군들은 모두가 농사일이 한시가 새로웠으므로 오늘 새벽 첫닭이 울자마자 거의가 길을 떠났다.

만득이 내외가 금구에 이르자 해가 넘어갔다. 그대로 밤길을 쳤다. 내외는 구름 사이로 언뜻언뜻 얼굴을 내비치는 달처럼 바삐 내달았다. 전주에서 뒤치다꺼리를 하고 늦게 출발한 농민군들이 많아 길동무도 좋았다. 농사일에 이끌린 농민군들은 모두 발에 불을 단 걸음이었다.

그들은 서산으로 넘어가는 초여드레 달하고 거의 동갑으로 정읍 읍내에 당도했다. 주막에 들렀으나 봉노에는 농민군들이 옥수수알 박히듯 촘촘히 박혀 칼잠을 자고 있었다. 만득이 혼자 비집고 들기도 어려웠다. 내외는 주막 헛간을 빌려 멍석을 깔고 부부가 오랜만에 껴안고 잤다. 새벽길을 떠나는 농민군들 소리에 잠이 깼다. 유월례는 술국 끓이는 부엌일을 거들고 만득이는 한손으로 마당을 쓸고 허드렛일을 했다. 아침밥을 먹고 길양식을 내놨으나 주모는 되레 품삯을 주어야겠다며 손을 활활 내저었다.

주막을 나선 내외는 정읍 읍내로 들어가며 농민군 도소를 물었다. 도소는 아직 생겨나지도 않았으므로 아는 사람이 있을 리 없었다. 그러나 편지 싼 보자기를 보물처럼 옆구리에 낀 유월례는 만나는 사람마다 붙잡고 물었다. 덩실한 기와집 앞에 이르렀을 때였다. 기와집 대문에다 방을 붙이고 있던 젊은이가 만득이를 보더니 작두장사 아니냐고 반색을 했다. 도소에 볼일이 있다고 하자 따라오라며 방 뭉치를 끼고 앞장을 섰다. 젊은이가 붙인 방은 농민군이 전주에서 조정과 화약을 맺었다는 사실과 화약 조건인 폐정개혁 조항을 알리는 방이었다. 젊은이는 골목을 꼬불꼬불 돌아 일각대문으로 들어섰다.

"아니, 작두장사가 웬일이오?"

아침밥을 먹고 난 두령들이 마루에 앉아 담배를 피우다가 깜짝 놀랐다.

"이방언 장군님께서 이걸 갖다 드리라고 하셨그만이라. 이방언 장군님은 한 이틀 뒤에 오신답니다."

만득이 내외는 마치 죄진 사람처럼 공손하게 손여옥한테 절을 하고나서 유월례가 보물처럼 끼고 온 보자기를 끌러 이방언 편지를 내밀었다. 손여옥이 편지를 받아 읽었다. 편지를 읽고 난 손여옥은 놀란 눈으로 만득이 내외를 건너다보며 편지를 곁에 있는 차치구 등 두령들한테 넘겼다.

"마침 정읍이기 다행이오. 바로 조처를 하리다."

손여옥이 말했다. 차치구 등 다른 두령들도 편지를 읽고 나서 놀란 눈으로 만득이 내외를 봤다. 유월례 어머니가 정읍 읍내서 종살이를 하고 있으니 이번 화약 조건에 따라 특별히 먼저 조처를 해서 내외하고 동행하도록 해달라는 내용이었다.

"김달이라면 그러지 않아도 징습을 해야 할 자인데 잘 됐구만."

손여옥은 당장 젊은이들을 불러 김달이라는 자를 불러오라 했다. 김달은 유월례 어머니가 지금 종살이를 하고 있는 집 주인이었다. 유월례도 그 집에서 나서 종살이를 하다가 하학동 이주호 집으로 팔려갔던 것이다.

"빨리 가게. 혹시 피해버렸을지도 모르겠네."

지금 정읍 양반이나 부자들은 잔뜩 오갈이 들어 발발 떨고 있었다. 지난번 고부봉기 때는 정참봉 마름이 죽었고, 얼마 전에는 오기창이 김진사 아들을 죽여버렸기 때문이다. 두 사건으로 정읍은 지금 어느 고을보다 살기가 넘치고 있었다.

김달은 평소에도 양반 유세가 유독 험했지만, 이번 봉기 때는 노골적으로 농민군을 비난하고 나와 두령들은 가만두지 않겠다고 벼르고 있던 자였다. 그는 자기 동네 사람들한테 어찌나 겁을 주었던지 그 동네서는 농민군에 나온 사람이 몇 사람 안 될 지경이었다.

"이런 장량지재가 종으로 썩고 있었으니 반상제도란 것이 얼마나 험한 제둡니까? 그동안 고생 많이 하셨소. 이제부터 활개치고 살 것이오."

차치구는 만득이한테 치사를 하며 새삼스럽게 대견스러워했다. 차치구는 꽤나 유식한 사람으로 이번 화약 조건을 만들 때 손화중이 의논 상대로 삼은 사람이었다.

좀 만에 도포에 갓을 쓴 김달이 들어왔다. 환갑이 지나 보였다. 김달은 별로 두려워하는 기색이 없었다. 얼핏 유월례를 봤다. 유월례가 일어서서 깊숙이 고개를 숙였다. 김가는 유월례 얼굴을 알아보고 그제야 조금 당황하는 표정이었다.

"이것은 전주에서 우리가 물러날 때 조정과 맺은 화약 조목이오. 이 조목들은 상감의 윤허가 내린 것이니 상감의 어명이고 동시에 농민군 명령이오. 벌써 방으로 써서 붙이고 있습니다마는 우선 읽어보시오."

손여옥이 방을 한 장 집어 김달한테 주었다. 김달은 조금 겁먹은 눈으로 두령들과 유월례를 번갈아 보고 나서 방을 읽기 시작했다. 모두 숨을 죽이고 있었다. 옛 상전을 만난 유월례는 조그맣게 오그라들어 죄진 사람처럼 김달을 힐끔거리고 있었다. 이주호 집으로 팔려가기 전 열세살 때 첫정을 빼앗은 사내였다.

"오늘 오시라고 한 것은 이 조목 때문이오."

차치구가 나서며 손가락으로 한 조목을 가리켰다. '노비문서는 소각할 것'이라는 대목이었다. 김달은 차치구와 손여옥을 번갈아 봤다. 바로 그 조목 앞 조목은 '불량한 유림과 양반배는 징습할 것'이었다.

"이분 아시지요?"

차치구가 유월례를 가리켰다. 김달은 대범하게 고개를 끄덕였다. 유월례가 눈길을 아래로 깔았다.

"당신이 지금 부리고 있는 이분 모친 노비문서를 지금 바로 가지고 와서 우리 앞에서 불태우고 이분들이 모친을 모시고 돌아가도록 하시오."

차치구가 담담하게 말했다.

"반상의 법도는 나라의 기틀이라 이런 법도는 상감께서도 하루아침에 바꿀 수가 없는 법이네. 설사 조정에서 법도를 바꾸어 영을 내린다 하더라도 받아들이기가 어려운 일이거늘 어찌 자네들이 내미는 이런 문서 하나를 보고 면천을 한단 말인가?"

김달은 어느새 딴 사람이 된 것처럼 당당했다.

"뭣이, 자네들이 내미는 문서?"

차치구가 눈알을 부라리며 버럭 소리를 질렀다. 곁에 섰던 젊은이들이 주먹을 쥐었다.

"허허, 자네가 지금 세상이 어떻게 돌아가고 있는지 캄캄 오밤중이구만. 여보게, 여기 안 보이는가? 불량한 양반은 징습한다고 했네.

바로 자네 같은 자를 지목하는 소리일세. 허나 그것은 차후 천천히 할 일이고 오늘은 이 일이 급하네. 어쩌겠는가?"

차치구는 말을 내리며 여유만만하게 말했다.

"상민이 양반한테 여보게? 어디서 배워먹은 말버릇인가?"

김달이 버럭 악을 썼다. 곁에서 눈알을 번뜩이던 젊은이들이 대번에 벽에 세워놓은 대창을 꼬나들었다. 큼직한 몽둥이를 챙겨들고 나서는 젊은이도 있었다.

"하룻강아지 범 무서운 줄 모른다더니, 허허 너 이놈 그동안 지리산에서 이슬 받아먹고 살다 왔느냐?"

손여옥이 버럭 고함을 질렀다.

"그놈을 단단히 묶어라."

손여옥이 젊은이들한테 거듭 고함을 질렀다. 곁에서 숨을 씩씩거리고 있던 젊은이들이 모두 달려들었다. 김달은 누구한테 손을 대느냐고 고래고래 호령을 했다.

"야, 이 양반 놈아, 몽둥이 밑에서도 큰소리가 나오는가 보자."

젊은이 하나가 갓부터 쭉 잡아챘다. 땅에다 놓고 콱 밟았다. 탕건도 벗겨 짓밟았다. 젊은이들은 악을 쓰는 김달을 땅바닥에다 패대기를 쳤다. 우악스런 손길에 김달이 저만치 나가떨어졌다. 김달은 땅바닥에 뒹굴면서도 버럭버럭 고함을 질렀다. 젊은이들은 주먹으로 볼따구니를 쥐어박으며 꽁꽁 묶었다. 악을 쓸 때마다 젊은이들 주먹이 김달이 볼따구니를 사정없이 쥐어박았다. 김달은 악을 쓰다가 제 물에 지쳐 가쁜 숨만 내쉬고 있었다.

"물부터 서너 동이 떠오너라."

손여옥 말에 젊은이들이 물을 떠왔다. 유월례는 새파랗게 질려 발발 떨고 있었다. 만득이도 겁에 질려 눈알을 뒤룩거리고 있었다.

"김달은 들어라. 농민군이 조정하고 화약을 맺은 날, 이 나라에 노비제도라는 썩은 법도는 없어졌다. 다시 말하거니와 이 화약 조목은 상감의 영이고 동시에 우리 농민군 영이다. 이 조목 가운데 불량한 유림과 양반은 징습한다는 조목이 있다. 이 조목부터 먼저 시행을 하겠다. 우리 앞에 잘못을 뉘우쳤다고 빌 때까지 치겠다. 할 말 있느냐?"

손여옥이 침착하게 말했다.

"상것들이 양반을 능욕하다니 이 나라는 망했다, 아주 망했어. 이 놈들아, 하늘이 무섭지 않느냐?"

김달이 고래고래 악을 섰다. 하늘을 들먹인 것은 반상 등 상하 법도는 천리天理라는 소리였다.

"말 잘했다. 천리를 업고 천리를 어긴 놈들이야말로 네놈들이다. 오늘부터 이 땅에는 새로운 천리가 시작된다. 지금부터 난장을 친다. 대창으로 그놈 입에서 잘못했다는 소리가 나올 때까지 쳐라."

손여옥이 영을 내렸다. 젊은이들이 이를 악물고 후려갈겼다. 김달이 죽는다고 악을 섰다. 유월례는 얼굴이 하얗게 질려 발발 떨었다. 젊은이들은 사정 두지 않고 후려갈겼다. 김달의 몸뚱이가 위로 꼬아올라가고 옆으로 뒤틀리고 앞으로 곤두박혔다. 그러나 김달은 끝내 잘못했다는 소리를 하지 않았다. 이내 까무러치고 말았다. 유월례는 눈을 가리고 숨을 씨근거렸다. 만득이는 튀어나올 것 같은 눈으로 김달을 보며 몸을 부르르 떨었다.

"물을 끼얹어라."

물을 끼얹었다. 깨어났다. 손여옥이 머리를 들라고 했다. 젊은이들이 김달 상투를 잡아 얼굴을 손여옥 앞으로 쳐들었다. 그사이 도소 마당에는 구경꾼들이 잔뜩 몰려 발 들여놓을 틈이 없었다.

"잘못을 알았느냐?"

"이놈들아, 무엇이 어째?"

김달은 숨을 헐떡거리면서도 독기를 피웠다.

"더 쳐라. 사정 두지 말고 쳐라. 한 고을에서 한두 놈쯤 죽어야 저놈들이 코를 숙일 것이다. 사정없이 쳐라."

손여옥이 다시 영을 내렸다. 그때 새파랗게 질려 있던 유월례가 손여옥 앞으로 달려갔다.

"두령님, 제발 이러지 마십시오. 우리 어무니 그냥 두어도 좋습니다. 두령님, 제발 이러지 마십시오."

유월례는 손여옥 앞에 사뭇 고개를 굽실거리며 애원을 했다.

"이 일은 사사로운 인정에 얽매일 일이 아니오."

손여옥은 한마디로 냉엄하게 잘랐다. 그 사이 김달은 죽는다고 비명을 질렀다. 그러나 끝내 잘못했다는 소리는 하지 않았다.

"아이고, 제발!"

유월례는 젊은이들 쪽으로 달려갔다. 몽둥이 앞을 가로막았다. 만득이는 유월례를 노려보고 있었다. 젊은이들은 잠시 매를 멈추고 허리춤에서 수건을 뽑아 땀을 닦았다.

"이리 나오시오."

손여옥이 소리를 질렀다.

"두령님, 제발 이러지 마십시오."

유월례가 손여옥한테 애원을 했다.

"이리 나오시오. 이것은 사사로운 일이 아니오."

손여옥이 다시 소리를 질렀다. 그때 무서운 눈으로 노려보고 있던 만득이가 쫓아갔다.

"이리 와!"

만득이는 우악스럽게 유월례 어깨를 잡아끌었다.

"당신까지 왜 이러시오?"

유월례가 버럭 소리를 질렀다.

"뭐여, 우리가 목숨 걸고 싸운 것이 장난인 줄 알아!"

만득이가 고함을 지르며 유월례 어깨를 잡아 홱 끌었다. 만득이 고함 소리는 귀청이 떨어질 것 같았다.

"아니?"

유월례가 잔뜩 놀라는 표정으로 만득이를 쳐다보았다. 만득이는 유월례를 끌고 마루 쪽으로 왔다.

"김달은 들어라. 잘못을 알겠는가?"

손여옥이 조용하게 물었다.

"이놈!"

숨을 씨근거리고 있던 김달이 시퍼런 눈으로 손여옥을 쏘아보며 소리를 질렀다.

"쳐라!"

젊은이들이 또 몽둥이를 휘둘렀다. 젊은이들은 아까보다 더 무섭게 몽둥이를 휘둘렀다. 또 까무러쳤다. 물을 끼얹었다. 그때 젊은이 하나가 손여옥 곁으로 갔다. 얼굴이 귀공자풍으로 끼끗한 젊은이였다.

"더 때려봤자 소용없겠습니다. 그만두시지요."

젊은이가 손여옥한테 조용히 말했다. 차치구 아들 차경석車敬錫이었다. 그도 이번에 전쟁에 나갔다가 돌아왔다. 그는 창은 들지 않고 두령들 곁에서 서사 노릇만 했다.

"도소를 현아로 옮길 때까지 곳간에 가두어 두어라."

젊은이들은 김달을 곳간으로 끌고 갔다. 유월례는 눈을 가리고 있었다. 처참한 표정으로 끌려가는 김달을 차경석이 멀거니 보고 있었다. 차경석 곁에도 비슷한 나이에 비슷하게 차린 젊은이가 차경석처럼 김달을 보고 있었다. 차경석과 함께 손여옥이 밑에서 서사 노릇을 하는 강증산姜甑山이란 젊은이였다.

"저자 집에 가서 노비문서하고 저이 모친을 모시고 오너라."

손여옥이 젊은이들한테 영을 내렸다. 젊은이들이 달려갔다. 유월례는 새파랗게 질려 발발 떨고만 있었다. 차경석과 강증산은 저쪽 방으로 들어갔다. 방 안에는 쓰다 둔 방이 널려 있었다. 그들은 방을 쓰다가 나온 것 같았다.

"원한이 원한을 낳고 또 원한이 원한을 낳으면 세상은 원한으로 대물림을 하여 끝이 없을 게 아닌가?"

강증산이 탄식을 했다. 강증산은 황토재 근처가 집이므로 고부 사람이었으나 평소 차경석과 친하게 얼렸던 까닭에 이번에 전쟁에 나갈 때도 함께 얼려서 정읍 농민군에서 같이 서사 노릇을 했다. 차경석은 나중에 보천교普天敎 교주가 되고, 강증산은 증산교 교주가 되었다.

5월 10일. 해거름이었다. 중국 천진항에는 서양 상선이 수십 척 정박해 있고, 일본 상선도 여러 척 정박해 있었다. 일본 상선들이 몰려 있는 부두에는 아까부터 신사복으로 말쑥하게 정장을 한 사람들이 네댓 서성거리고 있었다. 그들이 왔다갔다하는 사이 정박해 있던 일본 상선들이 자리를 옮기는 등 부두에는 가벼운 동요가 일었다. 바닷가에 어둠이 깔리고 있었다. 신사복들은 저쪽 큰 상선 선장실로 들어가서 자꾸 *난바다를 내다봤다.

"온다."

선장실에 있던 신사복들이 몰려나왔다. 난바다에서 들어오던 상선은 자리를 비워놓은 부두 한가운데로 거침없이 들어왔다. 자리를 비킨 상선에서는 선원들이 창밖으로 고개를 쭈뼛거리며 들어오는 상선을 보고 있었다. 새로 들어오는 상선은 마치 하인들이 내놓은 자리에 앉는 상전 꼴로 의젓하게 접안을 했다. 부두에는 신사복들이 굳은 얼굴로 꼿꼿하게 서 있었다. 이내 상선에서 역시 신사복으로 정장을 한 사람들이 서너 명 내렸다. 기다리던 신사들은 정중하게 인사를 했다.

"높은 놈인 모양이지?"

"글세, 맨 앞에 선 사람이 고관인 것 같다. 아주 높은 놈 같은데 어째서 저렇게 쉬쉬할까?"

"글세, 꼭 도둑놈들이 대장 맞는 것 같잖아?"

"지난번 영사가 올 때는 나팔을 불고 요란스러웠잖아? 저 사람도 높은 사람 같은데 왜 저럴까?"

이웃 상선 선원들이 낮은 소리로 속삭였다. 마중 나온 사람들과 배에서 내린 사람들은 부두에 몰려서서 잠시 귓속말을 속삭이더니 이내 바쁜 걸음으로 부두를 빠져나갔다. 큰길에는 마차가 여러 대 기다리고 있었다.

치장이 깨끗한 마차들이었다. 모두 마차에 올라탔다. 고관인 듯한 자가 탄 마차 옆자리에는 마중 나왔던 신사가 하나 조심스럽게 탔다.

"이홍장李鴻章 총리께서는 각하가 뵙자고 한다니까 쾌히 승낙을 하시면서 각하에 대한 칭찬이 대단하십니다. '오토리 영사는 대단한 호걸이더만'하고 껄껄 웃으셨습니다."

사내가 아첨기 있는 말로 이홍장이 말을 흉내 내며 웃었다.

"음, 술을 걸쭉하게 한번 마신 적이 있지. 그런데 내가 여기 온 것은 물론이요, 더구나 오늘 저녁 이총리 만난 일은 극비 중에 극비입니다. 절대 비밀이 새나가서는 안 됩니다."

오토리가 영사관 직원을 돌아보며 '극비'에다 힘을 주어 말했다.

"염려 마십시오. 영사관 직원들한테도 단단히 함구령을 내렸고, 이총리한테도 그 점을 강조했습니다."

주조선 일본영사 오토리를 태운 마차는 천진 시내를 질주했다. 마차는 일본영사관이 아니라 시내 큰 반점으로 들어갔다. 엄청 큰 반점이었다. 뒤따라왔던 마차 두 대는 저만치 따로 멈추었다. 다른 마차들은 아까 큰길에서 다른 길로 가버렸다. 두 사람만 반점으로 들어섰다. 반점에는 드나드는 사람이 많아 오토리 일행을 눈여겨보는 사람은 없었다.

좀 만에 이홍장이 반점으로 들어섰다. 이홍장도 평복을 입고 나왔으므로 그를 알아보는 사람이 없었다. 이홍장은 수행원들을 다른 방으로 보내고 일본어 역관 하나만 달고 방으로 들어섰다. 웬만한 집 마당만한 방에는 오토리가 혼자 달랑 앉아 있다가 벌떡 일어섰다. 동작의 절도로 존경심을 드러내는 일본 사람 특유의 몸가짐이었다.

"각하, 그간 기체 강녕하셨습니까? 바쁘신데 시간을 내주시고, 더구나 이런 데까지 나와주셔서 감사합니다. 예를 갖추어 방문하지 못한 점 거듭 사과드리며 이토 총리 각하의 안부를 전합니다."

오토리가 정중하게 인사를 했다.

"감사합니다. 다시 만나 반갑소. 이토伊藤博文 총리께도 안부 전해주시오."

이홍장은 껄껄 웃으며 자리에 앉았다.

"잘 전해 올리겠습니다. 각하께서는 지난번에 뵈었을 때보다 훨씬 건강해 보입니다."

"감사합니다. 오늘은 바람이 심했는데 뱃길에 시달리지는 않았소?"

"배가 커서 괜찮았습니다."

"일본 사람들은 모두 배에 단련이 되어서 어지간하면 괜찮겠지요."

두 사람은 껄껄 웃었다. 두 사람은 웃으며 말했으나 가시가 들어 있는 말 같았다. 배가 커서 괜찮았다는 소리는 자기들 국력을 은근히 내세운 것 같고, 일본 사람들은 배에 단련이 되었다는 소리는 너희들은 섬놈들이라 웬만한 풍랑쯤에는 아무렇지도 않을 거라는 소리 같았다. 음식이 들어오기 시작했다.

"조선 조정은 요사이 벌집을 쑤셔논 꼴이라지요? 전보를 받아보니 모두 쓸개가 터진 것 같다고 했습디다."

이홍장은 호탕하게 웃었다.

"하하, 맞습니다. 쓸개가 터진 꼴입니다. 5백 살이나 먹은 늙은 나라가 겹치고 겹친 병에다 쓸개까지 터져버렸으니 회생을 할는지 모르겠습니다. 그래도 우리 두 나라 덕분에 지금까지 무사했습니다. 앞으로도 이웃 나라 우의를 생각해서 우리 양국이 잘 거들어야 할 것 같습니다."

오토리는 껄껄 웃고 나서 이홍장 잔에다 술을 따랐다.

"우리도 항상 못난 자식 걱정하듯 걱정을 하고 있습니다."

"그 사람들 내정도 답답하지마는, 세계가 돌아가는 추세를 너무 몰라 답답하기 짝이 없습니다. 한 나라가 다른 나라에 군사를 요청하면, 각국이 군사를 움직이게 되어 있다는 공법 조항도 모르고 있을 지경이니 딱한 일이지요."

오토리가 이홍장 얼굴을 힐끔 건너다보며 대수롭지 않게 말했다.

"조선이 우리한테 구원을 청한 것은 공법 조약과는 상관이 없습니다. 조선은 우리나라 속국이므로 그런 어려운 일이 있으면 당연히 종주국에 구원을 청해야지요. 잘 아시다시피 조선 왕은 황제라는 칭호를 쓰지 않을 뿐만 아니라 해마다 우리한테 조공을 바치고 있습니다. 지금 황제라는 칭호도 쓰고, 우리나라에 조공도 바치지 말라고 조선 조정에 권하는 나라가 있는 모양입니다마는, 조선 사람들이 언감생심 어찌 그런 무엄한 짓을 할 까닭이 있겠소. 우리가 귀국에 출병을 통고한 것은 우리나라와 귀국 사이에 맺은 조약을 이행하느라 통고를 한 것이므로 특별한 경우입니다. 그러니까 우리가 조선에 출병한 것을 가지고 시비를 걸거나, 더구나 군대를 출동하여 간섭을 한다면 그거야말로 공법이 금하고 있는 내정 간섭입니다. 귀국도 그런 점에 유념하실 줄 압니다. 귀 조정에서도 우리와 조선의 관계를 잘 아실 테니 깊이 유념하고 계시겠지요?"

이홍장이 껄껄 웃으며 말했다. 오토리가 얄궂게 따라 웃으며 고개를 끄덕였다. 황제라는 칭호도 쓰고 조공도 바치지 말라고 한 것은 일본이므로 오토리는 이홍장한테 대번에 한 대 얻어맞은 꼴이었다.

지금 청나라 군대는 인천과 아산 둔포, 그리고 전주에도 일부 주둔하면서 조정에서 모셔 들인 원군이란 유세로 갖은 거드름과 행패를 다 부리고 있었다. 조정에서는 이중하를 *접반사 겸 *운량관으로 임명하여 이들을 접대하고 경비 책임까지 지게 했다. 접대는 그냥 접대가 아니었다. 임진왜란을 비롯해서 그 뒤 원병이 올 때마다 그 경비를 우리 측이 댔던 것이 관례였으므로 양곡, 땔감, 고기, 운반기구, 잡비까지 모두 우리 조정에서 조달했다. 이중하는 성의껏 한다고 했으나 그들은 유세가 이만저만이 아니어서 대접이 소홀하다거나 물품이 부족하다고 호통을 치기 일쑤였고, 병사들은 이웃 마을로 돌아다니며 노략질을 일삼기까지 했다.

"우리 조정에서도 귀국과 우리 조정 사이의 우의에 각별히 유념을 하고 있습니다. 우리가 출병을 한 것은 우리 거류민을 보호하자는 것이지 다른 뜻이 없습니다. 조선에는 우리 공사관 직원과 거류민이 한양에 1천1백여 명, 인근에 4천여 명, 부산과 원산에 1천여 명, 도합 6천여 명이 있습니다. 우리는 우리 거류민 보호가 제물포조약에 명시되어 있기 때문에 조약에 따라 군대를 출동한 것이올시다. 임오, 갑신 양년의 소란으로 우리는 너무 큰 피해를 입었습니다. 우리와 조선 사이에는 나라와 나라 사이의 조약이 이렇게 엄연한데도 지금 일어난 동학도들은 일본 사람들을 쫓아내려고 이를 갈고 있으니, 우리 조정으로서는 우리 거류민에 대하여 전보다 훨씬 더 특별한 보호조치를 취할 수밖에 없습니다."

오토리는 침착하게 말했다.

"조선 조정이 허약하여 외국인을 보호해 주지 못하니, 일본이 자국민을 보호하려는 것까지야 탓할 수가 없지요. 그러나 거류민 6천여 명을 보호하려고 군대를 6천여 명이나 동원했다면 거류민 한 사람에 군대가 한 명 꼴입니다그려."

이홍장이 웃으며 말했다. 청나라 군대도 얼마 전까지는 바다에 머물고 있다가 인천에 상륙을 했는데 그 까닭을 자기들 상인 보호라는 명분을 내걸고 있으므로 그 점에는 이홍장도 할 말이 없는 것 같았다.

"본국 이토 총리 각하께서 특별히 저를 보내 각하를 뵈라 하신 것은 바로 그 점에 각하의 이해를 구하기 위한 것입니다. 이걸 보십시오."

오토리는 자기 옆자리에 놔뒀던 가방을 열었다. 무슨 두루마리 베 뭉치를 하나 꺼내더니 자리에서 일어섰다. 이홍장을 향해 두루마리를 주르르 폈다. '척양척왜'라고 쓰인 농민군 깃발이었다.

"보시는 바와 같이 '양'은 러시아, 영국, 불란서, 미국 같은 서양 여러 나라를 싸잡아서 가리키는 말이고, '왜'는 일본 한 나라만을 가리킨 말입니다. 이것은 일본을 배척하는 조선 동학 난민들

감정을 그대로 말해 주고 있습니다. 작년 봄 동학 난민들이 궁궐 앞에서 상소를 할 때도 일본 공사관에 방을 붙여 유독 일본에 대하여 험하게 협박을 했고, 금년 정월 초하룻날 일본공사관에 불이 난 것도 난도들 소행이 분명합니다. 그 화재사건은 조선 조정과 관계가 복잡해질 것 같아 공식적으로는 실화로 발표를 했습니다마는, 공사관원들은 그 때문에 불평이 대단합니다. 그러나 조선 난민들이 청나라에 대해서는 그런 감정을 드러냈다는 말을 듣지 못했습니다."

오토리는 입침을 튀겼다. 그때 문이 열렸다. 오토리 얼굴이 그쪽으로 홱 돌아갔다. 음식을 가지고 오는 사람이었다. 오토리는 아까부터 문이 열릴 때마다 다급하게 고개를 돌리고 있었다.

"조선 사람들은 옛날부터 조정 대신들이나 시중 여항의 일반 백성이나, 상하 구별 없이 모든 사람들이 우리 중국을 종주국으로 부모같이 생각하고 있기 때문이지요."

이홍장은 껄껄 웃으며 말했다.

"그렇습니다. 난군들이 귀국과 본국을 보고 있는 차이는 그렇게 다릅니다. 그래서 우리는 우리 공사관과 거류민에 대한 특별한 보호 조치를 취할 필요가 절실합니다. 우리는 우리 국민을 보호하기 위해 조선에서 특별조치를 취할 수밖에 없다는 점을 각하께서 양해해 주시기 바랍니다."

오토리는 깃발을 말아 챙기고 나서 자리에 앉으며 정중하게 말했다.

"특별조치라니요?"

"지금 한양에 거주하고 있는 일본 상인들은 날마다 죽이겠다는 조선 사람들의 협박을 받고 있으며 실제로 몇 개 상점이 습격을 당했습니다. 군대를 동원해서 상점을 지켜달라는 거류민들 호소가 빗발치고 있습니다. 조사를 해보니 엄살이 아니었습니다. 우리 조정으로서는 군대를 한양으로 파송하여 그들을 보호하지 않을 수 없습니다. 그런데 우리가 군대를 한양으로 끌고 가면 원세개 통리께서 펄펄 뛰실 것입니다. 저는 원세개 통리를 이해할 수 없는 점이 한두 가지가 아닙니다. 원통리는 일본이라면 무조건 원수같이 보기 때문에 그분하고는 제대로 이야기를 할 수가 없습니다. 우리 거류민들 사정이 이렇게 위급하다는 것을 원통리도 잘 알고 있습니다. 그런데도 우리 상인과 거류민을 보호하기 위해서 우리가 군대를 한양에 주둔시킨다면 원통리는 틀림없이 우리가 무슨 음모를 꾸민다고 각하께 보고를 할 것입니다. 우리 본의를 이렇게 왜곡한다면, 어떻게 우리 두 나라가 선린관계를 유지할 수 있겠습니까?"

오토리가 입침을 튀기자 이홍장은 껄껄 웃기만 했다. 오토리는 일본은 항상 청나라에 대하여 호의를 가지고 있는데, 원세개는 일본의 그런 본의를 모르고 오해를 하고 있다는 따위 비슷한 소리를 한참 늘어놨다. 오토리는 그런 장광설을 풀면서 방문이 열릴 때마다 다급하게 문 쪽을 돌아봤다. 두 사람은 그사이 주거니 받거니 술이 얼큰해졌다.

"중국술이나 음식은 언제 먹어도 맛이 있습니다."

두 사람의 화제는 잠시 음식 이야기에서 맴돌고 있었다. 그때 문이 열리며 조심스럽게 들어오는 사람이 있었다. 이홍장 집 가신인 듯했다. 그는 이홍장한테 고개를 주억거리며 오토리를 힐끔거렸다.

오토리는 자리에서 일어서서 변소 가는 척 자리를 비켜주었다. 그는 곁에 있는 통사에게 자리를 비키라는 눈짓을 했다. 통사가 밖으로 나갔다. 사내는 이홍장 귀에다 대고 뭐라 속삭였다. 이홍장 눈이 둥그레졌다.

"백금? 두 수레?"

이홍장은 멍한 눈으로 사내를 돌아봤다. 호걸로 소문난 이홍장이 이렇게 놀라는 것은 드문 일이었다.

"그렇습니다. 수레를 겨우 끌고 올 지경으로 수레마다 가득 실었습니다."

"그것을 일본공사관에서 가지고 왔단 말이냐?"

"그렇습니다."

"백금이 틀림없더냐?"

"예, 마나님께서도 보셨습니다."

이홍장은 여전히 놀란 표정이더니 이내 알았다고 했다. 사내가 나가고 나자 통사가 들어오고 이내 오토리가 들어왔다.

"각하 앞에서 걸음걸이가 바르지 못해 죄송합니다. 저도 일본서는 꽤나 마시는 주량입니다마는 각하 주량은 도저히 당할 수가 없습니다. 더 마시다가는 실례를 범할까 겁이 납니다. 아까 말씀을 마저 드릴까 합니다."

오토리는 시치미를 뚝 따고 능청을 떨었다. 술에 취한 척하면서도 예리하게 이홍장 표정을 살피며 뇌까렸다.

"그래, 나도 많이 취합니다마는 모처럼 만났으니 좀 더 드시지요. 이제 안주가 제대로 나옵니다."

"저는 다 당해도 중국술하고 총리 각하 주량은 당해낼 재간이 없습니다."

오토리가 너스레를 떨자 이홍장은 유쾌하게 웃었다. 아까보다 웃음소리가 더 호들갑스러웠다.

"우리가 우리나라 거류민을 보호하려고 한양으로 군대를 파견하면, 우리가 무슨 음모를 꾸민다고 원통리의 전보가 각하께 빗발칠 것입니다. 그러나 우리는 거류민 보호 목적 외에 다른 목적은 없으니 우리를 믿어주십시오."

오토리는 혀가 조금 꼬부라진 것 같은 소리로 말했다.

"하하, 알겠소. 알겠어. 염려 마시오."

이홍장은 껄껄 웃으며 수월하게 대답했다. 아까보다 알아보게 환한 얼굴이었다.

"저는 이토 각하께 보고를 올려야 하옵는데, 총리 각하께서 오해를 하지 않겠다는 확답을 하셨다고 보고를 올려도 되겠습니까?"

오토리가 좀 당돌하게 다그쳤다.

"그렇소. 내가 확답을 했노라고 보고를 하시오."

이홍장은 한층 호탕하게 웃으며 대답했다.

"각하, 감사합니다."

오토리는 자리에서 일어서서 절도 있는 동작으로 절을 했다. 두 사람은 기분 좋게 잡담을 하며 술을 더 마시다 밤이 이슥해서 헤어졌다.

이홍장 가신이 아까 술자리에까지 와서 백금 가져온 사실을 보고한 것은 그 가신한테도 적잖은 뇌물을 주어서 등을 밀었기 때문이다. 오토리는 이홍장과 헤어져 기다리고 있던 마차를 타고 부두로 달렸다.

"하하, 뚝 소리 들리지 않던가, 뚝 소리?"

마차 등받이에 몸을 기댄 오토리는 곁에 탄 영사관 직원에게 혀 꼬부라진 소리를 하며 껄껄 웃었다.

"무슨 말씀이온지?"

"뚝 끊어졌어. 뚝. 어 취한다. 하하하."

오토리는 연방 껄껄거렸다. 조선을 비끄러매고 있는 청나라 고리가 뚝 끊어졌다는 소리 같았으나 영사관 직원은 어리둥절한 표정이었다.

오토리가 인천에 도착하자 조선에 와 있는 일본군 수뇌들이 몰려나와 오토리를 맞았다. 오토리는 그 자리에서 명령을 내렸다.

"즉시 군대를 한양으로 출발시키시오."

명령을 받은 일본군 지휘관들은 인형처럼 벌떡 일어섰다.

"옛, 명령대로 거행하겠습니다."

지휘관들은 칼날같이 손을 들어 쪼개지게 경례를 했다. 부평에 주둔하고 있던 일본군이 한양을 향해 진격을 했다. 선발대 5백 명은 군기와 대포를 앞세우고 위세 당당하게 먼저 출발하고 잇따라 수군 3천 명이 출발했다. 일본군은 마치 점령지에 들어가는 점령군처럼 수십 문의 대포를 앞세우고 북을 치고 나팔을 불며 한양으로 거침없이 진군했다. 한강을 건너 광화문을 향해 내달았다. 벌써 날이 어두워지고 중천에 열이틀 달이 밝았다.

"남대문이 닫혀버렸습니다."

선발대가 와서 보고를 했다.

"성을 헐어버리든지 사다리를 놓든지 빨리 들어가라."

오토리 입에서는 주저 없이 명령이 떨어졌다. 대포를 앞세운 일본군들은 조용한 한양 밤거리에 북을 치고 나팔을 불며 남산 쪽으로 발길을 돌려 진군했다. 민가에서 사다리를 빼앗아다 수십 개를 성채에 걸쳤다. 사다리를 타고 넘어가서 남산 왜성대에 진을 쳤다. 그들은 경복궁이 바로 눈앞에 보이는 왜성대에다 대포 6문을 설치하고 한양 주변 요지 여러 곳에도 대포를 설치했다. 왜성대에 설치된 포는 경복궁을 향해 입을 벌리고 있었다.

한양 장안은 대번에 벌집을 쑤셔놓은 꼴이었다. 조정에서는 위로는 임금으로부터 아래로는 대궐 문지기며 궁중 나인들까지 상하가 벌린 입을 닫지 못하고 벌벌 떨고만 있었다.

"무엇이? 일본 군대가 성안에 들어와?"

떨기는커녕 벼락 치는 소리로 호령을 하는 사람이 있었다. 원세개였다. 무슨 연유인지 알아오라고 득달같이 일본공사관에 사람을 보냈다.

"별일이 아니오. 조선 조정이 우리를 꺼리어 멀리하고 적대시하는 까닭에 우리와 화의를 맺으려 합니다. 화의를 맺은 다음에는 병력을 거두겠소."

오토리는 여유만만하게 말했다. 청나라 통리아문 관리는 오금에서 소리가 나게 달려가 원세개한테 그대로 보고했다.

"일본 놈들이 드디어 마각을 드러냈구나. 두고 보자."

원세개가 가쁜 숨을 내뿜으며 곧바로 이홍장한테 전보를 쳤다.

일본군이 한양을 점령했습니다. 조선 조정이 일본 손아귀에 들어가는 것은 시간문제입니다. 시각을 다투어 병력을 보내 주십시오.

원세개 성화에 놀란 전보기사는 불이 나게 발신기를 두드렸다. 그러나 회답이 없었다. 몇 번이나 전보를 쳤으나 회답이 없었다.

"도대체 이게 어찌된 일이냐?"

원세개는 나중에는 전보실에까지 들어가서 악을 썼다.

"기계가 고장 난 게 아니냐?"

원세개는 전보 발신기를 내려다보며 소리를 질렀다.

"고, 고장이 아니옵니다."

겁에 질린 전보기사는 아래턱을 달달 떨며 더듬거렸다.

"그럼 내 앞에서 다시 쳐봐!"

전보기사는 떨리는 손으로 발신기를 두드렸다. 역시 회답이 없었다. 원세개는 질탕관에 두부장 끓듯 울화를 끓이며 계속 전보를 치라고 고함을 질렀다. 다음날까지 무려 13번이나 전보를 쳐도 답이 없었다. 원세개는 전보기에 고장이 난 것이 아니라 엉뚱한 데서 고장인 난 줄을 알 까닭이 없었다. 애꿎은 전보 발신기만 불이 났다.

조선 조정에서는 일본공사관에 예조참판을 보냈다. 오토리는 한나절이나 기다리게 한 다음 들어오라 했다. 참판이 들어갔다. 오토리는 거만하게 버티고 앉아 날이 시퍼런 일본도를 닦고 있었다. 이쪽은 돌아보지도 않고 칼만 닦고 있었다.

"일본 군대가 장안에 들어온 까닭을 알고자 왔소이다."

참판은 조심스럽게 말했다.

"앉으시오."

오토리는 그제야 고개를 돌리며 웃었다.

"이것이 천하에 유명한 일본도입니다. 일본도 소문은 조선 조정에서도 듣고 있겠지요? 이 칼이 멀지 않아 원세개 목을 날릴 칼이오."

오토리는 일본도를 들고 일어섰다. 칼을 앞으로 겨냥을 하며 공격 자세를 취했다. 눈을 부릅뜨고 한참 겨냥하고 있다가 획획 칼을 휘둘렀다. 일본도가 쌩쌩 바람을 갈랐다.

"하하."

오토리는 깔깔 웃고는 칼을 칼집에 철커덕 꽂으며 자리에 앉았다. 참판은 멍청하게 오토리만 건너다보고 있었다.

"조선 조정이 매달리고 있는 원세개는 이 칼에 금방 목이 날아갑니다. 그때 원세개는 시체가 될 터인데 그때 조선 조정은 원세개 시체에 매달리겠소?"

오토리는 껄껄 웃으며 다그쳤다. 참판은 벼락 맞은 꼴로 오토리만 건너다보고 있었다.

"내 일간 전하를 뵙고 말하겠거니와 미리 말을 하니 내가 전하를 뵐 때는 확실한 대답을 하라고 하시오. 청나라는 지금 조선을 속국으로 취급하여 종주국 행세를 하고 있으며 일본에 대하여도 종주권을 행사하려 하고 있소. 이것은 조선으로 보더라도 국제적 체면이 말이 아니며 우리로서도 이만저만 불쾌한 일이 아니오. 조선은 청나라 속국이 아니라는 것을 국제적으로 선포를 하고 청나라와 맺은 모든 조약을 파기하라 하시오. 일간 내가 가서 뵐 때는 확실한 대답을 해주어야 합니다. 조선이 그럴 힘이 없으면 우리가 실행을 하도록 해주겠소."

오토리는 말을 마치며 자리에서 일어서서 또 일본도를 쑥 뽑았다.

"돌아가서 전하께 내가 한 말대로 전하시고 내가 일간 가서 뵙고 하회를 청하겠다더라 하시오."

오토리는 또 일본도를 획획 내둘렀다. 허공을 가르는 날카로운 소리가 서릿발같이 싸늘했다. 참판은 벼락 맞은 표정으로 오토리를 보며 무어라 한마디 더 하려다 말고 무춤무춤 물러섰다. 뭐라고 더 주접을 떨면 칼이 자기 모가지부터 잘라버릴 것 같은 모양이었다.

청나라 통리아문으로 찾아간 관리도 역시 벼락 맞은 꼴이었다. 화가 머리끝까지 치솟은 원세개는 주먹을 쥐고 부르르 떨면서 소리를 질렀다.

"나는 지금 바로 본국으로 돌아갑니다. 곧 원병을 거느리고 오겠소. 왜놈들이 아무리 위협을 하더라도 따르지 말라더라고 하시오. 설사 목에 칼이 들어오는 한이 있더라도 들어서는 안 됩니다. 내가 군대를 끌고 올 때까지만 참고 기다리시오."

원세개는 말을 마치자마자 기병 10여 기의 호위를 받으며 바람같이 내달았다. 그는 인천을 향해 샛길로 정신없이 달렸다.

그러나 원세개가 달리는 샛길도 만만찮았다. 용산에다 본영을 설치한 일본군은 한강 수로를 장악하고 한양으로 들어오는 육로까지도 병정들이 기찰을 할 지경이었다.

# 7. 집강소

"저 물건 짝이 으째 왔어?"

군아로 들어가던 고부 별동대 젊은이들이 걸음을 멈추었다. 이갑출이 똘마니 둘을 달고 쌀가게 빡보 집으로 들어가고 있었다. 요사이는 일본 사람 쌀가게를 빡보 혼자 내고 있었다. 천가는 일본 놈 앞잡이라는 소리에 늘 고민을 하다가 불이 난 뒤로는 아예 일본 사람들과 손을 끊고 가게문을 닫고 말았다.

"저것이 그동안 어디 자빠졌다가 장마 뒤에 두꺼비같이 슬슬 기어나온가 모르겠네."

별동대원들은 군아 문 앞에서 장진호하고 이야기하고 있는 김승종한테 이갑출이 나타났다고 알렸다. 김승종은 대번에 눈살을 찌푸렸다. 지난번 이용태가 설칠 때 이상만 살범은 장춘동이라는 말이 동네 여자들 입에서 나왔다는 소문이 나돌아 그러지 않아도 찜찜한

212

판인데 이갑출이 나타났다고 하자 김승종은 대번에 그 일이 떠오른 것이다. 이미 고부에 쫙 깔린 그 소문이 이갑출 귀에 들어가지 말란 법이 없었고, 이갑출은 어떻게든 이주호와 형제 관계를 회복하려는 사람이라 그 사건을 빌미로 꼭 무슨 일판을 꾸밀 것만 같은 생각이 들었다.

고부 농민군들 사이에서 장춘동 소문을 내놓고 이야기하는 사람은 없었지만, 모두 귓속말로 속삭이며 장춘동 눈치를 보고 있었다. 더구나 장춘동은 한때 오기창과 얼려 다닌 다음이라 그가 이상만 살범이라는 소문은 소문이 아니라 사실로 굳어버린 것 같았고, 장춘동이 나타나면 모두 그런 눈으로 보는 것 같았다. 그가 이상만을 죽였으면 어떻게 죽였으며 그 시체는 어떻게 처치를 했을까, 그리고 그런 끔찍한 일을 장춘동 혼자 저질렀을까, 말은 안 했으나 모두 그런 생각을 하는 눈치였다. 장춘동은 오기창이 김개남 부대로 들어간 뒤로는 오기창과 헤어져 고부 부대로 돌아왔고, 지금은 집강소執綱所에서 성찰 일을 맡고 있었다. 그는 자기를 보는 고부 사람들 눈이 예사롭지 않다는 것을 전혀 모르는지 매사가 천연스러웠다.

이주호는 상처는 진즉 나았으나 어린애처럼 먹을 것만 칭얼거리는 등 정신이 온전하지 못하다는 소문이었다. 그 집에는 지금 온전한 식구라고는 경옥 한 사람뿐이었다. 경옥의 할머니 김제댁은 정월 고부봉기 때 죽었고, 이상만 아내 태인댁은 난리 통에 친정으로 애를 낳으러 갔다가 산후가 좋지 않아 지금까지 친정에서 자리를 지고 있었으며 감역댁은 시체를 찾지 못해 아직 장례도 치르지 못하고 있었다. 감역댁은 상인들과 관노들의 거친 몽둥이에 애매하게 죽은 것이 틀림없는 것 같았으나 아무리 뜯고 찾아도 시체를 찾을 수 없었다.

"이갑출 저 작자 여그 발걸음을 못하게 하는 방도가 없을까? 나는 그 작자 상판때기만 봐도 구정물 뒤집어쓴 것 같단 말이여."

김승종이 장진호와 고미륵을 보며 뇌었다.

"한 동네서 살았제마는 나도 마찬가진데, 그런다고 무작정 못 오게 할 수는 없잖어?"

장진호가 이죽거렸다. 조딱부리는 곁에서 눈만 멀뚱거리고 있었다. 요사이 무서운 것이 없는 김승종과 장진호 등 별동대 대장들도 모두 난감한 표정이었다. 지금 별동대 대장들은 모두 집강소에서 새 임직을 맡아 일을 하고 있었다. 농민군들이 전쟁을 하는 동안 김도삼이 이끌고 고을을 다스리던 도소는 요사이 집강소로 이름을 바꾸었다. 집강을 우두머리로 고을 관아하고 비슷한 조직을 갖추면서 이름이 바뀐 것이다.

고부는 어느 고을보다 먼저 집강소가 모양을 갖추었다. 지난 정월 봉기 때부터 군아를 차지하고 농민군들이 고을 일을 좌지우지했던데다가, 이용태가 어질러놓고 간 뒤를 수습하느라 그동안 피해 조사를 하는 등 꼼꼼하게 일을 하고 있었기 때문이다. 농민군이 전주에서 돌아오자 김도삼은 폐정개혁 조항에 따라 집강소에서 해야 할 일을 가닥을 추려 그에 따르는 직책을 정하고 임직을 맡겼다. 그래서 정읍이나 홍덕 같은 이웃 고을에서는 고부 집강소를 보고 가서 그들도 고부하고 비슷하게 집강소 구색을 갖춰나가기 시작했다.

임직은 맨 우두머리에 집강, 그 다음에 성찰省察, 서기, 집사, 동몽童蒙 등 다섯 가지였고, 따로 중요한 일을 의논하는 의사기구가 있었으며, 집강소를 호위하는 호위군이 있었다.

집강소 우두머리인 집강은 집강소 일을 통괄하는 우두머리로 김도삼이 그대로 맡았다.

성찰은 치안과 농민군 기율을 담당하고, 탐관오리와 불량한 양반이나 부호들을 잡아들여 징치하는 것이 임무였다. 성찰은 할 일이 많았으므로 여러 사람을 두고 그 우두머리를 도성찰이라 했다. 도성찰은 송대화가 맡고 치안을 담당하는 성찰은 김장식, 부호와 양반들을 징치하는 성찰은 장춘동이 맡았다.

서기는 집강소에서 하는 여러 가지 일을 문서로 작성하고 집강의 비서 역할을 하는 임직인데 이는 김이곤이 맡았다.

집사는 일반 행정을 관장하는 임직이었다. 그동안 쌓이고 쌓인 여러 가지 폐정을 바로잡고, 갖가지 소장을 처리하는 일을 했다. 집사도 손이 많이 필요했으므로 여러 사람이었다. 우두머리를 공사장이라 불렀는데 공사장은 조만옥, 그냥 집사는 예동 동임 정왈금, 신중리 영좌 장특실이 맡았다.

동몽은 청소년 농민군들을 지휘하여 집강 등 중요 임직의 호위와 성찰의 보조 역할을 하는 임직이었다. 장진호가 동몽을 맡아 별동대 가운데 자기 부대를 이끌고 그 일을 했다.

호위군은 집강소를 호위하는 군대로 그 우두머리는 송대화가 겸직을 하고 실질적인 지휘는 김승종이 맡고 있었다. 원래는 농민군 전부가 호위군이었으나, 한창 농사철이라 별동대가 일부 남아서 호위군 일을 했다.

면과 동리에는 면 집강과 동네 집강이 있었다. 그들은 거의 매일 집강소와 동네를 오가며 백성의 억울한 일을 집강소에 알리기도 하고 동네 사람들의 다른 일도 대신 봐주었다.

의사기구는 특별한 명칭이 없었고, 집강소 우두머리들이 전부터 백성 편에 섰던 유지들을 필요할 때 오라 해서 고을 일을 함께 의논했다. 옛날 향회와 같은 기구였다. 김승종 할아버지 별산 영감과 김진두, 송두호, 그리고 장진호 아버지 털보 장문식, 그리고 궁동면 풍헌 이진삼 등 스무남은 사람이었다. 고을 사람들 의견을 널리 듣기 위해서 수를 차차 늘려가기로 했다.

정익서와 달주, 정길남은 각 고을을 도는 전봉준을 수행하고 다녔으므로 고부에서는 임직을 맡지 않았다.

집강소 일을 보는 사람들 농사일은 모두 그 동네 두레에서 해주었으므로 그들은 안심하고 집강소 일만 볼 수 있었다. 원래 두레는 노인들만 사는 집이나 과부나 병자 논에는 모내기와 논매기를 공짜로 해주었으므로 집강소 일을 보는 사람들 농사일을 해주는 것은 선심이랄 것도 없었다. 농사를 전부 지어주는 것이 아니라 모내기와 논매기만 해주었다.

호방, 이방, 형방 등 집이 불타버린 이속들은 전주 감영에서 풀려난 뒤 어디로 가버렸는지 아직 돌아오지 않았다. 서원 등 하리들은 모두 얼굴을 내놨다. 집강소 임직들은 행정에 서툴렀으므로 그들을 불러다 일을 시켰다. 그들은 곤장 맞지 않는 것만 다행이어서 감지덕지 집강소 일을 거들었다.

"이갑출이 오요."

창을 든 젊은이 하나가 달려오며 김승종한테 소리쳤다.

"그 자식이 여기를 와?"

아문에서 서성거리던 김승종과 조딱부리 등 젊은이들이 눈살을 모았다. 이갑출이 군아로 들어오고 있었다. 어깨판을 벌리고 제 집인 듯 스스럼없이 들어왔다.

"저 자식을!"

김승종은 눈살을 찌푸리며 장진호더러 저쪽으로 가 있으라고 눈짓을 했다. 고미륵도 아니꼬운 눈초리로 이갑출을 노려보고 있었다. 장진호는 한 동네 사람이라 입장이 난처할 것 같아 자리를 피하라고 한 것이다.

"승전을 축하하네. 나는 농민군에는 못 나갔네마는 농민군들이 이겼다는 말을 들을 때마다 춤을 췄네."

이갑출은 너스레가 흐드러졌다.

"여기는 웬일이오?"

김승종이 퉁명스럽게 물었다.

"집강 나리를 급히 뵐 일이 있어 왔네."

이갑출이 간사스럽게 헤실거리며 말했다.

"먼 일이오?"

"뵐 일이 있구만."

"나는 호위군 대장이오. 무슨 일인지 말하시오."

김승종이 냉차게 잘랐다. 조딱부리도 아니꼽게 노려보고 있었다.

"이 사람아, 모른 처지도 아니고, 왜 이래?"

이갑출은 간사스런 표정으로 연신 헤실거렸다.

"내가 맡은 소임이 그것이오."

김승종이 안면을 몰수하고 굳은 표정을 펴지 않았다. 그때 저쪽에 있던 호위군 네댓 명이 창을 들고 다가왔다.

"관군 놈들 치는 일이라면 나도 한 구실했던 사람이네. 그 때문에 이용태가 왔을 적에 내가 어떻게 지낸 줄 아는가?"

"일본 쪽발이들 그늘에서 돌 진 가재로 안심하고 지냈겠지라우."

김승종이 정색을 하고 말했다.

"허허."

이갑출은 어이가 없다는 표정이었다.

"허허? 누구 앞에서 허허여? 여그가 줄포 갯바닥인 줄 알어?"

조딱부리가 시퍼런 창끝을 이갑출 앞에 들이대며 소리를 질렀다. 이갑출 눈에 대번에 날이 섰다.

"보기는 누구를 봐? 여그가 어딘 줄 알어, 웅? 조병갑이나 이용태 같은 미친개가 틀거지 틀고 앉았던 군아가 아니고 농민군 집강소여, 집강소. 왜놈 쪽발이 발바닥이나 핥고 댕기는 강아지 새끼들이 함부로 들락거릴 데가 아니란 말이여."

조딱부리가 안정머리없이 쏘아붙였다. 조딱부리는 지난번 정길 남하고 역졸들한테 잡혀들어갔다 나온 뒤로는 길 안 든 생매같이 어디든지 나섰다.

"뭣이라고?"

이갑출이 대번에 숨을 씨근거리며 눈에는 살기가 번뜩였다.

"금방도 왜놈 똥강아지 집에 들어갔다 나오는 것을 봤어."

"허허, 이것이 먼 챙피여? 내가 멋을 잘못한 일이 있관대, 이런 챙 피를 줘? 말 조깨 해봐."

이갑출이 김승종한테 차근히 따지고 나왔다. 역시 드센 바닥에서 뒹구는 왈패다웠다.

"나한테 시비 거는 거요?"

김승종이 빠듯 말꼬리를 추켜올렸다.

"시비가 아니라……."

"꼭 호위군 창 맛을 한번 봐야 정신이 나겄어?"

조딱부리가 이갑출 앞에 창을 들이댔다.

"어라, 어디 한번 찔러봐."

이갑출이 딱 버티고 서서 가슴을 내밀었다. 그는 눈도 끔쩍하지 않고 조딱부리 앞에 가슴을 쩍 벌려주었다.

"어서!"

이갑출이 깡 고함을 질렀다. 창을 들이대던 조딱부리는 머쓱해지고 말았다. 창끝이 오도가도 못 하고 그 자리에 멎어버렸다. 마치 이 갑출 손에 붙잡혀 꼼짝을 못 하는 형상이었다. 그때 송대화가 지나가다가 눈이 둥그레졌다.

"웬일인가?"

"나 말목 이갑출이오. 나도 전에 말목서 목숨 걸고 감영군을 해치운 사람이오. 집강 나리 조깨 뵈러 왔는데, 집강소 문턱도 이렇게 높습니까?"

이갑출이 송대화 앞으로 가며 껄껄 웃었다. 송대화한테 잠시 무어라 했다. 송대화는 가볍게 고개를 끄덕이며 그를 데리고 안으로 들어갔다. 젊은이들은 닭 쫓던 개꼴이 되고 말았다.

"나는 일본 상인들 밑에서 빌어먹고는 삽니다마는, 그 작자들한테 쏠개까지 내논 것은 아닙니다. 오늘 내가 여그 온 것도 달래 온 것이 아닙니다. 여태까지 비슬비슬 조선 사람들 눈치만 보던 일본 상인들이 요 얼마 사이에 금방 콧대가 높아졌소. 그 작자들은 원래가 간사스런 작자들이라 시국 돌아가는 낌새 하나는 방앗간 참새들보다 더 날랜 작자들입니다. 그 작자들이 줄포 상인들한테 조선은 멀잖아 일본 놈 세상이 된다고 큰소리를 친답니다. 큰소리만 치는 것이 아니라 지금 뒷구멍으로는 쌀돈을 다시 풀고 있습니다."

이갑출은 진지한 표정으로 말했다.

"쌀돈을 다시 풀어?"

김도삼이 깜짝 놀랐다.

"예, 당장 그저께만 하더라도 줄포에서 방물객주를 내고 있는 구로다란 작자가 한양서 배를 타고 왔는데 요새 그 작자 앞잡이들이 풀방구리에 새앙쥐 들락거리듯 그 집에 들락거리고 있습니다. 당장 오늘 내가 여기 온 것도 빡보 가게에 쌀돈을 가져다주러 왔습니다. 천가가 일본 놈 심부름 그만한다고 손을 씻어버렸은게 빡보가 고부 쌀을 싹쓸 것입니다."

일본 상인들은 각 고을 쌀가게 주인들을 앞세워 농민군 내막도 낱낱이 챙겨간다는 것이다.

"고맙네."

김도삼이 별로 표정을 드러내지 않고 담담하게 말했다. 이갑출은 동헌을 나왔다. 이갑출이 웃으며 김승종과 고미륵 곁으로 왔다.

"사람 괄시 말게. 내가 여기 온 것도 일본 상인들 노는 것이 수상하길래 그 내막을 알려주려고 온 것이네. 나보고 일본 놈 강아지라고 했는데, 내가 일본 놈 밑에서 노네마는 쓸개는 온전한게 염려 놓게."

이갑출이 껄껄 웃으며 돌아섰다.

"개자식, 니가 일본 놈 강아지제 뭣이여?"

조딱부리가 이갑출 뒤를 할기시 노려보며 이죽거렸다.

"일본 상인들 내막? 저 자식이 양다리 걸치자는 수작 아녀?"

고미륵이 멀어지는 이갑출을 노려보며 뇌었다.

"맞아. 저 자식이 양다리 걸치고 여기서 먼 일판을 벌릴라고 지금 집강소에 알랑거리고 있는지도 모르겠다. 저 자식 거동을 잘 봐사 쓰겠구만."

김승종이 새삼스럽게 눈을 밝혔다. 군아에서 나온 이갑출은 고부 읍내를 횅하니 빠져나가 장문리 쪽으로 바삐 걸음을 옮겼다. 주막 골목에서 똘마니 둘이 따라붙었다.

"두고 보자. 고부가 쑥대밭이 될 날도 며칠 안 남았다. 이 촌놈들아 일본 군대가 들어왔다. 내가 여기서 이상만 시체만 찾아내고, 강경에서 일본 놈 죽인 김필호란 놈만 잡아봐라. 고부 바닥도 내 것이고 줄포 바닥도 내 것이다. 이 싸가지 없는 새끼들, 그때 보자."

이갑출이 혼자 씨월거리며 걸음을 재촉했다. 그는 요사이 강경에서 장통사와 혀를 맞물고 김덕호 심부름꾼들이 다시 나타나기만 기다리고 있다가 며칠 전 장통사 곁에는 똘마니들을 단단히 박아놓고 줄포로 온 것이다.

장문리 삼거리에 이르렀다. 거기서도 두 사람이 서성거리고 있다가 이갑출을 맞았다. 두 사람은 망태기를 멘 허름한 차림들이었다. 행색이 약초꾼 같았다. 이갑출이 그들과 이야기를 하며 천치재로 올라붙었다. 똘마니들은 조금 뒤로 처졌다. 천치재 꼭대기에 올라섰다.

"저것이 천태산이거 이것이 두승산이잖소? 천태산부터 이 잡듯이 뒤지고 없으면 두승산도 더트시오. 당신들은 약초꾼들인게, 날짜 가는 것은 상관 말고 천연보살 약초를 캠시로 차분히 더트시오. 시체를 찾으면 약조한 대로 뭉텅잇돈을 드리겠고, 못 찾더라도 날짜대로 품삯을 드리겠소. 두 달 석 달, 날짜 가는 것은 조금도 상관 마시오. 시체를 찾는 일이라 조깨 껄쩍지근할 것이요마는, 당신들보고 떠메오란 소리는 안할 것인게 어디 있는가 찾기만 하면 돼요. 그러고 그 일로 당신들한테는 조금도 말썽이 없을 것인게 그런 것은 걱정하지 마시오. 내가 가끔 오겠소마는, 시체를 찾거든 득달같이 줄포로 달려오시오. 자, 우선 이것은 보름치 품삯이오."

이갑출이 은자를 두 사람한테 똑같이 나누어 주었다. 그는 껄쩍지근하게 생각 말라는 소리를 한 번 더 한 다음 작별을 했다. 약초꾼들은 천태산 쪽으로 가고 이갑출은 똘마니들을 달고 하학동 쪽으로 내려섰다.


그때 경옥은 자기 방에서 연엽과 함께 바느질을 하고 있었다.

"품이 괜찮겠어? 조금 넓을 것도 같고."

연엽이 바느질하던 저고리에서 이빨로 실을 자르며 경옥한테 들어보였다.

"조금 커도 옷은 나이로 입는다지 않던가요?"

경옥이 건성으로 대꾸했다. 전봉준 옷이었다. 연엽은 전주에서 오자마자 경옥 집에서 경옥하고 같이 지냈다. 경옥은 전주에서 연엽을 만났을 때 마치 살붙이라도 만난 듯이 반가웠는데 이제 집에서 같이 지내게 되자 마음이 한결 든든했다.

경옥의 집은 도깨비라도 나올 것같이 휑뎅그렁했으나 요사이는 좀 나았다. 행랑채에는 집을 잃은 조망태 식구들을 들였고, 별당에는 장춘동 아내를 들였다. 행랑아범 내외에다 청룡바우며 모종순은 그대로 있으므로 거기에 두 집 식구들이 들자 사람이 사는 집 같았다.

하학동은 집이 다섯 채 불에 탄 것 말고는 다행히 죽은 사람은 없었다. 불탄 집은 달주 집, 김이곤 집, 조망태 집, 장춘동 집, 그리고 한 집은 김이곤 집에서 불이 옮아붙어 타버렸다. 달주 어머니 부안댁 모녀는 작은집인 김한준 집에 들었고 나머지 두 집도 다른 집 행랑채로 들었다.

경옥은 전주화약 맺을 때까지 어머니 시체를 찾다가 화약을 맺은 날 포기하고 아버지를 모시고 집으로 돌아왔다. 어머니는 그 싸개통에 죽은 것은 분명한 것 같았으나 도대체 어떻게 죽었는지 알 수가 없었다. 그렇게 듣고 찾아도 시체를 찾을 수가 없었다. 지금은 그저 거짓말처럼 살아서 나타나기만 기다리고 있었다. 아버지는 전주 의원 집에 더 두어봤자 별로 효험이 없을 것 같고 여러 가지로 불편하기만 해서 그 의원이 한 달에 두어 번씩 다녀가기로 하고 집으로 모시고 왔다.

경옥은 처음에는 집안을 어떻게 이끌고 나갈지 갈피를 잡을 수가 없었으나 요사이는 안정이 되었다. 집에 오자마자 눈물이나 짜고 있어서는 안 되겠다고 마음을 가다듬고 집안 단속부터 했다. 곳간에 있는 곡식을 낱낱이 챙겨 치부를 하고 헛간과 나무벼늘까지도 제대로 단속했으며, 집안 청소도 전보다 더 정갈하게 하도록 채근했다. 그리고 곳간을 열어 쌀 30섬을 읍내 집강소로 보내고 50섬은 동네다 내놨다. 경옥이 집안일을 채잡아 단속을 하고 나서자 동네 드난꾼들 발길도 잦아졌다. 발길이 전보다 쉬워서 그런지 생전 오지 않던 달주 어머니도 와서 위로를 하고 갔다.

동네는 겉으로는 집이 불탄 것 말고는 크게 변한 것이 없었으나 속살로는 상처가 너무나 컸다. 제일 큰 상처를 입은 것은 역졸들한테 당한 처녀들과 젊은 여자들이고, 요사이 거의 등신이 되어버린 해봉 영감이나 양찬오 같은 사람들도 여자들 상처에 못지않았다.

해봉 영감은 며느리가 방 안에 갇혀 역졸들한테 당한 꼴을 겪고 난 뒤부터 날이면 날마다 마루에 나앉아 먼산바라기만 하고 있었다. 밥을 해다 주면 밥을 먹고 밤이 되면 잠을 잤으나, 허구한 날 말 한마디 하는 법 없이 마루에 나앉아 담배만 줄담배로 태우며 먼 산만 건너다보고 있었다. 우케 멍석에다 닭이 장을 쳐도 닭 하나 쫓는 법이 없었다. 양찬오도 비슷했다. 갈재에서 역졸들을 죽이고 집에 돌아오자 오던 길로 자리에 누워 식은땀을 흘리며 헛소리까지 하다가 네댓새가 지나자 몸은 회복되었으나 그 뒤로는 그도 말을 잃어버렸다. 조망태가 드나들었으나 조망태가 아무리 곁에서 너스레를 떨어도 묻는 말에나 어쩌다가 한마디씩 대답을 할 뿐이었다. 열 마디에 한 마디 꼴이었다. 보리가을이 들자 그때부터 그도 나와 보리를 베고 모내기가 시작되자 두레에도 나갔으나 말이 없기는 마찬가지였다. 두레꾼들이 농을 하고 웃으면 마지못해 소 웃음 같이 맥살없이 따라 웃을 뿐이었다. 김한준도 비슷했으나 양찬오보다는 나았다.

"고창은 언제 가께라? 내 형편만 생각하고 죽은 사람 유언을 지니고 있을란게 늘 마음이 한짐이네요."

경옥이 바느질하던 손을 멈추고 연엽을 보며 물었다.

"의원님이 언제 오실지 모르는데 의원님이 다녀간 뒤에 가야잖겠어?"

"그러기는 한데 너무 오래 있다 가면 가도 면목이 없을 것 같고."

"그 사람 말 들어본게 그 집도 어지간히 가난했던 모양이더만."

"나는 그때 그이 말 들을 때는 호의호식하고 살아온 내 몸뚱이가 몽땅 죄로 뭉쳐진 죗덩어리 같습디다."

"이름은 어째서 *굴축스럽게 쪼르르여?"

경옥이 너무 심각한 소리를 하자 연엽은 말머리를 돌리며 웃었다. 경옥도 따라 웃었다. 경옥은 이쪼르르 죽는 것을 본 뒤로는 세상을 보는 눈이 완전히 달라진 것 같았다. 그때 유월례한테도 너무 심하게 했다고 후회를 했다.

"참, 길례라고 그 처녀는 그 뒤로 어떻게 됐지요?"

경옥이 생각난 듯이 물었다.

"정판쇠라는 꼭두쇠가 그 처녀 거사라던데 그가 죽었어도 사당패는 안 떠날 것 같아. 춤추고 노래 부르는 것밖에는 통 눈에 뵈는 것이 없는 것 같더만. 무엇에 씌었다면 험하게 씐 것 같은데, 며칠 동안 같이 지내 봤지마는 나는 그 처녀를 통 모르겠어. 자기 아버지가 죽었다는 소식 듣고도 눈물 한 방울 안 흘리더라구. 박성삼인가 그 총각도 참 안됐더만. 지금도 못 잊어서 날이면 날마다 한숨만 쉰데여."

"그렇게 죽자살자하는 총각을 두고도 그러다니 사람 속은 모르겠네요."

그때 밖에서 소리가 났다.

"누가 왔소."

행랑아범이었다. 경옥이 문을 열었다. 이갑출이 마당에 덜렁 서서 벙글거리고 있었다. 경옥은 대번에 얼굴이 싸늘하게 굳어졌다. 똘마니들은 아래채에서 이쪽을 쭈뼛거리고 있었다. 경옥이 매무시를 가다듬고 마루로 나갔다.

"오랜만이다. 형님은 조께 차도가 있으시냐? 진즉 온다는 것이 이렇게 늦어버렸다. 형수님까지 일을 당한 모양인데 내가 시방 면목이 없다. 그동안 혼자 고생 많이 했다."

이갑출은 너스레가 흐드러졌다.

"무슨 일로 오셨소?"

경옥이 냉랭하게 물었다.

"늦어서 면목이 없다마는 병문안 왔제, 뭣하러 왔겠냐?"

이갑출이 거침없이 토방으로 올라섰다.

"아버님 방에는 아무도 들어가지 못해요."

경옥이 싸늘하게 말했다.

"허허, 그것이 먼 소리냐? 형제간에도 못 만난단 말이냐?"

이갑출은 그 무슨 당찮은 소리냐는 듯이 눈을 크게 떴다.

"의원님께서는 아무도 곁에 들이지 말라 하셨소. 환자를 생각하시거든 뵐 생각 마시오."

경옥이 형제간이라는 말에 비위가 상하는지 더 싸늘하게 말했다.

"의원 말씀은 쓸데없이 인사치레로 와서 수선 떠는 사람들을 막으라는 소리제 육친 발길까지 막으라는 소리겄냐?"

이갑출이 능글맞게 웃음을 바르며 야살을 떨었다.

"아버님 방에는 저 혼자만 들어가제 아무도 못 들어간게 그리 아시오."

경옥이 딱 잘랐다.

"생각을 해봐라. 너도 육친이면 나도 육친이다. 육친 발길을 누가 막는단 말이냐?"

이갑출 말꼬리에 가볍게 성깔이 묻어났다. 위협과 회유를 정확히 계산한 성깔 같았다.

"육친 육친 하시는데 나는 당신 같은 육친이 있다는 소리 들어본 적 없소."

경옥도 만만찮게 쏘았다.

"들었건 못 들었건 느그 아부지하고 나하고는 형제간이고, 너한테는 내가 작은아부지다."

이갑출이 소리를 질렀다.

"나는 작은아버지고 큰아버지고 그런 사람 있다는 소리 아무한테도 들어본 적이 없소."

경옥은 이갑출을 똑바로 보며 야무지게 말했다.

"허허, 그랬을 것이다. 인자부터 나한테 듣고 그런 줄 알아라. 나는 어디 가든지 내 몫은 찾아먹는 놈이다. 이런 데서도 내 몫을 찾을 것이다. 알았냐?"

이갑출이 껄껄 웃으며 마루로 성큼 올라섰다.

"여보시오. 내 말 더 들으시오."

경옥이 표독스럽게 노려보며 앙칼지게 쏘았다.

"지금 이 집에 나 혼자 있다고 완력으로 나올 테요? 아버지가 누워계시는 *도막에는 이 집 주인은 나요. 저를 아주 *시쁘게 보시는데, 당신이 완력으로 나오면 나도 생각이 있는게 그리 아시오."

경옥은 서릿발 같은 눈초리로 이갑출을 쏘아보며 마디마디 힘을 주어 내뱉었다.

"너 지금 먼 소리를 하고 있냐? 완력이 아니라 순리다. 시방 동생이 형님 병문안 왔다. 동생이 형님한테 가는 발길을 누가 막겠냐? 나라 상감인들 막을 것 같냐?"

이갑출이 껄껄 웃으며 방문을 열고 들어갔다. 경옥은 얼굴이 시퍼레지며 이갑출이 들어간 안방을 노려보고 있었다. 입술을 잘근 깨물었다.

"형님 나 왔소. 나 갑출이오. 조께 어떠시오? 진작 온다는 것이 일이 있어서 충그리다가 인자사 왔소."

이갑출은 아랫목에 누워 있는 이주호 곁으로 다가앉으며 얼굴을 내려다보았다. 이주호는 겨우 눈을 뜨고 멍하니 이갑출을 쳐다보고 있었다.

"갑출이? 뭣하러 왔냐?"

이주호는 멍한 눈으로 이갑출을 보며 말했다.

"형님, 내가 상만이 해친 놈을 기어코 잡아내고 말 것인게 그리 아시오. 상만이 말이오, 상만이!"

이갑출은 이주호 손을 잡으며 다짐을 했다. 그는 이주호에게 말을 한다기보다 밖에 있는 경옥이 들으라고 하는 소리 같았다. 말소리가 그만큼 컸다.

"상만이? 그놈 시방 어디 갔냐? 또 기집질하러 갔냐?"

이주호는 엉뚱한 소리를 했다. 이갑출은 놀란 눈으로 이주호를 내려다봤다.

"상만이 해친 놈을 기어코 내가 잡을 것이오. 그놈이 누군지 내가 알고 있소마는 시방 왜장을 칠 때가 아니오. 하여간에 꼼짝달싹을 못하게 증거를 잡을 것인게 그리 아시오."

이갑출이 이주호 손을 잡으며 다짐을 두었다.

"잡아온나. 잡아와. 그놈이 시방 기집질하러 갔다."

이주호는 힘없는 눈길을 허공에다 드리우고 뇌었다.

"시방 형님 병세가 차도가 없는 것 같은데, 다른 의원한테 한번 뵈사 쓸 것 같소."

이갑출이 큰소리로 말했다.

"약은 안 묵을란다. 안 묵어. 엿이나 사온나. 엿 사왔냐?"

이주호는 바보같이 히히 웃으며 채근했다. 이갑출은 다시 놀란 눈으로 이주호를 내려다봤다.

"지금 농민군들이 설치고 있소마는, 오래 가지는 못할 것인게 그리 아시오. 일본 사람들 말 들어본게 일본이 그냥 호락호락하지 않을 것이라고 합디다. 나도 그런 물대 짐작도 대충 하는 놈이오. 그 사람들 말이 헛소리가 아닐 것 같소."

이 말도 경옥더러 들으라는 소리 같았다.

"그러면 또 올 것인게 조섭 잘하고 계십시오."

이갑출이 자리에서 일어섰다.

"이놈아, 엿 사온나 엿. 곶감도 사오고 많이 사온나."

이주호는 연방 먹을 것 타령만 했다. 이갑출이 밖으로 나왔다. 경옥은 그 자리에 없었다. 이갑출이 신을 신고 경옥 방문 앞으로 갔다.

"지금 의원 갖고는 안 될 것 같다. 내가 영한 의원을 알아볼란게 그리 알아라."

이갑출이는 경옥 방문에다 대고 말을 했으나, 안에서는 아무 반응이 없었다.

"궂은일에는 형제간이다."

이갑출이 한마디 해놓고 껄껄 웃으며 돌아섰다. 네까짓 게 아무리 앙탈을 부려도 나는 너를 손안에 든 참새만큼도 안 본다는 가락이었다. 그는 경옥의 대답은 더 기다리지도 않고 껄껄 웃으며 집을 나갔다. 웃음소리가 한결 호들갑스러웠다.

# 8. 이용태를 잡아라

"전라도는 시방 세상이 발칵 뒤집혔다매요?"

오기창 일행이 남해 읍내 주막에 들러 술을 시키자 주막집 영감이 물었다. 일행은 깜짝 놀랐다. 사투리를 듣고 금방 전라도 사람인 줄 알아보는 것 같았다.

"우리는 전라도에서 나온 지가 오래 되어서 잘 모르겄소마는 전라도가 발칵 뒤집혔다는 소문은 들었소. 수령들도 말짱 쫓아내불고 전라도 천지가 농민군 세상이 되아부렀다지라우?"

오기창이 능청을 떨었다. 그들은 호랑이라도 잡을 듯이 시퍼렇게 달려왔으나, 정작 남해에 당도하고 보니 이용태가 어디 있는지 알아낼 길이 막막했다. 이쪽 지방은 벙거지들 서슬이 시퍼레서 우선 처신이 여간 조심스럽지 않았고, 더구나 모내기가 한창이라 멀쩡한 사람들이 떼 몰려다니기가 이만저만 난감하지 않았다. 말씨까지 달라놓으니 더 주눅이 들었다.

"허허, 그라고 보면 전라도 사람들이 보통 사람들이 아니거든. 그 무지막지한 놈들을 어떻게 그렇게 몰아내버렸을까? 하기야 임술년 난리 때는 여기 경상도 농민들이 기 한번 폈소. 내 고향은 단성인데, 그때는 우리도 세상 한번 만났지요. 전라도 소문을 듣고 그때 생각을 했소."

영감은 곰방대에다 담배를 피워 물고 눈을 게슴츠레하게 떴다. 옛날 회상에 젖는 듯했다. 오기창은 영감 눈치를 살폈다.

"영감님도 얼핏 보매 성깔깨나 있게 뵈는데, 그때 영락없이 벙거지 몇 놈 족쳤겠소."

오기창이 영감을 은근히 추켜세웠다.

"허허, 나도 그때는 주먹에 핏사발깨나 팔팔했지요."

영감은 자줏빛 담배연기를 허공에 피워올리며 실눈으로 웃었다. 그때 광경이 눈에 그윽이 담기는 것 같았다.

"아까 오다 들은게 이용태李容泰란 놈이 이리 귀양을 왔다고 하는데 참말로 왔소?"

오기창이 조심스럽게 한발 내쳤다.

"이용태라니요?"

"전라도에서 어사 나갖고 전라도 고부로 역졸들 끌고 가서 분탕질친 놈 말이오."

"음, 맞어. 그놈이 전라도 어느 고을 수령이랬지라우. 그런데 그런 못된 놈을 귀양을 보내도 하필 이리 보냈단 말이오?"

영감은 곰방대를 빼물며 마치 무슨 모욕이라도 당한 것같이 눈을

232

크게 떴다.

"그런 놈은 어디로 귀양을 가든 그 고을 사람들이 가만두지 않을 것인데, 그런 놈을 이리 보내는 것을 보면 여기 남해 사람들이 성질들이 물썽한 모양이지라우."

오기창이 웃으며 능청을 떨었다.

"성질들이 물썽하다니 그것이 먼 소리요?"

영감은 대번에 눈을 부릅떴다.

"아까 영감님 말씀대로 주먹에 핏사발이나 든 사람들이라면 그런 놈을 가만두지 않을 것인게, 그런 놈을 귀양 보낼 적에는 그 고을 사람들 성깔 봐서 보냈겠지라우."

오기창이가 헤실거리며 뇌었다.

"허허, 그러고 본게 당신들이 남해 사람들을 우습게 보는데 여그 사람들 잘못 봤다가는 큰코 다치요. 나도 첨에는 물썽하게 봤더니만 겪어본게 그것이 아닙디다."

영감이 고개를 절레절레 저었다.

"영감님은 이리 오신 지가 30년이 넘었을 것인게 여기 사람 다 되었겠소. 그때 단성서 몇 놈이나 작살내고 내뺐소?"

오기창이 연방 헤실거리며 물었다.

"예끼 여보시오. 작살내다니 사람 잡을 소리 마시오."

영감이 깜짝 놀라며 소리를 질렀다.

"허허, 발설은 안 하께라우. 영감님 얼굴에 그렇게 씌어졌소."

"허참, 그이가 생사람을 잡아도 여러 벌로 잡겠네."

영감은 거듭 생파리 떼듯 했으나 알아보게 당황하는 표정이었다.

오기창 곁에서는 최낙수와 설만두가 베슬베슬 웃고 있고 점박과 눈 끔벅은 저만치 따로 앉아서 역시 베슬거리고 있었다.

"험한 세상을 살다 본게 눈치 한나밖에 안 남았소. 쩩 하면 참새 소린 줄 알고 철퍽하면 파도 소린 줄 알지라우."

오기창은 연방 헤실거리며 물고늘어졌다.

"예끼, 여보쇼."

영감은 눈까지 흘겼다. 30여 년이 지났는데도 아직도 겁이 나는 모양이었다.

"영감님, 나는 이용태 그놈이 이리 귀양 왔다는 소리를 들은게 대번에 *생목이 오르요. 사람 사는 집에 불을 지르고 생사람을 그렇게 험하게 죽인 놈을 그냥 둬사 쓰겠소? 어디 있는 줄 알면 그놈 대갈패기라도 한대 쥐알려놓고 싶소. 그놈이 시방 어디 있는지 알아볼 방 도가 없으께라?"

오기창이 이를 악물며 결의를 보였다.

"예끼, 호랑이 콧등에다 불침을 놔도 유분수지 그러다가 어쩌 려고?"

영감은 철없는 소리 말라는 표정이었다. 그때 아내인 듯한 여자 가 물동이를 이고 들어왔다.

"전라도 고부서 분탕질친 어산가 부산가 그놈이 이리 왔다는 소 문이 있는데 못 들었소?"

영감이 자기 아내한테 물었다.

"어제도 전라도 말씨 쓰는 젊은이들이 그런 소리를 묻습디다마는 나는 그런 소리 못 들었소."

여인은 대수롭지 않게 말하며 물동이를 내려놨다.

"전라도 말씨 쓰는 젊은이들이 그걸 물어라우? 몇이나 왔던가요?"

"넷입디다. 일행이오?"

"아니라우. 우리는 여수 사람들인데 집에 갈라고 배 염탐하고 있소."

오기창은 뚝 잡아떼었다. 일행은 오늘 여기서 자겠다며 그 집 봉노에 들었다.

"전라도 젊은이들이 네 사람이나 와서 이용태를 물었다면 그 사람들은 먼 사람들이겠소?"

설만두가 오기창한테 물었다.

"임가 패거리 아니까?"

"나도 그런 것 같소. 그러면 같이 일판을 벌이는 것이 좋을 것 같은데, 그 사람들을 만날 길이 없으께라?"

"글세. 하여간 이용태 있는 데부터 알아놓고 보자."

일행은 주인 영감을 불러 같이 술판을 벌였다. 빈지를 닫은 뒤에도 늦게까지 술판을 벌이며 얼렸다. 술이 거나해지자 영감은 옛날 단성 이야기를 늘어놓기 시작했다. 오기창이 살살 추어주자 영감은 몽둥이를 들고 관속붙이고 부자 놈들이고 사정없이 조졌다고 몽둥이 휘두르는 시늉까지 하며 이야기에 신명을 냈다. 오기창은 영감이 얼큰해지기를 기다려 다시 이용태를 들먹이며 이놈 자식도 쳐죽여야지 않겠느냐고 주먹을 쥐었다. 영감은 자기가 잘 아는 장교가 하나 있다며, 그놈이 정말 이리 귀양 왔는지 알아보겠다고 큰소리를 쳤다.

다음날 아침 밥상을 받고 있을 때였다. 영감이 환한 얼굴로 문을 열며 오기창더러 나오라고 손짓을 했다. 오기창이 나가자 귀에다 대고 속삭였다.

"왔어. 이용태란 놈이 이리 귀양 왔어. 저기 서면 여수 쪽 동네에 틀어박혔다는구만."

영감은 동네 이름을 댔다. 이용태가 이리 귀양 온 일을 관아에서는 쉬쉬하고 있다며, 그 동네가 바닷가인데 바로 건너가 여수니까 작자를 처치해놓고 배로 도망치면 감쪽같지 않겠느냐고 지레 흥분을 했다. 그 동네는 읍내서 서쪽으로 조그마한 재를 넘어 20리 거리라는 것이다. 거기서 여수는 바로 코앞이니 바람이 어지간하면 반나절 뱃길도 안 될 것이라고 했다.

오기창 일행은 곧바로 주막을 나섰다.

"귀빠진 바닷가라니 여기 왔다는 젊은이들 만나서 같이 어쩌고 할 것도 없이 우리끼리 해치웁시다. 꽁꽁 묶어갖고 그 동네 사람들을 욱대겨서 배에다 싣고 전라도 땅으로만 돛달아붙이면 되겠소."

오기창이 지레 흥분했다.

"맞아. 그쪽에서는 어디로 가든지 전라돈게 잘 되았구만. 광양으로 가면 더 좋고 여수 쪽으로 붙어도 상관없제."

최낙수가 맞장구를 쳤다.

"내가 먼저 동네로 들어가서 그놈들이 있는 집을 염탐할라요."

설만두가 말했다. 그는 이런 일에는 쓸모가 있을 거라며 거지 바랑을 만들어 괴나리봇짐 속에다 넣고 왔다.

들판에서는 두레꾼들이 여기저기 농기를 꽂아놓고 꽹과리 가락에 떠서 상사 소리도 흥겹게 모를 심고 있었다. 두레꾼들 꽹과리 소리를 듣자 일행은 절로 신명이 나고 발걸음이 가벼웠다. 동네를 하나 지나 고개를 넘자 조그마한 들판이 나왔고 조그마한 동네를 또 하나 지나 산굽이를 돌아서자 눈앞에 바다가 보였다. 오른쪽 산비탈에 붙은 동네가 바로 그 동네였다. 그 동네 앞 들판에서도 두레꾼들이 모를 심고 있었다.

일행은 잠깐 서성거리다가 바닷가로 가는 척 동네 쪽으로 천연스럽게 갔다.

"형편부터 살피고 일을 시작하자."

일행은 사람들 눈에 띄지 않게 뒷산 숲속으로 몸을 숨겼다. 동네는 1백 호가 넘어 보였고 기와집도 다섯 채나 되었다. 바닷가 동네였으나 들이 제법 넓은 게 농사와 어업이 반반쯤 되는 것 같았고 사는 형편도 그만큼 포실해 보였다.

눈앞에는 서쪽으로 여수반도가 부르면 대답할 듯 가까웠고, 서남쪽에 동그랗게 떠 있는 섬이 말로만 듣던 여수 오동도 같았다. 여수반도가 저렇게 가까이 있을 줄은 미처 몰랐다. 여기는 경상도고 여수는 전라도니 가까워도 하루 뱃길은 될 줄 알았더니 맞은편 동네가 환히 건너다보일 지경이었다. 동네 앞에는 바닷가에 자잘한 *전마선이 여러 척 매여 있고 외대박이 풍선도 두 척이나 돛대를 흔들거리며 한가롭게 떠 있었다.

"배로 건널라면 배 부리는 사람을 먼저 구해놓고 일을 해사 쓰잖것어?"

최낙수가 속삭였다.

"아녀. 그러다가 일이 들통이 날지 모른게 이놈을 잡아서 묶어갖고 배부리는 사람을 욱대겨서 싣고 가는 것이 졸 것이여. 전라도 땅이 지척인게 배만 탔다 하면 일은 끝나겠구만."

오기창이 다급하게 말했다. 모든 것이 너무 아귀가 잘 맞아 오기창은 지레 흥분했다. 이용태를 처치해 놓고 도망칠 일이 제일 걱정이었는데, 전라도가 지척이니 이제 이용태는 자루에 든 것이나 마찬가지였다. 일행은 모두 눈에서 빛이 번쩍이고 있었다.

"네가 거지 행색으로 동네에 들어가서 그놈이 어느 집에 있는가 알아봐라. 지키는 놈들은 몇이나 되고 무기는 무엇인가 잘 살펴보고 오너라."

오기창이 설만두한테 속삭였다. 설만두는 알았다며 거지 바랑을 꺼내 짊어지고 동네로 내려갔다. 남은 사람들은 단검으로 나무를 잘라 몽둥이를 하나씩 만들었다.

동네로 내려간 설만두는 기와집만 골라 들어갔다. 동네 사람들은 거의 들에 나가고 집에는 아이들이나 늙은이들밖에 없었다. 세 집째 들어서던 설만두는 무춤 발걸음을 멈췄다. 마루에 웬 사내들이 세 사람이나 앉아 있었다. 모두 옷이 깨끗했다. 이쪽을 보는 눈빛들도 이만저만 날카롭지 않았다. 설만두는 이놈들이구나 직감하며 벙어리 시늉으로 동냥 달라는 시늉을 했다. 순간 설만두를 노려보던 사내 하나가 눈에 빛이 번쩍했다.

"동냥 주라고?"

작자는 흔연스럽게 말하며 마루에서 성큼 내려왔다. 뚜벅뚜벅 설만두 곁으로 왔다. 설만두는 사내의 심상찮은 거동에 깜짝 놀라 두어 걸음 뒷걸음질을 쳤다.

"이놈!"

사내는 대번에 팔로 설만두 목을 감아버렸다. 그는 설만두를 마루로 끌고 가며 마루 밑에 있는 새끼토막을 집었다. 마루에 앉았던 사람들이 거들어 대번에 묶어버렸다. 마루방으로 끌고 들어갔다. 그때 이용태가 안방에서 튀어나왔다.

"이놈의 자식, 바른 대로 대라. 고부서 몇 놈이 왔냐?"

설만두는 손을 저으며 전혀 무슨 말인지 알아듣지 못한다는 시늉을 했다.

"이놈아, 내가 고부서 너를 똑똑히 봤어. 네가 누구를 속이려고 숭을 쓰냐? 맞아죽기 전에 바른 대로 대라. 고부서 몇 놈 왔냐?"

영락없이 걸리고 말았다. 이용태가 책실로 데리고 다니던 집안 조카였다. 그때 이용태가 소리를 질렀다.

"장교, 너는 바로 가서 군아로 사람을 보내라. 고부서 난도들이 스며들었다고 얼른 가서 수령에게 고하라고 해라."

이용태가 떨리는 소리로 내질렀다. 그 사내더러 장교라고 부르는 것으로 보아 같이 있던 사내는 나졸인 듯했다. 함열에서 조필영이 농민군한테 당하자 이용태는 미리 벙거지들을 보내 호위를 하도록 한 모양이었다.

"야!"

이용태가 달려가는 장교를 불러세웠다. 대문을 나가던 장교가 돌아섰다.

"보내놓고 모 심고 있는 동네 사람들을 전부 이리 몰고 오너라."

이용태가 다시 소리를 질렀다. 장교는 알았다며 뛰어나갔다.

"너는 바깥 동정을 살펴라. 이 새끼 입에서 얼른 말을 뽑아내겠다."

책실은 나졸한테 소리를 질러놓고 뛰어가서 장작개비를 들고 왔다.

"죽을 테냐, 불 테냐? 몇이 왔냐?"

책실이 장작개비를 을러메며 지레 숨을 헐떡였다.

"죽느니 불라요. 셋이 왔소."

설만두가 수월하게 대답했다.

"모두 어디 있냐?"

"당신들을 찾을라고 시방 동네마다 돌아댕기고 있소."

"어느 동네로 갔냐?"

"읍내서 갈려갖고 한 사람은 동면 쪽으로 가고 한 사람은 고현면 쪽으로 가고 나는 이리 왔소."

"개자식, 어디서 거짓말이냐? 모두 이 근방에 와 있지? 어서 말해!"

책실은 숨을 씨근거리며 장작개비를 다시 을렀다.

"참말이오. 모두 나매이로 동냥치로 꾸미고 돌아댕기요."

"모두 거지로 꾸미고 다닌다고?"

설만두는 그렇다고 했다. 설만두는 어떻게든 시간만 끌 작정이었다. 산에서 이 골목으로 들어가는 것을 봤으므로 시간만 끌면 될 것 같았다.

"거짓말이다. 내가 남해로 온 줄 알아낸 놈들이라면 여기 와서도 틀림없이 우리가 이리 온 줄 알고 왔다. 조져라."

이용태가 소리를 질렀다.

"아니라, 남해로 갔다는 것만 알고 왔는데, 여기 와서 아무리 물

240

어봐도 아는 사람이 없습디다. 벙거지들한테 술을 사줌시로 물어도 모릅디다. 여기 있는 줄 알았으면 당장 모두 이리 왔제 멀라고 안 왔겄소."

설만두는 멍청하게 말했다.

"거짓말이다. 족쳐라."

이용태가 사립문과 설만두를 번갈아보며 소리를 질렀다. 책실이 장작개비를 휘둘렀다. 설만두는 참말이라고 악을 썼다. 책실은 바른 대로 대라고 거푸 몽둥이를 휘둘렀다.

그때 오기창 일행은 이 집 골목에다 눈을 박고 있었다.

"틀림없이 설만두가 붙잡혔다. 저놈은 시방 두레꾼들을 데리러 가는 모양이구만."

오기창이 둥그런 눈으로 속삭였다. 설만두가 들어간 골목에서 나온 장정이 두레꾼들한테로 뛰어가고 있었다.

"우리가 먼저 가자. 설만두가 저 골목으로 들어갔은게 골목 끝 저 큰 기와집이 틀림없다. 여기서 내려가서 담 두 개만 뛰어넘으면 되겄다."

오기창이 다급하게 말했다. 모두 몽둥이를 들고 벌떡 일어섰다.

"잠깐! 저기 섶나무 벼늘 있지?"

오기창이 눈끔벅의 등을 치며 바로 앞집 섶나무 벼늘을 가리켰다.

"저 섶나무 벼늘에다 불을 질러. 그러면 두레꾼들이 모두 그리 몰려갈 것이다. 그때 이용태를 작살낸다. 우리는 저 집으로 갈 텐게 얼른 지르고 달려와. 이 속에 당성냥하고 집이 있어."

오기창이 점박한테 쌈지를 내밀며 소리를 질렀다.

"깐딱하면 집까지 타겄는디라우."

"두레꾼들이 달려와서 끌 것인게 걱정 말고 불만 질러놓고 달려와."

오기창이 소리를 지르며 내달았다. 눈끔벅은 그 집으로 달리고 세 사람은 저쪽으로 뛰었다. 두레꾼들한테로 뛰어간 사내는 두레꾼한테 무어라 다급하게 소리를 지르고 있었다. 두레꾼들이 멍청하게 서 있었다. 무슨 영문인가 어리둥절한 모양이었다. 사내는 종주먹을 대는 것 같았으나 두레꾼들은 굼뜨게 움직였다. 그때 섶나무 벼늘에서 연기가 피어오르기 시작했다.

"불이야!"

두레꾼들은 그제야 깜짝 놀라 불에 덴 사람들처럼 동네로 뛰었다. 모두 정신없이 내달았다.

오기창 패는 동네 맨 뒷집 돌담을 뛰어넘었다. 마당으로 돌아갔다. 그 집에는 아무도 없었다. 기와집 뒷담은 야트막했다. 눈끔벅도 불을 지르고 달려와서 붙었다. 쉽게 기와집 뒤란으로 뛰어넘었다.

"둘이는 부엌으로 들어가서 앞으로 나와!"

최낙수와 눈끔벅한테 열려 있는 부엌 뒷문을 가리키며 속삭였다. 두 패로 나누어 앞마당으로 돌아갔다. 오기창과 점박은 마당을 돌아가려다 말고 귀를 쫑긋했다.

"먼 불이냐?"

이용태가 마루에 서서 소리를 질렀다.

"모르겄소. 크게 난 것 같소."

대문 밖에 섰던 나졸이 소리를 질렀다.

"너는 달려가서 대문 밖에 있는 놈 못 들어오게 얼른 대문을 닫고 빗장을 걸어버려."

오기창이 점박한테 속삭였다.

"지금 달려가!"

점박이 마당으로 뛰어갔다.

"누구냐?"

마루에 서 있던 책실이 점박을 보며 소리를 질렀다. 이용태와 책실은 길쭉한 칼을 꼬나들고 서성거렸다.

"나다 이놈아!"

최낙수가 큰방에서 불쑥 나오며 몽둥이로 책실 어깨를 후려갈겼다.

"아이코!"

책실이 마루 밑으로 나가떨어지며 들고 있던 칼을 떨어뜨렸다. 그때 점박이 대문을 닫고 빗장을 걸어버렸다. 나졸은 저만치 골목으로 나가 있었다.

"누구냐?"

이용태가 최낙수한테 칼을 겨누며 소리를 질렀다. 최낙수와 눈끔벅은 무춤했다.

"이놈아, 여기도 사람 있다."

오기창이 몽둥이를 겨누며 성큼 마루 밑으로 나섰다. 이용태는 깜짝 놀라 마루방으로 무춤무춤 물러섰다. 토방에 나동그라진 책실이 꾸물거리며 일어나려 했다. 눈끔벅이 쫓아가서 몽둥이로 책실 어깨판을 후려갈겼다. 책실은 비명을 지르며 늘어졌다. 눈끔벅은 칼을 주워다 최낙수한테 건넸다.

"저쪽 문 막아!"

최낙수가 칼을 받으며 눈끔벅한테 소리를 질렀다. 눈끔벅은 큰방으로 들어가 마루방으로 드나드는 지게문 고리를 걸었다.

"이놈아, 너는 독안에 든 쥐다. 칼을 놓고 순순히 나오너라."

오기창이 단검을 던질 듯이 꼬느며 소리를 질렀다. 이용태는 마루방에서 칼을 겨누고 숨만 씨근거리고 있었다.

"문 열어!"

대문 밖에서 나졸이 소리를 질렀다. 대문을 꽝꽝 두들기며 악을 썼다. 점박은 몽둥이를 꼬나들고 대문 안에서 눈을 번득이고 있었다.

"여기서 죽고 싶냐?"

오기창이 이용태한테 단검 던질 자세를 취하며 소리를 질렀다. 그때 이용태 발 앞으로 머리통이 하나 쑥 나왔다. 설만두였다. 설만두가 날쌔게 밖으로 뛰어나왔다.

"순순히 나오너라."

오기창이 악을 썼다. 이용태는 칼을 겨눈 채 이를 악물고 있었다. 동네 사람들이 올 때까지 시간을 끌자는 배짱 같았다. 오기창은 잠시 난감한 표정이었다. 단검을 들고 설쳤지만 최낙수나 자기나 칼 던지는 솜씨는 없었다. 이용태도 칼을 겨누고 있었지만 칼솜씨는 없는 듯했다. 오기창이 마루로 성큼 올라서서 마루문 옆으로 섰다. 오기창은 눈끔벅한테 뒤란으로 돌아가라는 손짓을 했다. 마루방 뒷문을 지키라는 것 같았다.

"나오지 않으면 문을 닫아걸고 집에다 불을 질러버릴 것이다."

오기창이 문을 닫으라는 손짓을 하며 이쪽 문짝을 탕 닫았다. 최낙수도 그쪽 문짝을 닫았다. 문고리를 걸었다.

"나무 가져온나."

오기창이 소리를 지르며 설만두 오라를 칼로 잘랐다.

"담만 넘어와 봐라!"

대문 옆에서는 담을 향해 점박이 몽둥이를 을러멨다. 나졸이 담 위로 올라와서 넘어다보고 있었다. 점박이 몽둥이를 겨누며 다가서자 내려가버렸다.

"마지막으로 이른다. 나올래 안 나올래. 안 나오면 불을 지른다."

오기창이 소리를 질렀다. 그때 마루 뒷문이 벼락 치는 소리를 냈다. 오기창이 앞문을 벌컥 열었다. 이용태가 뒷담으로 올라붙고 있었다. 오기창이 쏜살같이 쫓아갔다. 오기창의 몽둥이가 이용태 등짝을 후려갈겼다. 담을 오르던 이용태가 뒤로 나가떨어졌다. 칼도 같이 떨어졌다.

"이놈아!"

오기창 발이 이용태 턱을 향해 나갔다. 순간 이용태가 오기창 발목을 끌어안아버렸다. 저쪽으로 도망쳤던 눈끔벅이 달려와 몽둥이로 이용태 등짝을 후려갈겼다. 눈끔벅은 이용태가 문을 박차고 나가며 칼로 으르자 도망쳤다가 달려온 것 같았다. 밖에서는 대문 부서지는 소리가 나고 고함소리가 터졌다.

"오면 죽여!"

마루방으로 오기창을 뒤따라오던 최낙수가 마당으로 달려가며 소리를 질렀다. 장교와 나졸이 칼을 들고 최낙수한테로 다가오고 뒤에는 동네 사람들이 몽둥이를 들고 따라왔다.

"이놈들."

오기창을 붙잡고 뒹굴던 이용태 손이 땅에 뒹굴고 있는 칼로 갔다. 눈끔벅이 칼을 낚아챘다. 순간 오기창가 몸을 비틀어 이용태를 덮쳤다. 오기창과 이용태가 부둥켜안고 계속 뒹굴었다. 이용태는 힘이 만만찮았다. 예사 책상물림이 아니었다. 눈끔벅이 몽둥이로 으르며 후려갈길 데를 찾아 서성거렸다. 둘이 얽혀 있으므로 얼른 내려칠 데가 없었다. 이용태가 이번에는 오기창을 깔고 짓뭉갰다.

"에라, 죽어라."

눈끔벅이 소리를 지르며 이용태 등짝을 향해 몽둥이를 휘둘렀다. 이용태가 들어오는 몽둥이를 덥석 붙잡아버렸다. 이용태는 몽둥이를 잡아당기다가 뒤로 홱 밀어버렸다. 눈끔벅이 몽둥이를 안고 뒤로 벌렁 나가떨어졌다. 오기창은 이용태를 붙잡고 몸을 뒤집으려고 안간힘을 썼다.

"이놈!"

눈끔벅이 몽둥이로 이용태 옆구리를 사정없이 쑤셨다.

"윽."

이용태가 비명을 지르며 몸을 옆으로 뒤틀었다. 오기창이 발딱 일어났다. 이용태 팔을 잡아 홱 비틀며 일어났다. 이용태 몸도 비틀리며 따라 일어섰다. 그때 최낙수는 장교한테 밀려 마루로 뒷걸음질을 치고 눈끔벅이 저쪽에서 밀려왔다.

"뒤로 물러서라. 가까이 오면 이놈부터 쑤셔분다."

오기창이 이용태 옆구리에다 단검을 들이대며 소리를 질렀다. 오기창은 금방 이용태를 찌를 것같이 으르며 양쪽 장교와 나졸을 번갈아 봤다. 모두 무춤 물러섰다. 칼을 든 장교와 나졸은 눈만 번뜩이고 있었다. 동네 사람들도 보고만 있었다.

"물러서라!"

오기창이 악을 썼다. 장교와 나졸이 한 발씩 물러섰다. 동네 사람들도 무춤무춤 물러섰다. 두레꾼들 일부는 불을 끄러 가고 몇 사람만 이리 달려온 것 같았다. 장교가 강도 들었다고 몰고 온 것이었다.

"더 물러서!"

오기창이 거듭 악을 쓰자 더 물러섰다. 오기창이 이용태 팔을 더 거세게 비틀며 한 발 한 발 앞으로 나갔다. 장교도 무춤무춤 물러섰다. 그때 눈끔벅이 뒤란 짚벼늘에서 얼른 새끼토막을 뽑아들었다.

"묶어!"

오기창이 소리를 지르자 눈끔벅은 이용태 두 팔을 뒤로 모아 묶었다. 단단히 죄어 매듭을 지었다. 앞마당으로 나왔다. 이용태 꼴은 말이 아니었다. 상투가 풀어지고 하얀 모시옷이 흙감태기였다. 오기창도 꼴이 비슷했다. 장교와 나졸이 칼을 들고 앞에 서 있고 동네 사람들 10명이 몽둥이를 들고 뒤에 서 있었다. 책실은 땅바닥에서 일어나 비칠거리며 서 있었다.

눈끔벅과 점박이 이용태 옆구리에 바짝 칼을 겨누고 섰다. 대들기만 하면 대번에 쑤셔버리겠다는 서슬이었다.

"우리는 전라도 농민군 도소에서 녹두장군 전봉준 대장 영을 받고 온 사람들이오."

오기창이 동네 사람들을 향해 소리를 질렀다.

"이놈은 전라도 고부 어사로 고부에 가서 고부 사람들을 죽이고 집에 불을 지른 이용태란 놈이오. 소문 들었지라우?"

오기창이 소리를 질렀다. 모두 놀라는 표정이었다. 앞에 섰던 장교와 나졸도 새삼스럽게 눈이 둥그레졌다.

"만약 우리를 방해하면 전라도 농민군이 쳐들어와서 이 동네는 쑥대밭이 될 것이오. 우리는 갈 길이 바쁘오. 길을 내시오."

오기창이 호령을 했다. 길을 내라는 소리에 대문 쪽으로 섰던 사람들이 훌쩍 비켜섰다. 막아선 것도 아니었으나 길을 내라는 소리에 턱없이 놀라 한쪽으로 쏠린 것이다.

그때 대문을 성큼 들어서는 사람들이 있었다. 모두 그쪽으로 눈이 갔다. 장정들이 넷이나 눈알을 희번덕거리며 들어서고 있었다.

"오생원 아니오?"

장정 하나가 앞으로 나서며 반색을 했다. 장호만이었다.

"워매, 살았네."

오기창이 소리를 질렀다. 오기창은 지옥에서 부처님이라도 만난 꼴이었다. 벙거지들과 동네 사람들은 넋 나간 표정으로 양쪽을 번갈아 봤다. 장호만 일행은 이천석, 김만복, 왕삼이었다.

"느그들은 누구냐? 칼 놔!"

장호만이 칼을 들고 있는 장교와 나졸을 보며 소리를 질렀다. 두 사람은 칼을 들고 머쓱한 표정으로 서 있었다. 장호남 일행이 두 사람을 둘러싸며 표창을 던질 자세를 잡았다.

"칼 놓아!"

장호만이 거듭 소리를 질렀다. 두 사람은 대번에 칼을 땅에 놨다. 김만복이 칼을 챙겼다. 누구냐고 거듭 소리를 지르자 남해 관아 장교와 나졸이라고 떠듬떠듬 말했다. 점박과 눈끔벅은 책실도 묶었다.

"이 새끼 꼴 한번 좋다."

장호만이 손바닥으로 이용태 뺨을 찰싹거리며 웃었다. 마치 잡아놓은 짐승 대하듯 아끼는 표정이었다.

"때려 쥑일 놈."

왕삼도 곁으로 가서 손바닥으로 이용태 턱을 툭 걷어올렸다.

"갑시다. 저기 배를 대놨소."

장호만이 오기창한테 말했다.

"배까지 갖고 왔소. 오매, 참말로 살았네. 고맙소."

오기창이 거듭 살았다는 표정으로 경황 중에도 치사를 했다. 오기창은 머쓱하게 서 있는 장교와 나졸들한테로 돌아섰다.

"당신들은 지금 바로 수령한테로 달려가시오. 가서 전라도 농민군이 이용태를 잡아갔다고 하시오."

오기창이 여유 있게 웃으며 말했다. 두 사람은 완전히 넋 나간 꼴이었다. 일행은 이용태와 책실을 끌고 골목으로 나갔다. 책실은 다리를 몹시 절뚝거렸다.

일행은 두 사람을 앞세우고 바삐 골목을 빠져나갔다. 책실은 다리를 몹시 절었으나 이용태는 많이 다치지는 않은 것 같았다. 선착장에 있던 두대박이 배에서 사공이 이쪽을 보고 있었다.

장호만 패는 어제 읍내에서 이쪽 사정을 다 알아본 다음 이리 배를 타고 왔다는 것이다. 광양서 타고 온 배라고 했다.

그때 저쪽에서 동네 사람들이 몰려오다 무춤 멈춰 섰다. 불을 다 끈 모양이었다. 동네 사람들이 멍청한 표정으로 일행을 보고 있었다.

"거기 멈춰!"

오기창이 이용태더러 멈추라고 했다.

"이놈이 누군 줄 아시오?"

오기창이 동네 사람들을 향해 말했다.

"전라도 고부 난리 들어봤지라우? 고부 난리가 끝난 뒤에 고부에 와서 지랄친 이용태란 어사 놈이 바로 이놈이오. 우리는 이놈을 잡아가지고 가서 고부 삼거리에다 모가지를 달아맬 참이오. 이놈 모가지 달아매는 꼴 구경하고 싶은 사람은 고부로 오시오."

동네 사람들은 어리둥절한 표정으로 오기창 말만 듣고 있었다.

"오시년 내가 막걸리 한잔 받아드리겠소."

이천석이 넉살을 떨었으나 이용태 꼴을 본 동네 사람들은 여전히 넋 나간 표정이었다. 느닷없이 동네에 불이 난데다 동네에 와 있던 사람이 어사였고 그 사람을 잡아간다니 도무지 뭐가 뭔지 어리벙벙하기만 한 모양이었다. 일행은 이용태와 책실을 앞세우고 선착장으로 갔다.

"마음 툭 놓고 고부로 가자. 고부에는 너 기다리는 사람 많다. 시방 고부 사람들이 남녀노소 할 것 없이 칠년대한 비 바라듯 너를 기다리고 있다."

오기창이 껄껄 웃으며 비아냥거렸다. 선착장에서는 선장이 배를 가까이 대고 있었다.

"올라가!"

그들은 배를 타고 쫓아올 생각은 못했다. 외대박이가 두 척 있었으나 배에 돛이 없었다. 책실부터 배로 밀어넣었다. 책실은 절름거

리는 다리로 어렵게 배에 올랐다. 이용태도 배로 밀어넣었다. 두대
박이라 *선복이 널찍했다. 모두 자리를 잡아 앉고 돛을 올렸다. 돛이
바람을 안기 시작했다. 동네 사람들은 모두 벼락 맞은 꼴로 배가 떠
나는 것을 보고 있었다. 그때였다.

　― 뺑 뺑.

"이놈들아!"

벙거지들이었다. 저쪽에서 말탄 벙거지들이 달려오고 있었다.

총을 쏘며 쏜살같이 달려왔다. 벙거지들이 열 명도 넘는 것 같았다.

"멈춰라!"

벙거지들은 연방 총을 갈기며 달려왔다. 총알이 배에 박혔다. 모
두 머리를 고물 밑으로 처박았다. 선장도 고개를 처박았다. 그러나
아딧줄과 키 손잡이를 놓지 않고 있었다. 배는 그대로 바다로 나갔
다. 그때였다. 이용태가 벌떡 일어섰다. 물로 풍덩 뛰어들었다.

"오매, 저 때려죽일 놈!"

오기창이 벌떡 일어섰다.

　― 빵 빵.

총알이 바로 고물 덕판에 박혔다. 오기창은 앗 뜨거라 다시 고개
를 처박았다. 선장은 그대로 아딧줄과 키를 잡고 있었다. 벙거지들이
선착장에서 총을 갈겼으나 배는 사거리를 벗어난 것 같았다. 모두 고
개를 쳐들었다. 이용태는 저만큼 물속에서 머리만 내놓고 있었다.

"저놈들이 어떻게 알고 왔지?"

장호만이 벙거지들을 보며 이죽거렸다. 여기서 읍내는 20리나 되
었으므로 아까 장교가 보낸 사람들 발고를 받고 이렇게 빨리 올 리

는 없었다. 전라도 사람들이 두 패나 돌아다녔으므로 그런 데서 냄새를 맡고 혹시 몰라 달려오다가 밀고하러 가던 사람들을 만난 것 같았다.

이용태는 머리가 뒤뚱거리는 게 발헤엄을 치고 있는 것 같았다. 뒷결박이 지워졌는데도 발헤엄으로 몸을 지탱하고 있었다. 벙거지들이 작은 배를 타고 이용태 곁으로 갔다.

"아이고, 저 죽일 놈."

오기창은 이용태를 건너다보며 이를 갈았다.

"오매, 이럴 줄 알았더라면 아까 푹 쑤셔버릴 것인데……."

최낙수가 발을 굴렀다.

"저 때려죽일 놈!"

장호만도 거듭 발을 굴렀다. 돛폭에 바람을 가득 안은 배는 그대로 미끄러지고 있었다. 벙거지들 배가 이용태한테 가까워지고 있었다. 이내 배로 이용태를 뽑아 올렸다. 일행은 넋 나간 꼴로 보고 있었다. 이용태가 뭍으로 올라갔다. 일행은 거듭 발을 굴렀다. 이쪽을 보고 있는 동네 사람과 벙거지들 모습이 점점 멀어지고 있었다.

"대가리는 놓쳐부렀는데, 이런 잔챙이는 끗고 가서 어디다 쓰제?"

최낙수가 책실을 노려봤다.

"이 새끼도 재주 있으면 살아보라고 물에다 처박아붑시다."

최낙수가 벌떡 일어나 책실 상투를 잡았다.

"아이고, 살려주시오. 나는 다리도 다치고 헤엄도 못 치요."

책실이 발발 떨며 소리를 질렀다.

"이 새꺄, 너 같은 것을 살려갖고 가서 어디다 쓰겠냐?"

최낙수가 소나무 등걸 같은 손으로 책실 덜미와 사타구니를 우악스럽게 틀어잡았다. 홀쩍 들었다. 손이 묶인 책실은 째지는 비명을 지르며 딱지 잡힌 벌떡게처럼 허공에서 사지를 허우적거렸다. 최낙수는 뱃전에다 한 발을 버티고 책실 머리를 바다로 향했다. 거꾸로 처박아버렸다. 째지는 비명 소리가 풍덩 소리와 함께 물속으로 들어가버렸다. 모두 책실이 들어간 자리를 보고 있었다. 한참만에 떠올랐다. 다시 바닷속으로 들어갔다. 책실은 다시 떠오르지 않았다.

"이용태 그놈 생각할수록 미치고 환장하겠그만잉."

김만복이 이를 갈았다.

"다시 잡을 날이 있을 것이오. 이용태는 절대로 살려둬서는 안 돼요. 기어코 죽여사 쓰요. 그놈을 꼭 죽여야 다른 놈들도 백성 무서운 줄을 알고 그런 놈이 더 안 나오요. 그놈을 안 죽이고 놔두면 다른 이용태가 늘 나오요. 나는 저 새끼를 이승에서 못 죽이면 저승에까지 따라가서 죽일라요."

여태 말이 없던 설만두가 이를 악물며 씹어뱉듯 말을 했다. 설만두 말에 모두 눈이 둥그레졌다. 꼴로 볼 게 아니라는 표정들이었다.

"이번에 이용태를 죽이면 열 명 나올 이용태가 다섯 명만 나오제마는, 안 죽이면 열 명 나올 이용태가 스무 명, 서른 명 나오요. 우리 후손들이 또 저런 놈한테 안 당하고 살게 할라면 저런 놈은 꼭 죽여사 쓰요. 다른 놈은 몰라도 이용태는 기어코 죽여사제라우. 나는 이참에 따라나설 때 이용태를 기어코 죽이겠다고 천지신명께 맹세를 했소. 나는 내 목숨이 붙어 있는 도막에는 나 혼자래도 기어코 죽일라요."

모두 설만두 말에 감동하는 표정이었다. 설만두는 지난번에 월공한테 들은 말을 그대로 옮겨놓고 있었다.

"니가 속이 깊은 줄은 알고 있었다마는 이번에 본게 사람은 니가 진짜 사람이다. 병신하고 참신이 무엇이 다른지 똑똑히 알겠다. 저런 놈들한테 그렇게 당하고도 저런 놈 죽일 줄을 모른다면 팔다리가 썽썽하다고 그것이 참신이겠냐? 오냐, 같이 나서자. 나도 천지신명께 맹세를 하고 너를 따라댕길란다."

오기창이 설만두를 보며 주먹을 쥐었다. 그는 바로 지금 천지신명과 얼굴이라도 맞대고 있는 것같이 비장한 표정이었다.

"공자 맹자는 돈 있고 권세 있는 놈들한테 공자 맹자고 우리같이 짓밟히고 사는 놈들한테는 네 소리가 공자 맹자다. 개도 무는 개를 돌아보고 가시 있는 나무는 쉽게 못 꺾는다. 조병갑 탓하고 이용태 탓할 것 없다. 백성이 모두 병신들인게 그놈들은 병신을 병신 취급을 한 것뿐이다. 병신을 병신 취급한다고 탓만 하고 있으면 두 벌로 병신이다. 기어코 죽이자."

오기창은 이를 악물었다.

"기어코 죽입시다. 여태까지 백성한테 그런 본을 보인 사람이 없었소. 우리가 본을 보입시다. 잡것, 잡혀서 죽더라도 한 번 죽제 두 번 죽는다요. 기왕에 죽을 목숨, 사람같이 한번 죽어봅시다."

설만두가 성한 팔 주먹을 쥐며 을렀다.

"말인즉 옳은 말인데, 이참에 본게 이런 일은 맘만 갖고는 안 되겄등만. 산속에서 깡충깡충 퇴깽이란 놈도 들굴 날굴을 파는데, 우리는 들어갈 구멍만 생각하고 나올 구멍은 생각을 안 했거든. 이 사람들이 안 왔으면 우리는 시방 먼 꼴이 되았겠어?"

최낙수가 장호만을 보며 익살을 부렸다. 굳었던 얼굴들이 펴졌다. 장호만 일행도 헤실헤실 웃었다.

"세상만사가 굴 파는 데는 퇴깽이가 선생이고, 궁그는 데는 굼벵이가 선생인게, 더구나 이런 일판을 벌일라면 그런 쪽으로 선생부터 찾아서 의논을 착실히 한 담에 판을 벌여도 벌여사 쓰겄등만."

최낙수는 계속 익살을 떨었다. 오기창과 설만두는 그대로 얼굴이 굳어 있었다.

"아까 본게 오생원은 이런 일에 도가 트였더만이라우. 그때 나무 벼늘에다 불 안 질렀드라면 동네 사람들이 전부 몰려와서 드잡이판이 벌어졌을 것인데, 어떻게 불지를 생각을 했습디여?"

점박이 웃으며 물었다.

"나도 어디서 들은 적이 있었는데, 다급한게 그런 생각이 번쩍 떠오르더만."

오기창이 어색하게 웃었다. 배는 돛폭에 바람을 가득 안고 그림 같은 한려수도를 얼음에 조약돌 미끄러지듯 내달았다. 광양만 안쪽으로는 백운산이 그림처럼 다가오고 있었다.

농민군은 여기서 이용태만 놓친 것이 아니고 함열에서 조필영도 놓쳐버렸다. 그날 저녁 조필영을 돼지우리에다 가둬놓고 지키고 있었는데, 그 첩이 손을 써서 빼돌린 것이다. 나졸 하나를 매수해 가지고 파수꾼이 조는 틈에 감쪽같이 빼낸 것이다. 그는 옥구 현감으로 있는 그 아들한테로 도망쳐 그 아들과 함께 어디론가 사라져버렸다.

# 9. 경옥과 연엽

"먼 행차요?"

경옥卿玉이 탄 가마가 흥덕 읍내에 가까워지자 창을 들고 지나가던 젊은이들이 감때사납게 물었다. 묻는 태도가 이만저만 거칠지 않았다. 가마 옆문으로 와서 가마 안을 들여다봤다.

"행차라기보다도 볼일이 있어서 고창 가는 길이오."

앞장서 가던 청룡바우가 말했다.

"지금이 먼 세상인데, 가시내들까지 가매를 타고 거들거리고 댕겨? 부잣집 가시내들 다리토막은 뽄보기로 양쪽에 한나씩 달아났는가?"

젊은이 하나가 가마 안을 들여다보며 핀잔을 퍼부었다.

"가매 안에 개어놓고 있는 다리는 먼 다리고, 오뉴월 뙤약볕에 떠메고 댕기는 다리는 먼 다리여? 이놈의 가매를 콱!"

"킬킬킬."

"이러지 마시오. 고부 집강소 물침표가 있소."

청룡바우가 물침표를 내보였다. 고부 집강소에서 받아온 것이다.

"고부 집강소는 부자 놈들 집강소간데, 가매 타고 댕기는 년들한 테까지 물침표여?"

오금을 박으면서도 길을 내주었다. 그들은 목을 잡아 기찰을 하는 사람들이 아니고 어디 가다가 괜히 한번 시비를 걸어본 것 같았다. 젊은이들은 콧노래를 흥얼거리며 멀어졌다. 벌써 이런 봉변이 세 번째였다. 전에는 상상도 못했던 일이었다.

홍덕 읍내에 이르자 경옥은 가마에서 내렸다. 청룡바우한테 미투리를 한 켤레 사오라 한 다음 가마꾼들한테는 삯을 계산해 주며 돌아가라고 가마를 보내버렸다.

"바늘방석이라더니 바늘방석보다 더 불편하네요."

경옥이 연엽蓮葉을 보며 웃었다. 연엽도 따라 웃었다.

"이런 데 나와 본게 세상이 변한 줄을 지대로 알겠구만요."

"아직도 길이 많이 남았는데 발이 괜찮겠어?"

경옥은 천치재를 넘어오다가 발이 부르터 읍내서 가마를 빌려 탔던 것이다. 발에 제대로 맞는 것 같아 새 갖신을 신고 나섰다가 낭패를 본 것이다.

그들은 고창 이쪼르르 집에 가는 길이었다. 경옥은 틈만 나면 이쪼르르 타령이었으나, 자기 아버지 병수발이야 뭐야 어수선한 집안일 때문에 좀처럼 짬을 내지 못하다가 오늘 큰마음 먹고 나선 것이었다.

"저 새끼들이……."

들길로 나서자 꽁무니에 붙어오던 청룡바우가 뒤를 돌아보며 혼자 고개를 갸웃거렸다. 저만치 뒤에 젊은이 두 사람이 고부에서부터 따라오고 있었다. 고부 읍내 집강소에서 물침표를 받아가지고 나올 때 이갑출이 똘마니들을 달고 주막으로 들어가는 것 같았는데 그 똘마니들 같았다. 그 가운데 가슴팍이 유독 *앙바틈한 땅딸보는 먼발치로 봐도 이갑출이 지난번에 경옥 집에 올 때 따라온 작자 같았다. 청룡바우는 그들은 그들대로 줄포 가는 길인데 우연히 길이 겹친 게 아닌가 하고 여기까지는 혼자 짐작만 하고 왔는데 길이 갈리는 홍덕에서도 줄포로 가지 않고 이쪽으로 오고 있었다.

"아까 하던 스님 이얘기나 하시오."

경옥이 연엽한테 웃으며 말했다. 계룡산 갑사 예날 어느 스님 이야기였다. 갑사 아랫동네 양반집 처녀가 동네 총각하고 눈이 맞아 아이를 뱄는데 총각은 겁이 나서 도망쳐버리고 처녀만 혼자 끙끙 속을 태우다가 아이를 낳게 되었다는 것이다. 부모들이 상관한 사내놈이 누구냐고 무섭게 닦달을 했다. 사실대로 말을 하면 그 총각 부모들이 총각 대신 경을 칠 것 같아 얼결에 댄다는 것이 이따금 동네에 탁발 오는 갑사 스님을 댔다.

"그 집에서는 대번에 스님을 잡아다 무섭게 두들겨 패잖겠어. 처녀는 가슴을 쥐어뜯다 못해 그만 자결을 하고 말았구만."

"어머."

스님은 어이없는 매를 맞으면서도 꾹 참고 그 허물을 뒤집어썼으며 나중에는 그 아이까지 데려다 길렀다. 그 아이 아비 되는 총각은 얼마 뒤에 집에 돌아오기는 했으나 그 사실을 숨기고 살 수밖에 없었고, 그 스님은 스님대로 온갖 조롱을 다 받으면서도 흔연스럽게 그 아이를 길렀다는 것이다.

"10여 년 뒤 그 처녀 집은 관재를 입어 풍비박산이 되어버렸구만. 그때야 총각이 그 아이는 자기 자식이라고 나서자, 스님은 그러냐고 또 흔연스럽게 껄껄 웃으며 아이를 넘겨주었다는구만."

"어머, 부처님이 따로 없네요."

경옥이 감탄을 했다. 청룡바우는 저만치 뒤에 따라오며 자꾸 뒤를 돌아봤다. 땅딸보 패거리는 웬만큼 거리를 두고 천연스럽게 따라오고 있었다.

"그 소문이 세상에 퍼지자 그 근방 사람들은 그 스님더러 생불이라고 야단이 났구만. 그 아이는 나중에 자기가 기구하게 태어난 사연을 알게 되었고 철이 들자 그 절로 들어가서 머리를 깎고 자기를 길러준 스님 *상좌가 되었어. 기구하게 태어난 바로 그 스님이 지금도 살아 계셔. 법호가 거월이구만."

"그런게 옛날이야기가 아니구만요."

경옥이 거듭 놀랐다.

"갑사 대자암이라고 조그마한 암자를 하나 차지하고 수도를 하고 계셨는데 지금도 계실 거구만. 우리 할머니가 그 스님 신도라 초파일이나 칠월 *우란분재 때는 나도 몇 번 할머니를 따라가서 그 스님을 봤어."

"아, 그래요."

경옥은 거듭 감동하는 표정이었다. 재작년에 달주와 용배가 공주 가다가 효개에서 왈패들한테 봉변당하고 있는 걸 구해 준 스님이었다.

"우리 속인 눈으로 보면 거월 스님은 은사 스님한테 빚이 하나 있는 셈이지."

"빚이라니요?"

경옥이 어리둥절한 표정으로 물었다.

"거월 스님도 자기 어머니하고 비슷한 처지에 빠진 처녀가 있다면 거들어줘야 할 빚이 있는 셈이지 않아?"

연엽이 조심스럽게 웃으며 경옥을 봤다. 경옥은 덩둘한 표정으로 연엽을 봤다.

"경옥이 산달이 가까워지면 그런 깊숙한 절로 들어가서 몸을 푼 다음에 애를 맡겨 키울 데를 알아보는 것이 어쩌겠어? 그 암자는 깊은 산속이라 호젓하기도 하고 방도 여럿인게 시주나 좀 넉넉히 하면 괄시하지 않을 것 같구만."

경옥은 그제야 놀란 눈으로 연엽을 돌아봤다. 그는 굳어진 얼굴로 말없이 앞만 보며 한참 걸었다. 벌써 석 달째였다. 경옥은 그동안 애를 떼보려고 무진 애를 썼으나 소용이 없었다. 장을 한꺼번에 한 사발이나 마셔보기도 하고, 낯모르는 의원한테서 약을 지어다 먹어보기도 했다. 그러나 애를 떼는 비방은 없다며 장을 마시는 따위 무리를 하다가는 몸만 버린다는 어느 의원 말을 듣고 요사이는 포기를 하고 말았다.

"사람은 형편 따라 살아가는 수밖에 없는 것 같아. 더구나 여자는 이럴 때 보더라도 여자로 태어난 것이 바로 죄더만."

연엽은 가볍게 한숨을 깔아쉬었다. 경옥이 염려를 하다 보니 자기의 험한 처지가 떠오르는 것 같았다.

"고맙소. 별의별 생각을 다 했더니 그것도 좋은 방도 같소. 더 두고 생각해 봅시다."

경옥은 길게 한숨을 내쉬었다. 일행이 이내 재 꼭대기에 이르렀다. 나무 그늘이 웬만해서 쉬어 앉았다. *재넘이 바람이 시원했다. 청룡바우가 뒤를 돌아봤다. 젊은이들이 그대로 저 아래서 올라오고 있었다.

그때 갑자기 저쪽 산등성이 쪽이 왁자지껄했다.

"양반 놈, 꼴 한번 좋다. 저 때려쥑일 놈이 권세 업고 곤댓짓하던 가락수는 어디 가고 대창 끝에서 히히 웃고만 자빠졌는고?"

웬 사람들이 대창 끝에 해골을 하나 꿰어들고 떠들며 내려왔다. 모두 술이 거나하게 취한 것 같았다.

"이가 놈들, 해골 찾으러 올라면 몽둥이부터 여남은 개 짊어지고 오라고 혀."

열댓 명이 뒤따라오며 시시덕거렸다. *늑장한 묏등을 판 것 같았다. 요사이는 어디서나 늑장한 묏등 파는 굿이었다. 양반이나 부자가 만만한 사람들을 누르고 쓴 묏등들이었다.

"먼 행차가 이렇게 삼삼한 행차가 쉬어 있으까?"

젊은이 하나가 불콰한 얼굴을 치켜들고 가까이 오며 이죽거렸다.

"채리고 나선 것 본께 쇠푼깨나 있는 것들 같은데, 가만있자, 이 것들이 집강소 닦달에 줄행랑 놓는 떨거지들 아녀?"

작자들은 일행을 보며 갑자기 험상스럽게 눈알을 굴렸다.

"이것들이라니, 말조심하시오."

청룡바우가 앞으로 나서며 툭 쏘았다.

"이것 봐. 너는 뭣이냐? 상전들 줄행랑에 따라가는 똥강아지냐?"

술이 잔뜩 취한 젊은이가 손바닥으로 청룡바우 턱을 걷어올리며 을렀다.

"우리는 고부 집강소에서 내준 물침표가 있는 사람들이오. 어디서 함부로 손을 놀리요?"

청룡바우가 작자 손을 사정없이 치며 소리를 질렀다.

"임마, 고부 집강소 물침표를 가졌으면 가졌제 그것이 먼 유세거리냐?"

작자가 댓바람에 청룡바우 따귀를 갈겼다. 패거리가 낄낄 웃고 있었다.

"너 사람 쳤지? 집강소 물침표를 가졌다는데도 야료를 부려? 너 이놈 어디 접이냐? 농민군에나 제대로 나간 놈이냐? 네놈 고을 집강소로 가자."

청룡바우가 야무지게 닦달을 하고 나섰다.

"뭣이 어쩌?"

작자는 거듭 손이 올라왔다. 청룡바우가 날쌔게 피했다.

"왜들 이러시오?"

그때 땅딸보 일행이 올라오며 소리를 질렀다.

"어라, 이놈들은 또 뭣이여?"

"이놈들이라니, 누구한테 호놈이냐?"

땅딸보가 앞으로 썩 나섰다. 너는 뭐냐고 또 대번에 작자 손이 올라왔다. 순간 땅딸보가 작자 손목을 낚았다. 작자는 손목을 홱 뿌리쳤으나 빼치지 못했다. 손 놓지 못하느냐고 악을 썼다.

"거추없이 나대는 이런 손목은 못 놓겠어. 왜 사람을 쳐?"

땅딸보가 작자 손목을 붙잡고 침착하게 을렀다. 작자는 손을 빼치려고 *낭놀이를 했으나 마치 집게에라도 물린 듯 꼼짝을 못했다. 곁에서 구경하고 있던 패거리 눈이 둥그레졌다.

"왜 사람을 치냐, 말을 해봐!"

땅딸보가 작자 *팔회목을 비틀며 소리를 질렀다. 작자는 손목이 비틀리며 옆으로 허리가 꼬였다. 엄청난 힘이었다.

"아이고, 아이고. 어깨 부러져!"

작자가 악을 썼다.

"말을 해라. 왜 치냐?"

땅딸보는 손목을 더 세게 비틀며 소리를 질렀다.

"아이고, 잘못했소."

작자는 악을 썼다. 땅딸보는 팔목을 제자리로 돌렸다. 작자는 숨을 헐떡거리며 허리를 폈다. 이마에 땀이 홍건했다.

"이놈아, 인자 정신이 나냐, 났으면 났다고 말을 해라."

땅딸보는 그대로 팔목을 잡고 앞뒤로 밀었다 당겼다 하며 다그쳤다.

"나요. 나."

작자는 앞뒤로 하염없이 왔다갔다하여 다급하게 대답했다.

"인자부터 이 손목댕이를 함부로 놀릴래 안 놀릴래?"

"안 놀릴라요."

잔뜩 겁에 질린 작자는 제정신이 아니었다. 땅딸보는 피글 웃으며 손목을 홀쩍 밀어버렸다. 작자는 저만치 나가떨어졌다. 작자는 어깨를 만지며 호랑이 만났던 놈처럼 겁먹은 눈으로 땅딸보를 건너다보고 있었다. 패거리도 잔뜩 놀라 땅딸보를 보고 있었다.

"한마디만 묻자. 너 농민군에 나갔던 놈이냐?"

청룡바우가 작자 앞으로 나서며 물었다. 작자는 대답을 않고 어깨만 만지며 오만상을 찌푸리고 있었다.

"에라 이 못된 새끼, 농민군에도 안 나간 놈이 세상이 덩덩한게 너 같은 놈 놀라는 비지개떡굿인 줄 아냐?"

청룡바우가 힘껏 작자 따귀를 갈겼다. 큼직한 손이 우악스럽게 올라붙자 작자 볼에서 떡치는 소리가 났다. 청룡바우는 그래도 분이 안 풀리는지 작자 댕기꼬리와 엉덩이를 잡아 불끈 들어올렸다. 패대기를 처버렸다. 작자는 저만치 나가떨어져 채 맞은 개구리처럼 버르적거렸다. 패거리가 달려가서 일으켜 세웠다. 패거리는 작자를 부축하고 힐끔힐끔 돌아보며 엉덩이 차인 강아지처럼 재를 넘어가 버렸다.

"고맙소."

청룡바우가 웃으며 땅딸보한테 꾸벅 고개를 숙였다.

"뭘요."

땅딸보는 멋쩍게 웃었다.

"어려운 참에 나서주셔서 고맙소. 그것은 고맙소마는 따질 것은 따지고 봅시다. 당신들이 고부서부터 우리 뒤를 재고 오는데 왜 재요?"

청룡바우가 정색을 하고 물었다. 경옥과 연엽은 눈이 둥그레지며 땅딸보를 봤다.

"뒤를 잰 것이 아니라 따라왔소. 갑출 성님이 따라가라 합디다. 어디 가는지는 모르제마는 처녀들이 나들이를 하면 찌그러기 붙을 놈들이 많을 것이라고 따라가 보라고 해서 따라오요. 당장 여그서도 사단이 벌어지잖았소?"

땅딸보는 헤실헤실 웃으며 말했다. 그때 경옥이 일어섰다.

"여기 일은 고맙소마는 나 걱정 해주란 말 않은게 인자 따라오지 마시오."

경옥이 싸늘하게 말했다.

"허허, 이것이 먼 꼴이여?"

땅딸보는 어이없다는 표정이었다. 청룡바우가 고맙다며 돌아가라고 하자 땅딸보는 알았다며 순순히 돌아섰다.


일행이 재를 넘어 고창 경내로 들어서자 저쪽에서 웬 사람들이 요란스럽게 깔깔거리며 오고 있었다. 젊은이 두 사람이 웬 노인을 한 사람 묶어서 앞세우고 왔다. 젊은이 한 사람은 대창을 들었고 한 사람은 양반 차림이었다. 양반 차림을 한 젊은이는 걸음걸이가 요란스러웠다. 젊은이는 어깨판을 쩍 벌리고 잔뜩 거드럭거리며 왔다. 정자관에 장죽까지 물고 낭창하게 도포를 입은 젊은이는 유독 요란스럽게 어깨판을 내갈겼다. 경옥이 일행은 길을 비켜 길가에 서 있었다. 양반 차림을 한 젊은이는 도포가 몸에 맞지도 않았고, 옷섶이 비져나오는 등 매무새가 꼭 술 취한 사람 같았다. 여기서는 요새도 양반들이 저렇게 설치는가 싶어 일행은 눈이 둥그레졌다. 일행 뒤에는 어린이들이 여남은 명 킬킬거리며 따라오고 있었다. 좀 이상한 광경이었다.

"이가야 이놈아, 이 꼬라지를 하고 읍내 들어가는 맛이 으짜냐?"

양반 차림을 한 젊은이가 장죽 대통으로 상투가 풀린 늙은이 머리를 땅땅 때리며 물었다.

"이놈들, 네놈들이 양반을 이렇게 능멸하고도 무사할 것 같으냐?"

늙은이가 시퍼렇게 악을 썼다.

"이놈이 양반한테 하는 말버르장머리 보아. 아직도 이놈이 정신을 못 차렸구나. 주릿대에 다리뼈에서 우두둑 소리가 나야 정신이 나겠냐?"

젊은이가 담뱃대로 또 늙은이 머리를 땅땅 때리며 낄낄 웃었다. 그러고 보니 못된 양반을 잡아오면서 그 양반 옷과 관을 빼앗아 걸치고 오는 것 같았다.

"이놈들, 양반을 능멸하다니 하늘이 무섭지 않느냐?"

늙은이는 고래고래 악을 썼다.

"이 때려죽일 놈아, 한울님이 느그 양반 놈덜 고지 묵었다고 느그 하늘 노릇만 한다더냐? 이놈아, 우리가 하늘을 대신해서 너같이 못돼 처묵은 양반 놈들을 잡아오고 있다. 하늘이 느그 하늘이면 우리한테 폴세 배락을 때렸제 안 때렸겠냐? 배락 안 때린 것 보면 하늘이 뉘 하늘인 줄 모르겄어? 인자부터 하늘도 우리 하늘인게 양반도 우리가 양반이다. 알아묵겠냐?"

젊은이가 또 대통으로 늙은이 머리통을 토닥거리며 소리를 질렀다. 담뱃대로 머리를 때릴 때마다 뒤따르는 아이들이 깔깔거렸다.

일행이 그들을 지나쳐 한참 가자 또 창을 든 농민군 한 패가 오고 있었다.

"가만있자. 이 아가씨는 전주서 옷 하던 아가씨 같네."

농민군 하나가 연엽을 알아보았다. 연엽이 그렇다고 하자 농민군들은 반색을 했다.

"이쪼르르라고 농민군에 나갔다가 죽은 젊은이 아셔유?"

연엽이 물었다.

"알지라우. 그 자식 불쌍한 놈인데 죽었소. 어째서 그 사람은 묻소?"

"그 집에 가는 길이오."

"그 집에라우?"

농민군은 경옥과 연엽을 번갈아 보며 눈이 휘둥그레졌다.

"그 집은 저기 저 동넨데라우, 쪼르르 어무니가 집에 있는지 모르겠소. 아들이 죽은 뒤로는 식음을 전폐하고 전주 아들 묏등에만 간다고 합디다."

일행은 농민군이 가르쳐준 동네로 갔다. 이쪼르르 집은 말 그대로 초가삼간이었다. 부엌에서 연엽 또래의 처녀가 나왔다. 해사한 얼굴이었으나 비 머금은 하늘처럼 어두웠다. 어머니가 계시는가 묻자 어디 가시고 안 계시다고 했다. 아까 농민군이 말했듯이 전주 아들 묏등에 간 것이 아닌가 싶었다. 아들 묏등에 엎디어 통곡을 하고 있는 여인의 모습이 떠올라 두 처녀는 코허리가 시큰했다.

"나는 이쪼르르 씨가 숨을 거둘 때 곁에 있었던 사람이오. 그이가 숨을 거둠시로 집에 가서 전해주라는 말이 있어서 이러고 왔소."

경옥의 말에 처녀는 경옥과 연엽을 번갈아 보며 한참 눈만 끔벅이고 있었다. 경옥은 자초지종을 간단히 이야기했다. 나이로 보아 이쪼르르 바로 손위 딸매기인 듯했다.

"오매 오매."

딸매기가 이내 반색을 했다. 어머니는 짐작했던 대로 딸매기 위 딸그만하고 전주 아들 뫼등에 갔다고 했다. 방으로 좀 들어가자며 문을 열었다. 콧구멍만한 방은 대낮인데도 어둠침침했다. 앞단이 농짝 하나와 시렁에 올망졸망 손때가 먹감태기 같은 고리짝들이 가난한 살림 형편을 말해주고 있었다. 그러나 죽석을 깐 방 안은 정갈했다.

"누님들이 많다고 했는데, 모두 시집갔겠지요?"

위로 셋은 시집가고 자기만 남았다고 했다. 어머니하고 전주 간 언니는 한 동네로 시집간 언니라고 했다.

"그이가 숨을 거둠시로 누님들한테 미안하다는 말을 전해달라고 합디다. 집이 가난해서 누님들은 굶고 있는데, 외아들이라고 자기한 테만 밥을 주면 그것을 넓죽넓죽 먹은 것이 제일 가슴 아프다고 내 손을 잡고 꼭 그 말을 누님들한테 가서 전해달라고 해서 이러고 왔소."

딸매기는 치맛자락으로 얼굴을 싸며 흑흑 흐느꼈다. 그는 한참 흐느끼다가 눈물을 훔치고 얼굴을 들었다. 복받치는 감정을 애써 억누르고 얼굴을 수습하고 나서는 것이 여간 기품이 있어 보이지 않았다.

"어디를 어뜨코 다쳤더라요?"

딸매기가 조심스럽게 물었다. 다리에 총을 맞았는데 피를 너무 많이 흘렸다고 했다. 딸매기는 다시 눈물을 훔쳤다.

"농사는 얼마나 되요?"

한참만에 경옥이 말머리를 돌렸다. 자작논 서 마지기에 소작 닷 마지기하고 밭이 몇 뙈기 된다고 했다. 경옥은 이것저것 살림 형편을 물었다. 어머니가 살림을 알뜰하게 해서 그런 대로 빚은 지지 않고 살았으나, 작년에 자기 바로 위 언니 시집보내면서 색갈이 두 섬 빚진 것이 짐이라면 짐이라고 했다.

그때 저쪽 골목이 어수선했다. 아까 동네로 들어올 때 정자나무 밑에 사람들이 잔뜩 모여 무슨 회의를 하고 있는 것 같았다.

"이 집에서는 어째서 가져가란 쌀도 안 가져가?"

젊은이가 지게에 소쿠리를 지고 오며 소리를 질렀다. 딸매기가 나갔다. 젊은이는 소쿠리를 토방에다 내려놨다. 뭐라 잠시 이야기를 했다. 웬 손님들이냐고 묻는 것 같았고 다음에 이야기하겠다고 하는 것 같았다.

"제가 가지러 갈 것인데 미안스럽소."

"오늘 나는 짐복이 오지게는 터져부렀어. 우리 작은집에, 누님네 집에, 사돈네 집까지 쌀짐을 져나르느라고 오금에서 방울소리가 나는구만. 그래도 이런 짐은 열 번 져다주라고 해도 춤을 춤시로 져다 주겠어. 이 집은 장부자 집하고는 상관이 없겠제마는 장부자 집에서도 내놓기로 했다등만."

한 동네로 시집갔다는 사돈네 젊은이인 듯했다. 비워준 소쿠리를 들고 나가던 젊은이가 다시 돌아섰다.

"그라고 말이여, 색갈이는 안 갚아도 된게 말이여 그리 알어."

"오매, 그것은 우리가 꿔온 것인데 그래서 쓴다요?"

"뭣이 어째?"

젊은이는 대번에 눈알을 부라렸다.

"어디 가서 그런 소리 했다가는 총찮은 소리 한다고 퉁바리를 맞아도 크게 맞을 것인게, 다른 데서는 그런 소리 말어. 지주 놈들은 곤장에 주리 안 튼 것만도 고맙다고 해사 써. 여태까지 우리 골 내묵은 것을 생각하면 그놈들 전답 다 뺏어도 싸. 김부자는 쌀을 내놈시로도 목숨만 살려달라고 설설 빈다여."

젊은이는 한참 주워섬겼다. 젊은이는 마당을 나가다가 또 돌아섰다.

"지주 놈들 욕하다 본게 할 말을 안 했네. 색갈이 갚지 말라는 것은 말이여, 우리 사날로 하는 일이 아녀. 전주화약 열한 번째 조목에 '공사채를 막론하고 모든 빚은 갚지 말 것.' 이러고 명토가 칵 박혀 있는 일이여. 공사채가 멋인 중 알제? 조정에서 내준 환곡이야, 부자 놈들한테 꿔온 돈이야, 색갈이야, 이런 것이 전부 공사채여. 알겄어?"

젊은이는 방에 있는 처녀들한테 유식하다는 자랑을 한번 하고 싶은 모양이었다. 지금 가져온 쌀은 소작료를 너무 짜게 받았다고 지주가 다시 돌려준 것이라고 했다. 한 마지기에 반 말씩 돌려준다는 것이다. 소작료 짜기로 대대로 소문난 사람이라고 했다.

"동생은 타작마당에서 도지 낼 때마다 한숨이 땅이 꺼지등만, 이렇게 도지가 돌아왔는데, 이런 것도 못 보고 죽었구만잉."

딸매기는 하얀 쌀을 보물이라도 만지듯 만져보며 다시 눈물을 떨어뜨렸다.

일행은 그날 저녁 이쪼르르 집에서 잤다. 청룡바우는 마당에 밀대멍석을 깔고 잤고, 세 처녀는 안방에서 잤다. 딸매기는 밤늦게까지 자기들이 어렵게 살아온 이야기를 하다가 잠이 들었다.

"이런 집에다 애를 맡겨도 좋겠구만. 이 경황 중에도 집안 단속하고 사는 것 보면 믿을 만하겄어. 이 집 아들하고 묘하게 연도 닿았겄

다, 그 아들이 새로 태어났다 생각하고 키우라며 논마지기라도 사주
면 잊어불잖겠어?"

연엽이 경옥 귀에다 대고 속삭였다. 경옥은 생각해 보자고 했다.


달주는 오랜만에 집에 들렀다. 동네 꼴을 본 달주는 새삼스럽게
멍청한 표정이었다. 불타버린 자기 집터를 둘러보고 작은집으로 갔
다. 불탄 집 말고는 동네가 예대로였다. 나무들은 퍼렇게 입이 피어
올라 따가운 초여름 햇볕에 윤기를 번뜩이고 매미도 장대 같은 소리
를 푸른 하늘에 성량껏 내지르고 있었다.

"성님!"

여덟 살짜리 사촌동생이 골목에서 달려오며 소리를 질렀다. 조무
래기들이 모두 몰려왔다. 달주는 동네 아이들 머리를 쓸어주며 골목
으로 들어섰다. 동네 아이들이 한없이 정겹고 가여웠다. 사촌동생은
달주 성님 온다고 소리를 지르며 집으로 달려갔다. 골목으로 들어서
던 달주는 새삼스럽게 가슴이 두근거렸다. 사촌 누이동생 얼굴 보기
가 두려웠다. 남분은 지난번에 원평에서 잠시 만나 무사했다는 이야
기도 들었고 얼굴이 밝은 것도 보았다. 그러나 역졸들한테 당했다는
사촌 누이동생을 생각할 때마다 칼끝이 가슴을 후비고 지나가는 것
같았다. 이제 정작 그의 얼굴을 보아야 한다는 생각을 하자 손발에 힘
이 빠지고 숨이 가빠 왔다. 작은아버지 내외를 볼 일도 한 짐이었다.

"오매 오매, 내 새끼야."

어머니가 사립문으로 뛰어나왔다.

"오빠!"

남분도 뛰어나와 달주 손을 잡았다. 작은어머니도 반갑게 맞았다. 작은어머니는 역시 얼굴이 그늘이 짙게 드리워 있었다.

"오빠!"

부엌에서 사촌누이가 나오며 달주 손을 잡았다. 손이 차가웠다.

"잘 있었냐?"

제 어머니를 닮아 예쁘게 밤볼이 진 사촌누이 머루같이 까만 눈에 눈물이 괴었다.

"오빠!"

사촌누이는 달주를 쳐다보며 손을 더 꽉 잡았다. 그는 열 살이었다. 눈에 가득 괴었던 눈물이 토란잎에 빗방울처럼 볼을 타고 굵게 흘러내렸다. 달주는 가슴에서 얼음덩어리가 녹고 있는 것 같았다. 작은아버지가 초췌한 얼굴로 내다봤다. 작은아버지도 사오 년은 늙어버린 것 같았다.

달주는 마루로 올라가 어머니와 작은아버지 내외한테 절을 했다. 작은아버지는 어제부터 몸살이 나서 두레에도 나가지 못하고 누워 있다고 했다.

"점심 으쨌냐?"

어머니가 물었다. 읍내서 먹고 왔다고 했다. 남분이 냉수를 떠왔다. 냉수 사발을 입으로 가져가던 달주는 냉수그릇 너머로 사촌누이 얼굴을 다시 훔쳐봤다. 까만 눈이 얼핏 달주를 보다가 깜짝 놀라 밑으로 깔렸다. 달주는 꿀꺽꿀꺽 냉수를 마셨다. 냉수가 목구멍에 꺽꺽 막히는 것 같았다.

"어디 다친 데는 없냐?"

작은아버지가 힘없이 물었다. 달주는 없다고 대답하면서도 가슴에서 거듭 쿵쿵 소리가 났다. 어머니는 달주 손을 잡고 이것저것 물으며 눈물을 흘렸으나 작은아버지 내외처럼 어두운 구석은 없었다.

"동네 어른들한테 인사드리고 올라요."

달주가 자리에서 일어섰다. 달주는 어머니와 남분을 만난 기쁨보다 작은아버지 내외와 사촌누이 얼굴에 가슴이 찢어지는 것 같아 도무지 더 버티고 앉아 있을 수가 없었다. 사촌동생이 따라나섰다.

달주는 전주에서 물러난 뒤로 고을을 순행하는 전봉준을 수행하고 다니다가 오늘 모처럼 집에 들른 것이다. 전봉준은 금구와 김제를 돌고 태인으로 왔다가 다시 부안과 흥덕을 거쳐 오늘 고부 집강소에 잠깐 들르고 바로 정읍으로 갔다. 이 근방 두령들을 오늘 저녁 정읍에 모아 회의를 하기로 되어 있었다. 달주는 잠깐 그 짬을 타서 읍내서 이리 온 것이었다.

열흘 가까이 여러 고을을 돌아본 전봉준이 오늘 회의를 소집한 것이다. 고향으로 돌아간 농민군들은 승리감에 도취되어 여러 가지로 문제를 일으키고 있었다. 양반과 부호들에게 턱없이 험하게 보복을 하고 재산을 빼앗는가 하면 늑장한 묘를 파 젖히고 그 집에 쫓아가 살림을 때려 부수는 등 난장판이었다. 웬만한 사람들은 거의가 이래서는 안 되겠다고 고개를 저었다.

전봉준은 정읍에서 회의를 한 다음에는 곧바로 광주로 갈 참이었다. 지금 손화중과 최경선이 광주에 머물면서 그 근방 고을 집강소 설치를 거들고 있는데, 유독 나주 목사 민종렬이 거세게 버티며 집강소 설치를 허락하지 않는 바람에 그 영향이 이웃 고을에까지 미치고 있었다. 오권선 등 나주 두령들은 무력으로 민종렬을 칠 수밖에 없다고 벼른다고 했다. 그러나 지금은 함부로 무력을 동원할 때가 아니었다.

달주는 노인들이 있는 몇 집을 돌아 인사를 하고 나왔다. 해봉 영감은 달주를 알아보기는 했으나 완전히 등신이 된 것 같았다. 동네 사람들은 거의 두레에 나가고 없어 달주는 들로 나갔다.

"우리 집은 지리산이나 그런 데로 이사를 간대여. 강식 아부지도 그리 이사가자고 한다더만. 나는 그런 데로 이사 안 갔으면 쓰겄어. 성님이 가지 말라고 해."

사촌동생이 볼 부은 소리를 했다. 달주는 짐작 가는 것이 있어 아무 말도 하지 않았다. 강식은 양찬오 아들이었다.

"오매 오매, 이것이 누구라요?"

강쇠네가 경옥 집에서 나오다가 달주를 보고 반색을 했다. 그는 오매 오매 소리를 연발하며 정신없이 달려와서 달주 손을 덥석 잡았다.

"아이고, 나 잠 봐라."

강쇠네는 깜짝 놀라 잡았던 손을 털 듯이 뿌리쳤다.

"감역 댁 애기씨는 연엽 애기씨랑 고창 갔다가 금방 왔소."

"고창이오?"

"전주서 죽은 젊은이가 있었거든이라."

강쇠네는 이쪼르르 이야기를 바쁘게 주워섬겼다. 달주는 알았다며 들로 나갔다. 하학동 두레꾼들은 황토재 쪽에서 모를 심고 있었다. 꽹과리와 북소리에 맞추어 상사도야 소리가 신명이 났다. 두레꾼들은 어디서나 옛날보다 더 신명이 난 것 같았다. 달주는 그동안 두레꾼들 상사도야 소리를 들을 때마다 하학동 사람들을 생각하며 하학동 두레꾼들도 저렇게 신명이 날까 했는데 멀리서 봐도 다른 데 두레꾼들과 조금도 다름이 없었다. 꽹과리와 북소리에 얹힌 동네 사람들 상사도야 소리를 듣자 답답했던 가슴이 툭 터지는 것 같았다.

"달주다. 달주가 왔다."

달주가 나타나자 두레꾼들이 소리를 지르며 논가로 몰려나왔다. 물 묻은 손으로 덥석덥석 달주 손을 잡고 반겼다.

"귀한 사람 한번 보겠구나."

"조소리서는 큰 장군 나고 하학동서는 작은 장군 났어, 작은 장군."

조망태가 소리를 질렀다.

"작은 장군이 크면 큰 장군 되겠제. 낙락장송도 근본은 종자여."

모두 까르르 웃었다.

"또 있어. 작두장사는 어디서 났관대?"

"그려그려. 아따, 만득이 말이여. 그런 데다 내논게 인물도 헌칠하고 개천에서 용 난다등마는 항우장사가 따로 없더만."

"자, 마침 한 잔 남았다. 쭉 들어라."

조망태가 자배기를 기울여 큼직한 국그릇에다 막걸리를 가득 떠주었다.

"찬오, 자네도 한 잔 혀."

조망태는 양찬오한테도 잔을 디밀었다. 양찬오는 덤덤하게 웃으며 잔을 받았다.

"어떻게 짬을 냈냐?"

달주는 간단히 사정을 설명했다.

"이따 저녁참 먹을 때 갈라요."

달주는 오래 있어서는 안 될 것 같았다.

"그려. 저녁에 한번 걸퍽지게 노세."

달주는 고개를 숙이고 돌아섰다. 조망태는 꽹과리를 치며 논으로 들어섰다. 달주는 고향에 돌아온 실감이 났다. 사람은 저렇게 얼려 즐겁게 일하고 즐겁게 먹고 그렇게 사는 것이 사람이 본디 제 생긴 대로 살아가는 모습이 아닐까 싶었다. 푸른 나무에 싸인 동네 모습이며 산과 들판이 새삼스럽게 의연한 모습으로 다가오고 있었다.

경옥 집도 녹음에 싸여 있었다. 달주는 며칠 전에 꾸었던 경옥 꿈이 떠올랐다. 그 꿈이 너무도 생생했다. 항상 그런 생각만 해서 그랬던지 지금도 그 꿈은 사실로 착각이 될 지경으로 역력했다. 여태 숱하게 꿈을 꾸었지만 그렇게 역력한 꿈은 처음이었다.

달주는 꼭 저렇게 녹음이 우거진 경옥 집으로 들어가서 경옥하고 한방에 마주보고 앉았다.

"돈이 생겨서 이걸 하나 맞췄어. 어디 한번 껴봐. 내가 껴줄게."

달주가 반지를 들고 경옥한테 손을 내밀었다. 경옥이 무춤하며 골을 붉혔다.

"껴봐."

달주가 손을 내밀고 버티자 경옥이 조심스럽게 손을 내밀었다. 달주가 경옥 손을 잡았다. 달주는 경옥의 가운뎃손가락에다 반지를 끼웠다.

"제대로 맞는구만."

"이쁘다."

경옥이 반지를 내려다보며 손가락을 굽혔다 폈다 했다.

"안 맞으면 어쩌나 했더니 용케 맞는구만."

달주가 만족스런 표정으로 웃었다. 달주는 경옥을 껴안았다. 그런데 자기가 껴안은 것은 경옥은 아니고 어린아이였다.

"이게 누구야?"

"역졸 아이예요. 예쁘지요?"

아이는 달주를 보며 방실방실 웃고 있었다. 달주는 아이를 안고 멍청하게 경옥을 보고 있었다. 경옥이 아이를 안아 가더니 젖을 물렸다. 젖이 엄청나게 컸다. 경옥은 다시 아이를 달주한테 넘겼다.

"역졸은 어디 갔어?"

저 방에 있다며 그쪽 방문을 열었다. 역졸이 이불 속에서 자고 있었다. 얼굴이 흉측했다. 그러고 보니 역졸이 자고 있는 방은 경옥 방이고 자기가 앉아 있는 방은 헛간이었다. 달주는 방실방실 웃는 아이를 안고 엉거주춤 앉아 있는데 역졸이 경옥을 껴안았다. 경옥이 역졸 품에 퐁당 안겼다.

"이 때려죽일 놈!"

달주는 엽전 꾸러미를 꼬나들었다. 역졸도 몽둥이를 겨누었다. 달주는 엽전 꾸러미를 역졸 얼굴을 향해 사정없이 쏘았다. 그러나 자기 머리가 역졸 몽둥이에 먼저 맞아 떵 소리가 났다. 벌떡 잠에서 깼다.

달주는 꿈에서 깼으나 그 아이 모습과 역졸 모습이 너무도 역력하게 남아 있었다. 그 모습은 지금까지 한순간도 달주 머리에서 떠

난 적이 없었다. 경옥 얼굴이 떠오르면 경옥 얼굴 위에 방실방실 웃는 그 아이 모습과 흉측한 역졸 모습이 덮쳤다.

동네로 들어서자 강쇠네가 허겁지겁 달려왔다.

"저그 오요."

달려오던 강쇠네가 뒤를 돌아봤다. 연엽이 환하게 웃으며 오고 있었다. 경옥은 나오지 않았다. 연엽은 이슬을 머금은 백작약 같았다. 엊그제 어느 집 뜰에서 아침 이슬을 머금은 백작약을 보았을 때 달주는 대번에 연엽을 떠올렸다. 연엽이 반갑게 달주를 맞았다. 연엽은 언제 보아도 신선하고 활기가 넘쳤다.

"저 집에는 이제 식구가 아무도 없그만유. 갑시다. 병자도 있고 한게 들어가도 흥이 안 될 것 같네유."

달주는 이주호 병세를 물으며 좀 주저하다가 사촌동생을 집으로 보내고 연엽을 따라 경옥 집으로 들어섰다. 그렇게 보아 그런지 집안이 휑뎅그렁했다. 재작년 집을 떠날 때 이 집에 들렀던 생각이 머리를 쳤다. 그 사이에 변해도 너무 변한 것 같았다. 경옥이 토방에 서서 기다리고 있었다. 둘은 눈이 마주쳤다. 눈이 퀭하게 들어간 경옥 얼굴을 보자 달주는 가슴이 철렁했다. 아까 사촌누이를 봤을 때와는 또 다른 감정이었다. 경옥 얼굴에 짙게 드리운 그늘을 보자 그동안 경옥을 모질게 할퀴고 지나간 일들이 새삼스럽게 가슴을 후볐다. 순간 꿈속에서 보았던 역졸 아이가 떠올랐다. 그 아이를 안고 있던 경옥의 모습도 저렇게 수척했던 것 같았다.

"고생 많이 했지?"

달주는 역졸 영상을 털어버리듯 가볍게 웃으며 한마디 했다.

"이제 아주 집에 돌아오신 거요?"

경옥이 물었다.

"오늘 저녁에 가야 혀."

달주가 이주호 병세를 물으며 큰방 쪽을 보자 경옥은 손을 저으며 자기 방으로 들어가자고 했다. 새삼스럽게 이 집 형편이 실감났다. 경옥이 주인 노릇을 한다는 게 어이가 없기도 하고 생소하기도 했다. 이 집이 이렇게 험하게 당할 줄은 꿈에도 상상을 못한 일이었다.

"들어갑시다."

경옥이 자기 방을 가리켰다. 방문이 열려 있었다. 달주는 경옥의 방을 한번 힐끔 보았다. 꿈속에서 보았단 꼭 그 방 같았다. 역졸 아이가 잠이라도 자다가 칭얼거리며 일어날 것만 같았고 그 흉측한 역졸이 하품이라도 하며 이불 속에서 일어날 것 같기도 했다. 달주는 돌아서서 집 안을 다시 한 번 둘러봤다. 저쪽 장작벼늘 아래서 암탉을 거느리고 지저깨비를 후비던 장닭이 고개를 빼고 늘어지게 울었다. 그 꿈속에서도 저렇게 한가하게 닭이 울었던 것 같기도 했다.

"난세 난세 하더니 난세란 게 이런 것인가?"

달주는 건성으로 한마디 하며 다시 방 안을 힐끔 보았다. 그러나 방에 들어가면 꼭 그 아이가 있을 것만 같고 어디서 역졸이 튀어나올 것만 같았다.

"이 얼마 동안 모두들 10년도 더 살아버린 것 같구만요."

연엽이 웃으며 말했다. 경옥은 애써 태연한 척했으나 얼굴이 굳어있었다. 경옥은 세상 일만 10년으로 겪은 것이 아니라 숙성하기도 10년은 숙성해버린 것 같았다. 이렇게 큰 집을 감당하고 살아갈 주인의 풍모가 잡혀가는 것 같기도 했다.

"들어가시지요."

연엽이 말했다.

"다음에 오지요."

달주는 다시 경옥의 방을 힐금거리고 나서 훌쩍 돌아섰다.

"아니?"

연엽이 깜짝 놀랐다. 달주는 다음에 오겠다는 말을 다시 하며 안마당을 가로질렀다.

저쪽 담장 밑에 암탉을 여러 마리 차고 있던 장닭이 목을 빼고 늘어지게 울고 있었다. 초여름 볕이 쨍쨍 내리쪼이는 대낮에 낮닭소리는 어디 다른 세상에서 들려오는 소리처럼 한가로웠다. 대문을 나와 저만치 가던 달주가 뒤를 돌아보았다. 대문 앞에서 연엽이 이쪽을 보고 있었다.

"내가 어쩌다가 이렇게 모질어졌지?"

달주는 혼자 중얼거리며 작은아버지 집 골목으로 들어서다 걸음을 멈추었다. 달주는 한참 서 있다가 힘없이 집으로 들어갔다.

해거름에 동구 쪽에서 풍물 소리가 요란을 떨었다. 모를 다 심고 돌아오는 것 같았다. 풍물이 요란을 떨며 동네 안쪽으로 가고 있었다. 오늘 저녁참은 김덩실 집에서 한다고 했다.

"가세!"

그때 조망태가 꽹과리를 들고 김한준 집으로 들어서며 소리를 질렀다.

"한준이도 가세. 밥을 못 먹겠으면 곁에서 구경이라도 하게. 부안댁은 뭣하고 계시오? 어서 갑시다."

조망태가 설레발을 쳤다.

"오매, 그라면 우리 집에서는 밥 한 끼니도 못 먹여 보내겄네?"

어머니가 부엌에서 나오며 말했다. 작은어머니는 김덩실 집에 참
하는 일 거들러 가고 없었다.

"이 집 밥보다는 동네 밥을 먹여야제라우."

조망태 서슬에 김한준도 하는 수 없이 나섰다. 김덩실 집 마당과
마루에 상이 잔뜩 놓여 있고 두레꾼들은 상머리에 자리를 잡아 앉고
있었다. 달주가 들어가자 저쪽에서 밥 수발을 하던 여자들이 반색을
했다. 달주는 그리 가서 꾸벅꾸벅 고개를 숙였다. 조망태 아내 두전
댁은 달주 손을 잡고 반겼고, 장춘동 아내 예동댁은 애를 업고 서성
거리다가 눈인사를 했다. 지금도 얼굴에 그늘이 끼여 있었다.

"장군님, 이리 오게."

조망태가 일어서며 자기 옆자리를 가리켰다. 마루와 마당에 삼십
여 개나 놓여 있는 상에는 상 하나에 두세 명씩 앉아 있었다. 상은
두엄벼늘 곁에까지 바짝 붙어 있었다. 김이곤과 장춘동 얼굴만 보이
지 않았다. 그들은 읍내 집강소 일에 매여 있었다. 마루에는 동네 노
인들이 상을 차지하고 있었다.

"한잔 혀!"

박문장이 달주한테 막걸리 잔을 디밀었다. 김천석이 오지병을 들
어 달주 잔에 술을 따랐다.

"아니, 어째서 이렇게 엉뎅이를 툭툭 차고 댕기는가 모르겄네."

박문장이 강쇠네를 돌아보며 소리를 질렀다.

"바쁜게 그라요."

강쇠네가 국그릇을 들고 가며 깔깔거렸다.

"가만있어. 나도 술이 바쁘기는 바쁜데 아무리 바빠도 따질 것은 따져사 쓰겠구만. 따질 것이 뭣이냐 하면 말이여, 아무리 바쁘다고 어째서 여자가 남자 엉뎅이를 툭툭 차고 댕기냐 이 말이여?"

박문장이 막걸리 잔을 들고 앉아서 한 손으로 강쇠네를 가로막으며 소리를 질렀다. 모두 와크르 웃었다.

"툭툭 차고 댕기기는 누가 툭툭 차고 댕게라우? 슬쩍 쪼깨 건드렸그마는 말씀을 하셔도 투깔스럽게도 하시네."

강쇠네가 지지 않고 대거리를 했다.

"슬쩍 건드렸다? 오매, 그런게 슬쩍 건들라고 했는디, 툭 차부렀다 이 말이구만. 이것 요상스런 일도 있네. 그라면 슬쩍 건드러도 하필 엉덩이를 슬쩍 건드린 것은 먼 맘으로 그런 것이여?"

박문장 능청에 모두 와 웃었다. 건너편 자리에서 양찬오와 김한준도 스스 웃고 있었다.

"아이고, 바쁘요. 손 비키시오."

강쇠네가 발을 동동 굴렀다. 모두 잔을 들고 웃음을 걷잡지 못했다. 밥을 입에 가득 우겨넣고 쿡쿡거리는 사람도 있고, 저쪽에서 여자들도 입을 가리고 웃었다.

"물었으면 대답을 해봐. 나도 달덩어리 같은 마누래가 있는 남자여. 그라면 그런 남자 엉뎅이를 슬쩍 건드린 까닭이 뭣이냐, 시방 내 말은 이것인데 지금은 바쁜게 이따 따로 둘이만 앉아서 조근조근 따져사 쓰겠구만. 알겠제?"

"아이고."

동네 사람들은 배를 쥐고 웃었다.

"가만있으시오. 나도 한번 따집시다."

저쪽에서 조망태 아내 두전댁이 소리를 질렀다.

"말을 듣다 본게 쪼깨 의뭉한 구석이 있소잉. 따질라면 마누래랑 셋이 같이 따지제 으째서 둘이만 따로 앉아서 더구나 조근조근 따져 라우?"

또 와 웃었다.

"으째서 따지는 자리에 나는 빼요?"

두엄벼늘 곁에서 강쇠가 소리를 질렀다. 폭소가 터졌다. 모두 배를 쥐고 몸을 꼬았다. 양찬오와 김한준도 소같이 웃고 있었다. 웃음 판이 한바탕 지나가고 모두 걸퍽지게 밥을 우겨댔다. 고된 일에 굴 풋했던 사람들이라 만물 누에 먹듯 했다. 밥 무더기가 산봉우리만큼 씩 하던 감투밥이 금새 바닥이 났다.

"숨이랑 쉬어 감시로 잡숩시다."

한쪽에서 소리를 질렀다.

"이녁 숨 걱정이나 해!"

한쪽에서는 벌서 배를 쓸며 곰방대에 담배를 우기는 사람도 있었 다. 남자들이 상을 물리자 저쪽에 여자들이 상을 물려받아 밥을 먹 기 시작했다.

"마침 오늘 우리 동네 김달주 장군님도 오고 했은게 동네일을 몇 가지 이야기를 해사 쓰겄소."

조망태가 일어서서 말머리를 가다듬었다.

"달주 이야기가 났은게 말이요마는 이번 전쟁 때문에 우리 동네가 피해를 보기는 크게 봤소마는 우리 동네서는 장군이 하나 덜렁 나버렸소. 김달주 장군은 우리 고부 별동대장이 아니라, 전라도 농민군 별동대장이나 다름없소. 우리가 전주까지 가서 다 봤는게 말이요마는 아무리 위아래를 내려다보고 쳐다봐도 앞으로 전봉준 장군 대설 사람은 김달주 장군밖에는 없습디다. 전라도 천지 하고 많은 동네 가운데서 우리 동네서 이런 인물이 나다니 이것이 절로 있는 일이겠소?"

조망태가 너스레를 떨자 모두 숙연한 표정으로 듣고 있었다.

"나는 달주만 생각하면 자다가도 힘이 불끈불끈 솟아나요. 장군님, 동네 사람들한테 인사 말씀 한마디 하게."

달주는 좀 어색한 표정으로 일어섰다.

"찾아다니면서 인사를 못 드려서 죄송합니다. 영좌님께서 과분한 말씀을 하셨는데 저는 그런 사람이 못 됩니다. 전봉준 장군님 뜻을 받들고 성심껏 일을 했을 뿐입니다. 저는 동네를 나가 외지를 돌아다니면서도 한 번도 우리 동네를 잊어본 일이 없습니다. 잠을 자려고 자리에 누울 때는 우리 동네 모습부터 떠오르고 동네 사람들 얼굴이 하나하나 지나갑니다. 일이 고달프거나 위험한 일을 당했을 때는 항상 우리 동네 사람들을 생각하고 힘을 냈습니다. 전쟁이 아주 끝날 때는 저도 동네로 돌아와서 두레꾼 속에 끼여서 이렇게 같이 일을 하고 살 것입니다. 그런 날이 하루빨리 오기를 기다리겠습니다. 어렸을 때 제 소원은 무슨 대장이나 장군이 되는 것은 생각도 못 했고 우리 동네 두레에서 두레 장원 한번 하기가 소원이었고, 총각대방 한번 되어보는 것이 소원이었습니다. 얼른 동네로 돌아와서 기어코 두레 장원도 한번 하고 총각대방도 한번 해볼 생각입니다. 그런 세상이 오기를 빌겠습니다."

달주는 고개를 꾸벅하고 자리에 앉았다.

"전쟁이 아주 끝나고 존 세상이 오기는 와사 쓰겠는데, 전쟁이 끝나버리면 농민군도 없어질 것이고 별동대도 없어질 것이고, 그렇게 되면 자네는 대장도 아니고 장군도 아니잖겠어? 그렇게 생각한게 섭섭한 구석이 없잖구만."

조망태 말에 모두 배슬배슬 웃었다.

"달주가 말을 점잖게 하잔게 그러제 전라도를 울리던 장군이 동네 총각대방이나 하고 있겄어? 그런 세상이 오면 전라 감사는 몰라도 전라감영 영장은 떼어 논 당상이여."

김덕실이었다.

"맞네, 맞어. 자네가 말을 해서 듣고 본게 대차나 이치가 동산에 덩실 보름달일세. 우리가 전쟁 때 부른 〈칼노래〉에도 있제마는 무수장삼 휘두르던 용천검이 전쟁이 끝났다고 무시나 썰고 있을 것인가?"

조망태 엉너리에 모두 와 웃었다.

"하여간 그것은 그렇고, 달주도 오고 했은게 이런 자리에서 다시 다짐을 두자 해서 하는 말인게 그리 아시고 들으시오. 우리 동네서 집이 다섯 가호나 타버리고 시방 동네 형편이 말이 아닌데 마침 감역 댁 경옥이 동네에다 쌀을 50섬이나 내놨소. 그 50섬 가운데 다섯 섬만 어려운 집에 나눠주고 나머지 45섬은 불탄 집 다섯 채 짓는 데다 보태자고 그대로 뒀소. 금년 농사 형편 봐서 두레쌀도 거기다 몽땅 내놓기로 했소. 전봉준 장군님 말씀 들어보면 불탄 집은 전부 조정에서 물어주게 한다고 하십디다마는 그때는 그때고 하여간에 집을 새로 짓는 데는 동네 사람들이 모두 내 집이 탔다 생각하고 나서 쓰겠소."

이것은 경옥이 쌀을 내놨을 때 동네 사람들이 결정을 한 일이었다.

"구멍 하나 뚫는 데도 끌 따로 송곳 따론데 우리는 송곳이 할 일을 하고 있은게 달주 자네는 자네 집안일에는 마음 턱 놓고 끌 노릇이나 잘 하게."

조망태 너스레에 모두 배슬거렸다.

"그라고 또 한 가지 만중 앞에서 터놓고 할 이야기가 있소. 알 만한 사람은 다 알고 있는 일인데, 가만 있자, 이 댁 주인 내외부터 앞으로 쪼깨 나오시오. 아들이랑 데리고!"

무슨 일인지 조망태가 엉뚱한 소리를 했다. 동네 사람들은 이번에는 웃지도 않고 엉뚱하게 양찬오를 힐끔거렸다. 김덩실 내외가 저쪽에서 어색하게 웃으며 조금 앞으로 나섰다.

"길식이 너도 앞으로 나와!"

조망태가 다그치자 김덩실 아들 길식이 얼굴을 붉히며 부모들 옆으로 엉거주춤 나왔다. 열너덧 살짜리였다. 양찬오는 앞에 놓인 막걸리 잔을 들어 죽 들이켰다. 특히 여자들은 물을 뿌린 듯 조용했다.

"우리 동네서 경사가 여럿 날 판이오. 김덩실 저 사람이 키가 땅딸막한 사람인데 어째서 이름이 덩실인고 했등마는 이번에 본게 사람 한번 덩실합디다. 겉볼안이라고 남편 따라 안식구는 더 덩실합디다. 양찬오 딸 성심을 이 댁 내외가 며느리로 맞아들이기로 작정을 하고 양쪽 집에서 혼담이 끝이 났소. 아직 혼사는 못 치르제마는 양쪽 집에서 아이를 곱게 키워서 데려올 참인게 성심은 이 집 민며느리가 되어버렸지라우."

순간 달주는 가슴에서 쿵 쥐덫이 내려앉는 소리가 났다. 그때 여자들 쪽에서 얼굴을 싸안고 흑흑 느끼며 저쪽으로 사라지는 사람이 있었다. 양찬오 아내였다. 양찬오 아내 울음소리와 함께 여자들 속에서 흐느끼는 소리가 물결쳤다.

"아따, 이만한 판에 꽹매기 됐다 뭣할 것이여?"

저쪽에서 김천석이 꽹과리를 깽깽 두들기고 나섰다.

"할 말도 다 하고 밤도 늦었은게 한판 두들깁시다."

조망태 말에 모두 풍물을 잡고 나섰다. 대번에 판이 얼렸다. 달주는 망치로 머리라도 맞은 것같이 얼얼한 기분이었다. 아까 대문 앞에서 자기를 보고 있던 연엽 얼굴이 떠오르고 사촌 누이동생 얼굴이 떠오르고 꿈에 본 역졸 아이와 역졸 모습이 겹쳤다.


다음날 달주와 이싯뚜리는 임군한 패와 함께 갈재를 넘고 있었다. 두 패는 할 일이 다르고 가는 곳도 달랐으나, 정읍에서 우연히 만나 장성까지 같이 가게 된 것이다. 달주와 이싯뚜리는 여러 고을로 돌아다니며 보복을 금하도록 민회 패 젊은이들을 설득하라는 전봉준의 영을 받고 가는 길이고, 임군한은 장성 월평 김가 등 돈을 울궈내려고 그루를 앉혀오던 부자들을 닦달하러 가는 참이었다. 전봉준은 정읍에서 다른 두령들을 더 만나고 며칠 뒤에 광주로 오겠다고 했다.

임군한 패는 텁석부리와 김갑수 등 5명이었다. 시또와 막동과 기얻은복도 같이 가고 있었으나 이들 세 사람은 말미를 얻어서 고향에 가는 길이었다. 임군한은 졸개들한테 말미를 주어 대거리로 고향에 보내고 있었는데 이들 세 사람은 달주 패와 가는 길이 비슷하므로 잠시 그들과 동행을 하도록 했다.

"두령님, 오랜만에 고향에 왔는데 그냥 지나잔께 맘이 쪼간 요상스럽그만이라."

갈재 꼭대기에 쉬어 앉아 땀을 들이며 시또가 웃었다. 임군한도 건성으로 산채 쪽을 보며 웃었다. 갈재 산채는 요사이 거의 비워두고 졸개들이 어쩌다가 여기를 지날 때면 한번씩 들러보았다.

어제 정읍에서 열린 농민군 두령들 회의에서는 요사이 여러 고을 집강소 운영 문제를 의논한 다음 다섯 가지 문제를 결정했다.

첫째는 이제부터 양반과 부호들을 다스릴 때는 반드시 집강소에서 공의에 부칠 것이며 거기서 응징을 하기로 결정을 한 사람만 잡아다 다스리고 사사로운 보복은 일절 금하기로 했다. 형벌도 주리만 틀고 곤장이나 다른 방법은 금하기로 했다.

둘째는 늑장한 묏등도 집강소에서 양쪽 당사자를 데려다가 앞뒤 사정을 들어보고 파묘 여부를 결정하되 파묘를 할 경우라도 반드시 묘 주인이 파다가 이장을 하도록 하기로 했다.

셋째는 화약조목 제11항 공사채를 막론하고 빚을 갚지 말라는 조항 가운데 사채의 경우 부자인 사람한테 지고 있는 빚은 설사 개인이 갚으려 하더라도 집강소에서 나서서 갚지 말도록 철저히 단속을 하고, 가난한 사람끼리 지고 있는 빚은 집강소에서 불러다가 형편을 들어보고 조정을 하기로 했다.

넷째는 속량 받은 노비들과 소작인들이 지나치게 설치지 못하도록 단속을 하기로 했다.

다섯째는 각 고을에 방곡령을 내려 곡물 유출을 금하고 장리 쌀돈 놓는 것을 철저하게 금한다는 것이었다. 가을에 나올 쌀을 담보로 미리 놓는 쌀돈은 이자가 비싸기도 했지만, 그보다는 쌀이 외국으로 빠져나갔으므로 그것도 금하자는 것이었다. 일본 사람들은 전쟁 기간에는 모두 한양으로 도망쳤다가 요새 다시 스며들어 연비연비 몰래 쌀돈을 풀고 있었다.

우선 이 다섯 가지를 결정하여 통문으로 띄웠다. 그런데 모두가 내 세상 만난 듯 설치는 바람에 집강소 말이 잘 먹혀들지 않았다. 집강은 거의 동학 접주들이 맡고 있었는데 동학 세력이 약한 곳은 그게 더했다. 심한 곳은 주도권 싸움 때문에 밑바닥 통제가 더 어려웠다. 그러나 문제가 심각한 곳은 전쟁에 참여하지 않은 고을이었다. 전쟁에 참여한 고을은 바로 농민군 조직이 집강소를 장악하고 있으므로 그런 대로 통제를 할 수 있었으나 그렇지 않은 고을은 난장판이었다. 그래서 이싯뚜리 등 민회 패 우두머리들이 나서서 젊은이들부터 설득하기로 한 것이다.

민회 패는 북부 지방은 전주 고덕빈과 전여관, 서부 지방은 영광 고달근과 김만돌, 남부 지방은 이싯뚜리와 달주, 동남부 지방은 순천 강삼주와 이선근한테 맡기기로 했다. 그러나 지금 한창 고삐가 풀릴 대로 풀려 정신없이 나대고 있는 판이라 민회 패가 가서 설득을 한다고 얼마나 먹혀들는지 알 수 없었다. 민회 패 조직이 없는 곳에서는 크게 부딪칠 수도 있었다.

그때 장성 쪽에서는 젊은이 여남은 명이 재를 올라오고 있었다. 대창을 들고 바삐 올라왔다.

"대장님 아니시오? 아이고, 이두령님도?"

젊은이들이 달주와 이삿뚜리를 알아보고 반색을 했다.

"오매, 표창 선생님도?"

시또와 막동이 등도 알아보고 반겼다. 그들은 땀을 닦으며 건성으로 인사를 했다. 무슨 일인지 얼굴이 잔뜩 굳어 있었다.

"어디 가셔?"

달주가 일어나며 반겼다. 일행 가운데는 전에 달주와 용배가 장성 월평 김가 집에서 하룻저녁 묵을 때 만났던 거꾸리와 점박도 끼여 있었다.

"어디 가는 길이오?"

달주가 다시 물었다.

"급하게 볼일이 있어서 갑니다. 미안하요. 나중에 봅시다."

그들은 건성으로 인사를 하고 가던 길을 내달았다. 땀을 뻘뻘 흘리면서도 그대로 내달았다. 여간 다급해 보이지가 않았다.

"누구지?"

임군한이 달주한테 물었다.

"장성 젊은이들입니다. 나한테 알은체한 젊은이들은 전에 월평 김가 집 사랑방에서 만났던 젊은이들입니다."

일행은 잿길을 내려갔다. 그들이 잿길을 조금 내려갔을 때였다.

"저게 누구야?"

김갑수가 잿길을 내려다보며 눈을 둥그렇게 떴다. 장성 월평 김가 집 짱박이 을식이었다. 젊은이 하나를 달고 숨을 헐떡거리며 재를 올라오던 을식도 일행을 알아보고 깜짝 놀랐다.

　"그러잖아도 원평으로 찾아가는 참입니다."

　을식이 임군한을 보며 반색을 했다. 그는 숨을 발라 쉴 겨를도 없이 임군한을 끌고 한쪽으로 갔다.

　"우리 쥔이 입암산성으로 내뺐소. 조금 아까 재 넘어가는 장정들 안 봤소?"

　을식이 땀을 훔치며 다급하게 물었다.

　"예닐곱 명이 몰려가더라. 그 사람들이 김가를 잡으러 가는 사람들이란 말이냐?"

　임군한이 놀라 물었다.

　"그요. 지금 장성 소작인들은 두 패로 갈렸소. 김가를 무작정 죽여버리자는 패하고, 소작인들이 벌고 있는 땅을 전부 공짜로 소작인들한테 주면 목숨을 살려주자는 패요. 아까 쫓아간 패는 살리자는 패요."

　을식이 다급하게 말했다.

　"금방 재를 넘어간 사람들은 작인들이 벌고 있는 소작을 작인들한테 전부 공짜로 주면 살려주자고 하는 패란 말이냐?"

　"맞소. 죽이자는 패는 마누라들이 김가한테 당하고 그 소문이 세상에 퍼진 사람들이고, 땅을 내노면 살리자는 패는 그런 일이 없는 패요."

　그러니까 지금 달려간 패는 살리자는 패인데 죽이자는 패가 벌써 사거리로 몰려가는 바람에 살리자는 패는 김가를 빼돌리려고 죽이자는 패 몰래 이쪽으로 앞지르고 있다는 것이다.

"김가가 입암산성으로 내뺐다면 산성 비장하고 아는 사이냐?"

"산성으로 내뺀 것이 아니라 산성 아래 남창이란 동네 자기 산지기 집에 숨어 있는 것 같은데 그것이 들통이 났소."

을식은 아무래도 무슨 일이 벌어질 것만 같아 임군한을 찾아 무작정 원평으로 달려가는 참이라고 했다.

"땅을 공짜로 내노라면 김가가 순순히 내놀 것 같으냐?"

"김가는 시방 자기를 죽이려고 이빨 갈고 있는 사람들이 한둘이 아닌 줄을 누구보다 잘 알고 있소. 그래서 시방 저 사람들은 먼저 김가한테 가서 당신이 땅을 전부 공짜로 준다면 그런 사람들도 누그러질 것이다. 으쩔 테냐 이럴 참이오."

임군한이 고개를 저었다.

"좋은 생각이다마는 작인들이 섣불리 나섰다가는 일도 제대로 못하고 되레 말썽만 커질지 모른다. 김가는 술수부터가 보통내기가 아니다. 더구나 지금 전봉준 장군께서는 앞으로는 양반이나 부자들 닦달을 못하게 하라고 각 고을 집강소에 엄하게 영을 내렸다. 그 사람들을 말려서 돌려보내고 우리가 대신 나서서 김가를 욱대겨 땅을 내놓도록 하는 것이 어쩌겠냐? 김가는 보통내기가 아니라 우리 같은 사람들이 나서서 단단히 닦달을 한 다음에 작인들이 나서도 나서야지 처음부터 작인들이 낯 내놓고 술덤벙물덤벙 설치다가는 김가 술수를 못 당할 것 같다."

을식은 잠시 어리둥절한 표정이었다.

"그러면 두령님께서 쫓아가서 한번 말해보시오."

임군한은 알았다며 달주 일행 쪽으로 갔다.

"우리는 행로를 바꿔야 할 형편일세. 다시 돌아가야 할 일이 생겼네."

임군한이 말하자 달주와 이싯뚜리는 무슨 일이냐고 묻지 않았다. 임군한은 시또 패한테도 잘 다녀오라는 말을 남기고 돌아섰다. 을식도 임군한한테 꾸벅 절을 하고 달주 패에 붙었다.

임군한 일행은 발길을 돌려 바삐 잿길로 올라섰다. 며칠 전 김덕호는 임군한과 월공 세 사람을 모아놓고 앞으로 자기들이 할 일을 의논했다. 김덕호는 이제 사정이 크게 달라졌으므로 자기들도 독자적으로 놀 것이 아니라 어디까지나 집강소에서 하는 일에 맞춰 농민군을 거들되, 우선 지금 당장 할 일은 재산을 울궈내려고 그루를 앉혀오고 있는 부자들이 그 돈을 자기 고을 농민군 집강소로 내도록 닦달을 하는 것이 어떻겠느냐고 했다. 그래서 지금 임군한은 장성 김가부터 닦달해서 돈을 집강소로 내도록 하려고 가는 참이었다. 어떻게 닦달을 해야 표가 나지 않게 닦달을 할까 고개를 갸웃거리며 가는 판에 일이 묘하게 맞아떨어진 것이었다.

임군한은 졸개들을 달고 바삐 내달았다. 입암산성은 갈재에서 4,5마장밖에 되지 않았다. 장성 소작인들이 산성 아래 산자락을 돌아 산성으로 올라가는 잿길에 붙고 있었다. 김갑수가 앞으로 달려가며 그들을 불러세웠다. 그들은 덩둘한 표정으로 임군한 일행을 돌아봤다.

"자네들이 뭣하러 가는지 알고 쫓아왔네. 자네들이 나서가지고는 김가 술수에 낭패만 보네. 우리한테 일을 맡기게. 자네들이 원하는 대로 우리가 일을 해주겠네."

임군한이 잡담 빼고 버선목 뒤집듯 말을 까냈다. 일행은 서로 돌아봤다. 임군한은 아까 을식한테 했던 말을 다시 되풀이했다.

"이 일은 우리 일인게 죽든지 살든지 우리가 할라요. 당신들은 나서지 마시오. 우리는 등에 사잣밥 짊어지고 나섰소."

우두머리인 듯한 젊은이가 단호하게 말했다. 키가 땅딸막하고 얼굴이 다부지게 생긴 젊은이였다.

"자네들이 나서면 여러 가지로 말썽이 생기네. 어제 정읍에서 전봉준 장군이 두령들을 모아놓고 회의를 했는데, 이제부터 양반이나 부자들한테 사사로이 보복을 해서는 안 된다고 결정을 해서 지금 각 고을 집강소로 단단히 영이 내려갔네."

"아무리 그런 영이 내려갔어도 김가는 누구 손에 죽든지 죽을 놈이오. 우리는 죽이자는 것이 아니오. 하여간, 모른 척하고 돌아가십시오."

땅딸보가 단호하게 말했다.

"혹시 우리를 의심하는 것 아닌가?"

임군한이 눈을 크게 뜨고 물었다.

"까놓고 말하면 그런 생각도 있소."

땅딸보가 임군한을 똑바로 보며 말했다.

"그러면 자네들하고 같이 가세. 가서 자네들은 낯을 내놓지 말고 숨어서 우리가 그 작자 닦달하는 것을 보게."

땅딸보는 잠깐 기다리라며 자기들끼리 한쪽으로 모였다. 몇 마디

주고받는 것 같더니 땅딸보가 돌아섰다.

"우리끼리 일을 하기로 했소. 일을 대신해 주신다니 고맙기는 합니다마는 우리도 생각이 있은게 염려 마십시오."

땅딸보가 야무지게 말했다.

"알았네. 그럼 우리는 간섭 않겠네. 잘해보게."

그들은 감사하다고 고개를 꾸벅하고 나서 돌아섰다. 땅딸보 일행은 바람같이 잿길을 올라챘다.

"가만있자. 아무래도 저 사람들이 일판을 그르칠 것만 같다. 기왕 나선 김에 산성 비장도 만나보고 저 사람들 뒤를 한번 재보는 것이 좋겠다."

임군한이 말했다.

"우리는 더 나서지 않는 것이 좋을 것 같습니다."

김갑수가 좀 일그러진 표정으로 말했다. 지난번에 진산봉기 때 방부자 집으로 몰려가는 농민군 뒤를 따라가다가 하대두란 소작인 앞에서 자라목이 되었던 처참한 기억이 떠오르는 것 같았다.

"아니다. 저 사람들 의기는 좋다마는 저러다가는 꼭 김가 술수에 감길 것만 같다. 저 사람들이 올라간 뒤에 가자."

임군한이 결단을 내렸다. 장성 소작인들이 산성 등성이를 넘어가는 것을 기다렸다가 임군한 일행도 재를 올라가기 시작했다.

김가는 그동안 임군한이 쇠가죽 무두질하듯 주무를 만큼 주물러 났으므로 이제 소작인들이 어지간히 닦달을 하기만 하면 반은 공짜로 열매를 딸 판이었다. 마름 집에서 진창만창 술을 마시고 소작인 계집을 껴안고 자는 김가를 끌어내다 안 죽을 만큼 두들겨 팬 다음

옷을 홀랑 벗겨 정자나무 가지에다 달아매 놓기도 했고, 관상쟁이를 들여보내 수작을 부리기도 했으며, 쥐가 숯을 물고 가다 죽는 꼴을 보여 겁을 주기도 했고 달주와 용배를 들여보내 혼불이 나갔다고 수선을 피우기도 했다. 그렇게 공을 들여왔으나 그런 열매를 기왕 집 강소로 넘기기로 한 마당에 새삼스럽게 애석할 것은 없었으나 그런 일에 잡을손이라고는 거문고 앞에 산지기 같은 사람들이 범을 탄 기세로 술덤벙물덤벙 거추없이 설치다가 김가 술수에 감기지 않을까 싶어 그게 걱정이었다.

입암산성을 노령산맥이 심하게 굽이치는 험한 산세를 잘 이용해서 고려시대에 쌓은 석성이었다. 입암산성에서 제일 높은 삿갓바위는 임군한 산채가 있는 방장산과는 갈재를 사이에 두고 부르면 대답할 듯 가까이 건너다보고 있었다. 이 성은 노령산맥을 넘나드는 대로를 내려다보고 있는 곳이라 그만큼 중요한 전략적 요충지여서 고려 때 몽고군이 쳐들어왔을 때 여기서 크게 무찔렀고, 정유재란 때도 이 근방 사람들이 여기를 거점으로 일본군과 크게 싸웠다. 지금도 30여 명의 군졸들이 성을 지키고 있다.

비장은 박종록이란 사람이었다. 그는 방장산에 화적패가 산채를 두고 있다는 것을 잘 알고 있었으나 화적 닦달은 자기들 소관이 아닌 까닭에 여태 소 닭 보듯 모른 척 지내오고 있었다. 더구나 화적들 무술 솜씨가 보통이 아니라는 소문이 요란스러웠으므로 굳이 벌집을 버르집고 싶지도 않은 것 같았다. 임군한 편에서는 그것이 되레 부담이 되었으므로 간혹 인사치레를 했다. 이따금 담배를 한 짐씩 지워 보내기도 하고, 명절 때는 군령다리 주막에 시켜 돼지를 한 마리씩 삶아 보내기도 했다. 그렇지만 터놓고 수인사를 할 처지는 아니어서 두 사람은 아직까지 서로 얼굴을 모르고 있었다.

비탈은 어쩌나 가파르든지 코가 땅에 닿을 지경이었다. 숨이 턱에 꺽꺽 막히고 발이 땅에 쩍쩍 붙는 것 같았다. 산길 들길에 이골이 난 졸개들도 숨소리가 풀무질 소리였다. 비지땀을 쏟으며 코를 박을 것 같던 마지막 고개티를 후유 올라서자 앞이 툭 트이며 시원한 재넘이가 냉수를 끼얹듯 지쳐왔다. 살 것 같았다. 성터는 시늉만 남아 있고 평평한 고원지대 평지가 펼쳐졌다. 시냇물이 흘러가고 논배미도 있었다. 해가 서산 너머로 들어갈 자리를 잡고 있었다.

조금 내려가자 저쪽에 집이 보였다. 병사 하나가 나오며 누구냐고 소리를 질렀다. 비장한테 볼일이 있어 왔다고 하자 막사로 안내를 했다. 비장 박종록이 나왔다.

"처음 뵙겠습니다. 지금은 비었습니다마는 저 건너 방장산에다 산집을 짓고 살던 패거리 우두머리 임가올시다."

임군한이 웃으며 박종록 앞에 가볍게 고개를 숙였다. 박종록은 무슨 소린가 잠시 멍청한 표정이다가 임군한이 배슬거리는 것을 보고 그제야 웃물이 도는 듯 눈이 둥그레졌다.

"이 아랫동네 볼일이 있어서 오랜만에 인사도 드릴 겸 하룻저녁 신세를 질까 하고 왔소이다."

임군한이 연방 웃으면서 말을 잇자 박종록도 얼굴이 환하게 펴졌다.

"반갑소. 잘 오셨습니다. 늘 귀한 선물을 받아먹기만 했더니 이제 뵙겠습니다그려."

두 사람은 호탕하게 웃었다. 박종록은 듣던 대로 사람이 웬만큼 트인 것 같았다.

"들어갑시다."

박종록은 여간 선선하지가 않았다. 임군한은 잠깐 기다리라며 졸개들을 한쪽으로 데리고 갔다.

"갑수 네가 가서 일판이 어떻게 되는가 보고 오너라. *자귀 짚듯 숨어서 갔다 와야 한다."

임군한은 텁석부리만 남기고 졸개들을 달려 김갑수를 내보냈다. 박종록은 귀한 분을 만나게 되었다며 기분 좋게 술판을 벌였다. 텁석부리와 함께 세 사람이 잔을 기울였다. 지난 가을에 담갔다는 머루주였다.

"벼슬자리 치고는 신선놀음도 이런 신선놀음이 없습니다그려. 중도 아니고 속도 아니고, 이만한 자리가 어디 있겠소?"

거나해진 임군한이 한마디 했다.

"여기 앉아 있어도 세상 돌아가는 꼴을 보면 한숨만 나오더니 농민군이 일어난 뒤로는 여기서도 세상 살 맛이 납니다."

박종록이 웃었다.

"말씀하시는 걸 들어보니 박비장께서 벼슬길 타지 않으셨더라면 농민군 두령 하나 듬직한 분 나올 뻔했습니다그려."

임군한 말에 박종록이 허허 웃었다. 두 사람은 밤늦게까지 농민군 이야기와 세상 이야기를 했다. 술이 거나해지자 박종록은 이 세상을 건질 사람은 전봉준밖에 없다고 터놓고 전봉준 찬양에 침이 발았다.

"국운이 돌아온 것도 같습니다마는 왜놈들이 들어왔다니 그것이 걱정입니다."

박종록은 무장답지 않게 식견도 만만찮았다. 삶은 닭이 들어왔다. 임군한과는 10년 지기라도 만난 듯이 술잔을 기울였다. 텁석부리는 두꺼비 파리 잡아먹듯 주는 술잔만 널름널름 받아 마시며 두 사람 이야기를 듣고 있었다.

밤이 이슥했을 때 김갑수 일행이 돌아왔다.

"김가가 무사히 빠져나와 백양사 쪽으로 갔습니다. 소작인들 셋이 따라갑디다."

"백양사 쪽으로? 죽이자는 패하고 부딪치지는 않았느냐?"

"땅딸보 일행이 김가 산지기 집에서 김가를 데리고 나와서 한참이야기를 하는 사이에 아래쪽에서 그 패가 떼로 몰려왔습니다. 그때 땅딸보 패는 김가를 데리고 숲 속으로 숨었습니다."

아래서 몰려온 패가 산지기 집으로 갔다 허탕을 치고 와서 한참 서성거리다가 맥살없이 돌아가버리자 땅딸보 패가 숲 속에서 나와 그중 세 사람이 김가를 앞세우고 백양사 쪽으로 가더라는 것이었다.

"김가는 일행이 없더냐?"

"둘이 따라다니고 있습디다. 어디로 가서 잠시 피했다가 장성으로 데리고 가려고 힘꼴이나 쓰는 장정들만 셋이 남아 작자를 이리로 데리고 가는 것 같았습니다."

"이제 우리는 그 일에서 손을 떼도 좋을 것 같다. 우리가 할 일이 없어져가는구나."

임군한이 가볍게 웃었다.

"농민들도 고루 외섯뎅굴이가 되어가는 것 같소."

별로 말이 없는 텁석부리가 한마디 끼어들었다. 임군한이 거듭 헤프게 웃었다. 지주들 앞이라면 도지 한 됫박을 덜 물려고 타작마당에서 마당쓰레기 한 움큼을 놓고 샌님 생원님 아닌 죄인으로 처량하게 타울거리던 농민들이 이런 일까지 앞가슴을 벌리고 채잡고 나서자 자기들은 이제 테 밖으로 밀려난 것 같아 쓸쓸한 모양이었다.

# 10. 농민천하

　"그런게 시방 시또 형님 집은 해남이고 막동이 집은 진돈데, 시또 성님 집만 갈래도 나주 지내고, 영산포 지내고, 강진 지내고, 해남 읍내까지 지내고, 그라고 나서도 4,50리를 더 가야 시또 형님 집이 나온다 이 말이구만이라?"

　기얼은복이 시또와 막동을 돌아보며 익살을 부렸다.

　"그라고 또 시또 형님 집에서 막동 집에를 갈라면, 이참에는 배까지 타고 바다를 건너가서, 배에서 내려갖고도 거진 하룻길을 걸어가야 막동이 느그 집이 나온다 이 말이냐? 그란게 길만 너댓새를 걷는다는 소리구만. 허허. 오랜만에 길복 하나는 오지게 터져부렸구나."

　기얼은복이 거듭 익살을 부렸다. 그들은 남평 읍내를 지나 나주를 향해 들길을 걷고 있는 참이었다.

　"모처럼 고향길인게 편히 한번 가볼거나?"

시또가 막동을 돌아봤다.

"편히 가다니라우?"

"나주 밑에 덕진 가서 삯배를 하나 내면 화원까지는 하룻길이다."

"그러겠소. 그러면 영산포로 가제 뭘라고 덕진까지 가라우?"

"덕진에 아는 사공이 한 사람 있다. 전에 임두령님 모시고 바삐 갈 일이 있어서 덕진에서 배를 타고 간 적이 있다. 그 사공도 사람이 무던하고 배질을 잘 하더라."

"아이고 살았다."

기얼은복이 환성을 질렀다. 영산강은 바닷물이 2백여 리까지 거슬러 영산포까지 들어왔으므로 영산포에는 짐배다 두대박이까지 마음대로 드나들었다. 배가 금강을 타고 올라오는 강경이 크게 번창하듯 영산강에 의지하고 있는 영산포도 마찬가지였다. 영산포는 강경만큼 번창하지는 않으나 거기도 이 지역 물산의 집산지라 제법 활기가 있었다. 덕진은 영산포 바로 아래 조그마한 포구였다.

"그러면 나주를 지나야 쓰겠는데, 가만있자, 활줄 당긴 김에 콧물 씻더라고 민종렬인가 나주 목산가 그놈 미운게 벙거지라도 몇 놈 작살을 내놓고 돛달아 부치께라?"

막동이 장난스럽게 웃으며 시또를 돌아봤다. 덕진은 영산포 건너편에 있는 포구였으므로 나주 읍내를 지나서 갔다.

"두령님 말씀도 있고 한데 판 벌이기가 쪼깐 멋하잖냐?"

시또가 웃었다. 임군한은 졸개들을 고향에 보내면서 고향에 가서는 물론이고 오갈 때 쓸데없는 객기 부리지 말고 다소곳이 다녀오라고 단단히 일렀던 것이다.

"나주는 민종렬이란 놈이 버티고 있은게 다르지라우. 더구나 나는 나주 벙거지들한테 유감이 많소. 전에 그놈들한테 한번 당한 적이 있다고 했지라우. 내가 지금까지 누구하고 맞붙어갖고 당한 것은 그것이 처음이오."

막동은 이를 악물었다. 막동이 무술을 익힌 뒤로는 지금까지 세상을 *홍두깨생갈이치듯 천방지축 날뛰었어도 맞대매라면 판판이 *헤물장을 쳐왔는데 그때 당한 것은 지금도 분한 모양이었다. 시또는 형편을 보자며 웃었다. 막동은 한판 붙을 생각에 지레 신이 나는지 주먹을 쥐었다.

나주 목사 민종렬은 농민군에게 집강소 설치를 허락하지 않고 완강하게 성을 지키며 버티고 있었다. 나주는 다른 고을과는 달리 성채가 단단하고 병졸도 많았으므로 민종렬은 큰소리를 탕탕 치며 농민군쯤 눈에 보이지 않는다는 가락이었다. 광주에 있는 손화중과 최경선은 화가 머리끝까지 치솟아 모내기가 끝날 때까지 듣지 않으면 대번에 쳐들어가서 짓밟아버리자고 벼르고 있었다. 지금까지 웬만한 곳은 다 집강소가 설치되었으나, 나주를 비롯해서 남원, 순창, 운봉 네 고을이 버티고 있었다. 남원은 지금 김개남이 이웃 고을에서 쳐들어갈 준비를 하고 있다는 소문이었다.

시또 일행은 달주 일행과는 광주에서 헤어졌다. 광주 근처 여러 고을에서도 사사로운 보복 때문에 골치를 앓고 있었으므로 이들이 오자 손화중은 우선 광주 근방 고을부터 한번 돌고 가라고 붙잡은 것이다.

이번에 봉기했던 고을 집강들은 거의가 동학 접주들이거나 동학 임직들이라 그런 사람들 말이 일반 농민들한테는 제대로 먹혀들지 않았다. 특히 민회 패가 드센 고을은 그들이 성찰과 집사 등 중요한 임직을 맡아 집강소를 좌지우지하며 동학도들을 차츰 밀어내고 있었다. 더구나 봉기하지 않았던 고을은 거의 일반인들이 집강소 임직을 차지하고 있었고 그들한테는 손화중이나 최경선 말도 잘 먹혀들지 않았다.

"저 건너 십리허에 살살 기는 저 포수야……."

막동이 노랫가락을 뽑았다. 노래 고장 진도 출신답게 막동은 노래 솜씨가 제법이었다. 그는 어디 가든 짬만 나면 노래를 뽑거나 익살을 부리거나 해서 일행을 심심찮게 했다. 들판에는 두레꾼들이 여기저기 농기를 꽂아놓고 꽹과리와 북을 치며 흥겹게 모를 심고 있었다. 언제 전쟁이 있었으냐 싶었다.

시또는 고향이 해남 화원이고, 막동은 진도 임회였다. 기억은복은 보성이 고향이었으나, 고향에는 아무도 없었으므로 두 사람 고향에 가봐서 아무 데나 살 만하면 거기서 살겠다고 웃었다. 임군한은 얼마 전 졸개들을 모아놓고 앞으로 자기 갈 길을 작정하라고 했다.

"우리가 어디 처음부터 화적이었느냐? 세상이 너무 험한 까닭에 몰리고 쏠리다가 마지막 밀린 데가 산속이었다. 이제 바른 세상이 오면 모두 볕바른 데 나가서 누구보다 의젓하게 살아야 한다. 고향에 돌아가서 살고 싶은 사람은 바로 지금 고향에 가서 떳떳하게 낯을 내놓아야 할 것 같다. 그러나 아직은 세상이 어떻게 될지 모르겠으니 이번에는 고향에만 다녀오너라. 그러니까 이번에는 고향에 가서 낯을 내놓고 형편을 살피고 돌아오는 것이다."

304

졸개들은 임군한 말이 떨어지자 들뜨기 시작했다. 그런데 김확실과 기얼은복은 찾아갈 고향이 없었다. 기얼은복은 얼굴도 모르는 할머니가 보성 읍내에 살고 있다는 것만 알고 있을 뿐이었다. 모두 고향에 간다고 차례를 정하고 덤벙거리자 기얼은복도 갑자기 할머니 생각이 나서 자기도 덩달아 고향에 가겠다고 시또하고 막동 패에 낀 것이었다.

"니 고향은 보성 읍내라고 했지?"

"읍내 어떤 동네에 친할무니가 살고 기신다는 소리만 들었는데, 얼굴도 모르고 택호도 몰라."

기얼은복은 스스로 생각해도 좀 어이가 없는지 지레 낄낄 웃었다.

"그러면 한양 가서 박서방을 찾에 어뜨코 할무니를 찾아?"

시또 말에 기얼은복이 또 한 번 낄낄거렸다.

"나는 어렸을 적에 우리 어머니가 포대기에 싸갖고 보성 곁에 낙안이란 데로 시집을 갔거든. 그 집에서는 아들 한나 공짜로 얻었다고 얼은복이라고 이름을 지었던 모양인데 성은 본래 기가라 기얼은복이 되아부렀구만."

모두 웃었다.

"그런데 그 집에서 나와부렀은게 기어들어간복이 이참에는 기어나온복이 되아부렀제."

모두 폭소를 터뜨렸다.

"제 발로 기어나온복이 그 집에 다시 우죽우죽 기어들어가고 싶은 생각은 없고, 그래도 성씨 한나는 제대로 달고 살았은게 할무니나 한번 찾아가고 싶그만."

기얼은복이 좀 쓸쓸하게 웃었다.

"그래도 성이 있은게 그 동네 가면 찾기는 찾겄다."

시또가 말했다.

"따지고 보면 우리 조상들도 모두가 이리저리 기어들고 기어나오고 내빼고 도망치고 정신없이 살았던 것 같어. 우리 고조할아부지도 육지에서 살다가 무슨 일인가 일통을 저지르고 진도로 내빼가서 살았던 것 같더만."

막동이 한마디 했다.

"맞다. 우리 먼 할아부지도 죄를 짓고 해남으로 내빼왔다더라. 그래도 우리 할아부지는 내빼도 해남까지만 내뺐는데, 막동이 느그 할아부지는 얼마나 통이 작았으면 배를 타고 진도까지 내뺐더라냐?"

시또가 막동을 보며 웃었다.

"우리 조상이 성님 조상보다 통이 작은 것이 아니라 통이 컸던 것 같어. 통이 컸은게 죄를 지어도 통크게 지어놓고 진도까지 내뺐잖었어?"

막동이 되받았다.

"말을 그렇게 팽글 돌려놓고 본게 그것도 말이 되기는 될락 하네."

시또 말에 일행은 또 와크르 웃었다.

"느그 선조도 역몬가 그런 것에 걸려갖고 진도로 내뺐다고 하디야? 우리 몇 대 선조는 그랬다는 것 같더라."

시또가 은근하게 물었다.

"우리 선조는 그런 것은 아닌 것 같어. 우리 동네 이씨들 몇 대 선

조는 역모에 걸려갔고 내빼왔다는 것 같은데, 우리 선조는 그런 것이 아니고 쪼깐 챙피한 일로 내뺐던 것 같어."

막동이 지레 킬킬 웃었다.

"먼 일인데?"

"나도 늘 그것이 궁금해서 할아부지나 할무니한테 물어봤는데, 그것만 물으면 두 분 다 *물 밖에 나온 새꼬막매이로 입을 처깔해부러. 창피한 일로 내빼왔은게 그러잖겠어? 내 짐작에는 어디서 머슴 살다가 상전 마누라하고 눈이 맞아서 그 마누라를 채갖고 내뺀 것이 아닌가 싶더만. 내빼온 이가 고조분데, 우리 할무니 말을 들어보면 고조할무니 인물이 천하일색이더랴. 고조할아부지도 허우대가 헌칠하고 심도 장사고 남자답게 생겼다더만, 저지난번 전주에서 문천검 붕알 까놓고 내뺀 양반 놈 이야기했잖아? 그 양반이란 놈이 머슴한테 마누라 뺏기고 마누라를 찾을라고 삼례까지 헐떡거리고 댕기는 것 본게 우리 고조할아부지 생각이 나더라구."

막동이 킬킬거렸다.

"그런게 시방 너는 느그 고조할무니 인물 한나만 갖고 그런 짐작을 한단 소리냐?"

시또가 물었다.

"역모에 걸렸거나 다른 일로 내뺐으면 자손들한테는 말을 할 것인데, 입을 처깔하는 걸 보면 그런 창피한 일인게 그러잖겠어?"

막동은 연방 킬킬거렸다.

"진짜 크게 역모를 했은게 그런지도 몰라, 임마."

"그랬으까?"

막동이 고개를 갸웃거렸다.

"우리 고장 사람들만 하더라도 말은 안 하제마는 태반이 그런 사람들이라더라. 임술년 난리 때 도망쳐온 사람도 내가 아는 집만 두 집이나 된다."

"그러고 보면 먼 데로 내뺀 사람들일수록 앞장선 사람들이겠구만."

기얻은복이 끼어들었다.

"맞다. 그런게 요새로 치면 전봉준 장군이나 김개남 장군 같은 이는 흑산도 같은 데로 내배고, 고을 접주급들은 막동이 선조매이로 진도나 완도 같은 가까운 섬으로 내빼고, 그 밑으로 놀던 사람들은 우리 선조매이로 해남 같은 해변이나 지리산으로 내빼고, 그냥 건둥 건둥 따라나섰던 사람들은 잡혀서 늑신하게 얻어터지기만 하고 그대로 눌러 살고."

시또 말에 모두 고개를 끄덕이며 웃었다.

"그런게 주먹에 핏사발이나 든 사람들은 야물딱지게 한탕씩 치고 먼데로 내빼불고, 육지 본고장에는 요새 농민군 나가는 데 비슬비슬 꽁무니 뺀 사람들매이로 선찮은 것들만 남아서 살았을 거여. 한양이나 대처에 사는 사람들은 모두 권세 밑에 빌붙어서 턱찌끼나 줏어묵음시로 빌빌 눈치나 보고 산 것들이고."

시또 말에 다시 웃었다.

"말을 해서 듣고 본게, 육지나 대처 사는 사람들은 아무것도 아니네. 요새 보더라도 농민군 안 나온 것들이 사람이여?"

막동이 의기양양하게 시또 말을 깨꼈다.

"그려. 지금 한양서 떵떵거리고 벼슬 사는 것들은 모두 그런 얼빠

308

진 종자들이고, 전주나 읍내 아전 나부랭이들은 그런 놈들 밑에서 알랑거리는 알랑쇠 종자들이고……."

"그럼 진짜배기는 우리 조상들이다."

막동이 소리를 질렀다. 모두 웃었다.

"한양에서 멀리 사는 사람들일수록 진짜배기 종자들이구만."

일행은 유쾌하게 웃으며 들길을 걸었다.

"그런데 막동이 니가 진도 가면 그 김가들이 어떻게 나올 것 같냐?"

시또가 막동을 돌아보며 말머리를 돌렸다.

"가봐야 알겠는데, 하여간 이번에 가면 그 김가 놈들 콧대부터 꺾어놀 참인데 내가 안 봐도 장대가리가 미리 손을 쓰지 않았는가 모르겠구만."

막동은 송기 발라먹다가 들킨 누이동생을 산주가 때리는 것을 보고 결김에 몽둥이를 휘두른 것이 그만 죽어버려 그 길로 고향을 등졌던 것이다. 산주 집에서는 막동의 형님을 잡아다 분풀이를 하는 바람에 형님은 다리병신이 되고 말았다.

"나는 더도 말고, 논 닷 마지기 값하고, 그 논에서 나온 5년 동안 소출에 이자까지 꼼꼼히 쳐서 받을 참이다."

시또는 돈놀이하는 사람한테 잘못 걸려 논 5마지기가 터도 없이 넘어가게 되자 그도 그 작자를 두들겨패 놓고 고향을 등졌다. 물론 시또와 막동은 그동안 한두 번씩 밤중에 자기 집에 가보기도 했고, 더러 고향 사람을 만나 고향 소식을 듣기도 했다. 그러나 이렇게 당당하게 가기는 처음이었다. 일행은 나주 읍내에 가까워지고 있었다. 여기도 모내기가 한창이었다.

"얼씨구 좋다. 좀도나 좋고."

막동이 두레꾼들을 건너다보고 어깨를 내밟기며 목구멍이 째져라 소리를 질렀다. 쇠잡이들이 꽹과리를 공중으로 휘둘러 막동의 추임새에 응답을 하며 신명나게 두드려댔다.

"이리 오시오. 여기 한 잔 남았소."

보리그루 논에 앉아 있던 여인네들이 시또 일행을 보며 소리를 질렀다. 옹배기며 동이가 놓여 있는 게 새참을 내왔던 여자들 같았다. 여인 하나가 일어서서 어서 오라고 거듭 소리를 질렀다. 일행은 웃으며 다가갔다.

"지나가는 나그네마다 인심 쓸라면 논 폴아사 쓰겄소."

시또가 너스레를 떨며 다가섰다.

"젊은이들이 발복이 있그만. 마침 서너 잔 남았구만."

나이 지긋한 아주머니가 막걸리 옹배기를 기울여 국 대접에다 치문치문 막걸리를 따라 안겼다.

"아이고 아짐찬한 거."

일행은 술잔을 받아 꿀꺽꿀꺽 들이켰다. 걸걸하던 참이라 막걸리 넘어가는 소리가 마른 논에 물 들어가는 소리였다.

"아이고, 살겄다."

"여그 쪼깐 더 남았구만."

마지막 남은 것을 반 잔씩 나누어 주었다. 김치 그릇과 젓가락을 안겼다.

"아따, 생기기도 헌헌장부로 훤하게 빠진 젊은이들이 먹는 것도 이쁘게는 먹네. 딸 있으면 셋 다 사우 삼고 잡네."

"딸 볼라면 장모 보랬더라고 나도 아짐씨가 맘에 딱 드요마는 말
씀하시는 것 본게 딸이 없는 모냥이오잉."

일행은 한참 동안 수작을 부리다가 걸쭉하게 덕담을 한마디씩 하
고 돌아섰다. 큰길로 돌아서려던 막동이 뒤를 돌아봤다.

"아짐씨들!"

막동이 큰소리로 불렀다. 모두 돌아봤다.

"혹시 나중에 조카딸이나 손주딸이나 딸 여울 적에는 말이요, 총
각 놈이 농민군 나갔는가 안 나갔는가 그것을 알아본 담에 딸을 주
시오잉. 사람 같은 종자 고를라면 농민군 나갔는가 안 나갔는가 그
것 한나만 보면 영락없소."

여자들은 알았다고 깔깔 웃었다. 일행은 기분 좋게 길을 걸었다.
술기가 얼큰해 왔다. 나주성 성채가 영산강 너머로 덩실하게 나타났
다. 강을 가로지르는 복찻다리를 건넜다.

"어라, 벙거지들 어깨판 벌리고 자빠졌는 것 봐. 벙거지들 꼬락서
니부터가 여기는 조뱅갑, 이용태 시절이네."

앞서 가던 기얻은복이 기찰하는 벙거지들을 보며 이죽거렸다. 나
주 성 밖 장판 어귀에서 벙거지들이 기찰을 하고 있었다.

"저것들이 목사 놈 기세 업고 저 꼬라진가?"

막동이 주먹을 쥐며 눈을 밝혔다. 시또가 앞장을 서서 천연스럽
게 벙거지들 앞으로 갔다. 벙거지들은 장꾼들은 그냥 보내고 맨몸으
로 가는 사람들만 기찰을 했다. 시또는 벙거지들을 못 본 척 그들 앞
을 의젓하게 지나쳤다. 뒤따르는 두 사람도 마찬가지였다.

"여!"

장교가 꽥 소리를 질렀다. 세 사람이 동시에 돌아봤다.

"어디서 오는 사람들이여?"

"전주서 오는 사람들이여."

시또가 할기시 돌아보며 감때사납게 말했다.

"어라, 전주서 오시는 농민군 양반들이구만. 여그가 어딘 줄 알어?"

장교는 이놈들 잘 걸렸다는 가락으로 헤실거렸다. 곁에 섰던 나졸들이 창을 꼬나잡았다.

"그래, 여그가 나준 줄 알어. 아는데, 으째서 반말이제? 나주 벙거지들 쌧바닥은 무등산 개호랑이한테 한 토막씩 뜯겨부렀는가?"

시또가 잔뜩 깔보는 투로 벙글거렸다.

"워매, 이 새끼 봐라. 저 새끼들 잡어!"

장교가 버럭 악을 썼다. 나졸들이 양옆으로 둘러서며 창을 들이댔다. 세 사람은 꿈쩍도 않고 그 자리에 천연스럽게 서 있었다. 창을 겨누고 나오는 나졸들 모양새가 앞가슴을 벌려주어도 찌르지 못할 꼬락서니들이었다.

"야, 느그 목산가 깻묵인가 그 작자가 소쿠리만한 나주성 한나 지키고 앉았은게, 느그들도 *하늘이 동전짝만 하게 뵈냐?"

시또가 차근하게 나섰다.

"워매, 저 새끼 죽여. 칵 찔러부러, 얼른 찔러, 칵!"

장교가 얼굴이 새빨개지며 나졸들을 향해 악을 썼다. 그러나 나졸들은 눈만 둥그레질 뿐 대들지 못했다.

"아야, 막동아. 농민군 어쩌고 하는 저 쥐둥아리를 가만둬사 쓰겄냐? 다른 데는 놔두고 농민군 소리 씨부린 쥐둥아리만 확 돌려불면

으짜겄냐? 다 돌리지 말고, 엿장수 맛뵈지 뵈대끼 반만 돌려부러라."

시또가 막동을 돌아보며 웃었다. 장꾼들이 길을 멈추고 보고 있었다. 막동이 웃으며 장교 앞으로 두어 발 다가섰다.

"임마, 거그 그대로 가만 서 있어. 건둥거리다가는 쥐둥아리가 풍뎅이 모가지매이로 홱 돌아가분다잉."

말이 떨어지는 순간이었다. 막동의 발이 후딱 장교 턱에 올라붙었다.

"워매."

탁 소리와 함께 장교가 턱을 싸안고 무릎을 꿇었다. 그야말로 눈 깜짝할 사이였다. 곁에 섰던 나졸들은 창을 겨눈 채 눈알만 번뜩이고 있었다. 시또와 기얻은복이 벙거지들과 일정한 거리를 잡아 서서 자세를 취하고 있었으므로 나졸들은 마치 가위눌린 사람들처럼 눈알만 굴리고 있었다. 창끝까지 발발 떨었다.

"이 자식들아, 이런 것을 들고 뉘 앞에서 설치냐?"

시또가 나졸 창을 하나 잡아서 옆으로 채며 발로 옆구리를 질렀다. 기얻은복도 시또와 똑같은 모양으로 곁엣놈 옆구리를 지르며 창을 빼앗았다. 나졸들은 둘이 다 똑같은 모양으로 옆구리를 싸안고 무릎을 꿇었다.

"다른 일이라면 사정을 두겠다마는 농민군 어짜고 한 소리는 사정을 둘 수 없다."

시또가 창을 거꾸로 꼬나들고 장교 곁으로 갔다. 시또는 턱을 싸안은 장교 가슴팍을 사정없이 걷어찼다. 장교는 뒤로 발랑 나동그라졌다. 창으로 사정없이 후려갈겼다.

"아이고, 사람 죽네."

"죽지는 않는다. 그런 아가리 다시 못 놀릴 만치만 조자주마."

시또는 거푸 갈겼다. 장교는 죽는다고 악을 쓰며 뒹굴었다. 시또는 뚝머슴 도리깨질하듯 정신없이 후려갈겼다. 여남은 대를 갈기자 창자루가 부러졌다. 장꾼들이 잔뜩 몰려들었다.

"이 창도 부러질 때까지만 맞아라."

이번에는 기얼은복이 갈마들었다. 여남은 대를 갈기자 기얼은복의 창자루도 부러졌다. 장교는 제대로 비명도 지르지 못하고 땅바닥에 퍼더버렸다. 시또가 장꾼들을 향해 돌아섰다.

"우리는 전주서 오는 농민군들이오. 이놈이 농민군을 우습게보고 분수없이 설치글래 농민군 손맛이 짠가 매운가 맛을 한번 보여줬소."

시또 말에 장꾼들은 눈알만 뒤룩거리고 있었다. 시또는 나졸들한테로 돌아섰다.

"느그들은 목사한테 가서 꼬아올려라. 우리가 그라더라고, 하룻강아지 범 무서운 줄 모르고 분수없이 설치고 있는데, 목사도 저 꼴이 될 때가 있을 것이락 하더라고 똑똑히 꼬아올려. 알았냐?"

벙거지들은 대답도 못하고 발발 떨고만 있었다.

"알았냐, 몰랐냐?"

시또가 부러진 창자루를 으르며 악을 썼다.

"알았소. 알았은게 땔지는 마시오."

벙거지들은 지레 팔을 들어 창을 막으면서 소리를 질렀다. 벙거지들 하는 꼴에 장꾼들이 피글피글 웃었다.

"안 때릴 텐게 어서 가서 꼬아올려!"

시또가 창자루를 내던지며 웃었다. 벙거지들은 덫에서 퉁긴 토끼들처럼 뛰어갔다. 일행은 장판으로 들어서지 않고 강둑으로 붙어 바람같이 잿등 쪽으로 내달았다.

"목사 놈이 병졸을 풀겠겠어?"

"기왕에 일을 벌인 김에 크게 한판 벌여불자. 여그서 우리 솜씨를 제대로 한번 보여줘사 쓸 것 같다. 그러면 나주 천지에 농민군 소문이 요란스럽게 날 것이다. 어서 저 아래 덕진까지만 가자. 가서 배를 빌려놓고, 쫓아오는 놈들을 몽땅 거기서 작살을 내놓고 배로 내빼불자."

"허허, 요새 표창 솜씨 한번 써묵고 잡아서 손이 근질근질하등마는 제대로 한번 써보겠구만."

기얼은복이 토시 속에서 표창을 뽑아들며 웃었다. 양쪽 토시 짝에는 붓 길이만한 표창이 여남은 개씩 꽂혀 있었다. 그들은 표창을 꽂으려고 여름에도 토시를 끼고 다녔다.

일행은 바람같이 덕진으로 내달았다. 덕진에 이르자 시또는 자기가 아는 사공부터 찾았다. 사공은 마침 배를 손보고 있었다. 외대박이였다. 해남 화원까지 주라는 대로 돈을 주고 바삐 떠날 준비를 하라고 서둘렀다. 선금을 받은 사공은 어디서 이런 봉이 날아왔나 입이 바지게가 되며 날파람나게 움직였다. 배를 저 아래 둑에다 대고 기다리라 했다. 일행은 읍내 쪽에다 눈을 박고 있었다.

"온다. 기병들이구나. 잘 되었다."

기병 여남은 명이 말을 타고 먼지를 뿌옇게 일으키며 달려오고 있었다. 다행히 총을 들지 않고 창이었다.

"저리 올라가자."

시또가 길 위로 솟아오른 절벽을 가리켰다. 두 사람은 맞춤한 바위가 얼른 보이지 않았다. 겨우 웬만한 바윗돌을 두어 개씩 뽑았다. 기병들은 정신없이 달려왔다. 절벽 밑으로 달렸다.

"이놈들아, 여깄다."

시또가 악을 쓰며 바위를 내리꽂았다. 바위 세 개가 말탄 기병들을 향해 내리꽂혔다. 바위 하나가 말 대가리에 맞았다. 뒤에 오던 말들이 고개를 쳐들며 비명을 질렀다.

"창 받아라."

세 사람은 고함을 지르며 표창을 날렸다. 표창이 연거푸 날았다. 표창 하나가 쳐다보는 기병 얼굴에 꽂혔고, 하나는 다른 기병 가슴에 꽂혔다. 연거푸 표창을 내리쏘았다. 표창이 말 엉덩이에 꽂혀 말이 비명을 지르며 내닫기도 하고, 목에 꽂힌 기병이 말에서 나동그라지기도 했다. 느닷없는 기습에 말과 사람이 한데 엉겨 수라장이 되었다. 표창을 예닐곱 개씩 던지자 싸움은 쉽게 결판이 나버렸다. 다섯 놈이 말에서 나동그라져 버둥거리고, 설맞은 놈들은 앞뒤 두 방향으로 도망쳤다.

"내려가자!"

세 사람은 미끄러지듯 절벽에서 내려왔다. 기병들은 셋이 버르적거리고 둘은 일어섰다. 막동과 기언은복은 일어선 놈 배를 발로 질러 거꾸러뜨렸다. 기병들이 들고 온 창을 주워 버르적거리는 놈들도 대여섯 대씩 후려갈겼다. 모두 맥을 놨다. 일행은 표창을 주워 챙기고 강둑으로 뛰었다. 뱃사공은 넋 나간 꼴로 보고 있었다. 모두 배로 뛰어올랐다. 읍내 쪽으로 도망쳤던 기병들 둘이 다시 달려왔다. 셋

316

이 도망쳤는데 하나는 성안으로 알리러 간 것 같았다.

"싸게 싸게."

사공이 삿대로 둑을 밀었다. 그사이 막동은 노를 저었다. 노가 힘차게 물을 갈랐다. 강바닥이 얕아 삿대는 삿대대로 힘을 쓰고 노는 노대로 물을 갈랐다. 막동은 노 젓는 솜씨가 여간 능란하지 않았다. 기병들이 강둑으로 달려왔다. 저쪽으로 도망쳤던 두 사람도 달려왔다. 사공이 삿대를 지우고 돛을 올렸다. 돛이 대번에 바람을 안았다. 막동은 노를 뽑았다. 기병들은 강둑에 서서 멍청하게 이쪽을 보고 있었다. 닭 쫓던 개보다 더 어이없는 꼴들이었다.

"이놈들아, 농민군들 솜씨가 보통 그 정도다. 이 담에는 느그 목사 놈 코쭝뱅이하고 눈탱이에다 표창을 꽂아줄 것이다. 알아들었냐? 이 떡을 칠 놈들아."

시또가 나팔손을 하고 소리를 질렀다. 기언은복과 막동은 춤추는 시늉을 하며 기병들을 놀렸다. 배는 알맞게 불어오는 샛바람을 돛폭에 가득 안고 강을 미끄러져 내려갔다.

"저것들이 또 오네."

나주 쪽에서 기마병들이 20여 명 달려오고 있었다. 강둑에 있던 기병들과 만났다.

"이놈들아, 이리 쫓아온나."

막동이 일어서서 주먹을 내지르며 소리를 질렀다. 배가 동말나루를 지나자 기병들 모습이 갈대 뒤로 사라졌다.

"점심은 쪼깐 늦더라도 몽탄나루에 가서 묵자. 거기도 아는 사람이 하나 있다. 지난번 전주에서 만난 농민군인데, 몽탄나루 근처에서 어살도 치고 주낙도 놓고 고기잡이로 사는 사람이다. 거기 가서 아무 고깃배든지 붙잡고 자기 이름 대면 모르는 사람이 없다더라."

시또가 말했다.

"성님은 오지랖 한나는 칠산바다여."

"농사철인데 두레 안 나가고 고기 잡을까?"

"그 작자는 농사는 밭 한 뙈기도 없고 고기잡이에 목줄을 대고 사는 것 같더라. 벼룩 간을 내먹는다더니 그 알량한 어살에도 세금이 나오고 거기다가 첩징까지 하는 통에 하도 이가 갈려 농민군에 나왔다더라."

그때 영산포 쪽 장자못등 갈대 위로 큰 돛이 두 개가 나타났다. 두 대박이 짐배였다. 서촌나루를 지날 무렵 큰 배가 모습을 드러냈다. 뱃머리에 시커멓게 사람들이 붙어 있었다.

"저것들이 벙거지들 아녀?"

벙거지들이 이물에 몰려 이쪽을 보며 소리를 지르고 있었다. 영산포에서 내려오는 배를 만나 타고 오는 모양이었다. 20명도 넘는 것 같았다.

"어짜겠소, 이 배가 저 배한테 잡히잖겄소?"

시또가 사공한테 물었다.

"큰 배가 배질이 더 싸지라우."

사공은 벌써 겁먹은 얼굴이었다.

"좋다. 살다본게 이참에는 해전을 다 해보겠네."

막동이 일어서며 이를 악물었다.

"오매, 이 배하고 쌈이 붙으면 나는 으짜게라우? 나중에 나는 맞

318

아 죽소. 여그서 내리시오. 나는 늙은 부모들까지 여덟 식구가 이 배 한 척에 목줄을 대고 사요."

사공은 징징 우는 소리를 했다.

"당신은 우리가 욱대기는 바람에 끌려댔겠다고 하면 그만이오."

막동은 소리를 질렀다.

"저놈들이 그런 소리 들을 놈들이오. 제발 살고 봅시다. 배를 저리 댈랑게 내리시오."

사공은 아딧줄을 당기며 키를 틀었다.

"배만 대면 죽어!"

막동이 단검을 뽑아들며 소리를 질렀다.

"큰 배 탄 놈들하고 배에서 맞붙어 노면 우리가 불리할 것 같소. 염려 말고 조금만 더 갑시다."

시또는 무슨 계책이 있는 것 같았다. 짐배는 큼직한 돛폭에 바람을 가득 안고 쏠려 내려왔다. 차음 가까워졌다. 중동리 앞 굽이를 지날 때는 창 스무남은 바탕 거리로 좁혀졌다. 벙거지들은 멈추라고 악을 쓰며 따라왔다.

"여기가 터진목나루터지라우? 저 아래다 댑시다. 저그서 우리를 내려주고 당신은 갈대밭을 빙 돌아오시오. 그러면 우리는 동네 뒷등을 넘어서 달려갈 텐게 거그서 만납시다. 자."

시또가 사공한테 돈을 집어주며 말했다. 거기는 강줄기가 묘하게 휘도는 곳이었다. 조등이란 동네 앞에서 강줄기는 장난하듯 동쪽으로 5리쯤 휘돌아서 다시 동네 등성이 뒤로 왔다. 조등에서 뒤쪽 강가까지는 두 마장도 못 되었다. 일행이 여기에서 내리면 벙거지들도 내려서 쫓아올 것이므로 그사이 등을 넘어가서 강굽이를 돌아온 배를 타고 도망칠 생각이었다. 벙거지들은 큰 배에서 내리면 그만큼 더딜 것이므로 보기 좋게 따돌릴 수 있을 것 같았다.

사공은 능란한 솜씨로 배를 동네 앞 선착장에다 댔다. 뒤따라오던 짐배도 돛을 지웠다. 벙거지들은 거기 서지 못하느냐고 소리를 질렀다.

"이따 봅시다."

세 사람은 배에서 날렵하게 뛰어내렸다. 배는 그대로 강을 타고 내달았다. 벙거지들이 탄 짐배는 배가 커서 강가에다 대지 못했다. 선착장에는 조그마한 거룻배가 한 척 떠 있었다. 짐배에서 벙거지가 하나 물로 뛰어내렸다. 거룻배로 헤엄쳐 왔다. 거룻배를 끌고 짐배 곁으로 갔다. 시또 일행은 벌써 저만치 도망치고 있었다. 그때 앞장서 달려가던 시또가 뒤를 돌아보며 걸음을 멈췄다.

"좋은 수가 있다."

벙거지들이 거룻배로 내리는 것을 보며 시또가 눈을 밝혔다. 조그마한 배에 장정들이 20여 명이나 타자 거룻배는 뱃전에 물이 찰랑거렸다.

"저놈들이 강가로 가까이 올 때 해치워버리자."

"그려, 대번에 해치우겠구만."

세 사람은 다시 강가로 달려갔다. 모두 양손에 표창을 꼬나들고 쫓아갔다. 뱃전에 거의 물이 잠긴 거룻배는 굼뜨게 강가로 오고 있었다. 벙거지들을 퍼준 짐배는 나 몰라라 돛에 바람을 안고 강을 따라 내닫고 있었다.

"이놈들아, 꼼짝 말고 거기 섰거라."

거룻배에 탄 벙거지들이 악을 썼다. 시또 일행이 표창을 꼬나들고 강가 가까이 다가섰다. 벙거지들은 배가 좁아 창을 겨눌 엄두도 못 냈다. 배가 가까이 왔다.

"이놈들아, 창 받아라."

시또가 소리를 지르며 표창을 날렸다. 막동과 기얻은복도 맵시 있게 몸뚱이를 휘둘러 표창을 쏘았다. 벙거지들 둘이 비명을 지르며 가슴과 목을 싸안았다. 순간 벙거지들이 한쪽으로 획 쏠렸다. 배가 그쪽으로 휘청했다. 그쪽으로 쏠렸던 사람들이 다시 이쪽으로 획 쏠렸다. 배가 다시 이쪽으로 휘청했다. 순간 강물이 배 안으로 쏟아져 들어갔다.

"아이고!"

거룻배가 뒤집혔다. 벙거지들은 그대로 강물 속으로 곤두박였다. 어푸어푸 난장판이 벌어졌다.

"잘 겨냥해서 던져라."

세 사람은 물 위로 떠오르는 머리를 하나씩 겨냥해서 침착하게 표창을 쏘았다. 물속에서 표창을 맞은 벙거지들은 얼굴을 싸안고 버둥거렸다. 물은 가슴팍밖에 차지 않는 것 같았다. 세 사람은 침착하게 표창을 겨냥해서 사정없이 쏘았다. 벌써 예닐곱 명이 표창에 맞아 물속에서 몸부림을 쳤다. 뒤집힌 거룻배는 저만치 둥둥 떠내려가고 있었다. 벙거지들 둘은 저쪽으로 헤엄쳐 도망쳤다.

"겨냥을 잘해서 던져!"

시또가 거듭 주의를 주었다.

"살려주시오."

표창 맞은 벙거지들이 뻘밭으로 기어오르며 손을 싹싹 비볐다. 벙거지들은 거의가 몸뚱이에 표창이 꽂혀 발버둥을 치며 뻘밭으로 기어나왔다. 그때 막동이 강으로 헤엄쳐 가는 자들을 건너다봤다. 순간 허리에서 단검을 뽑아 입에 물고 옷을 활활 벗어던졌다. 풍덩 강물로 뛰어들었다. 칼을 입에 문 막동은 두 팔을 팔랑개비처럼 휘둘러 두 사람을 쫓아갔다. 바닷가에서 자란 막동의 헤엄 솜씨는 물개 같았다. 옷을 입은 채 물에 빠진 벙거지들은 제대로 헤엄을 치지 못하고 겨우 목 위만 물 위로 내놓고 떠가고 있었다. 막동이 한 사람한테 가까워졌다. 입에서 칼을 옮겨 잡은 막동의 손이 물속으로 쑥 들어갔다. 벙거지가 몸뚱이를 움찔했다. 막동이 다음 벙거지를 쫓아갔다. 뒤를 돌아보던 벙거지는 막동을 향해 방어 자세를 취했다. 막동이 물속으로 쑥 자맥질을 했다. 벙거지가 제자리에서 빙빙 돌더니 이내 비명을 지르며 물속으로 고개가 들어갔다. 저만치 막동의 머리가 솟아올랐다. 막동은 다시 칼을 입에 물고 이쪽으로 헤엄쳐 나왔다. 막동이 강물에서 몸뚱이를 뽑아냈다. 실오라기 하나 걸치지 않은 볼썽사나운 꼴이었다. 부끄러운 줄도 모르고 덜렁덜렁 걸어와 옷을 주워 입었다. 강물에는 벙거지들 시체가 둥둥 떠내려가고 있었다.

들판에서 모를 심던 두레꾼들이 강가로 몰려왔다. 시체 예닐곱 구가 강물을 벌겋게 물들이며 떠내려가고, 나머지는 얼굴과 목을 싸안고 강가로 기어올라왔다. 모두 마른 데로 올라와 엎어지고 주저앉아 신음을 했다. 하나는 아직도 표창이 코 옆에 박혀 있었다. 시또가 뽑아주었다.

시또가 두레꾼들을 향했다.

"우리는 농민군이오. 나주 목사 민종렬이란 놈이 꼬막만한 성 하나 차지하고 지금 분수없이 설치고 있소. 그 떠세로 벙거지들이 건방지게 놀길래 그 작자들부터 본때를 보이고 오는 길이오."

"어디 농민군이오? 우리도 전주까지 갔다 온 사람들이오."

해남 농민군이라고 하자 모두 반갑다고 손을 잡았다.

"인자부터 당신들이 성을 깨고 목사 놈도 저 꼴로 영산강에 꼴아박아뿌시오."

막동이 나섰다.

"맞소. 우리도 모만 심으면 모두 나서서 작살을 내자고 시방 공론이 싹 돌았소."

"어야, 막걸리 남은 것 없어?"

시또는 갈 길이 바쁘다며 두레꾼들과 헤어져 동네 등성이를 향해 달렸다. 그들이 조등 동네를 지나자 저쪽에서 배가 내려오고 있었다.

시또 일행은 진도 읍내로 들어서고 있었다. 해남 시또 집에서 며칠 쉬었다가 막동 집에 가는 참이었다. 읍내에 들어서자 길가에 사람들이 몰려서서 방을 읽고 있었다. 시또 일행도 사람들을 비집고 들어갔다.

선천의 세상이 서산에 해 기울듯 기울고 후천의 새 기운
이 아침 햇살처럼 천지에 충만하도다.

이렇게 시작된 방문은 아주 구체적인 사실을 들어 양반과 부자들의 각성을 촉구하고 있었다. 북도 여러 고을에서는 소작료를 무리하게 거둬들였던 지주들이 소작료를 돌려주고 있으며, 이웃 해남에서도 지주 김모가 논 5백 두락을 집강소에 회사했다는 사실을 하나하나 열거한 뒤 다음과 같이 끝을 맺고 있었다.

반명과 권세와 재산으로 선천에 악업을 쌓았던 사람들이 대오각성하여 스스로 뉘우치고 있나니, 뉘우침이 있는 곳에 어찌 해원解怨의 새 기운이 솟아나지 않으랴. 백 년 전 희대의 대석학 정다산이 강진에서 주장한 *정전제井田制나 *여전제閭田制가 어찌 허황한 공론의 비결이리요.

방을 읽고 난 일행은 놀라는 표정으로 서로를 봤다.
"해남 김모는 황산 김남호 같잖어? 일판이 요상스럽게 되아가는 것 같네."
기얼은복이 눈을 밝히며 시또를 봤다. 김남호는 장성 김가처럼 임군한이 점을 찍어 쌍박이까지 박아놓고 있는 사람이었다.
"그런 것 같다. 세상이 고루고루 달라지고 있는 것 같지? 이런 방도 언문으로 써논게 누구든지 다 읽고 얼마나 좋냐?"
시또는 웃으며 다시 앞장을 섰다.
"부자하고 양반들이 상놈들한테 기는 것은 으짜고? 위아래가 이렇게 뒤집혔으면 이것이 천지개벽이제 뭣이여?"
막동이 받았다.

"아까 방에 비결 어짜고 한 소리가 있던데, 그 비결이 무슨 비결이여? 해남서도 그런 소리를 해쌌더마는 여그 온게 방에까지 써놨그만."

기얼은복이 시또를 보며 물었다.

"백 년 전에 강진에서 다산이라는 도사가 한분 났는데, 그 도사가 낸 비결이라더라. 그 사람은 하늘을 보면 하늘 속을 알고 땅을 보면 땅 속을 알고 천문지리에 통달한 도사인데, 그 사람이 낸 비결에 정전법이라는 비결하고 여전법이라는 비결이 있다더라. 정전법이나 여전법이나 모두 논밭은 작인들이 부자 놈들한테서 전부 빼앗아 갖고 손발에 찬물 묻혀 일하는 사람들이 차지하고 사는 세상이 온다는 비결이래여. 정전법은 농사를 지어서 아홉 섬 나면 한 섬만 나라에 세금으로 물고 나머지는 전부 농사지은 사람들이 차지한다는 비결이고, 여전법은 세상 논밭을 동네 두레가 몽땅 차지하고 농사를 지어서 나라에 세금만 조금 물고 나머지는 동네 사람들이 똑같이 나누어 먹는 세상이 온다는 비결이라더라."

시또가 말했다.

"논밭을 몽땅 두레가 차지하고 사는 세상이 온단 말이여? 그런 세상도 오까?"

기얼은복이 놀라 시또를 돌아봤다.

"시방 농민군 두령들이 말은 안 해도 다 그렇게 깊은 속을 두고 일을 하는 것 같더라. 너희들도 얼른 살림 차릴 궁리부터 해라. 세상이 좋아지면 갈재건 대둔산이건 산집은 낮장태 꼴이제 뭣이겠냐?"

"낮장태? 히히. 정말 그때 산집은 참말로 낮장태 꼴이겠구만. 다른 닭들은 모두 장태에서 내려가서 모이 주워묵고 댕기는데, 벌건 대낮에 혼자 덜렁 빈 장태 속에 앉아서 뭣할 거여? 나도 얼른 각시 하나 얻어갖고 어디다 박든지 뿌리를 박아야겠구만."

기얼은복 말에 두 사람은 한참 웃었다.

"맞다. 이번에 보성 느그 할무니 찾아가서 형편을 보자."

"그런데 산집에 한번 맛을 드래논게 말이여, 한 군데 붙박혀서 애 숙이고 땅 파먹고는 못살 것 같은데 그것도 큰일이구만."

기얼은복 말에 유독 시또가 킥킥 크게 웃었다.

"왜 웃어?"

"실은 나도 농사짓기가 어설플 것 같아서 그런다. 도둑놈들은 시 끄럴 때가 좋더라고 우리 같은 놈들로 봐서는 세상이 항상 시끌시끌 했으면 쓰잖겠냐? 한탕씩 터는 맛이 어쩌더냐?"

모두 한참 웃었다.

"그래도 나는 언문은 안게 동네서 살면 동임은 해먹으까?"

기얼은복이 물었다.

"너 언문 읽는 것 아까 첨 봤는데 어디서 배웠냐?"

"대둔산에서 배웠제, 어디서 배워? 아이고 그놈의 언문 말도 말 어. 대둔산 두령님은 서당 훈장이나 할 양반이 어떻게 화적패 대장 이 되었는가 몰라. 낮에 칼솜씨 배웠으면 밤에는 자야 쓸 것 아녀? 그런데 밤에는 언문 배우라고 닦달이 서릿발이잖어? 환장하겠등만. 강도가 칼솜씨나 배우제 언문은 배워서 어디다 써묵을 것이냐고, 그 소리가 목구멍까지 올라오는 판인데, 갑수 성님은 제가 또 먼 서당 훈장이라고 매까지 들도 닦달이구만."

모두 웃었다.

"나도 꼭 그랬어. 배워도 써묵을 데도 없는 것을 배울랑게 더 미치겠는데, 아무리 배워도 금방 잊어불고 금방 잊어불고 환장하겠등만. 갑수 성님은 저녁마다 대가리를 쥐어박음시로 언문 안 깨치면 칼솜씨도 안 가르쳐주고 태껸도 안 가르쳐준다고 을러메고 참말로 미치겠대. 성질 같아서는 내가 글 배우라고 적굴 들어왔냐고 내빼불라다가 그래도 태껸 배울 욕심으로 배워뒀등마는 내중에 본게 써먹을 데가 있등만."

막동이 말했다.

"《춘향전》 갖고 배웠는데, 나는 배워도 눈으로만 배워서 띄엄띄엄 읽기는 하는데 글씨로 쓸 줄은 몰라. 히히."

"임마, 쓸지도 모른 언문 갖고 어떻게 동임을 한다냐?"

"써볼랑게 그것도 징그럽등만. 보면 뻔히 알겠는데 써볼라면 못 쓰겠어. 대충 짐작으로 그려노면 이것이 글씨냐고 대가리를 쥐어박고 미치겠는데, 그때 마침 갈재로 가라잖겄어. 옳다 됐다. 그 징그런 《춘향전》도 내던져불고 내뺐제."

세 사람은 또 한참 웃었다.

시또 일행은 진도 현아로 들어갔다. 진도 현아는 사람들로 북적거리고 있었다. 창과 칼을 든 농민군들이 떼로 몰려 나가기도 하고 사람을 묶어 들어오기도 했다.

"아이고, 사람 죽네에."

동헌 마당에서 비명소리가 찢어졌다. 사람들이 몰려 있었다. 둘러싸고 있는 사람들 키 위로 빨간 주릿대가 보였다. 주리를 트는 모양이었다. 일행은 장대가리를 찾았다.

"허허, 이것이 누구여?"

장대가리는 막동을 보자 벌떡 일어나 얼싸안으며 반색을 했다.

"잘 있었는가? 자네가 집강소 도성찰 났다는 소리 듣고 반가워서 달려왔그만."

장대가리는 두 사람과 수인사를 했다.

"호걸 나리들이 이런 섬구석까지 찾아오셨구만요."

장대가리는 호들갑스럽게 한참 수선을 떨었다.

"자네 동네 김가 놈은 코를 숙여도 크게 숙였네. 얼마 전에 나를 찾아와서 나보고 중간에 서서 일을 발라달라고 비대발괄을 하잖겠어? 내가 중간에 서면 어떻게 서란 말이냐고 퉁겼더니 작자가 얼마나 겁을 먹었는지 기어도 발바닥 밑으로 기더만. 자네 나한테 술을 사도 크게 사얄 것이구만."

장대가리는 어떻게 되었다는 말은 하지 않고 변죽만 울렸다. 그때 대창을 든 젊은이 두 사람이 달려왔다.

"고금면 장부자 놈이 잡으러 간 호위군을 칼로 찔러놓고 배를 타고 내뺐다요. 호위군들이 뒤를 쫓고 있는데 잡을는지 모르겠다고 하요. 칼 맞은 사람은 죽지는 않은 것 같소."

"포사 접장 어디 갔냐?"

젊은이가 불러오겠다며 뛰어나갔다.

"부자 놈인데 이놈이 하룻강아지 범 무서운 줄 모르는구만. 때 되었은게 점심부터 먹세. 작청에다 솥을 걸어놓고 밥을 해먹그만. 먼저 그리 가 있게. 곧 감세."

328

장대가리는 젊은이 한 사람에게 일행을 작청으로 모시라 했다. 작청 앞마당에는 차일을 쳐놓고 여러 사람이 밥을 짓고 있었다. 집 강소 임직들이나 동네에서 일보러 오는 사람들 같았다.

"오매, 시방 이것이 누구여? 막동이 아니라고?"

작청 토방으로 올라서려 할 때 막동한테로 달려오며 반색을 하는 사람이 있었다. 막동도 반갑게 인사를 했다.

"어디서 살다가 이라고 온단가?"

"이리저리 떠댕김시로 살다 오는 길이오. 동네도 별일 없고 우리 집도 모도 잘 계시지라우?"

"어이, 자네 집도 모두 잘 있네."

사내는 막동을 반기면서 시또와 기얻은복한테로 눈을 번뜩였다. 겉으로는 흔연스럽게 호들갑을 떨면서도 눈초리가 날카로웠다. 동 네를 도망쳐 나간 지 5년이나 되는 사람이 하필 이때 나타나며 *설금 찬 장정들을 둘이나 달고 나타났으니 그럴 법도 했다.

"집강소 도성찰 맡고 있는 장대가리 얼굴이나 보고 갈라고 잠깐 들렀소."

"멋이, 도성찰 접장 말인가?"

사내는 깜짝 놀라 물었다.

"예, 금방 이리 올 것이오."

"자네가 언제부터 도성찰 접장하고 그렇게 친한 사람이 되아부렀 는가? 장성찰이라면 시방 진도 천지 산천초목까지 발발 떠는 사람 이네."

사내는 호들갑이 한껏 요란스러웠다.

"점심 어쩌셨소?"

사내는 차일 밑에서 먹었다며 막동 일행을 따라 방으로 들어왔다.

"집강소 도성찰 유세가 그렇게 무섭다요?"

막동이 자리를 잡아 앉으며 좀 의외라는 표정으로 물었다.

"오집강, 나는 몬자 가네잉."

밖에서 사내한테 소리를 지르는 사람이 있었다. 사내는 먼저 가라고 했다.

"집강이라니?"

"내가 시방 우리 동네 집강 일을 맡고 있구만. 안 할라고 해싸도 할 사람이 없다고 떠맡기는 통에 궐에 띄어 방갓 썼네."

오집강은 제법 벋대는 가락이었다.

"아까 도성찰이 그렇게 무섭냐고 했제? 시방 진도를 한손에다 오그려쥐고 쥐었다 폈다 하는 사람이 누군 중 아는가? 현감이란 작자는 동헌은 폴새 내주고 객사에서 밤이나 낮이나 구들장 짊어지고 *천장 갈비나 세고 자빠졌고, 집강이 있다고 하제마는 그 양반은 그냥 이름만 집강이제 아낙군수고, 진도 천지는 바로 장성찰이 쥐고 흔드네. 그 사람 나이는 젊어도 일하는 것 본게 마디마디 똑똑 마른 나뭇가지 부러지는 소리가 나는구만."

진도는 동학 세력이 시원찮아 장대가리가 젊은이 2,3백 명을 거느리고 전쟁에 나갔던 터라 바로 그 사람들이 집강소를 좌지우지하고 있었다. 집강은 웬만한 노인 하나를 앉혀놓고 집강소 실권은 장대가리를 비롯한 젊은이 몇 사람이 쥐고 있었다. 더구나 삼례집회 때부터 나섰던 장대가리 위세는 서릿발 같았다.

오집강은 막동과 한참 동네 이야기를 하고 있었다.

"막동이 일이 잘 풀리기는 풀린 모냥인데 어떻게 되었으까?"

기얻은복이 시또한테 낮은 소리로 속삭였다.

"모르겠어."

"막동도 큰절 받을 모양이제?"

기얻은복이 킬킬거렸다. 지난번 일행이 시또 동네로 들어설 때 그 돈놀이꾼이 설설 기는 꼬락서니는 생각만 해도 웃음이 나왔다. 그날 해거름에 일행이 배에서 내려 동네로 들어서자 바삐 골목을 나오는 사람이 있었다. 돈놀이꾼 장가였다. 어떻게 알았는지 장가는 동네 집강을 앞세우고 바람같이 달려왔다. 죄가 많은 자라 동네 집강을 부처님 모시듯 끼고 시또가 올 길목에 장맞이를 하고 있었던 것 같았다.

"아이고, 오랜만이네. 오실 줄 알고 기다리고 있었네. 내 절부터 받게. 내가 죽을죄를 졌네."

장가는 길바닥에 무릎을 꿇고 너부죽이 고개를 숙였다. 코가 땅에 닿았다. 고개를 더 숙이자도 코가 땅바닥에 받쳐 고개가 더 굽혀지지 않는다는 듯이 장가는 숙인 고개를 두 번 세 번 땅바닥에다 주억거렸다.

"내가 죽을죄를 졌네. 용서하게."

장가는 처참한 표정으로 시또를 쳐다보며 뇌었다.

"내가 자네 종이 되라고 하면 종이 되어서 발바닥이라도 핥을랑게 용서하게. 이참에 한번만 용서를 하면 다시야 그런 일이 있을라던가?"

작자는 손까지 모아 파리발로 비벼댔다. 잔뜩 뒤로 젖힌 고개가 비틀어놓은 풍뎅이 모가지 같았다. 너무도 어이없는 꼴에 막동과 기 얻은복은 눈알이 튀어나올 것 같았다. 여태까지 이런 꼴은 구경한 적이 없었다.

"허허."

작자를 할기시 내려다보고 있던 시또가 무슨 생각을 하는지 허공을 향해 한참 헛웃음을 쳤다.

"적선하는 셈치고 천한 목숨 용서하게. 그냥 맨입으로 용서하라는 소리가 아니네. 그 논은 그대로 돌려드리고, 그동안 소출도 촘촘히 치고 이자까지 여축없이 낱낱이 쳐서 다 내놓고 거기다가 논을 따로 두 마지기 얹겠네. 자네 오면 대번에 챙겨 줄라고 시방 끝전까지 꼼꼼히 셈을 해서 돈을 챙겨놓고 기다리고 있는 참이네."

작자는 가쁜 숨을 내쉬며 정신없이 주워섬겼다. 쥐눈으로 똥그란 눈이 금방 튀어나올 것 같았고, 공중을 향한 두 콧구멍까지 벌렁거리며 용서하라고 애원하는 것 같았다. 콧구멍뿐만 아니라 상판에 있는 구멍이라고 생긴 구멍은 전부 소리를 내서 애원을 하고 있는 것 같았다. 말려놓은 해파리같이 허여멀쑥한 낯가죽에서는 송알송알 땀방울이 배어나오고 있었다.

"따질 것은 차근차근 따진 담에 용서를 하든지 죽을 쑤든지 합시다. 나는 우리 어무니 뵐 일이 바쁘요."

시또가 말을 뱉어놓고 작자 옆을 지나쳤다. 그날 저녁 작자는 어느새 떡을 빚고 닭까지 고아 그들먹하게 술상을 차려가지고 역시 동네 집강을 앞세우고 시또 집으로 왔다. 비는 장수 목 못 베더라고 시또는 길게 따지지 않고 작자가 내놓는 데로 돈을 받았다. 덤으로 얹은 논 두 마지기는 생각지도 않았던 것이다.

이런 일은 어디서나 마찬가지였다. 죄가 많은 사람은 대부분 도 망쳐버렸으나, 설마하고 있다가 맞아죽은 사람도 있고, 벼락 혼사로 딸을 주고 화를 모면한 사람도 있었으며, 장가같이 염치 좋은 사람들은 얼굴에 쇠가죽을 뒤집어쓰고 파리발로 무작정 빌어 화를 면하기도 했다. 천지개벽이라더니 천지개벽이 따로 없었다.

그때 장대가리가 들어왔다. 오집강 말을 듣고 보니 장대가리가 새삼스럽게 돋보였다. 헌칠한 키며 광대뼈가 툭 불거진 모습이 이름처럼 한골 나갈 만하다 싶었다.

밥상이 들어왔다.

"그동안에 이놈들이 얼마나 많이 해처묵었던지, 백성 소청이 끝도 가도 없구만. 우선 아전 놈들 못된 짓 한 것만 발라잡자도 한참 걸리겠고, 일이 태산도 첩첩태산이구만. 소작료 험하게 걸태질한 소청만도 수백 사람이고, 빚 소청도 한두 가지가 아녀. 일을 다 발라잡을라면 금년 안에는 일 못 끝내겠어. 세상이 험하다 험하다 해도 이런 줄은 몰랐구만."

장대가리는 숟가락질을 하며 고개를 절레절레 저었다.

"도성찰 접장님께 지가 한 말씀 드래사 쓰겄구만이라우. 나는 막동이 접장 동네 집강 되는 사람이오. 막동이 접장하고 친한 것 본게 그 일을 잘 알고 기실 것 같은데라우. 그 일에는 도성찰 접장께서 나서서 쓰잖겠소? 부자 놈들이 시방 눙민군이 심을 쓰고 있은게 겉으로는 설설 기는 시늉을 하고 있소마는 속맘조차 기고 있는 것은 아니지라우. 부자 놈들은 어디서 가랑잎 소리만 나도 세상이 다시 뒤집히 잖는가, 새끼 찬 퇴깽이 귀 쫑그대끼 귀를 쫑그리고, 뒷산에 구름 조각만 걸쳐도 돌담에 족제비눈으로 눈알을 궁글리고 자빠졌소."

오집강이 꼭꼭 박아 말을 했다.

"알겠소. 먼저 가시오. 점심 먹고 내가 같이 갈 것인게 먼저 가서 우리가 금방 온다더라고 그 집에 알리시오."

"오매, 그래라우."

오집강은 벌떡 일어나 벼락같이 뛰어나갔다. 장대가리는 숟가락을 놓자마자 어서 가자며 서둘렀다.

"김가하고 이야기가 어떻게 되었어?"

막동이 물었다.

"그런 일을 쉽게 말을 하겠어. 하여간 가봐."

장대가리는 웃으며 앞장을 섰다. 막동 집은 읍내에서 10여 리 길이었다. 막동은 오랜만에 동네에 들어서자 감개가 얼큰했다. 동네 한쪽에 조그맣게 웅크리고 있는 자기 집과 덩그렇게 버티고 있는 김가 집으로 눈이 오갔다. *부연이 날렵하게 치켜올라간 김가 기와집은 따가운 여름 햇볕을 받아 기왓골에서 탕탕 쇳소리가 날 것 같았다. 동네 한가운데 버티고 있는 김가 집은 마치 동네 안방이라도 차지하고 있는 것 같고 그 주변 집들은 모두 주눅이 들어 납작 엎드려 있는 것 같았다. 옛날 어깨판을 벌리고 동네 사람들한테 내노라고 설치던 김가 꼬락서니를 보는 것 같았다.

"내가 너무 꿍기고 있어서는 못쓰겠구만. 실은 말이야, 자기 딸을 자네한테 주겠다고 했네. 거그다가 논까지 10마지기나 얹겠다고 하더구만. 어떠?"

장대가리는 이만하면 어쩌냐는 듯이 환하게 웃었다.

"딸을?"

막동은 어리둥절한 표정으로 장대가리와 일행을 돌아봤다.

"그 집 딸이 이쁘냐?"

기얼은복이 성급하게 물었다. 죽은 사람 딸이 아니고 그 아들딸 이었다.

"나도 봤는데 이쁩디다. 그만하면 되잖겠소?"

장대가리는 연방 헤실거리며 시또와 기얼은복을 돌아봤다.

"임마, 딸만 이쁘면 얼른 차지하고 용서해 줘버려."

기얼은복이 성급하게 채근했다.

"어쩌냐, 웬만하면 그렇게 해버려라."

이번에는 시또가 나섰다. 막동 입이 조금 벙그러졌다. 그때 동네 골목에서 바삐 나오는 사람이 있었다. 김가가 오집강을 앞세우고 달려왔다.

"아이고, 어디서 살다 이러고 온가? 내가 도성찰님한테서 자네 안부는 잘 살폈네."

김가는 연방 장대가리 쪽으로 눈을 힐끔거리며 반색을 했다.

"잘 계셨소?"

막동이 꾸벅 절을 했다.

"어이, 덕분에 잘 있었네."

"아따, 이 집 감나무도 크고 동네가 영판 달라졌그만이라."

막동은 길가 담 너머로 성큼 뻗어 올라 풍성하게 가지를 드리우

고 있는 감나무를 쳐다봤다. 엉뚱한 소리에 모두 잠시 어리둥절했
다. 멍청해 있던 김가는 막동의 웃는 얼굴을 보자 안심이 되는 듯 자
기도 감나무를 쳐다봤다.

"응, 많이 컸제. 자네 집 감나무랑 유자나무도 많이 컸네."

김가도 덩달아 맞장구를 쳤다. 곁에 있던 사람들은 너무 엉뚱한
소리에 눈알만 멀뚱거리고 있었다. 아버지를 죽이고 형을 병신을 만
든 원수끼리 처음 만나 하는 소리로는 너무 싱겁고 황당했다.

"막동이 아니냐?"

그때 저쪽에서 소리를 지르며 달려오는 사람이 있었다. 다리를
몹시 절며 달려왔다. 막동의 형인 것 같았다. 동네 사람들과 조무래
기들도 몰려들었다.

"어무니도 저기 오신다. 어서 가자."

막동의 형이 소매를 잡아끌었다. 막동은 형한테 이끌려 발걸음을
옮겨 놨다. 시또와 기얼은복은 절간에 따라온 새댁처럼 머쓱한 표정
으로 김가를 한번 돌아보고 나서 막동을 따라갔다. 김가와 오집강이
막동 뒷모습만 보고 있었다. 그동안 소리를 죽였던 듯이 매미도 한
결 요란스럽게 울어댔다.

# 11. 김개남의 칼

남원 부사 이용헌에게 마지막으로 고한다. 우리 농민군
은 나라를 좀먹는 권귀들을 쓸어버리고 외적을 몰아내어
나라를 깨끗이 하고자 일어난 의군들이다. 나라 형편이
안팎으로 두루 어려워 우리는 조정과 폐정개혁을 약속하
고 잠시 칼을 멈추었다. 지금 전라도는 거의 전 고을에
집강소를 설치하여 개혁을 실시하고 있거니와 대세를 보
지 못한 수령들은 지금도 완매하게 버티고 있다. 특히 남
원 부사 이용헌은 미망에서 헤어날 기미가 보이지 않는
까닭에 부득이 군사를 일으켰다. 이 시각으로 성문을 열
고 농민군을 맞으라. 성문을 부수고 칼에 피를 묻힌 다음
에는 뉘우쳐도 때가 늦으리라.

갑오 6월 1일
남원 농민군 대장 김 개 남

김개남金開南은 농민군 3천여 명을 모아 남원성을 포위한 다음 마지막 통문을 부사 이용헌에게 보냈다. 심복 변왈봉은 지금 옥에 갇혀 있었다. 며칠 전 김개남의 통문을 가지고 부사한테 갔는데 부사는 그를 붙잡아 옥에 가둬버린 것이었다.

"오시까지만 기다립시다. 오시까지 기다려 응답이 없으면 진격을 하겠소. 모두 본진으로 가시오."

김개남은 남주송과 김중화 등 두령들에게 영을 내렸다. 오시까지라면 한 시간도 채 남지 않았다. 김개남군 3천여 명은 남원성을 철통같이 포위했다. 남주송이 거느린 주력부대는 남문에 배치했다.

"야, 똥되아지들아, 어서 항복하고 나온나. 이것이 뭣인지도 모르겠냐? 이 통나무가 성문을 들이박는 날에는 성문만 결딴나겠냐? 그대로 동헌까지 내달아서 부사 놈부터 너희들 배때기를 줄줄이 꿰어버릴 것이다."

머리에 수건을 질끈질끈 동여맨 농민군이 관군한테 소리를 질렀다. 관군들은 아무 대꾸도 없이 성벽에서 건너다보고만 있었다.

남문 밖에는 엄청나게 큰 통나무를 실은 수레가 성문을 향하고 있었다. 수레에 실린 통나무는 굵기는 한 아름도 넘고 길이는 열 길 가까웠다. 수레가 그 통나무를 싣고 있다기보다 통나무 중간 중간에 수레가 받치고 있는 꼴이었다. 통나무 양쪽에는 농민군 백여 명이 붙어 있었다. 성문을 부술 기구였다. 명령만 떨어지면 통나무를 밀고 가서 성문에다 들이박을 참이었다. 통나무는 끝이 뾰족했다. 거기 받치면 성문이 아니라 성벽도 무너질 것 같았다. 그런 통나무가 북문에도 시위 먹은 화살처럼 성문을 향하고 있었다.

5월 하순까지도 남원, 나주, 운봉, 순창 등 4개 고을 수령들은 집강소 설치를 거부하고 완강하게 버티고 있었다. 당장 무력으로 쳐들어가자는 의견도 있었으나 모내기가 끝날 때까지 그들을 설득하자고 했다. 가장 완강하게 버티고 있는 곳이 나주와 남원이고 그 다음이 운봉이었다. 남원 서북쪽에 있는 운봉은 지리산 발치라 산세가 험한 까닭에 그 산세만 믿고 버티고 있었고, 순창은 수령 이성렬이 이속과 군민들의 신망이 두터웠으므로 그대로 버티고 있었다.

남원 부사 이용헌이 통문을 가지고 간 변왈봉마저 가둬버리자 김개남은 화가 머리끝까지 치솟았다. 김개남은 치밀하게 준비를 한 다음 모내기가 웬만큼 끝나자 동원령을 내렸다. 이 싸움은 남원성 하나를 깨는 싸움이 아니었다. 집강소를 설치하지 못한 다른 고을에도 그 영향이 크게 울려갈 것 같아 작전계획을 그만큼 빈틈없이 짰다. 김개남은 무엇보다 부사 이용헌이 자기를 깔보고 있다고 생각하자 더 화가 났다.

김개남이 동원령을 내리자 대번에 3천여 명이 모여들었다. 김개남은 대번에 성을 짓뭉개버리려 했으나 부하들이 말렸다.

"독안에 든 쥐인데 서둘 것이 없습니다. 마지막으로 기회를 줍시다. 그래야 목을 베더라도 할 말이 있지 않겠습니까?"

김개남은 고개를 끄덕였다. 기왕 참아온 것 순리로 하자고 성질을 꾹 참고 이용헌에게 통문을 보낸 것이다. 그러나 그것은 명분치레였으므로 시간을 촉박하게 다그쳤다.

─징징징.

드디어 징이 울렸다. 통나무가 움직이기 시작했다.

─둥둥.

"으여차!"

─둥둥.

"으여차!"

북소리에 맞추어 통나무가 움직이기 시작했다. 농민군들은 성루를 향해 총을 쏘았다. 관군들은 통나무 미는 농민군들한테 집중사격을 했다. 총소리가 콩 볶는 소리였다.

─둥둥 으여차. 둥둥 으여차. 둥둥 으여차.

북소리가 빨라지며 통나무에 속력이 붙기 시작했다. 통나무를 미는 농민군들이 총에 맞아 나동그라졌다. 성 위에서 총을 쏘던 관군도 나동그라졌다. 총소리와 징소리가 요란스러웠다. 수레는 성문에 가까워질수록 점점 빨라졌다.

─둥둥 으여차. 둥둥 으여차. 둥둥 으여차.

통나무는 둥둥 으여차 소리에 둥둥 떠가는 것 같았다.

"관군들이 도망친다. 밀어라."

통나무는 성문을 향해 돌진했다.

─둥둥 으여차. 둥둥 으여차. 둥둥 으여차.

─쿵.

성문이 박살이 나며 활짝 열렸다. 대창부대들이 성문으로 쏠려 들어갔다. 무너진 봇둑에 강물 쏟아지는 기세였다. 성문에 박칠 때 조금 주춤했던 통나무는 그대로 굴러가 작청 토방에 머리를 쿵 박았다. 농민군들은 아우성을 치며 계속 쏠려 들었다. 북문에서도 통나무가 성문을 깨고 농민군들이 쏟아져 들어왔다. 관군들은 모두 한쪽에 몰려 달달 떨고 있었다. 군사들이 아니라 허수아비 같았다.

"죽이지 말고 총만 빼앗아라."

남주송이 명령을 내렸다. 농민군은 관군을 둘러싸고 총을 빼앗았다.

동헌에는 이용헌과 아전들이 발발 떨고 있었다. 모두 잡아 묶었다.

"허허, 우리가 이런 허깨비들을 잡으려고 그 야단을 쳤구만. 호박나물에 용썼네."

한바탕 제대로 싸우는가 했던 농민군들은 너무 싱거운 모양이었다. 농민군은 몰려다니며 실없이 동헌 문짝을 있는 대로 열어젖히며 애꿎은 문짝만 걷어찼다. 일부는 옥으로 달려가서 갇힌 사람들을 끌어냈다.

"재수가 없을라면 방 안에서도 낙상한다등마는, 재수가 없을란게 미친개한테 물렸구만."

변왈봉이 옥에서 나오며 웃었다. 그는 심하게 당하지는 않은 듯 얼굴이 괜찮았다. 변왈봉은 동헌 마당에 묶여 있는 이용헌한테로 갔다.

"야, 이 못난 새꺄, 이렇게 썩은 짚단 무너지듯 할 놈이 뭣을 믿고 그렇게 드센 척했냐? 너는 기왕에 얼간이제마는 너 같은 얼간이한테 갇힌 나는 뭣이냐?"

변왈봉이 손등으로 부사 턱을 툭 쳤다.

"이놈, 명리한테 손을 대다니 그 죄가 어떠한 줄을 아는가?"

이용헌은 눈알을 부라리며 호령을 했다. 상투가 풀어지고 얼굴이 긁힌 이용헌이 숨을 씨근거리며 변왈봉을 노려봤다.

"허허, 똥 싼 주제에 매화타령하고 자빠졌네. 야, 이 미친 새꺄, 아직도 꿈을 꾸고 자빠졌냐? 명리? 어디 한번 더 씨부려봐라."

변왈봉이 결김에 곁에 있는 농민군 대창을 빼앗아 들었다.

"이놈아, 명리가 어째? 어디 한번 더 씨부려봐!"

변왈봉은 대창을 으르며 소리를 질렀다.

"이노옴, 상것이 어디다 대고 호놈인고? 하늘이 무섭지 않은가?"

이용헌은 수염을 부들부들 떨며 호령을 했다.

"상것? 이놈이 매를 맞아봐야 꿈을 깰 모양이구나. 어디 상것 매한번 맞아봐라."

변왈봉이 사정없이 대창을 휘둘렀다.

"이노옴, 하늘이 내려다보고 있다."

이용헌은 매에는 꿈쩍도 않고 호령을 했다. 변왈봉은 정신없이 대창을 휘둘렀다. 그때 김개남 등 두령들이 동헌으로 들어왔다. 변왈봉이 매를 그쳤다. 그때 이용헌이 버럭 소리를 질렀다.

"김개남은 들어라. 난군을 몰아 관아를 침범하고 명리를 능욕하다니 그 죄가 어떠한 줄을 아는가?"

김개남은 다가오다가 우뚝 멈춰 섰다. 어이가 없는 모양이었다. 이용헌은 거듭 호령을 했다. 김개남은 비짓이 웃었다. 그는 여유 있게 웃으며 동헌 마루로 올라갔다. 거기 내놓은 수령 의자에 앉았다.

"허허, 저만큼이라도 체신을 챙기는 것을 보니 썩은 것들 중에도 쓸 만한 것이 하나는 있었구나. 그 작자 포박을 풀어라."

김개남이 웃으며 영을 내렸다. 곁에 있던 농민군들이 이용헌 몸에서 오라를 풀었다.

"남원 부사 이용헌은 들어라. 우린 농민군은 너를 임명한 조정과 폐정개혁을 조건으로 화약을 맺었다. 우리는 너 같은 놈들이 어질러 논 폐정을 개혁하자는 것인게 너는 조정의 뜻을 거스르고 있었다. 너의 완매한 고집 때문에 무고한 너희 부하들이 여럿 죽고, 우리 농민군도 귀한 목숨을 잃었다. 너의 목을 베어 너같이 미련한 수령들에게 본을 보이고자 한다. 할 말이 있느냐?"

김개남이 의젓하게 말했다. 동헌 마당을 가득 메운 농민군이 숨을 죽이고 있었다.

"이노옴, 명리의 목을 베다니 하늘이 무섭지 않느냐?"

이용헌은 얼굴이 새파랗게 악을 썼다. 김개남은 변왈봉을 곁으로 오라고 손짓을 했다. 변왈봉이 앞으로 갔다. 옆구리에 차고 있던 칼을 풀어주며 뭐라고 했다. 변왈봉이 칼을 들고 이용헌 곁으로 갔다. 김개남이 침착한 목소리로 다시 입을 열었다.

"금방 뇌까린 하늘 타령에 대답을 하겠다. 귀를 씻고 잘 들어라. 너 같은 놈들을 관리로 임명한 조정의 잘못을 바로잡자는 것이 우리가 일어난 뜻이다. 하늘은 저 파란 공중이 아니다. 땅을 일궈 농사를 짓고 사는 만백성이 바로 하늘이다. 하늘은 임금 위에 있다. 하늘의 뜻으로 너의 목을 베어 너 같은 자를 관리로 임명한 조정의 잘못을 바로잡고자 한다. 한번만 더 기회를 준다. 마지막 남길 말이 있거든 말해라."

김개남이 침착하게 말했다.

"이놈아, 네놈이 감히 누구 목을 벤단 말이냐?"

이용헌은 또 악을 썼다. 얼굴이 새파랗게 질려 거의 발악을 했다.

"목을 베어라."

이내 김개남 입에서 마지막 영이 떨어졌다.

"단단히 붙잡고 고개를 늘어뜨려라."

변왈봉이 소리를 지르며 칼을 겨누었다. 농민군들은 얼굴이 새파래지며 이용헌 어깨를 붙잡았다. 한 사람이 상투를 잡아 이용헌의 고개를 잔뜩 늘어뜨렸다. 상투를 잡은 사람은 몸뚱이를 한참 저쪽으로 빼며 고개를 잔뜩 젖혔다. 변왈봉이 칼을 공중으로 뽑아 올렸다. 시퍼런 칼이 햇빛을 받아 날카롭게 빛이 났다. 변왈봉의 손이 발발 떠는 것 같았다.

"잠깐!"

김개남이 자리에서 일어섰다. 마루에서 내려왔다. 변왈봉 곁으로 갔다. 칼을 달라고 손을 내밀었다. 변왈봉이 숨을 씨근거리며 칼을 김개남한테 내밀었다. 칼을 받아든 김개남이 이용헌을 이윽히 내려다봤다.

"관리의 체통을 지킨 네 의기가 가상하다. 칼질이 서툴러 네가 버르적거리는 추한 꼴을 보이게 되면 네 의기에 대한 대접이 아니다. 내가 베어주마. 제대로 따지자면 그런 의기도 같잖다마는 그래도 그런 의기나마 지닌 자는 드문 것 같아 대접을 한다."

말을 마친 김개남이 능숙한 솜씨로 칼을 휘둘렀다. 이용헌 목이 땅에 떨어졌다. 김개남은 시체를 가져다 묻으라고 지시했다.

그날부터 남원 농민군들은 집강소를 설치하여 어느 고을보다 모범적으로 운영을 했다.

김개남이 남원성을 점령하고 집강소를 설치하자 소년 장수 김봉득이 운봉을 치겠다고 나섰다. 그는 남원과 장수 등지에서 군사들을 모았다. 김봉득은 나이가 17살밖에 되지 않았으나 출중한 기마술과 칼솜씨로 황룡강전투와 완산전투에서 크게 이름을 날린 장수였다. 김봉득이 운봉을 치겠다고 깃발을 들고 나서자 세상 사람들이 눈이 둥그레졌다. 남원 소문에 붕붕 떠 있던 농민들은 김봉득이 나타나자 이제 정말 세상은 제대로 뭐가 되는 것이 아닌가 가는 곳마다 김봉 득 김봉득이었다. 마치 바위 속에서 나온 아기장수라도 되는 것같이 세상이 떠들썩했다. 전봉준이나 김개남보다 김봉득 이름이 세상을 휩쓸었다. 금방 3천여 명이 몰려들었다.

경상도 함안과 남원 사이의 지리산 발치에 있는 운봉현은 아전 출신 만석꾼 박봉양이 자기 소작인들을 모아 수령과 합세하여 버티 고 있었다. 지리산 산자락이 한참 북쪽으로 흘러가다가 산자락 끝이 불쑥 솟아오른 그 안통 고원지대가 운봉이었다. 운봉은 남쪽은 지리 산이고 북쪽은 험산이 가로막고 있었으며 동쪽은 경상도 함안이고 서쪽 남원 쪽만 조금 트인 셈이었다. 그러나 남원 쪽도 고원지대에 서 평야지대로 내려가는 비탈에 험한 산줄기가 첩첩이 층을 이루고 있었으므로 그야말로 천연의 요새였다. 박봉양은 이런 산세를 이용 해서 철옹성 같은 방어벽을 치고 있었다.

박봉양 집안은 운봉에서 대대로 아전을 살며 재산을 모아온 집안 이었다. 박봉양 자신도 가풍을 이어받아 물불 가리지 않고 재산을 모아 지금은 만석꾼으로 전라도에서는 고창 은대정과 함께 첫째 둘 째를 다투는 부자였다. 수령이나 감사는 으레 그 재산을 넘보았으나 박봉양은 재산을 지키는 데도 재산을 모으는 수완만큼 능란한 솜씨 를 발휘해서 지금까지 크게 당하지 않고 지내왔다. 작년 봄에는 이면상이라는 어사가 내려와 백성 원성을 빌미로 그를 잡아들여 옥에 가두었다. 이면상은 옥에 갇혀 있는 박봉양한테 5만 냥만 내놓으면 풀어주겠다고 넌지시 흥정을 걸었다. 박봉양은 옥 안에서 5만 냥, 5만 냥 뇌면서 머리를 굴렸다. 어사한테 5만 냥을 내놓고 잠시 옥에서 나가느니보다 민영준한테 10만 냥을 주고 벼슬을 사면 어떨까 하는 생각이 머리를 쳤다. 박봉양은 주먹을 쥐었다. 그는 그날 저녁 감옥을 탈출하여 한양으로 도망쳤다. 민영준을 만나 10만 냥으로 관직을 흥정하여 강과講科에 합격했다. 박봉양은 호랑이가 날개라도 단 기세로 떵떵거리며 고향에 내려왔다. 그 기세가 한창 날파람이 나는 판인데 그만 농민군이 일어난 것이다. 늑대를 피하고 나니 호랑이가 으르렁거리고 나온 꼴이었다. 당장 목숨 도모도 다급했지만 재산을 지킬 일이 아뜩했다. 그는 자기 일가붙이 50여 명을 모았다. 거의가 자기 마름이거나 자기 집에 얹혀사는 사람들이었다.

"우리 집안은 대대로 아전을 살아 나라 은혜를 입었고 이번에는 내가 벼슬까지 얻어 상감의 은혜가 망극합니다. 난도들이 일어나서 나라를 어지럽히는데 어찌 그대로 보고 있을 수 있겠소? 지금까지 민란이 숱해 일어났지마는 까마귀 울어 날 샌 적 없고, 개미 떼에 담 무너진 적 없소. 저놈들이 제세상인 줄 알고 설치지마는 몇 조금 못 갑니다. 모두 힘을 모아 우리 운봉에서 역도들이 일어나는 것은 물론이요 다른 골 역도들도 우리 운봉에는 발을 들여놓지 못하게 합시다. 우리 백성은 나라를 지키는 보루입니다. 그래서 우리는 민보군民堡軍입니다. 여러분은 모두 민보군 두령이 되어 주십시오. 운봉만 지키면 조정에서는 여러분한테 후한 상이 있을 것입니다."

박봉양은 돈부터 듬뿍듬뿍 안기며 자기 소작인들부터 전부 끌어모으라고 했다. 만 석이나 되는 그의 토지가 거의 운봉에 있었으므로 소작인들만 끌어모아도 천 명은 넘을 것 같았다. 일가들은 돈을 받은 데다 민보군 두령이 된다는 생각에 밤낮을 가리지 않고 돌아다니며 소작인들을 달래고 윽대겼다. 이번에 나서지 않는 사람은 난도들을 평정한 다음에는 소작을 부칠 생각을 말라는 가락으로 윽대긴 것이었다. 어렵지 않게 천여 명을 끌어모았다. 대창을 들려 남원 쪽 여원재에 배치했다.

그때 김봉득은 그것을 알고 북쪽 장수에서 농민군을 이끌고 바람같이 쳐들어갔다. 대번에 관아를 점령해버렸다. 관아로 쳐들어가자 수령은 도망치고 이속들은 모두 항복했다.

허를 찔린 박봉양은 전술상 잘못을 알아차리고 재빨리 민보군 두령들을 모았다.

"군사들을 당장 모두 집으로 돌려보내고 내가 다시 알릴 때까지 죽은 듯이 가만있으시오."

박봉양은 재빠르게 민보군을 해산시킨 다음 자신은 어디론가 감쪽같이 사라져버렸다. 심복들은 박봉양이 그냥 있을 사람이 아니라는 것을 잘 알고 있었으므로 속으로 눈을 밝히며 소작인들을 다독거리고 있었다.

손쉽게 운봉을 점령한 김봉득은 관의 무기를 전부 거두고 옥문을 열어 죄수들을 풀어주었다. 관곡을 풀어 가난한 백성부터 돌보고 곧바로 집강소를 설치하여 일사천리로 폐정을 개혁해나갔다.

순창에도 농민군들이 일어나 관아로 쳐들어갔다. 군수 이성렬은 순순히 농민군을 맞아 집강소를 설치하라고 했다. 이성렬은 남원과 운봉이 무너진 데다 감사한테서 집강소 설치를 허락하라는 관문이 왔기 때문에 무익한 충돌을 피한 것이다. 신임 감사 김학진은 지금은 나라 형편이 백성을 달래고 어루만져야 할 때라며 각 고을 수령들한테 집강소 설치를 허락하라고 했던 것이다.

이제 나주 한 군데만 남게 되었다. 그러나 목사 민종렬과 영장 이원우는 감사 말도 듣지 않고 만만찮게 버티고 있었다. 나주 접주 오권선은 최경선 협력을 얻어 한창 농민군을 규합하고 있었다.

강진 집강소 호위군 대장 최차돌은 호위군 우두머리들을 바삐 불러모았다.

"지금 집강소에서 내붙인 방을 찢고 다니는 사람들이 있다. 호위군을 풀어 그런 사람들을 전부 잡아들여라. 읍내에서 찢고 다니는 사람이 있는 것을 보니 동네에서도 찢는 사람이 있을 것 같다. 근처 큰 동네도 가봐라."

최차돌의 영을 받은 호위군 우두머리 하나가 바삐 나갔다.

"너는 지금 바로 가서 어제 온 전봉준 장군 별동대장을 호위하고 온다. 방을 찢다가 잡혀온 사람이 그 동네 여자인데 아무래도 안심이 안 된다."

지금 달주는 읍내에서 조금 떨어진 동네 서당에서 그 근처 동네 젊은이들 초청을 받아 거기 가 있었다. 그때 작청 저쪽 방에서 여자 악다구니 소리가 들려왔다.

"저 여자여?"

"그 동네서 밥술깨나 먹는 집 여편네인데 이만저만 악바리가 아니다."

"미친년 아녀?"

젊은이가 눈을 둥그렇게 뜨고 최차돌을 봤다.

"집강소가 남의 색갈이 떼어먹는 데여? 우리는 흙 파다가 색갈이 줬관대?"

여인은 고래고래 악을 썼다.

"색갈이도 억울한데 이참에는 땅을 내노라고 방을 붙여? 집강소가 그런 강도질하는 덴가?"

여인은 집이 떠나가라 악을 썼다. 여기에도 진도와 비슷한 방이 붙었는데 그 여자가 찢고 다닌 것이다. 더구나 여기는 다산이 18년 간이나 유배 생활을 했던 곳이라 다산비결이 한결 요란스러웠다.

"빨리 가봐. 저 여편네 잡아들였다는 소식 들으면 별동대장이 봉변을 당할지 모르겠다."

호위군 우두머리는 알았다며 호위군 20여 명을 거느리고 집강소를 나갔다.

달주와 이싯뚜리는 어제 해남에서 이리 오는 길에 우연히 젊은이 서너 사람을 만나 동행이 되었다. 그들은 꽤나 식자가 든 젊은이들로 지금 집강소가 하는 일을 아주 못마땅하게 생각하고 있었다. 자연히 격렬한 논쟁이 벌어졌다.

"우리하고 생각은 다릅니다마는 처음으로 이야기가 통하는 사람들을 만났소. 농민군들 가운데서 당신 같은 사람들을 만난 것은 처음이오. 우리 젊은이들끼리 터놓고 이야기를 한번 해봅시다. 우리 동네로 모시겠소. 우리 동네 서당에는 우리 같은 젊은이들이 20여명 있습니다. 같이 이야기를 한번 해봅시다."

그들은 갈림길에 이르자 엉뚱한 제의를 했다. 자기들은 김한섭을 존경하는 사람들이라고 털어놓으며 생각은 달라도 서로 이야기는 통하니 정중하게 대접하겠다며 자기들 서당으로 오라고 초대를 한 것이다. 달주는 잠시 어리둥절했다가 가겠다고 선선하게 승낙을 했다. 김한섭이라면 이 근방 사람들 추앙을 받고 있는 유생이었다. 장흥 이방언과 옛날에 동문수학했던 사람으로 지금은 이방언과 앙숙이 되었다는 바로 그 장본인이었다. 그 소리를 듣자 달주는 그들과 한바탕 담판을 하고 싶은 생각이 들었다. 달주는 약속한 대로 오늘 아침 여기 젊은이 한 사람 안내를 받아 그 동네로 간 것이었다.

어제 달주한테 그 말을 들은 최차돌은 피글 웃기부터 했다.

"모두가 조상 덕에 호의호식하는 것들이라 공자 맹자밖에 씨월거릴 줄 모르는 작자들인데 그런 작자들하고 이야기해서 뭘 하겠어? 모르기는 해도 그들이 해남 갔다 온다면 해남 사정이 어떤가 정탐하러 갔다 오던 길일 게구만. 지금 김한섭 움직임이 심상찮아."

그들은 지금 대창을 준비하는 등 농민군과 한판 붙을 준비를 하고 있는 것 같다고 했다. 나주 민종렬과 줄이 닿는지도 모르겠다고 했다. 그러나 달주는 약속을 했는데 가지 않을 수 있느냐고 나선 것이다. 이싯뚜리는 어제 그들을 처음 만났을 때부터 그런 자들을 만난 것부터가 인부정이라도 탈 것 같이 그들 말에 받자를 해주는 달주한테까지 상판을 으등그려 왔던 터라 오늘 아침에도 가든지 말든지 알아서 하라는 투였다. 강진은 해남과 마찬가지로 집강소 내부에

350

는 문제가 없었으므로 달주와 이싯뚜리는 여기에서는 달리 할 일이 없었다.

달주는 서당에서 한참 이야기를 하고 있었다. 서당 젊은이들은 처음에는 점잖게 나왔으나 이야기가 집강소에 이르자 대번에 목소리가 높아졌다. 달주한테 원한이라도 풀듯 대들었다. 일본이나 청나라의 야욕 등 그래도 국제관계를 이야기할 때는 그런 대로 젊은이들다운 의분이 있는 것 같았으나 양반과 부자들 징치 문제가 나오자 입에 거품을 물었다.

"그래서 전봉준 장군이나 손화중, 이방언 장군 같은 이들은 아주 못된 사람 말고는 사사로운 보복을 철저하게 금하고 있습니다. 여기 강진만 하더라도 그렇게 억울하게 당한 사람들은 없을걸요."

양반과 부호들 징치 문제는 말씨들이 거칠기는 했지만 그런 대로 대수롭지 않게 넘어갔다. 이방언이 철저하게 단속을 했으므로 그의 영향권에 드는 해남과 강진은 그렇게 심한 보복은 없었기 때문이다. 여기서도 집강소에 잡혀가서 곤장을 맞은 양반과 부자가 있었으나 그들은 소문난 사람들이라 양반과 부자들부터가 되레 시원하다고 고소해하는 사람들이었다.

"못된 양반이나 부자들은 또 그렇다고 칩시다. 공사채를 막론하고 빚을 갚지 말라고 한 것은 또 뭐요? 관가 것은 몰라도 개인들끼리 꾸어간 빚까지 갚지 말라니 그런 법이 어디 있습니까?"

"빚 갚지 말라는 것을 가난한 사람들 처지에서 한번 생각해 봅시다. 빚이라는 게 모두 색갈이인데 그 색갈이를 어떤 사람들이 주고 어떤 사람들이 내갑니까? 거개가 부자들이 주고 가난한 소작인들이 내가는데 봄에 쌀 한 섬이 가을에 쌀 두 섬이고, 봄에 보리 한 섬이 가을에 쌀로 한 섬입니다. 가난한 소작인들은 부자 사람들 소작을 벌어서 반타작으로 지주한테 바치고, 이번에는 색갈이까지 내다 연명하고 배를 물어야 합니다. 땅 가진 부자들은 가만히 앉아서 그 땅에서 난 소출 반을 받고, 또 색갈이를 주고 가만히 앉아서 곱장사를 합니다. 이래 가지고서야 가난한 백성이 어떻게 목숨을 부지하고 살아갑니까? 남의 것을 꾸어왔다고 하지만 꾸어주어도 이자가 방불해야지요. 이래 가지고는 가난한 사람들이 살 수가 없습니다."

달주가 조용하게 이야기를 했다.

"부자들이 땅을 장만할 때 그 땅이 하늘에서 떨어졌소? 모두 허리끈 조이고 장만한 땅이오."

큰소리가 나왔다.

"누가 그것을 모릅니까? 그러나 땅은 조상들한테서 물려받은 사람들이 태반이지요. 조상들이 장만할 때야 어렵게 장만했지만 자손대대로 매년 반타작에 또 색갈이까지 주고 곱이자는 너무 심합니다. 부자들은 대대로 가만히 앉아서 천년만년 반타작에 곱이자입니다."

"그런다고 이자는커녕 살전까지 갚지 말라니 이것은 순전히 날강도가 아니고 뭐요?"

"그것도 가난한 사람 처지에서 따지고 보면 별로 억울할 것이 없습니다. 색갈이 준 사람들하고 내온 사람들은 항상 그 사람이 그 사람들입니다. 부자들이 살전까지 떼어봤자 그 살전이란 게 작년에 바친 이자 턱입니다. 그렇게 따지면 부자들은 작년에 받은 이자 손해보는 것밖에 더 됩니까?"

"동학에서 말하는 개벽이란 게 그런 것입니까?"

"아닙니다. 개벽이 아니라 사람으로서 올바른 도리입니다. 가난한 사람들도 먹고 살자는 것이니 개벽까지 갈 것도 없이 사람으로서의 도리지요."

달주는 담담하게 말했다.

"그럼 요사이 내붙인 방은 뭐요? 정전법이니 뭐니 하는 걸 보니 이제 땅까지 몽땅 빼앗자는 것이더만요."

그 소리가 나오자 모두 웅성거렸다.

"그런 소리는 사실이 그렇다는 것이지 농민군들이 모여 그러자고 의논해서 결정한 적은 없습니다."

"그럼, 화약 조목에 토지는 분작한다는 소리는 뭐요?"

"글자 그대로 분작分作이지 분전分田은 아닙니다."

"정전법과 여전법이 바로 그것입니다. 정전법이나 여전법을 실시하자면 그 땅이 어디서 납니까? 하늘에서 떨어집니까? 부자들한테서 땅부터 몽땅 빼앗지 않으면 그런 법을 어떻게 실시한단 말이오?"

달주는 제대로 몰리고 말았다. 이 소리가 나오자 모두 눈에 빛이 번쩍였다. 자기 재산은 좁쌀 하나 빼앗기지 않으려는 탐욕이 그대로 드러나고 있었다. 이 소리가 나오자 눈빛들이 아까와는 또 달랐다. 살기가 도는 것 같았다.

"그런 법을 생각한 다산 정약용은 우선 경학經學부터 통달한 분이라고 들었습니다."

달주는 다산을 물고 늘어질 수밖에 없다고 생각했다.

"경학이오? 요사이 가짜 동학도들이 있듯이 가짜 경학자가 바로 다산이오. 그 사람 이리 귀양 온 것이 무엇 때문인 줄 아시오? 천주학을 믿다가 귀양 왔소. 동학은 그래도 양놈들이나 왜놈들을 쫓아내자는 소리나 하는데 그 사람은 서양 놈들 앞잡이요."

젊은이 하나가 입침을 튀겼다.

"그 속은 깊이 모르겠습니다마는 경서를 읽은 식자들 가운데서 백성 고통에 그 사람만큼 번민한 사람은 없었던 것 같습디다. 그분이 바로 여기 강진에서 귀양살이하면서 지었다는 〈애절양哀絶陽〉이란 시를 알고 있습니다. 시아버지는 삼년상이 넘고 아이는 *배냇물도 안 말랐는데 삼대가 군적에 올라 군포軍布 대봉으로 소를 끌어가버리자 아이를 더 낳지 않으려고 남편이 양물을 잘랐다는 이야기를 쓴 시입니다. 그 시를 다 외우지는 못합니다마는 이런 구절이 생각납니다."

豪家終歲奏管弦, 粒米寸帛無所捐.
均吾赤子何厚薄, 客窓重誦鳲鳩篇.
부자들은 일 년 내내 풍악이나 즐기면서
쌀 한 톨 베 한 치 바치는 일 없으니
다 같은 백성인데 후하고 박하기가 어찌 이리 심한고
객창에서 거듭거듭 시구 편을 읊노라.

달주는 다산의 〈애절양〉을 중간부터 줄줄 외어갔다.

"다산은 이런 사람이라 주자학의 공리공론空理空論을 배격하고 경세치용經世致用을 외쳤던 것 같고, 백성 살길을 두루 찾다보니 천주학까지 섭렵을 한 것이 아니었던지 모르겠습니다. 그러나 나는 무엇보다 그런 일을 시로 쓴 그분을 존경합니다."

달주는 담담하게 말했다. 그 시를 전봉준한테서 배운 지가 5년도 넘었는데 비록 일부였지만 그 구절이 막히지 않고 나온 것이 기분이 좋아 그를 존경한다고까지 한발 내쳤다. 내노라고 알은체하는 이 작자들한테 자기 실력을 과시하게 되자 자신감이 생겼다.

"좆 자른 이야기를 쓴 것도 시란 말이오?"

한쪽 구석에 앉았던 자가 툭 쏘았다. 모두 까르르 웃었다. 달주 눈에 대번에 살기가 번뜩했다.

"좆 자른 것을 시로 썼다면 남녀가 이불 속에서 그 짓 하는 시도 썼겠구만."

또 까르르 웃었다. 순간 달주는 머리털이 칼날처럼 일어섰다. 그러나 참아야 한다고 생각했다.

"태평성대에는 시인들이 당연히 꽃도 노래하고 달도 노래를 하겠지만 사람이 죽었을 때는 장송곡을 부르고 나라가 위태로울 때는 우국의 시를 쓰듯이 백성 고통이 제 양물을 자를 만큼 절박한 판이라면 〈애절양〉 같은 시도 써야겠지요? 나는 다산 같은 시인이야말로 진정한 시인이라 생각합니다. 두보杜甫를 보십시오."

달주는 말은 차근했으나 눈에서는 빛이 번득이기 시작했다.

"이제 밝히지만 나는 그 시를 서당에서 전봉준 장군한테서 배운 전봉준 장군 제자입니다. 그런 시를 쓴 다산은 시인이고 학자이기 전에 제대로 양심을 지닌 진짜 인간이라고 전봉준 장군은 가르쳤습니다. 나는 그런 시를 쓴 다산이야말로 진정한 시인이고 그것을 가르친 전봉준 장군은 이 시대의 진정한 스승이라 생각합니다. 그 시를 배운 다음 나도 내 눈으로 우리 동네서 자식을 더 낳지 않으려고 낫으로 자기 양물을 자른 사람을 보았습니다. 나는 그 사람을 보면서 문득 우리는 모두 병신이라는 생각이 들었습니다. 그 낫으로 죄 없는 자기 양물을 자를 것이 아니라 관가 놈들 목을 자르고, 그런 처참한 백성 사정에는 눈을 돌리고 음풍영월이나 하는 시인이란 것들 목을 자르고, 썩은 권세에 빌붙으려고 공자왈 맹자왈 앵무새처럼 외우고 있는 놈들 목을 자르고, 제자들한테 그런 썩은 경서나 가르치고 있는 선생이란 놈들 목을 잘라야 한다고 생각했습니다. 이제 백성은 다산이 〈애절양〉을 쓰던 백 년 전 백성이 아닙니다. 지금 백성은 전에 엉뚱한 데로 잘못 겨누었던 바로 그 낫을 제대로 겨누고 나섰습니다."

달주는 말을 하는 사이 아끼 눌렀던 울회가 치솟아오르며 앞에 앉아있는 자들이 모두 조병갑이나 이용태로 보였다.

"오늘 여러분하고 자리를 같이 했던 인연을 귀하게 여겨 한마디 일러주겠소. 옛날 〈애절양〉의 그 무지렁이 후손들이 지금 들고 나선 낫은 이제 썩은 선비들 모가지도 결단코 그냥 비켜가지 않을 테니 이제부터라도 모두 제대로 눈을 뜨시오."

달주가 시퍼런 눈으로 자리를 둘러보며 자리에서 일어섰다.

"야, 이놈아!"

순간, 저쪽에서 고함을 지르며 벌떡 일어서는 사내가 있었다. 키가 껑충하고 가슴이 절구통처럼 발그라진 사내였다. 그는 손에 큼직한 목침을 들고 있었다.

"또 한번 씨부려봐라. 무지렁이들 낫이 어째?"

절구통은 숨을 씨근거리며 소리를 질렀다. 달주는 작자를 이윽히 건너다보고 있었다. 눈도 끔쩍하지 않고 보고 있었다.

"어서 씨부려봐!"

작자는 목침을 겨누며 버럭 고함을 질렀다.

"씨부리겠소. 〈애절양〉의 무지렁이 후손들이 지금 들고 나선 낫은 이제 당신 같은 사람들 모가지도 그냥 비켜가지 않을 테니 정신 차리라고 했소."

달주가 여유만만하게 말했다.

"이런 때려죽일 놈!"

목침이 휙 날아왔다. 달주는 몸을 슬쩍 피하며 날아오는 목침을 손으로 덥석 잡아버렸다. 공중을 날던 목침이 달주 손에 날아와 안겨들 듯 가볍게 잡혔다. 모두 눈이 둥그레졌다. 팔매질 명수인 달주 눈에는 목침이 나는 게 그대로 보였던 것이다. 옛날 갈재 산채에서 김확실의 목침을 피한 뒤로 목침을 피하기는 이것이 두 번째였다. 마루에는 목침이 여기저기 뒹굴고 있었고 바로 달주 발밑에도 목침이 두 개나 있었다. 달주는 목침을 하나 더 집어들었다.

"다시 한번 던지시오."

달주는 여유만만한 태도로 작자한테 홀쩍 목침을 던졌다. 작자는 얼결에 목침을 받았으나 눈알이 튀어나올 것 같았다. 젊은이들은 그 자리에 바윗돌처럼 굳어 두 사람을 번갈아 보고 있었다. 달주는 기왕 판이 벌어진 것, 이 작자들을 한바탕 제대로 짓뭉개버려야겠다는 객기가 끓어올랐다. 이런 자들을 보호하느라 이 얼마 동안 있는 소리 없는 소리 별의별 야살을 다 떨었다 생각하면 가슴속에서 불덩어리가 치솟아오르는 것 같았다. 온몸이 벌레라도 기듯 스멀스멀하며 몸뚱이가 공중으로 붕 떠오르는 것 같았다.

"다시 말하겠소. 내 말이 틀렸거든 그 목침으로 내 대가리를 깨시오. 깨지 못하면 내가 당신 대가리를 깨겠소."

달주는 태연자약하게 말했다. 마침 작자가 목침을 날렸으니, 목침 같은 것을 날리는 일이라면 여기 앉아 있는 20여 명이 전부 달려든다 해도 자신이 있었다. 그때였다.

"지금 농민군이 이리 몰려오요."

골목에서 젊은이 하나가 뛰어들며 숨넘어가는 소리를 했다. 모두 깜짝 놀라 자리에서 일어섰다. 그들보다 더 놀란 것은 달주였다. 정말 저쪽에서 몰려오는 것이 울타리 너머로 보였다. 그러나 쳐들어오는 것 같지는 않았다.

"집강소에서 우리 동네 한몰댁도 잡아가버렸소."

젊은이는 땀을 훔치며 소리를 질렀다.

"뭣이, 우리 어머니를 잡아들여?"

젊은이 하나가 벌떡 일어나며 소리를 질렀다.

"전부 달려가서 대창 들어라."

목침 든 젊은이가 소리를 질렀다.

"이 자식부터 죽여!"

아까 절구통 곁에서 일어났던 사내가 소리를 질렀다.

"잠깐!"

달주가 고함을 질렀다.

"저 사람들은 이리 쳐들어오는 사람들이 아니오. 까닭을 알아봅시다."

달주가 거듭 소리를 질렀다.

"아가리 닥쳐!"

저쪽에서 목침이 날아왔다. 달주는 날렵하게 피했다. 거푸 서너 개가 날아왔다.

"죽고 싶어?"

달주가 목침으로 으르며 악을 썼다. 모두 무춤했다.

"대창 들어라!"

모두 뒷문으로 쏠려나갔다. 그때 집강소 호위병들이 마당으로 몰려들었다. 마당에 누워 있던 개가 왕왕 짖었다. 서당 젊은이들도 대창을 들고 마당으로 몰려나왔다. 수가 비슷했다.

"죽여라!"

서당 젊은이들 쪽에서 마당으로 대창이 날았다. 대창은 울타리에 꽂혔다.

"뭐여?"

집강소 젊은이들도 소리를 지르며 대창을 겨누었다. 일행 속에는 시또와 기얼은복도 끼어 있었다. 그들은 표창을 뽑아들고 있는 것 같았다. 두 사람은 어제 해남으로 나왔다가 달주와 이싯뚜리가 약속한 날짜보다 하루 앞서 다녀가며 강진으로 오라 했다는 말을 듣고 바삐 오다가 중간에 호위군들을 만나 합류한 것이다. 막동은 가자마자 장가를 들게 되어 그대로 두고 두 사람만 진도에서 나왔다.

"잠깐!"

달주가 또 고함을 질렀다. 양쪽 사람들이 무춤 멈췄다. 호위군과 서당 젊은이들은 눈알을 부라리며 양쪽을 번갈아 봤다. 시또와 기얼은복이 조금 앞으로 나왔다. 달주는 순간 빠듯 긴장했다. 호위군들 대창도 대창이지만 시또와 기얼은복 손에서 표창이 날면 몇 사람은 치명상을 입을 판이었다. 일촉즉발의 아슬아슬한 순간이었다. 달주는 시또와 기얼은복은 이런 싸움에는 끼어들어서는 안 될 사람들같이 느껴졌다. 마치 추렴에 개평꾼 같기도 했고, 놀이에 훼방꾼같이 느껴지기도 했다. 어째서 갑자기 그런 생각이 드는지 알 수 없었다.

"웬 일로 왔소?"

달주가 호위군 우두머리한테 물었다.

"대장님, 모시러 왔소."

호위군 우두머리는 어리둥절한 표정으로 대답했다.

"집강소에서 이 동네 여자를 잡아들였다는데 왜 잡아들였소?"

달주가 거듭 물었다.

"그 여자가 집강소 방을 찢었소."

우두머리가 덩둘한 표정으로 대답했다. 달주는 동네 젊은이들을 향했다.

"이 사람들은 당신들하고 싸우러 온 사람들이 아니라 나를 데리러 온 사람들이고, 이 동네 여자가 잡혀간 것은 그만한 까닭이 있어서 잡혀갔소. 그것은 따로 따지시오. 이제 나는 여기를 떠나겠소. 아까 나한테 던진 이 목침은 그냥 놓고 갈 수가 없지만 일판이 묘하게 되어 이대로 갑니다. 그러나 아까 내가 한 말은 똑똑히 새겨두시오."

달주는 그때까지 손에 들고 있던 목침을 마루로 던졌다.

"잠깐 계십시오."

그때 호위군 우두머리가 앞으로 나왔다.

"야, 이 자식들아, 잘됐다. 그동안 네놈들 소문 다 듣고 있었다. 우리 집강소가 네깐 놈들 처치할 힘이 없어서 여태 가만있는 줄 아느냐? 지금 들고 나온 대창이 누구를 찌르려고 들고 나온 대창이냐? 말해 봐. 너희들도 그동안 솜씨 많이 익혔겠지?"

우두머리가 만만찮게 다그치고 나왔다.

"말해 봐, 이 자식들아!"

─쉿!

표창이 하나 날아갔다. 서당 젊은이들이 서 있는 쪽 기둥나무에 박혔다. 연달아 표창이 날아갔다. 표창이 먼저 꽂힌 표창 위아래로 나란히 꽂혔다. 표창 꽂힌 것을 본 서당 젊은이들은 눈이 둥그레졌다. 송아지만한 서당 개는 저만치서 컹컹 짖고 있었다. 다행히 시또와 기얼은복이 더 나서지 않았다.

"그만 갑시다."

달주가 내려가며 우두머리를 달랬다.

"잠깐 계십시오."

우두머리가 달주를 비켜섰다.

"이이한테 목침 던진 놈이 누구냐? 이리 나와! 안 나오면 네놈들 배때기에 전부 바람구멍을 내겠다. 이리 나와!"

우두머리가 소리를 질렀다. 서당 젊은이들은 모두 멍청하게 서 있었다.

"어서 안 나오냐?"

우두머리는 버럭 악을 썼다. 서당 개가 웡웡 거세게 짖었다.

"그냥 갑시다. 이래서는 안 됩니다."

달주가 거듭 우두머리를 달랬다.

"이 걸레 같은 놈들아, 그런 배짱도 없는 것들이 대창 들고 설쳐?"

호위군 속에서 소리를 질렀다. 그러나 서당 젊은이들은 말뚝처럼 서서 보고만 있었다. 달주가 거듭 호위군 우두머리를 달랬다.

"이 자식들, 이분 체면 봐서 고이 참고 간다. 두고 보자."

우두머리가 돌아섰다. 서당 개는 연방 짖고 있었다.

"이놈의 개야, 저 자식들매이로 공자왈 맹자왈 풍월이나 하제 짖기는 어디다 짖어!"

호위군 속에서 대창이 휙 날았다. 개 옆구리에 대창이 꽂혔다. 대창은 개 배때기에 깊숙이 파고들었고 대창이 꽂힌 개는 죽는 소리를 하며 나동그라졌다.

"그려, 서당 갠게 풍월이나 하제 왜 짖냐? 한방 더 먹어라."

또 대창이 날았다.

"맞아. 한방 더 먹어라."

거듭 대창이 날았다.

# 12. 북도는 남원접이 쓸고 남도는 보성접이

　다음날 달주와 이싯뚜리는 시또, 기얼은복과 함께 장흥 읍내로 들어섰다.

　"장흥은 별일이 없을 것 같은데 둘이는 먼저 보성으로 가서 할머니부터 찾아보는 것이 어쩌겠어?"

　읍내로 들어서며 달주가 두 사람을 돌아봤다. 두 사람은 잠깐 집 강소에 들렀다가 보성으로 길을 떠났다. 마침 동몽이 그쪽 동네에 볼일이 있다며 병사들 몇 사람을 데리고 나섰다. 가는 김에 집 안내를 해주겠다는 것이다. 장흥 동몽은 이방언 동네 총각대방 이또실이 맡고 있었다. 보성은 여기서 60리라고 했다.

　"역참은 어디 있소?"

　기얼은복이 이또실한테 물었다. 이또실은 깜짝 놀라며 손부터 내저었다.

"혹시 역졸들한테 윈눈 한나도 깜짝하지 마시오. 이방언 장군님 엄명이오. 여기서는 장군님 영이 어쩌나 서릿발치든지 사사로이는 늑장한 묏등 하나도 손을 못 댔소."

이또실이 절레절레 고개를 저었다. 여기는 이방언 영이 보통이 아닌 것 같았다. 장흥은 집강소 분위기부터 다른 고을하고는 달랐다. 여기도 동헌에다 집강소를 차리고 있었는데 파수 선 호위군 자세부터 깎아 세워놓은 것같이 단정했고, 임직들은 쥐죽은 듯 차근하게 자기 일만 보고 있었다.

장흥은 집강을 이인환이 맡고 김학삼은 도성찰, 이사경은 집사를 맡고 있었다. 모두 면 접주급들로 나이가 지긋했다. 이방언은 근처 고을을 돌아다니며 집강소 운영을 거들고 있다고 했다. 부사는 이용태 후임으로 박제순이 발령 났으나 아직 오지 않아 수령은 공관이고 아전들은 모두 나와서 집강소 일을 거들고 있다고 했다.

"보성은 집강소가 개판이오."

보성 집강소에서는 엉뚱한 사람이 집강소 실권을 잡아 일반 농민군들하고 알력이 이만저만 심각하지 않다는 것이다. 이방언 말도 먹혀들지 않아 이방언이 지금 보성 때문에 이만저만 골치를 앓고 있는 게 아니라고 했다.

"그 사람은 동학 두령이 아니오?"

"김치걸이라고 동학 두령인데 사람이 개차반이오."

"김치걸? 그 사람 지난번 전주에서 가슴앓이가 도졌다고 내뺀 사람 아니오?"

기언은복이 물었다.

"맞소. 그 때문에 가슴앓이 집강으로 호가 났소. 지금은 여러 사람 가슴앓이 감이오."

이또실이 웃으며 뇌었다.

"그 사람, 황룡강에서 싸울 때는 그 존 장태를 갖고도 강둑 밑에 숨어 있었던 사람 아니오?"

"맞소. 그 사람은 그래서 두루 웃음거리요."

"그런 사람이 어떻게 집강이 되었소?"

"집강이 아니고 도성찰인데 유유상종 패거리를 모아 집강을 젖혀 놓고 유세가 서릿발이오. 북도는 남원접南原接이 쓸고 남도는 보성 접寶城接이 쓴다는 소리가 헛소리가 아니오."

"그런 작자를 이방언 장군은 어째서 가만둡니까?"

"보성 사람들이 자기들 사날로 세운 사람인데 거기까지야 이장군 인들 어떻게 간섭을 합니까?"

"동네마다 후레자식이 하나씩이라더니 그런 놈도 있구만."

"보성은 양반치고 집강소에 잡혀가서 곤장 안 맞은 사람이 없고, 부자치고 살림 안 바친 사람이 없다요. 양반은 맞는 굿이고, 부자는 내놓는 굿이고, 동몽은 장가가는 굿이라요."

이또실이 맥살없이 웃었다.

"동몽이 장가가는 굿이라니 부잣집이나 양반집으로 장가간단 소 리요?"

장가간다는 말에 귀가 번쩍하는지 기얼은복이 눈을 밝혔다.

"다른 데서도 그런 일이 더러 있다고 합디다마는 보성은 유독 심 한 것 같소. 나도 보성서 낳더라면 이판에 장가나 한번 번듯하게 드는 것인데, 우리 부모들이 탯자리를 잘못 잡은 것 같소."

이또실 말에 모두 웃었다.

"동몽이 장가가는 굿이라니, 동몽이 여럿이오?"

"동몽 밑에 있는 젊은이들을 싸잡아서 하는 소리지라우. 거기 동몽 병사들치고 장가 안 간 사람이 없다요."

"세상 뒤집힌 덕에 갑자 꼴랑지 잡은 놈들이 한두 놈이 아니구만."

기얼은복이 핀잔조로 뇌었다. 그는 남들이 장가간다는 소리만 들어도 자기는 한참 손해를 보고 있는 것 같아 심술이 끓어오르는 모양이었다.

"그렇게 개판이라면 너한테도 존 수가 생길는지 모르겠다."

시또가 기얼은복을 돌아보며 웃었다.

"그러까?"

기얼은복은 대번에 눈에서 빛이 번쩍했다. 한참 가다가 동몽 일행은 보성 가는 길을 가르쳐주고 작별을 했다. 몇 발 가던 기얼은복이 무엇 때문인지 이또실을 불렀다.

"작두장사 잘 있소?"

기얼은복이 웃으며 물었다.

"예, 잘 있소. 요새는 농사일에 정신이 없을 것이오."

"그 사람 작두칼 휘두르는 솜씨 본게 농사나 짓고 살기는 아깝습디다. 그런 사람 대접 잘 하시오."

기얼은복은 제가 무슨 두령이라도 된 듯 제법 의젓하게 한마디 했다. 이또실은 그러지 않아도 이방언 장군이 자식 아끼듯이 돌본다고 했다. 기얼은복이 읍내를 지나가며 역참을 물었다. 역참은 읍내를 한참 지나 보성 가는 길처에 있었다.

"성님, 으짜께라? 장흥을 지남시로 역졸들을 그냥 두고 가야겠소?"

"그냥 가자. 어설프게 한두 놈 건드려서 뭣하겠냐?"

시또 말에 기얼은복은 미치겠다는 표정이었다.

"야, 보성이 장개 가는 굿이라면 너도 그 궁리나 해."

"농민군 일어난 덕에 제일 재미 본 놈은 그놈들이구만. 막동이 봐. 나도 그렇게 이쁜 각시 하나 품고 자봤으면 당장 죽어도 원이 없겠어. 폭신폭신한 이불 속에서 그렇게 이쁘고 보들보들한 각시 보듬고 자면 을매나 조까? 으이구. 그놈 자식 끌고 와버릴 것인데 잘못했어. 지 혼자 각시 품고 잘 것 생각하면 심통이 끓어올라서 미치겠구만."

기얼은복은 진도에서 막동 동네를 나올 때부터 입만 벌어지면 막동 각시 타령이었다.


"집강소에서 기만중을 잡아가? 불뚝성이 살인내더라고 그 집에 가서 그 작자를 팼는가?"

"그 사람이 사람 팰 사람이오? 그 집에 가서 악만 조금 쓰다가 나왔는데 어느새 집강소에서 알고 잡아갔답디다."

"부자들이라면 무작정 잡아다 떡치듯 조지는 집강소가 그 부자는 뭔 부잔데 그 집에 가서 악 조금 썼다고 잡아가? 사람을 잡아가려면 잡아가기 전에 악을 안 쓰도록 일을 제대로 발라줘얄 것 아녀?"

"집강소 하는 일은 알다가도 모르겠구만. 이야 집강, 일판이 어떻게 되었는가 말이나 한번 제대로 들어보세. 자네가 집강소에 가서 말하기를, 기만중이 색갈이를 많이 놓기는 놨제마는 그것은 모두가 머슴살이를 해서 받은 사경인데, 그 사람은 사경을 받으면 술 한잔도 안 마시고 꼽치고 꼽쳐서 모아갖고 색갈이를 났다, 지금 덩치가 커지기는 커졌제마는 그것은 전부가 머슴살이로 뼛골 짜낸 것인게 다른 사람 색갈이하고는 근본이 다르다, 이러고 말을 해도 집강소에서 안 듣더란 말인가?"

보성 읍내 가까이 있는 동네였다. 정자나무 밑에 동네 사람들이 잔뜩 모여 앉아 아까부터 흥분을 하고 있었다. 이 동네 기만중이라는 사람이 이웃 동네 부자한테 색갈이를 났는데 덩치가 스무 섬이나 되는 바람에 말썽이 생긴 것이었다.

"색갈이 준 기만중 사정도 사정이제마는 갚을 사람은 그 색갈이 말고도 색갈이가 아주가릿대에 쥐똥참외 열리듯 줄레줄레해서 당장 들고날 판이다. 논마지기나 있다고 하제마는 사정이 이런게 색갈이를 받더라도 반만 받아라, 이것이지라."

동네 집강이 말했다.

"쥐똥참외건 개똥참외건 그 사람 들고나게 된 것이 그냥 들고나게 되었관대? 조상 잘 모셔서 부자 될라고 묏도락하다가 거덜난 사람이여. 더구나 지금 남아 있는 논도 스무 마지기가 넘는다는데 그런 사람한테 뼛골 빠진 돈을 이자도 재끼고 살전도 반만 받으라니 그것이 말이여 막걸리여? 그 사람은 지금도 잠자리 속날개 같은 모시 중의적삼에 건살포가로 끼고 팔자걸음으로 논둑 밭둑 할랑거리고 댕기더만. 그만 못한 사람도 부자라면 잡아다 조지는 집강소가 그런 사람한테는 왜 공자님 가운데 토막인고? 더구나 그런 작자한테 악 한번 썼다고 생사람을 잡아가?"

금방 논에라도 갔다 왔는지 잠방이 가랑이를 무릎 위까지 걷어올린 사내가 소리를 질렀다.

"말이 났은게 말인데, 집강소가 겉으로는 서릿발이 쳐도 겉하고 속하고 많이 다른 구석이 있는 모양이더만."

저쪽에 앉았던 사내가 고개를 돌리고 빈정거리는 가락으로 한마디 끼어들었다.

"뭣이, 겉하고 속이 다르다니 그것이 먼 소리여?"

"당장, 그 사람만 하더라도 도성찰 나리하고 사돈 간이라잖어?"

"뭣여?"

동네 사람들이 깜짝 놀랐다.

"뒷거래도 있다는 소문이더만."

"그러면 집강소가 옛날 수령 놈들하고 뭣이 달라?"

"당장 가서 따져야겠구만."

동네 사람들이 흥분을 했다.

"집강소에서 한번 규정을 냈는데 그 서릿발 치는 집강소에 어느 장사가 가서 따져라우?"

동네 집강이 늘어진 소리로 말했다.

"이치가 뻔한 일을 왜 못 따져?"

"집강소 사람들이 농민군에 안 나간 사람들을 사람으로 보는 줄 아시오? 우리 동네서 농민군 나간 사람이 한 사람만 있어도 이런 일이 안 일어나요."

집강이 튀겼다.

"농민군에 나간 사람만 사람인가? 당장 김치걸인가 김칫거린가 도성찰이란 사람도 들어본게 큰소리 못 치것떠만. 다른 고을 사람들이 가슴앓이 집강이라고 웃는다는 소리 못 들었어?"

"어사는 가어사가 더 무섭다더니 옛말 그른 데 없구만."

"가어사고 진어사고 멀쩡한 사람이 못 당할 꼴을 당하는데 한 동네 사람들이 손 개엎고 있어사 쓰겠어?"

그때 동네 사람들 눈이 동구 쪽으로 쏠렸다.

"먼 일이여?"

동구 쪽에서 노인 한 사람이 두 활개를 정신없이 내갈기며 동네로 들어왔다.

"전에 기만중 작은어머니가 낙안으론가 어디론가 후살이 간 일이 있제?"

노인은 잔뜩 흥분한 소리로 물었다.

"먼 일인데 그런 귀꿈스런 소리를 다 하고 있어?"

같은 나이 또래 노인이 핀잔을 주었다.

"시방 그 여자가 여그서 나갖고 후살이 갈 때 데리고 간 아들을 만나고 오는 길이여."

노인은 젊은이가 내놓은 들돌 위로 앉으며 흥분을 했다.

"그런게 전에 기만중 작은어머니가 여기서 나갖고 후살이 갈 때 데리고 간 아들이 커갖고 여기를 찾아왔단 말이여? 그러면 기만중 사촌동생이겄구만."

"그려. 자기 할머니 내력이야 뭐야 이것저것 묻는 것이 틀림없더만. 시방 그 젊은이가 기만중이 이얘기를 듣고 시퍼렇게 집강소로 쫓아갔그만."

"집강소로 쫓아가다니라우?"

동임이 물었다.

"그 젊은이가 꼬치꼬치 묻글래 할머니는 일찍 죽고 지금 우리 동네에 기씨들 핏줄이라고는 기만중 하나밖에 없는데 시방 기만중이 집강소에 잡혀갔다고 함시로 기만중이 잡혀간 내력을 죽 말을 해줬제 어쨌었어? 혼자 온 것이 아니고 친구도 하나 같이 왔는데 기만중 잡혀간 내력을 듣더니마는 둘이 다 대번에 눈꼬리가 공중으로 올라붙더라구. 생기기도 헌칠하게 생겼는데 얼핏 보매도 주먹에 핏사발깨나 들어 보이더만."

노인은 아직도 흥분이 가라앉지 않은 표정이었다.

"그 사람이 뭣하는 사람인데 그 서릿발 치는 집강소에 가서 어쩌겠다는 것이여? 농민군에 암행어사라도 났단 말인가?"

"하여간, 보통 사람은 아닌 것 같어."

모두 어리둥절한 표정이었다.

"저건 또 먼 사람들이여?"

그때 또 동구 쪽에서 웬 젊은이들이 동네로 들어오고 있었다. 대창을 든 사람들이 대여섯 명이나 되었다. 동네 사람들이 말없이 보고 있었다.

"동몽군 병사들 아녀?"

"아이고, 저것들이 먼 일이여?"

동네 사람들은 얼굴이 새파랗게 굳어버렸다. 대창 든 젊은이들은 거침없이 정자나무 밑으로 왔다.

"여기 동임 계시오?"

동임이 멍하니 보고 있다가 한참만에 일어섰다.

"이 동네 이초시 댁이 어디요?"

"무슨 일이오?"

"그 댁에 볼일이 있소."

동임은 골목을 가리켰다. 그들은 이초시 집으로 들어갔다. 이초시 집은 덩그런 기와집이었다. 마루에서 점심을 먹고 있던 식구들은 모두 멍청하게 젊은이들을 바라보고 있었다.

"이 댁에 *납폐納幣드리러 왔소."

앞장선 젊은이가 말했다. 식구들은 깜짝 놀라 한쪽에서 밥을 먹고 있는 계집아이를 봤다. 열댓 살쯤 되어 보이는 계집아이는 숟가락 든 손을 발발 떨었다. 앞장선 젊은이가 뚜벅뚜벅 마루 앞으로 갔다. 성큼 마루로 올라섰다. 문고리에다 수건을 걸었다. 식구들은 모두 벼락 맞은 꼴이었다. 요사이 보성에서 동몽군 병사들이 쓰는 납폐 방식이었다.

"이것이 무슨 행팬가?"

한쪽에 앉아 있던 늙은이가 소리를 질렀다. 수염이 부들부들 떨렸다.

"행패가 아니라 납폐요. 사흘 뒤에 신행 행차가 올 것이오. 잔치를 잘 차리시오."

젊은이는 한마디 던져놓고 돌아섰다. 모두 웃으며 돌아섰다.

그때 기언은복과 시또는 부리나케 읍내로 가고 있었다.

"그 김치걸인가 된장인가 그 작자 만나면 어떻게 할래?"

372

시또가 뒤따라가며 기얼은복한테 물었다.

"우리 성님을 내노라고 해서 한마디에 안 내노면 팍 쑤셔버리지, 뭐!"

기얼은복이 허리에 찌른 단검을 만지며 눈알을 번득거렸다.

"아녀. 그럴 것이 아니라, 조근조근 따진 다음에 그래도 안 들으면 내일 달주한테 말해서 빼내자. 너는 여기서 살 사람인데 그렇게 살 세게 나갈 것 없잖아?"

시또가 웃으며 말했다. 그들은 어제 여기 오다가 큰 횡재를 했던 것이다. 논을 20여 마지기도 더 장만할 돈이 굴러들어왔다.

"언제부터 그렇게 공자가 됐어? 이제 여기는 할무니도 안 계시고 그 동네서 살 생각은 없어."

기얼은복이 툭 튀겼다. 이런 일이라면 누구보다 먼저 줄통을 뽑고 나서던 시또가 한가하게 나오자 비위짱이 상한 모양이었다. 시또는 어제 한 금 주운 기분이 사뭇 느긋한 모양이어서 아까부터 기얼은복 일에 별로 흥분을 하지 않았다.

"그런다고 쑤셔버리면 모처럼 찾은 너의 성님은 어떻게 되겠냐?"

"도성찰이 새로 뽑히면 그런 놈하고는 다르겠제. 내일 달주하고 이싯뚜리가 오면 어차피 조용하들 못할 것인게 미리 이 작자를 노글노글하게 한바탕 무두질을 해놓고 봐. 야, 이놈아, 네 소문 다 듣고 있다. 네깟 놈이 농민군 대장이고 집강소 도성찰이냐? 황룡강전투에 장태는 뭣하러 갖고 갔고 전주에서는 가슴앓이가 어떻게 도졌더냐? 보성 집강소가 이것이 화적패 소굴이냐, 조병갑 밑에 고부 군아냐? 이러고 따진 다음에 잔소리를 하면 그때 작살을 내버릴 테야."

기얼은복은 불단 걸음으로 집강소로 들어섰다.

"아이고, 표창 선생님들이 웬일이시오?"

아문에 들어서자 파수 섰던 젊은이가 두 사람을 알아보고 반색을 했다. 파수꾼들은 무슨 일이냐며 두 사람을 데리고 동헌으로 앞장을 섰다. 마침 동몽이 나오다 그 역시 두 사람을 알아보고 반색을 했다.

"도성찰 어른 좀 뵐 일이 있어서 왔그만."

"무슨 일인데요?"

"뵙고 말씀드리겠습니다."

동몽은 심상찮은 두 사람의 표정을 보고 무슨 일이냐고 거듭 물었으나 도성찰을 뵙고 말씀드리겠다고 버티자 하는 수 없이 김치걸한테로 데리고 갔다. 김치걸은 앉아 있는 거탈부터 거드름이 잘잘흘러 대번에 비위가 상했다.

"색갈이 까탈로 여기 잡혀온 기만중 씨가 제 사촌형님입니다."

수인사가 끝나자마자 기얼은복은 몽둥이 내밀듯 투깔스럽게 내뱉었다.

"기만중이라니?"

김치걸이 거만스럽게 물었다. 동몽이 얼른 김치걸 곁으로 가서 뭐라 귓속말로 속삭였다. 임군한 어쩌고 하는 것 같았다.

"음. 그 기만중 말인가? 그가 사촌형님이라고? 그 사람 사정을 자세히 듣고 보니 형편이 딱해서 그렇잖아도 달리 조처를 하려던 참인데 마침 잘들 오셨구만. 하하하."

김치걸이 대번에 표정을 싹 바꾸며 잔뜩 가성을 써서 자기 간에는 호탕하게 웃는답시고 웃음소리가 요란스러웠다.

"김성찰, 내가 뭐랬소? 그 사람 당장 내주고 일도 제대로 발라주시오. 그리고 젊은 호걸들이 모처럼 여기까지 오셨으니 저녁에 걸쭉하게 한판 대접을 합시다. 하하하."

김치걸이 대번에 기고 나오며 술대접까지 하겠다고 너스레가 흐드러지자 두 사람은 어리둥절했다. 호걸들이라는 호칭까지 썼다. 임군한 패거리 소문은 이미 농민군들 사이에 널리 난 것 같았다.

"그럼, 먼저 형님부터 만나뵙도록 하게."

김치걸은 한껏 생색을 냈다. 두 사람은 일판이 너무 쉽게 풀리자 여태 벼르고 온 것이 호박나물에 용쓴 것 같아 머쓱한 표정으로 김치걸을 보고 있었다. 뒤가 고루 구린 작자라 입을 씻기려는 속내가 환히 들여다보였으나 웃는 낯에 침을 뱉을 수도 없어 두 사람은 고맙다고 꾸벅 고개를 숙이고 도성찰을 따라 밖으로 나왔다.

"여기 잠깐 계시게. 금방 모시고 오겠네."

김치걸이 두 사람을 마당에 세워놓고 동헌 뒤로 돌아갔다.

"참말로 요지경 속이구만."

먼지 날리는 소리로 피글 웃던 시또가 깜짝 놀라 웃음을 거두었다. 달주하고 이싯뚜리가 땀을 뻘뻘 흘리며 마당으로 들어오고 있었다. 무슨 일인지 얼굴이 몹시 굳어 있었다. 뒤에는 장흥 동몽 이또실이 부하 대여섯 명을 달고 따르고 있었다.

"이리 좀 와!"

달주가 다짜고짜 두 사람을 한쪽으로 끌었다.

"무슨 일이야?"

시또가 놀라 물었으나 달주는 대꾸도 하지 않고 동헌 옆으로 데리고 갔다. 이싯뚜리는 동몽과 함께 그 자리에 서서 두 사람의 뒷모습을 노려보고 있었다.

"어제 장흥에서 오다가 솔밭에 묶여 있는 여자 봤지?"

달주가 두 사람을 날카롭게 쏘아보며 물었다. 두 사람은 깜짝 놀라 서로를 돌아봤다.

"그 여자가 장흥 집강소에 발고를 했어. 그 머슴 놈은 어디로 갔지?"

두 사람은 벼락 맞은 꼴로 달주만 건너다보고 있었다.

어제 장흥서 오다가 벌어진 일이다. 조그마한 고개를 넘는 참이었다.

"잠깐!"

앞서 가던 기얻은복이 갑자기 걸음을 멈추며 토시로 손이 갔다.

"수상한 놈이 있소."

기얻은복이 시또한테 속삭이며 다복솔밭으로 성큼 올라섰다. 시또도 표창을 뽑아들고 뒤따랐다.

"꼼짝 마라."

기얻은복이 소리를 질렀다. 그때 저쪽에서 후닥닥 도망치는 사람이 있었다. 기얻은복 손에서 표창이 쌩 날았다. 표창이 도망치는 사람 귀 곁으로 아슬아슬하게 스쳐갔다. 작자는 우뚝 멈춰서며 살려달라고 손부터 비볐다.

"살려주시오. 그 사람 죽이지는 않았소."

작자는 발발 떨며 느닷없는 소리를 했다. 시또와 기얻은복은 잠시 어리둥절했다.

"그 사람 어디 있나?"

저쪽 숲 속에 묶어놨다고 손가락질을 했다. 작자가 무슨 일로 이렇게 기는지 알 수 없었으나, 다 알고 쫓아온 것처럼 행세를 했다. 저쪽으로 손가락질을 했다. 작자는 발발 떨며 한쪽을 힐끔 봤다. 괴나리봇짐이 있었다. 기얼은복이 성큼 가서 봇짐을 들었다. 봇짐이 뭉청했다. 저쪽에는 여자 하나가 재갈이 물리고 눈을 가린 채 소나무 밑동에 묶여 있었다. 시또가 괴나리봇짐을 풀었다. 치자 물들인 명주보자기가 나왔다. 보자기를 풀던 시또는 입이 떡 벌어졌다. 하얀 은자가 두 되 푼수는 될 것 같았다.

"저기 묶어논 것이 누구냐?"

시또가 작자한테 차근하게 물었다.

"바른 대로 말해. 아까 내 솜씨가 서툴러서 표창이 빗나간 줄 아냐? 부러 겁만 주려고 옆으로 던졌어. 바른 대로 안 대면 칵, 알겠냐?"

기얼은복이 이번에는 시퍼런 단검을 뽑으며 을렀다. 작자는 숨을 씨근거리며 바른 대로 대겠다고 했다. 자기는 강진 읍내 어느 부잣집 머슴인데, 부자가 숨어 있는 동네로 부자 아내를 데리고 가던 참이라고 했다. 저쪽 산굽이만 돌아가며 부자가 숨어 있는 동네가 나오는데, 갑자기 돈에 욕심이 나서 일을 저질렀다고 했다. 작자는 두 사람이 장흥 집강소 호위군이라도 되는 줄 아는 모양이었다.

"나도 착실한 놈인데, 돈에 눈이 뒤집혀 잠시 실성했던 것 같소. 죽이지는 않고 묶어만 놨소. 한번만 용서해 주시오."

작자는 땀을 뻘뻘 흘리며 사뭇 고개를 굽실거렸다.

"이 돈 본게 우리도 네 심정 알겠다. 여러 소리 말고 이 돈 우리 셋이 나눠 갖자."

시또가 피식 웃으며 작자를 봤다. 작자는 눈이 주발만해졌다. 시또는 옆구리에서 수건을 뽑으며 기얻은복한테도 수건을 내놓으라고 했다. 시또는 작자 말은 듣지도 않고 은자를 듬뿍듬뿍 집어 세 몫으로 나누었다. 무게까지 가늠해보며 똑같이 나누었다.

"이만하면 서로 비슷하겠지? 받아라."

시또는 아직도 어리둥절한 표정으로 서 있는 작자한테 보자기를 내밀었다. 작자는 엉거주춤 보자기를 받았다.

"가자."

일행은 묶여 있는 여자를 한번 돌아본 다음 작자를 데리고 보성 쪽으로 바람같이 내달았다.

"어디로 내뺄 참이냐?"

한참 내닫다가 시또가 작자를 돌아보며 물었다. 도망치려고 미리 작정한 데는 없고 지리산 같은 깊은 산속으로 무작정 내뺄 생각만 했다고 더듬거렸다.

"지리산으로 가는 것이 좋겠다. 그러면 너는 조금 더 가다가 장동서 능주 쪽으로 빼라. 우리는 보성 쪽으로 간다."

작자는 그러겠다고 했다.

"그런데 너 명심할 것이 있다. 너는 겁이 많아서 그렇게 큰돈 갖고 댕기면 안 되겠다. 얼굴에 대번에 표가 난다. 나는 죄 짓고 돈 뺏은 놈이오, 돈은 여기 있소, 이러고 네 얼굴에 씌어 있다. 그 돈을 지금 전부 가지고 갈 것이 아니라 가다가 큰 바우 밑이나 어디 표 난 데다 묻어놨다가 나중에 가져가거라. 이번에는 우선 쓸 만치만 가져가고 뭉텅잇돈은 그런 데 숨겨놨다가 나중에 가져가라 이 말이다.

나중에 가져갈 때도 쪼끔씩만 가져가야 쓴다. 알겠냐?"

"예."

시또가 다그치자 작자는 어린아이처럼 대답했다.

"너같이 겁 많은 놈이 그런 짓을 하다니 참말로 크게 용 한번 썼다. 하여간 잘했다. 허허."

두 사람은 한참 웃었다. 작자는 웃지 않고 숨만 씨근거렸다.

"잘했다. 참말로 잘했다. 사람이 살다가 그렇게 모질음을 쓸 때는 한 번씩 써야 한다. 그렇게•좋은 짬이 어디 쉽냐? 그런 짬은 일평생 살다가 한 번이나 만날까말까 하는 짬이다."

시또는 칭찬이 흐드러졌다.

"그라고 우리를 만난 것도 하늘이 돌봐서 만난 줄 알아라. 우리를 안 만났더라면 너는 그 돈 갖고 가다가 돈은 돈대로 뺏기고 자칫하면 목숨까지 날아갈 것인데 하늘이 돌봤다. 이것이 먼 소린 줄 알겠냐? 가다가 돈을 꼭 감춰놓고 가란 소리다."

두 사람은 장동 북교에서 작자를 능주 쪽으로 보내고 그들은 보성으로 왔던 것이다.

"다 드러났어."

달주는 두 사람을 노려보며 목소리를 높였다.

"그 여자 입하고 눈은 가렸지만 두 귀는 훤하게 열려 있었어. 그 머슴이 돈을 가지고 도망치려는데 어떤 놈들이 그 머슴을 붙잡아 돈을 나눠가지는 것 같더라는 소리까지 그 여자가 전부 말했어. 더구나 두 사람이 가는 행색, 세 사람이 가는 행색을 본 사람들이 한둘이 아냐. 그 머슴도 곧 잡힐 거야. 지금 장흥 집강소에서는 능주며 곳곳으로 거미줄을 늘였어. 장흥 집강소는 다른 데 집강소하고는 달라. 우리는 전봉준 장군이 보낸 사람들이라는 것을 몰라?"

달주가 두 사람을 쏘아보며 소리를 질렀다. 두 사람은 상판이 흙빛이 되었다.

"내가 적당히 후무려서 저 사람들을 돌려보낼 테니 돈만 내놔."

시또와 기얼은복은 상판이 밤송이로 으등그려졌다. 어지간한 일에는 언죽번죽 주눅이 들지 않던 기얼은복도 상판이 *고자리 먹은 오이꼬부리가 되고 말았다.


"폐정개혁 조목에 보면, 한 조목에는 '횡포한 부호배는 엄징한다'고 그 다음 조목은 '불량한 유림과 양반배는 징습한다'입니다. 부자들은 엄징嚴懲한다고 되어 있고 양반들은 징습懲習한다고 되어 있는데, 엄징하고 징습하고 달리 써논 것을 보면 양반들한테는 조깨사정을 두라는 소릴까요?"

순창 집강소 형리가 김경천한테 물었다.

"엄징이나 징습이나 그 소리가 그 소리 아니겠어? 꼭 따지자면 징습이란 말은 양반이라고 상민들한테 더럽게 곤댓짓하는 버르장머리를 다스려서 고친다는 소리고, 엄징이란 소리는 다스려도 더 사정없이 다스린다는 소리겠지."

김경천은 지금 남원으로 양반을 한 사람 잡으러 가는 길이었다. 양반 떠세로 못된 짓을 많이 하여 백성 원성을 산 박가라는 자였다. 순창 농민군들은 집강소를 설치하자마자 그자부터 잡아 족치자고 몰려갔으나 이미 도망치고 없었다. 그동안 아무리 염탐을 해도 종적을 알 수 없었는데, 남원 친척집에 숨어 있다는 것이었다. 그래서 직접 김경천이 호위군 20여 명을 거느리고 나섰다.

김경천은 지금 순창 집강소에서 집사 임직을 맡고 있었다. 그는 전봉준 밑에서 임직을 맡았던 경력이 있던 터라 지금 순창 집강소에서 위세가 빨랫줄 같았다. 김경천은 전에 주로 산송을 미끼로 돈을 우려먹다가 이성렬한테 쫓겨났던 것인데, 그는 그 일에 되레 큰소리를 쳤다. 산송이란 밥술깨나 먹는 사람들 돈 싸움이 아니냐, 그런 자들 등을 쳐먹은게 무슨 죄냐는 것이다. 더구나 형리로 오래 있었던 김경천은 사무 처리에 밝아 집강소에서 두루 위세를 부렸다.

"그 작자를 꽁꽁 묶어갖고 순창 읍내로 들어감시로 조리를 돌려야 그놈도 기가 죽고 백성도 시원해할 것 같소. 징습이란 조항이 있은게 그래도 상관없겠지요?"

형리가 또 물었다. 형리답게 개혁 조항의 자구를 꼬치꼬치 따졌다. 여태까지 양반들을 잡아다가 떡치듯 닦달을 했으면서도 지금 잡으러 가는 양반은 위세가 만만찮았던 자라 마음이 쓰이는 모양이었다. 김경천이 수형리로 있을 때부터 손발처럼 부리던 심복이었다.

"그 작자는 부자에다 양반인게 엄징에 징습에 '징' 자가 둘이나 들었잖어? '징' 자 하나만 가져도 못할 일이 없는게 염려할 것 없어. 전에야 그놈 뒷배가 세곡선 닻줄이었지마는 그런 닻줄이 지금은 *여름 지난 초가지붕 겉고삿인게 아무것도 걱정할 것이 없어."

김경천은 껄껄 웃었다.

"전봉준 장군님 통문이 있어논게 껄쩍지근해서 그러요."

"그것은 피래미 같은 것들 사사로이 너무 건드리지 말라는 소리지, 박가같이 험하게 설치는 놈들까지 가만두라는 소리가 아녀. 더구나 그 작자는 집강소에서 공론에 붙여 본때를 보이자고 결정을 했은게 아무 상관없어."

김경천이 단호하게 말했다. 집강소에서 논의할 때 그래도 뉘우치는 기색이 있으면 너무 심하게 닦달하지 말자는 의견도 있었으나 김경천은 단호하게 반대했다.

"얼마 전까지 수령 놈 끼고 농민군한테 대적한 것이 누구요? 졸때기들은 놔두더라도, 정성만하고 그놈은 용서할 수 없습니다."

정성만은 용배 큰아버지였다. 지금 용배 큰아버지도 피해 있었다. 그러나 용배 체면 때문에 정성만은 심하게 뒤를 쫓지 않고 있었다. 용배 덕을 보고 있는 셈이었다.

들판에는 땅 맛을 당긴 벼가 퍼렇게 자라고 백로가 한가하게 먹이를 찾고 있었다. 구름 한 점 없는 하늘 아래 벼들이 소리라도 지르며 자라고 있는 것 같았다.

그 동네 앞에 당도했다. 멀리서 동네를 바라보던 김경천은 병사들을 몇 사람씩 나눠 도망칠 만한 길목부터 막으라고 했다. 김경천은 예닐곱 명을 끌고 동네로 거침없이 들어갔다. 앞장선 호위군은 새끼 둔 호랑이 제 집 찾아들어가듯 박가가 숨어 있는 집 골목으로 쏠려 들어갔다. 미리 여기 와서 염탐을 했던 사람이었다.

"실례하요. 여기 순창서 오신 분 계시지라우?"

호위군들이 마당으로 썩 들어서며 물었다. 다른 호위군들은 날렵하게 집을 앞뒤로 둘러쌌다. 식구들 얼굴이 대번에 새파래졌다. 그때 사랑방 문이 열리며 사내 하나가 밖을 내다봤다.

"자네가 여기 웬일인가?"

김경천과 나이가 비슷한 사내였다. 묻는 태도가 의젓했다. 박가였다.

"순창 집강소에서 모시러 왔소."

김경천이 싸늘하게 웃으며 말했다.

"무슨 일로 나를 데리러 왔단 말인가?"

사내는 조금도 꿀리는 기색이 없었다.

"남의 동네라 웬만큼 체면을 세워주려 했더니, 자네가 시비를 하자는 것이구만. 자네를 데리러 온 것이 아니라 잡으러 왔네. 자네를 잡으러 온 까닭은 자네가 이리 내빼온 까닭이 바로 잡으러 온 까닭일세."

김경천이 껄껄 웃으며 대답했다.

"양반한테 그게 어디서 배워먹은 말버릇인가? 하늘이 무섭지 않은가?"

박가가 소리를 질렀다.

"하늘? 허허."

김경천이 껄껄 웃었다.

"지금 하늘 형편이 어떻게 된 줄이나 알고 하늘을 팔게. 자네들 하늘에는 벌써 해가 지고 지금은 만백성 하늘에 해가 떴네. 그래서 이 세상도 백성이 다스리는 백성 세상이 되었어. 이것이 뭣인 줄 아는가? 자네가 하늘로 모시는 상감하고 우리 농민군이 화약을 맺은 화약조목일세. 자네한테 해당되는 조목만 읽어줄 테니 잘 들어보게."

김경천은 한번 히죽 웃고 나서 종이쪽지를 펴들었다. 그 사이 동네 사람들이 몰려들었다. 대문간에 가득차고 울타리 뒤에도 잔뜩 붙어 있었다.

"이것은 윤허가 내린 문선게 상감마마 영이나 다름없네. 사은숙배까지 할 것은 없고 그대로 앉아서 듣게. 자네한테 해당하는 조목만 읽겠네. 제4조 '횡포한 부호배는 엄징한다.' 제5조 '불량한 유림과 양반배는 징습한다.' 자네는 이 두 조목에 다 해당되네. 엄징하고 징습한다고 했네. 징습이 무슨 말인 줄 알겠제? 자네같이 양반이라고 상민들한테 같잖게 곤댓짓하던 버르장머리를 엄하게 징치한다는 말일세. 순창 집강소에서는 이 조목에 따라 자네를 징치하기로 결정을 내렸네. 알겠는가?"

김경천은 또 껄껄 웃었다. 그는 웃음소리에 가성을 잔뜩 섞어 거만을 떨었다.

"누가 감히 양반을 징치한단 말이냐?"

박가는 고래고래 악을 썼다.

"허허, 꿈 깨고 내려와서 오라나 받게."

"썩은 아전 주제에 어디서 큰소리냐?"

박가는 입술을 부들부들 떨며 고함을 질렀다.

"나도 한때는 썩은 물에 섞여 같이 썩었더니라마는, 그런 썩은 세상을 바로잡자고 전봉준 장군을 받들고 나선 농민군이다. 나는 황토재전투, 황룡강전투, 전주 완산전투에서 목숨을 내놓고 당당히 싸운 농민군 두령이고, 지금은 순창 집강소 집사다. 집강소 위세가 어떤 것인가 꼭 보고 싶다면 만인 앞에서 보여주마."

김경천은 박가를 보며 여유 있게 내질렀다.

"너 같은 놈이 농민군 두령이고, 집강소 뭣이라니 농민군 사정도 알만하다. 이치를 제대로 발라서 백성의 뜻을 받드는 농민군이라면 모르겠다마는, 어느 구름에 비 올 것인가, 말 한 필 바치고 설치는 너 같은 작자하고는 혀 달아 이야기도 하지 않겠다."

박가는 의젓하게 나왔다.

"허허, 절로 찢어진 아가리라고 변설 한번 도도하구나. 하기야 죽으려고 마음먹으면 호랑이 앞에서 웃통인들 못 벗겠느냐?"

김경천은 껄껄 웃고 나서 호위군들을 돌아봤다.

"호위군들은 들어라. 순창 집강소 집사 김경천은 조정과 농민군이 맺은 화약조목에 따라 집강소에서 결정한 영을 집행한다. 보국안민의 대의 아래 이 나라 농민군의 이름으로 저 썩은 양반 놈을 끌어내서 오라를 지워라."

김경천은 한껏 위의를 갖춰 소리를 질렀다. 호위군들이 박가 쪽으로 몰려갔다. 박가는 하늘이 무섭지 않느냐고 호령을 했다. 호위군들이 박가 서슬에 눌려 더 다가서지 못했다. 관군하고 싸울 때는 호랑이 같던 농민군들이 박가하고 직접 맞대면을 하자 그의 위세 앞에 제대로 기를 펴지 못했다.

"무엇이 두려운가?"

김경천이 호령을 하며 토방으로 올라섰다. 신을 신은 채 마루로 홀쩍 올라섰다. 박가의 멱살을 잡았다.

"이노옴!"

박가가 소리를 질렀다. 둘이 붙잡고 드잡이판이 벌어졌다. 김경천이 박가를 방에서 끌어내어 마루 밑으로 사정없이 밀어버렸다. 박가가 마당으로 대굴대굴 굴렀다. 그러나 크게 다치지는 않은 것 같았다.

"묶어라."

김경천이 악을 썼다. 그제야 호위군들이 달려들었다. 뒷결박을 지웠다. 박가는 상투가 흐트러지고 옷고름이 떨어지고 바지말기가 흘러내렸다.

"너는 네 죄를 뉘우칠 줄을 모를 뿐만 아니라 아직도 못된 행티를 하나도 버리지 못하고 있다. 이 자리에서 맛을 보여주겠다."

김경천은 이를 악물며 호위군들을 향해 호령을 했다.

"이 작자 다리를 묶고 주릿대를 가져오너라."

호위군들은 한 패는 다리를 묶고, 한 패는 뒤란으로 들어가 몽둥이를 주워왔다. 박가는 계속 악을 쓰고 있었다.

"우리 농민군은 형벌로는 주리만 튼다. 너 같은 놈은 곤장에 압슬을 해야겠으나, 농민군 규칙이 그러하니 규칙을 따르겠다. 네놈 다리뼈가 꺾이든지 못된 버르장머리가 꺾이든지 양단간에 하나는 꺾일 것이다."

김경천은 주릿대를 걸라고 했다. 묶어놓은 다리 사이에 몽둥이를 틀어박았다.

"으음."

밭게 묶은 다리 사이에다 억지로 주릿대를 틀어박자 박가는 이를 악물며 아픔을 참았다.

"양반 놈 다리뼈는 얼마나 단단한가 보자. 사정 두지 말고 매우 재껴라!"

김경천이 소리를 질렀다. 호위군들이 주릿대를 양옆으로 사정없이 잦혔다.

"아이고."

박가는 죽는다고 악을 썼다.

"버르장머리를 고치겠으면 고치겠다고 말을 해라. 그러면 그치겠다."

김경천은 비아냥거리며 주릿대를 더 틀라고 소리를 질렀다. 박가는 뒷결박진 상체가 뒤로 발딱 자빠졌다. 배가 하늘로 활등처럼 잔뜩 휘어 올라갔다.

"더 틀어라."

김경천이 악을 썼다.

"워매 죽었네."

구경꾼들이 웅성거렸다. 김경천은 물을 떠오라고 했다. 호위군들이 바가지에 물을 떠다 박가 얼굴에 홱 뿌렸다. 박가가 꿈틀거리기 시작했다. 군중은 살았다고 웅성거렸다.

"또 틀어라. 아무리 틀어도 죽지는 않는다. 염려 말고 틀어라!"

또 사정없이 주릿대를 잦혔다. 박가가 또 악을 썼다. 김경천은 더 틀라고 거푸 악을 썼다. 그러나 박가는 이를 악물고 악만 썼다. 또 까무러쳤다. 또 물을 끼얹었다.

"음, 네놈은 역시 악바리구나. 알다시피 나는 이런 짓에는 이골이 난 놈이다. 어디 누가 이긴가 보자."

김경천은 눈썹 하나 까딱하지 않고 껄껄 웃었다.

"주릿대를 빼고 몸뚱이를 뒤집어라. 고루고루 주리 맛을 보여주자."

김경천은 역시 웃으며 독기를 피웠다. 걸레처럼 늘어진 박가 몸뚱이를 뒤집어서 주릿대를 찔렀다.

"이번에는 천천히 틀어라!"

주릿대를 잦혔다. 맥을 놓고 늘어졌던 박가 윗몸이 벌떡 뻗질러 올랐다. 죽는다고 악을 썼다. 김경천은 더 틀라고 소리를 질렀다. 뻗질러 올랐던 윗몸이 바람이라도 빠진 것처럼 푹 꺼지며 땅바닥에다 코를 찧었다. 또 물을 끼얹었다. 몸뚱이가 조금 꿈틀거리는 것 같았으나 그대로 땅바닥에 찰싹 가라앉아버렸다.

"역시 악바리구나. 소쿠리로 들것을 만들어라. 끌고 가서 조지자."

김경천이 여유 있게 말했다. 호위군들은 빈 소쿠리를 가져다가 주릿대로 쓰던 작대기를 양쪽에 달아맸다.

# ◎ 녹두장군 10권 어휘풀이

고자리 먹은 오이꼬부리 같다  심하게 뒤틀린 모양을 비유적으로 이르는 말.

굴축스럽다  괴팍스럽다.

굽도 절도 할 수 없다  굽힐 수도 젖힐 수도 없다는 뜻으로, 사정이나 형편이
    막다른 데 이르러 어떻게 하여 볼 방도가 없음을 이르는 말.

난바다  육지에서 멀리 떨어진 넓은 바다.

난장이(난쟁이) 턱 차기  닦달하거나 해코지하기가 아주 쉬운 경우를 이르
    는 말.

납폐納幣  혼인할 때에, 사주단자의 교환이 끝난 후 정혼이 이루어진 증거로
    신랑 집에서 신부 집으로 예물을 보냄. 또는 그 예물. 보통 밤에 푸른 비단
    과 붉은 비단을 혼서와 함께 함에 넣어 신부 집으로 보낸다.

낭놀이  무엇에 매달려 치는 몸부림.

네미룩내미룩하다  서로 상대편으로 책임을 떠넘기어 미루는 모양.

늑장勒葬  남의 땅이나 남의 동네 근처에 억지로 장사를 지냄.

도막  짧고 작은 동강. 여기서는 짧은 기간을 뜻함.

독찰督察  단속하여 살핌.

무쓰 무네미쓰陸奥宗光  일본 메이지 시대明治時代의 외교관·정치가. 청일전
    쟁 후 이토 히로부미와 함께 일본 측의 전권대표로서 청의 이홍장李鴻章과
    강화회담을 하고 시모노세키 조약下關條約을 맺음으로써 막대한 배상금과

영토를 할양받았다.

물 밖에 나온 새꼬막 같다  입을 꾹 다물고 말을 않는 경우를 이르는 말. '새
　　꼬막'은 바다 속 모래 진흙에서 사는 조개류.

배냇물도 안 마르다  나이가 어리다는 사실을 낮잡아 하는 말. '배냇물'은 갓
　　난아이 몸에 남아있는 태 안에 적 분비물.

배소配所  귀양지.

부연附椽/婦椽  처마 서까래의 끝에 덧얹는 네모지고 짧은 서까래. 처마 끝을
　　위로 들어 올려 모양이 나게 한다.

사금파리 씹는 소리  거칠게 내뱉는 소리. '사금파리'는 사기그릇의 깨어진
　　조각.

사침에도 용수가 있다  아무리 바빠도 틈을 내려면 낼 수 있음을 이르는 말.
　　'사침'은 베틀에 달린 사침대.

삯마  '삯말'의 잘못. 삯을 주고 빌려 쓰는 말. 또는 삯을 받고 빌려 주는 말.

상좌上佐  스승의 대를 이을 여러 중 가운데에서 가장 높은 사람.

생목  제대로 소화되지 아니하여 위에서 입으로 올라오는 음식물이나 위액.

서정개혁庶政改革  여러 방면에 걸친 정사政事를 새롭게 뜯어고침.

선복船腹  배의 중간 부분. 배에서 짐을 싣는 부분.

설금찬  힘세고 무섭게 생긴.

숙혐宿嫌  오래 묵은 혐의.

순포巡捕  순검.

시쁘게  대수롭지 않게.

알심  보기보다 야무진 힘.

앙바틈하다  짤막하고 딱 바라져 있다.

여름 지난 초가지붕 겉고삿이다  수명이 다하여 힘을 쓰지 못하는 경우를
　　이르는 말. '겉고삿'은 초가지붕에 이엉을 이을 때 날아가지 못하게 겉에

다 얽어매는 새끼.

여전제閭田制  토지 사유를 기반으로 하는 지주제를 부정하고 토지 국유를 원칙으로 하는 기초 위에, 향촌을 30가구의 여閭 단위로 재편성한 다음 여장閭長의 통솔 하에 공동노동을 통해 경작하고 농민의 투하노동력을 기준으로 생산물을 분배하자는 개혁적인 토지 제도.

오토리 게이스케大鳥圭介  일본의 정치가·주한특명전권공사駐韓特命全權公使. 1889년 특명전권공사로 청나라에 주재했고, 1893년 조선공사에 임명되었으나 병으로 임시 귀국했다. 1894년 조선에서 갑오농민전쟁이 발발하여 민씨 정부가 청나라에 구원병을 요청하자 다시 조선으로 건너왔다. 이때 일본은 조선정부의 요청이 없었음에도 불구하고 대부대를 상륙시켜 청나라와의 전쟁을 도발하고, 7월 23일 왕궁을 습격했다. 다음날 그는 고종과 회견하면서 새로운 정부수립에 의한 내정개혁을 촉구했다. 이어 조선정부에 압력을 가하여 김홍집을 수반으로 한 친일개화파 정권을 수립하고 갑오개혁을 단행했다.

용혹무괴容或無怪  혹시 그런 일이 있더라도 괴이할 것이 없음.

우란분재盂蘭盆齋  아귀도에 떨어진 망령을 위하여 여는 불사佛事. 목련 존자가 아귀도에 떨어진 어머니를 구하기 위해 석가모니의 가르침을 받아 여러 수행승에게 올린 공양에서 비롯한다. 하안거夏安居의 끝 날인 음력 칠월 보름을 앞뒤로 한 사흘간 여러 가지 음식을 만들어 조상이나 부처에게 공양한다.

운량관運糧官  조선 시대에 군량 운반의 일을 맡아보던 임시 벼슬. 또는 그런 벼슬아치.

이토 히로부미伊藤博文  일본의 정치가. 1909년 중국 하얼빈에서 안중근에게 총탄을 맞고 죽었다. 메이지헌법의 초안을 작성하고, 양원제 의회 확립에 기여하여 현대 일본 정치의 기초를 닦은 인물로 평가된다.

자위를 짚다 짐승을 잡으려고 짐승의 발자국을 따라가다.

재넘이 산바람.

전두리 둥근 그릇의 아가리에 둘려 있는 전의 둘레. 또는 둥근 뚜껑 따위의
둘레의 가장자리.

전마선傳馬船 큰 배와 육지 또는 배와 배 사이의 연락을 맡아 하는 작은 배.

접반사接伴使 외국 사신을 접대하던 임시직 벼슬아치. 정삼품 이상에서 임명
하였다.

정전제丁田制 국가가 장정에게 일정한 면적의 토지를 주어 경작하게 하는 토
지 제도.

징습懲習 못된 버릇 따위를 징계함.

천장 갈비만 세다 누워서 헛생각만 하고 있는 경우를 이르는 말. '천장 갈
비'는 천장에 드러난 서까래.

추찰推察 미루어 생각하여 살핌.

탕척蕩滌 죄명을 씻어 줌.

팔회목 손회목. 손목의 잘록하게 들어간 부분.

하늘이 동전짝만 하다 세상에 아무것도 두렵지 아니하게 여김을 이르는 말.

헤물장치다 어린아이의 말로, 씨름이나 승부를 가리는 경기에서 계속 이기다.

홍두깨생갈이 쟁기질이 서투른 사람이 잘 갈리지 아니하는 밭고랑 사이를
억지로 가는 일.

황차況且 하물며.

횟물 먹은 메기 같다 힘없이 비실거리는 모습을 이르는 말. '횟물'은 석회수

392